HEYNE

Das Buch

Dem Immobilienmakler William Heming sollte man sich auf keinen Fall anvertrauen, so einnehmend er auch ist. Kaum hat er einen Verkaufsvertrag abgeschlossen, lässt er den Schlüssel duplizieren und schleicht sich in Abwesenheit der Bewohner nicht nur in deren Häuser – wo er mit Vorliebe alles begutachtet, seinen Hunger stillt, aber gerne auch mal etwas repariert –, sondern er schleicht sich vor allem in deren Leben. Sein Hobby wird immer riskanter, seine Taktik immer ausgefeilter, seine Obsession immer dominanter – bis es zum ersten Toten kommt. Und Mr Heming sich verliebt.

Ein absolut fesselnder, psychologisch raffinierter Roman voller rabenschwarzem Humor.

Der Autor

Phil Hogan wurde in Yorkshire geboren und lebt in Hertfordshire. Er arbeitet als Kolumnist und Journalist beim *Observer,* ist verheiratet und hat vier Kinder. Auf Englisch sind bereits drei Romane und ein Kolumnenband erschienen.

Die seltsame Berufung des Mr Heming ist sein erster Roman, der auf Deutsch erscheint.

Phil Hogan

Die seltsame Berufung des Mr Heming

Roman

Aus dem Englischen von
Alexander Wagner

WILHELM HEYNE VERLAG
MÜNCHEN

Die Originalausgabe erschien unter dem Titel *A Pleasure and a Calling* bei Doubleday, an imprint of Transworld Publishers. A Random House Group Company.

Die deutsche Hardcoverausgabe erschien 2014 bei Kein & Aber AG Zürich – Berlin.

FSC
www.fsc.org
MIX
Papier aus verantwortungsvollen Quellen
FSC® C014496

Verlagsgruppe Random House FSC®N001967

2. Auflage

Vollständige Taschenbuchausgabe 04/2016

Umschlaggestaltung: Nele Schütz Design unter Verwendung
von Motiven von thinkstock/istock/dimapf
Druck: GGP Media GmbH, Pößneck
ISBN: 978-3-453-41786-1

www.heyne.de

1

WENN SIE MIR EINE WAFFE an den Schädel halten und eine Erklärung verlangen, müsste ich vermutlich damit beginnen, dass wir alle Gewohnheitstiere sind. Sicher würden Sie dann wissen wollen, wieso sich ein Gewohnheitstier ausgerechnet zum Sklaven der Gewohnheiten anderer macht? Darauf kann ich nur erwidern, dass ich die Gewohnheit eben über alles liebe und dafür geschaffen bin; weshalb mir auch keine andere Wahl bleibt, als nicht aufzugeben und einfach darauf zu hoffen, dass der Windstoß, der kürzlich durch unsere unscheinbare, aber wohlgeordnete kleine Stadt fegte, bald vergessen sein wird und wieder Ruhe einkehrt. Im Moment bin ich vollauf damit zufrieden, meinem Atem zu lauschen. Die Luft ist gefährlich dünn. Sie rauscht in meinen Ohren. Und das, obwohl die ganze Szenerie im schläfrigen Halbdunkel der Morgendämmerung recht friedlich wirkt: eine weißlich schimmernde Bettdecke, eine abgelegte Perlenkette, ein Bücherbord, ein aufgeklapptes Buch auf dem Nachttisch, die Seiten nach unten, so als wäre es – ebenso wie die ganze Stadt um diese stille Stunde – für die übrige Welt gestorben. Ich kann den Titel nicht erkennen, aber der Anblick des vertrauten Umschlags (die Gestalt eines Mannes als Goldrelief) erinnert mich an den nicht allzu weit zurückliegenden Tag, an dem der Wind plötzlich drehte, der Himmel sich schwarz bewölkte und das normale Leben – vom Donnerschlag des Außergewöhnlichen aufgeschreckt – wie ein Pferd scheute, die Stalllaterne umwarf und die ganze Scheune in ein flammendes Inferno verwandelte, sodass die hell emporlodernden Flammen noch in hundert Meilen Entfernung zu sehen waren.

Der Tag damals begann ebenso friedlich wie der heutige. Eine weitere Morgendämmerung, durchflutet von Liebe, wie ich zu sagen wage, auch wenn ich die im Mittelpunkt der Ereignisse stehende junge Frau hier ausschließlich des Kontrasts wegen erwähne, um zu zeigen, wie überraschend dicht Schönheit und Schrecken beieinanderwohnen; gerade noch liegt man geborgen in der Dunkelheit und wartet auf die Rückkehr eines geliebten Wesens (und da ist sie auch schon, heimgekehrt von einem frühen Lauf, ihr Schlüssel klappert im Schloss, dann das Geräusch einlaufenden Wassers in einer dampfenden Wanne), und im nächsten Augenblick steckt man bis zum Hals in Horror, Drama und Skandal.

Zumindest stellt es sich für mich im Rückblick so dar, obwohl ich die Nachricht in Wahrheit natürlich erst erfuhr, als die junge Frau bereits auf ihrem Rad in den kühlen, hellen Morgen hinausgefahren und ich zu meinem Büro gelaufen war. Ich denke, jeder in unserer grünen, prosperierenden Gemeinde erinnert sich auf seine ganz eigene Weise daran. Der entscheidende Punkt ist jedoch, dass an diesem Tag die Cooksons aus der Eastfield Lane von ihrem alljährlichen Frühjahrsurlaub auf den Seychellen zurückkehrten und eine sieben Tage alte Leiche vorfanden, die den Gesamteindruck ihres hübschen Gartens mit seinen Obstbäumen, gepflegten Rasenflächen und handgepflasterten Terrassen erheblich beeinträchtigte.

Jeder Immobilienmakler kennt solche Klienten wie die Cooksons, urteilen Sie also bitte nicht zu streng über mich, wenn ich Ihnen jetzt verrate, dass ich ein Lächeln unterdrücken musste, als mir meine Angestellte Zoe die Nachricht überbrachte, die Augen vor Schreck und Besorgnis weit aufgerissen. Wir versuchten seit achtzehn Monaten, das Haus der Cooksons an den Mann zu bringen – eine hübsche, stilvolle Stadtrand-Immobilie, umgeben von Feldern und Wäldern und nur zehn Fußminuten vom Tennis- und Cricketclub entfernt. Trotz des ungünstigen Marktes hatte meine leitende Verkaufsberaterin Katya, eine extrem effiziente Litauerin, die Immobilie bereits zweimal beinahe losgekriegt – an Käufer, die sie erst unbedingt haben wollten, sich dann aber mit großem Bedauern wieder zurückzogen und ihr Geld woanders anlegten, weil die Cooksons es seit Wochen und Monaten nicht zuwege brachten, für sich selbst ein neues Traumhaus zu finden. Ja, sie hatten es brüsk von sich gewiesen, vorübergehend in eine Mietwohnung zu ziehen, um den Verkauf zu retten, und darüber hinaus durch beständiges, nervenaufreibendes Verhandeln über winzige Details die Vertragsabschlüsse torpediert. Ich selbst hatte den Überblick über die Immobilien verloren, bei denen die Cooksons im letzten Moment abgesprungen waren – exklusive Objekte, die im Grunde keinerlei Wünsche offen ließen. Gemeinsam hatten wir uns raffiniert umgebaute Windmühlen und Fabriketagen angesehen, ein luxuriöses Stadthaus, ein Apartment am Fluss mit fantastischer Aussicht und einer Innenausstattung aus Eiche und Granit, das Landhaus eines Wollhändlers mit riesigem Gemüsegarten ein Stück außerhalb der Stadt in Richtung Wodestringham. Doch die persönlichen Vorlieben des Paars – *sie* schwärmte beispielsweise für eine Gruppe alter Buchen, während *er* sich für eine echte Profiküche mit Weinkeller erwärmte – stimmten nur selten überein. Was den einen begeisterte, stieß den anderen ab. Oft sah ich sie leise in ihrem Wagen streiten. Einmal hörte ich, wie Mrs Cookson mich »diesen gruseligen Fiesling Heming« nannte, was mir ein wenig übertrieben vorkam, obwohl sie natürlich in Anbetracht der Umstände – ich belauschte sie gerade aus einer Nische unten im Flur, während sie sich oben im ersten Stock über die ästhetischen Vorzüge von Bullaugenfenstern stritten – nicht ganz unrecht hatte.

»Glauben Sie, die Cooksons wollen überhaupt umziehen?«, hatte mich Katya schon häufig gefragt. Heute denke ich: Jetzt wollen sie es wohl.

Doch wer konnte das schon so genau sagen? Sie wohnten inzwischen seit sechzehn Jahren in diesem Haus. Ihre Kinder waren ausgeflogen. Er war Zahnarzt, ihr gehörten fünf Apotheken. Sie waren jetzt beide Mitte vierzig und wohlhabender denn je, gleichzeitig schienen sie mir in der Klemme zu stecken: Sie mussten nicht nur entscheiden, ob sie sich vergrößern oder verkleinern sollten, sondern vor allem auch, ob sie diese Ehe bis ans Ende ihres Lebens weiterführen oder doch lieber ausbrechen sollten. Ihre heftigen Auseinandersetzungen über Innenausstattungen oder Raumgrößen waren im Grunde gegenstandslos. Ganz offenkundig suchten die beiden nach irgendetwas, aber es war wohl kein neues Zuhause. Sie steckten mitten in einem Ehekrieg, und die Hausbesichtigungen waren ihre bevorzugten Waffen.

Obwohl ich die Cooksons nicht ausstehen konnte, faszinierten sie mich. Unseren letzten Termin – zu dem sie nicht erschienen waren – hatten wir einige Monate vor ihrem Urlaub vereinbart. Ich hatte für sie die Besichtigung eines neu erbauten, architektonisch ausgefallenen Beton-Juwels mit Fitnessraum und Schwimmbad arrangiert. Kurz vor dem Termin inspizierte ich die Räume, überprüfte die automatischen Jalousien und die Innenbeleuchtung und überflog den üblichen Schrieb, den Katya aufgesetzt hatte. Dann wartete ich, tigerte in den Räumen auf und ab, marschierte die Auffahrt hoch und runter. Nach etwa zwanzig Minuten rief ich Mr Cookson an. Er war gerade beim Golfspielen. »Sind Sie sicher, dass der Termin heute ist?«, fragte er. Ich beteuerte, ganz sicher zu sein, und hielt kurz inne, um ihm die Gelegenheit zu geben, sich zu entschuldigen. Was er aber nicht tat. »Um Ihnen die Wahrheit zu sagen, ich vermute, meine Frau hat das Interesse verloren«, verkündete er.

Normalerweise macht es mir nicht allzu viel aus, wenn man mich versetzt. Unter anderen Umständen hätte ich die Zeit genutzt und mich in Abwesenheit der Verkäufer ein wenig im Haus umgesehen. Doch hier gab es keine Verkäufer, zumindest keine mit einem echten Leben, sondern nur die typischen Immobilienentwickler mit ihrer Angewohnheit, exklusive neue Räumlichkeiten mit modischen Accessoires zu schmücken – mit einer Corbusier-Liege aus Chrom und Leder, einem Hochflorteppich, luxuriösen Gardinen und Haushaltstextilien. Nichts, was auf lebendige, atmende Bewohner oder einen persönlichen Geschmack hingedeutet hätte; niemand hatte in diesem Nest seinen individuellen Abdruck hinterlassen.

Ich schloss das Haus von außen ab und lief los. Der Wind blies kalt, aber es war trocken. Wann immer es Zeit und Wetter zulassen, gehe ich zu Fuß. Von unserem Büro aus – Hemings-Immobilien liegt auf der Nordseite des alten Marktplatzes mitten in der Stadt – kann man jedes Haus in maximal einer halben Stunde erreichen. Und es gibt keine bessere Gelegenheit, um den Nebel aus dem Kopf zu vertreiben und das Chaos der tagtäglichen Informationsflut zu sortieren. Dabei mache ich gerne willkürliche Umwege. Ich bewege mich wie jemand beim Schaufensterbummel und halte natürlich die Augen nach ungewöhnlichen Häufungen von Verkaufsangeboten und den Aktivitäten konkurrierender Makler offen. Ich nehme mir die Zeit, all die flatternden Zettel an Zäunen und Laternenmasten zu studieren, die Ankündigungen privater Bauprojekte oder öffentlicher Straßenarbeiten. Ich registriere, wo Gerüste aufgestellt werden, Fahrzeuge von Baufirmen unterwegs sind und den Inhalt von Müllcontainern. Beim Geruch frischer Farbe beschleunigen sich meine Schritte. Und bereits aus ziemlicher Distanz kann ich den roten Lichtpunkt einer neu installierten Alarmanlage ausmachen. Gelegentlich benutze ich dabei auch mein Opernglas (das unverzichtbare Werkzeug eines gut ausgestatteten Maklers).

Wenn ich so meine Runden drehe, überlege ich: Wer passt wohin? Nach siebzehn Jahren im Geschäft habe ich schon in jeder Straße dieser Stadt ein Haus verkauft, und das häufig mehr als einmal. Möglicherweise vergesse ich ab und zu ein Gesicht, aber ich versichere Ihnen, ein Haus vergesse ich niemals.

Als ich mich der Stadt näherte und die Boselle Avenue hinunterspazierte – eine breite, gepflegte Straße, deren Kopfsteinpflaster in dieser Jahreszeit mit braunem Laub und Kastanienschalen bedeckt war –, war es daher nur zu natürlich, dass mir eine Gestalt auffiel, die etwa dreißig Meter vor mir gerade das Haus mit der Nummer 4 verließ. Dieses Haus gehörte zu zwei baugleichen, etwas zurückgesetzt stehenden Vorortvillen aus den Dreißigern. In den vergangenen Jahren hatte ich beide Häuser betreut. Bei Nummer 4 war die Garage aufgestockt und zum Büro oder Arbeitszimmer erweitert worden. Ich kannte das Haus. Aber an den Mann erinnerte ich mich nicht. Oder doch? Er führte einen kleinen Hund spazieren – oder schleifte ihn vielmehr hinter sich her. Selbst aus der Entfernung konnte ich die Ungeduld des Mannes spüren. Er war großgewachsen, was den armen Hund – irgendeine Art von Terrier mit flauschigem, weißen Fell – noch winziger erscheinen ließ, als er ohnehin schon war. Der Mann trug Wanderstiefel und eine Regenjacke mit Kapuze, sein langes dünnes Haar war nach hinten gekämmt. Der Hund wollte an Gartenpforten und Zäunen schnüffeln und japste protestierend, als er rücksichtslos weitergezerrt wurde. Der Mann machte den Eindruck, als würden ihn harmlose, alltägliche Pflichten schnell an den Rand seiner Geduld bringen. Wie von der steifen Brise getrieben folgte ich ihm und dem Hund quer über die Hauptstraße, den Hügel hinab bis zur Kreuzung und dann durch einen Torbogen in den begrünten Innenhof, auf den auch mein eigenes bescheidenes, in einem flachen Mietshaus aus honigfarbenem

Backstein untergebrachtes Apartment blickte. Und ausgerechnet hier am Eingang zur Hofanlage – anstatt in dem mit vielen Grünflächen gesegneten reichen Common-Viertel –, blieb er stehen, um den Hund mitten auf dem Weg sein Geschäft verrichten zu lassen.

Mitten auf dem Weg. Er würdigte mich kaum eines Blicks, als ich mich näherte. Der Hund sah sich wachsam um, während er sich angestrengt krümmte, dann schüttelte er seine bärtige Schnauze und gähnte. Ich ging davon aus, der Mann würde einen Plastikbeutel hervorziehen und die Sauerei beseitigen, stattdessen wartete er einfach, bis der Hund fertig war, riss erneut an der Leine und marschierte davon.

»Hallo?«, hörte ich mich selbst rufen. »Entschuldigen Sie bitte …«

Der Mann – vielleicht kannte ich ihn tatsächlich von irgendwoher – drehte sich mit einem verärgerten Gesichtsausdruck um, was ich sofort durch ein verbindliches Lächeln und eine scherzhafte Bemerkung auszugleichen versuchte. »Entschuldigung«, sagte ich, »aber ich glaube, Ihr Hund hat da was fallen lassen.«

Wir blickten beide zu dem Haufen, auf den ich deutete, eine akkurat geformte, dampfende Spirale, die mir ungewöhnlich groß für einen so kleinen Hund erschien.

Dann starrte er mich an. »Und, was wollen Sie deswegen unternehmen?«

»Was *ich* deswegen unternehmen will? Ich dachte eher, *Sie* würden deswegen etwas unternehmen.« Wieder lächelte ich.

»Eher nicht, also verziehen Sie sich. Und kümmern Sie sich gefälligst um Ihren eigenen Dreck, Sie kleinkarierter

Spießer.« Den Mund leicht geöffnet, fixierte er mich einen Augenblick lang, dann zerrte er an der Leine und wandte sich wieder dem Pfad in Richtung Park und Common-Viertel zu. Ich stand wie angewurzelt da und sah zu, wie der Hund noch einmal kurz protestierte, bevor sie die Rasenfläche überquerten und die Stufen zum Fußpfad am Flussufer hinunterstiegen. Der Mann drehte sich nicht mehr um.

Kleinkarierter Spießer? Ich hatte mich immer als engagierten Mitbürger betrachtet, als jemanden, der sich vorbildlich für die Belange der Allgemeinheit einsetzt. Im nächsten Abfalleimer fand ich ein dünnes Stück Pappe. Ich schob es unter die Pyramide abkühlender Ausscheidungen und transferierte sie auf diese Art in eine leere Fast-Food-Schachtel. Diese trug ich den Hügel hinauf zu dem Innenhof vor meinem Apartment, wo auch mein Wagen parkte. In Ordnung, dachte ich mir, dieser unverschämte Rüpel hat mich beleidigt, aber was solls? Entweder verzehrt man sich innerlich vor Wut oder man tut einfach das Richtige.

Ich stellte die Schachtel im Beifahrerfußraum meines Wagens ab und flitzte in mein Apartment hinauf, um die dort aufbewahrten Akten zu konsultieren. Es dauerte nicht lange. Ich bin sehr gut organisiert. Wie sich herausstellte, hatten wir das Haus 2007 an eine gewisse Judith Bridgens verkauft. Vielleicht hatte sie es an diesen groben Klotz weiterverscherbelt. Ich rief die in meinen Unterlagen angegebene Festnetznummer an. Niemand nahm ab. Also fuhr ich zu dem Haus, parkte ein Stück die Boselle Avenue hinauf und schlenderte zurück zur Hausnummer 4, auf dem Arm einen Stapel Verkaufsprospekte und darunter die Schachtel. Im Vorgarten des Hauses, hinter der hohen, wild wuchernden Ligusterhecke, hätte mich höchstens ein über die Gartenpforte spähender Passant entdecken können, und auch das nur für ein oder zwei Sekunden. Ich klingelte an der Eingangstür und rief erneut die Festnetznummer an. Drinnen läutete das Telefon. Niemand hob ab. Ich zog den Schlüssel aus meiner Westentasche, schloss die Tür auf und wartete einen Augenblick, bevor ich über die Schwelle trat. Oh ja. Wie genieße ich jedes Mal diesen ersten Moment in einem leeren Haus, bevor der Bann der Stille und des Schweigens durch die Geräusche meines Atems und meiner Bewegungen durchbrochen wird. Nach kurzem Suchen fand ich die Küche und begutachtete dort den blitzsauberen, gekachelten Küchenboden. War er für meine Zwecke ausreichend? Nicht ganz. Vielleicht doch lieber das Wohnzimmer …? Ich schob die Tür zu einem geräumigen Wohnbereich mit geschmackvoll eingerichteter Essecke auf. Französische Fenster sahen hinaus auf die Terrasse, den ungepflegten Rasen und die durch Wetter und Vernachlässigung verunstalteten Blumenbeete. Der Besitzer war definitiv kein Gartenfreund. Allerdings hatte er einen gewissen Sinn für attraktive, moderne Polstermöbel, und vor allem besaß er einen weißen, flauschigen – man könnte fast sagen spießigen – Wollteppich.

Das passt doch, dachte ich.

Ich ließ den Hundehaufen – der immer noch erstaunlich intakt war, fast wie ein Scherzartikel aus Plastik – auf den luxuriösen Teppich gleiten und hielt einen Augenblick inne, um die Perfektion seiner bräunlichen Karamellfarben zu studieren und mich an seinem befriedigend bösartigen Geruch zu erfreuen, der nun freigesetzt war, um dieses verbotene Interieur zu erkunden. Ganz sicher würde der Hund diesen Duft bei seiner Rückkehr augenblicklich registrieren. »Wuff, wuff, Herrchen! Schau doch mal!«

Dann zog ich mich wieder zurück. Nicht zuletzt wegen der morgendlichen Enttäuschungen hätte ich, da ich nun schon einmal hier war, gerne eine ausführliche Besichtigungstour des Hauses unternommen. Vor allem hätte ich mich gerne irgendwo versteckt, um das schockierte, verwirrte Gesicht des Mannes bei seiner Rückkehr zu sehen. Doch ich hatte eine Firma zu leiten. Also verließ ich vorsichtig das Haus und warf einen meiner Werbeprospekte in den Briefkasten.

Der Wind hatte nachgelassen. Recht zufrieden mit mir selbst schlenderte ich die Boselle wieder hinauf, verteilte auf dem Weg zu meinem Wagen weitere Prospekte in die Briefkästen und fuhr schließlich zu meinem Apartment zurück, wo ich den Hausschlüssel wieder sorgfältig verstaute. Rache ist süß.

Aber, höre ich Sie jetzt leicht skeptisch und mit besagter Waffe an meinem Kopf fragen, wenn Sie seit siebzehn Jahren all diese wundervollen Häuser verkaufen, wieso haben Sie dann ausgerechnet den Schlüssel zu *diesem* aufgehoben? Worauf ich Ihnen erwidern würde: Natürlich nicht nur zu diesem – ich besitze die Schlüssel zu allen von ihnen.

2

ICH BIN SECHS JAHRE ALT, und alles, was ich bisher für wahr gehalten habe, löst sich in Luft auf. Die Räume sind still geworden. Die Gespräche finden anderswo statt – meine Mutter, mein Vater, meine Tante. Beim Zubettgehen küsst mich meine Mutter, redet aber wenig. Das Buch mit Kinderreimen, aus dem sie mir immer vorgelesen hat, liegt unberührt neben dem Bett. Mein Vater kommt aus dem Büro nach Hause. Er und Mutter essen zu Abend, während ich die Münzen in meiner Geldkassette zähle oder im Schlafanzug Fernsehen schaue. Ich sitze da, die Beine verschränkt, mit abstehenden Ohren, ein Glas Milch vor mir. Riley schnurrt und schließt die Augen, wenn ich ihn zwischen den Ohren kraule. Viele Tage verschwimmen zu einem einzigen, doch manchmal tritt eine Erinnerung scharf und deutlich hervor: an meiner Wange der raue Stoff des dunklen Vorhangs, hinter dem ich mich verberge, der Geruch der Zigarette meiner Mutter. Ich finde heraus, wo sie sich leise flüsternd unterhalten. Sie reden überall dort, wo sie mich nicht vermuten. Ich liege auf dem Bauch unter dem Sofa, ein Stück Brot in der Hand, oder hinter dem Korbstuhl im Wintergarten. Ich beobachte, wie meine Mutter ihren Bauch berührt, in dem das

Baby heranwächst. An diesen Orten bin ich ein unsichtbarer Junge. Kaum legt sich meine Mutter in ihrem Zimmer hin, verbietet mir mein Vater, den dunklen Raum zu betreten. Doch Riley geht dort ein und aus. Manchmal, wenn meine Mutter schläft, folge ich ihm und krieche unter ihr Bett.

Ein anderes Mal bespricht sich Tante Lillian flüsternd mit meinem Vater. Ihre Hand liegt auf seiner, was meinen Atem stocken lässt.

Onkel Richard nimmt mich mit zum Fußball, es wird laut gegrölt und riecht nach gebratenen Zwiebeln. Auf dem Heimweg parkt er irgendwo, eine Lady führt uns die Treppe hinauf zu ihrem Haus. Es ist seltsam, eine Treppe zu einem Haus emporzusteigen. Das Zimmer ist klein. »Das ist William«, erklärt ihr Onkel Richard und streicht mir dabei übers Haar. Dann lassen sie mich alleine. Der Fernseher läuft, aber als ich meinen Keks aufgegessen habe, spaziere ich in die Küche. Sie ist kleiner als unsere, und feuchte Kleider sind zum Trocknen aufgehängt. In einer Schublade finde ich einen blau-weißen Löffel. Er ist aus diesem Material, aus dem auch Tassen gemacht sind. Eines Tages wird die Lady fragen: »Wer hat denn meinen Löffel weggenommen?«, und die Antwort wird lauten: Mr Niemand.

Bei anderer Gelegenheit bin ich ein vermisstes Kind. Ich höre, wie sie meinen Namen rufen – mein Vater, meine Tante, meine Cousine. Schon bald suchen auch unsere neuen Nachbarn nach mir. Doch ich habe mich nur auf der marshmallowfarbenen, samtbezogenen Ottomane zusammengekauert, die am Fußende des Betts steht, das mein Vater nun mit Tante Lillian teilt. Von meinem

Versteck unter den Decken aus kann ich draußen auf der Straße Stimmen hören. In meinem Mund schmilzt ein Bonbon, das ich mir aus der Dose stibitzt habe. Das Haus ist still. Eine lange Zeit vergeht, doch der Sommerhimmel draußen ist immer noch hell. Vielleicht bin ich eingeschlafen. Als mein Vater mit dem Polizisten und Mr Damato, dem italienischen Herrn von gegenüber, zurückkehrt, sitze ich auf der Vordertreppe und lese mein Buch. »Wo warst du?«, fragt mein Vater barsch. Ich blinzle auf eine Art, die er manchmal als unverschämt bezeichnet. »Nirgendwo.« Ich weigere mich, Ihnen weitere Auskünfte zu geben. Er packt mich bei den Schultern, schüttelt mich, und der Polizist blickt streng. Tante Lillian kommt herausgeeilt, als hätte man mich soeben tot aufgefunden. Ein paar Tage später bringt die Zeitung ein Bild meines ernsten Gesichts. Darunter steht: »Der glückliche William Heming, acht, ist nach seinem mysteriösen Verschwinden unbeschadet nach Hause zurückgekehrt.« Meine Cousine Isobel ist dreizehn. Sie hält mir die Zeitung unter die Nase wegen der ganzen Probleme, die ich verursacht habe. »Du machst nichts als Ärger«, zischt sie.

Eines Nachmittags, Isobel ist fünfzehn und ich zehn, entdeckt sie mich in ihrem Kleiderschrank und schreit das ganze Haus zusammen. Dabei habe ich nichts getan, außer mich mucksmäuschenstill zu verhalten. Was ist ihr Problem? Aber jetzt kriege ich wirklich Ärger. »Ich hab ihr nicht nachspioniert«, erkläre ich, als Tante Lillian mich genau dessen beschuldigt (selbst mit einem Auge am Spalt zwischen den Schranktüren konnte ich kaum mehr als ihr Gesicht erkennen, während sie Popsongs mitsang und sich die Nägel lackierte), doch sie funkelt mich nur böse und mit weit aufgerissenem Mund an. »Schau, er hat meinen Kamm!«, schreit Isobel und reißt ihn mir aus der Hand. Mein Vater ist ebenfalls wütend und weiß sich nicht anders zu helfen, als mir zwei oder drei harte Schläge an den Kopf zu verpassen. Dann steckt er mich in meinen eigenen Kleiderschrank und schließt die Tür von außen ab. »Jetzt werden wir ja sehen, wie dir das gefällt«, sagt er. Ehrlich gesagt, macht es mir nicht das Geringste aus.

In der Dunkelheit ziehe ich den Schlüssel von meiner Geldkassette heraus, grabe eine Furche quer in das Holz und dann eine weitere darüber. Das wird mein persönliches, unverwechselbares Zeichen sein, hier vor allen Blicken auf ewig verborgen. Der Platz zwischen den beiden Linien ist so breit wie mein Finger, was perfekt ist. Ich stelle mir vor, wie ich in diesen Zwischenraum krieche und dort ganz still daliege.

Isobel wird mich nie wieder erwischen. Stattdessen sind ab jetzt immer wieder mal ihre Habseligkeiten auf mysteriöse Weise verlegt oder sie verschwinden spurlos – ihre Wattestäbchen, ihre parfümierten kleinen Sachen. Einmal bemerkt sie, dass ich sie dabei beobachte, wie sie einen Jungen aus der Nachbarschaft küsst, der seine Arme um ihren Nacken geschlungen hat. Sie wird fuchsteufelswild. Jetzt denkt sie immer, wenn sie einen Jungen küsst – es gibt mehr als nur diesen einen –, dass ich in der Nähe bin. Sie hält immer nach mir Ausschau, aber ich bin gut versteckt. Wenn ich es wollte, könnte ich jedoch aus dem Schatten im Park hervortreten wie ein Geist.

Von meinem Schlafzimmer aus sehe ich, wie Mrs Damato auf der anderen Straßenseite das Abendessen zubereitet. Die Küche ist hell erleuchtet, und die Töpfe dampfen. Wie gerne wäre ich jetzt dort hinter der Tür ihrer Speisekammer, verborgen zwischen den Gläsern, stark riechenden Paketen und den Würsten, die wie steife Arme von der Decke baumeln. Ich habe mich während der Sommerferien einmal unbemerkt hineingeschlichen, als gerade große Hitze herrschte und die Küchentür offen stand, um die kühle Brise hereinzulassen. Mrs Damato staubsaugte im ersten Stock. Der kleine Anthony spielte in seinem Laufställchen im Wohnzimmer. Als ich hereinkam, bemerkte mich Anthony und zog sich an den Gitterstäben hoch. Ich winkte ihm zu wie ein gerade gelandeter Engel. Als ich mich wieder davonstahl, hing er immer noch an den Gitterstäben seines Ställchens. Auf einem Drahtrost standen kleine Kuchen zum Abkühlen, ich nahm mir einen davon und gab ihm die Hälfte ab. Oben hörte das Dröhnen des Staubsaugers abrupt auf und wir blickten beide zur Zimmerdecke. Wir konnten hören, wie Mrs Damato mit ihrer hohen italienischen Stimme weiterträllerte.

Das sind die Tage, an die ich mich erinnere. Nach dem Ärger mit Cousine Isobel schickte mich mein Vater auf ein Internat weit weg von Norfolk. Das ist eine echte Chance für dich, erklärte er mir. Meine Mutter hatte uns bei ihrem Tod etwas Geld hinterlassen, und er sagte, um ihretwillen müsse ich mir große Mühe geben. Schon damals erkannte ich eine hohle Phrase. Tatsächlich hatte ich mehr Grips als nötig, doch mir fehlte es an Mut. Also arbeitete ich weiter an meiner Tarnung. In meiner neuen Schule vermied ich sorgsam alle Extreme, ob Triumphe oder Niederlagen, ich verhielt mich unauffällig und versuchte auf dem Sportplatz keine allzu großen Schwächen zu zeigen, um mir die beständigen Quälereien der kräftigeren, sportlichen Jungs zu ersparen, die unter den nachlässigen, kurzsichtigen Blicken unserer Hausverwalterin Mrs Luckham das wahre Regiment im Haus führten. Ich mied alle Arten von Cliquen, lachte, wenn die anderen lachten, schrumpfte devot unter den streng musternden Blicken meiner Lehrer. Weder richtig drinnen noch richtig draußen kultivierte ich eine Art freundlicher, angepasster Geselligkeit, wartete, bis ich an der Reihe war, spielte meine Rolle. Falls ich doch ein- oder zweimal im Schuljahr eine leichte Krankheit oder eine Verletzung vortäuschte, geschah das nicht, um wie die anderen Jungs ein Sportturnier oder den nachmittäglichen Unterricht zu schwänzen, sondern um mir eine halbe Stunde Freiheit zu verschaffen, in der ich die knarrenden, gewachsten Korridore des Winter, Bentham oder Wood House entlangging, angezogen vom Geruch der unbeaufsichtigten, unabgeschlossenen Schlafsäle – die meinem eigenen Schlafsaal von der Einrichtung, Gestaltung und Größe her glichen und in denen verlockend die Aura ihrer abwesenden, legitimen Bewohner hing. So etwas nannte ich eine echte Chance.

Ich hatte meinen Mitschülern nichts Bedeutsames mitzuteilen, und umgekehrt war das wohl ähnlich, trotzdem lernte ich einen Großteil von ihnen näher kennen, indem ich ihre Comichefte, Sammelkarten und Spielsachen studierte, die Briefe und Postkarten ihrer Mütter, Geschwister und großzügigen Paten las, deren Geldgeschenke und Süßigkeiten stets von witzigen, liebevollen Grüßen begleitet wurden, den allerbesten Wünschen für die Zukunft und der Aufforderung, das Leben zu genießen. Ich ergründete ihre Geheimnisse – welchen Spitznamen sie zu

Hause hatten, wem der Blinddarm oder die Mandeln entfernt worden waren, wer diesen Winter zum Skifahren ging, welche Familie einen Jack Russell namens Dobb besaß (Foto beigefügt), wer gerade eine kleine Schwester bekommen hatte oder pausenlos daran erinnert werden musste, seinen Asthmainhalator zu gebrauchen. Gelegentlich fand ich auch ein wenig einfallsreiches Tagebuch, in das ich mich vertiefen konnte; und im Frühjahrssemester stieß ich in diversen Spinden der zehnten Jahrgangsstufe auf dieselbe zerlesene Novemberausgabe von *Penthouse*. All meine Entdeckungen und Mutmaßungen vermerkte ich zunächst in einem Spiralblock (Tomerton ist ziemlich sicher schwul; Folkes Stottern resultiert aus in früher Kindheit erlittenen Quälereien) und später in Notizbüchern, deren Anzahl konstant wuchs, während meine Erkundungsgänge zunehmend an Bedeutung gewannen. Das Leben all dieser Jungen – das der Schwächlinge, der Schulhof-Rowdys, der Musterschüler, der jungen Mozarts und Einsteins – verwahrte ich eingeschlossen in meiner Truhe.

War es tatsächlich so abwegig, das als Hobby zu betrachten? Oder als eine Art obsessiv betriebenen Sport? Schließlich gab es, von den Verlockungen des *Penthouse*-Magazins einmal abgesehen, wohl kaum etwas Aufregenderes für einen Jungen, als einige Augenblicke allein in der Höhle der verbotenen Schätze zu verbringen. Einem scharfen Beobachter wäre möglicherweise aufgefallen, dass ich gelegentlich schon vor dem Pudding vom Esstisch aufstand oder mich während der freien Studierzeit aus der Bibliothek entfernte. Doch handelte ich dabei keineswegs leichtsinnig. Die Befriedigung meiner innersten Bedürfnisse ging einher mit einer sorgfältigen Kalkulation des Risikos. Ich plante genau voraus und legte mir passende Ausreden zurecht. Ich hatte immer eine gut einstudierte Erklärung parat, falls mich jemand vom Reinigungspersonal oder ein oberflächlich interessierter, zufällig vorbeikommender Lehrer fragen sollte, wieso ich mich an Orten aufhielt, an denen ich nichts zu suchen hatte. Aber natürlich machte die Gefahr auch einen Teil des Reizes aus. Was war das Leben wert ohne das Gefühl, einem könne urplötzlich der Teppich unter den Füßen weggerissen werden? Bei einer Schülervollversammlung verlas Mr Williams einen fesselnden Artikel aus der *Yorkshire Post* über einen jungen Mann aus der Gegend, der beim Bergsteigen im Lake District tödlich verunglückt war. Die ganze Stadt, so erklärte er, trauere um den verlorenen Sohn. Meine Mitschüler verfielen in ein unbehagliches Schweigen und scharrten mit den Füßen, ich dagegen dachte sofort an mein eigenes ruheloses Wesen, das mich immer wieder auf gefährlichen Graten wandern ließ, wo ich von Windböen geschüttelt dem Abgrund plötzlicher Entdeckung ausgesetzt war – ein furchtloser Seelenverwandter des berühmten verlorenen Sohns. Wir beide – der verlorene Sohn und ich – handelten so, einfach weil die Herausforderung nun mal da war, und weil wir wussten, dass sich nichts auf der Welt so einzigartig anfühlt.

In der elften Jahrgangsstufe, also fast schon erwachsen, bekamen einige von uns ihr eigenes abschließbares Zimmer. Doch es bedurfte nur eines unbeobachteten Augenblicks, um den passenden Schlüssel zu ergattern – aus einem Jackett, das in der Umkleidekabine oder auf der Rückenlehne eines Stuhls hing oder das nachlässig neben einem Sportplatz abgelegt worden war, der Tascheninhalt halb über den Rasen verteilt. Manchmal hing er an einem Bund mit kleineren Schlüsseln, die auf vielversprechende, in Holz- oder Blechkisten eingesperrte Geheimnisse hindeuteten. Sobald ich mit dem Schlüssel zur Behausung des jeweiligen Opfers eilte, blieben mir in der Regel höchstens zehn Minuten, um das Zimmer entweder gründlich zu durchstöbern oder einfach die fremdartige Atmosphäre auf mich wirken zu lassen. Oft fand ich auch etwas zu essen. Nur bei zwei Gelegenheiten überraschte mich ein unerwartet zurückkehrender Bewohner – mit Rütteln an der Türklinke und einem gemurmelten »Scheiße«, während der Junge erneut vergeblich nach seinem Schlüssel kramte. Ich hörte den Hall seiner Schritte auf dem Weg zum Sekretariat, wo er sich nun dem Zorn unserer Hausverwalterin Mrs Blake stellen musste. In solchen Momenten hieß es für mich Nerven zu bewahren; doch üblicherweise gab Mrs Blake dem Drängen eines nachlässigen Schülers nur sehr widerwillig nach, und wenn sie ihn schließlich mit dem Hauptschlüssel in der Hand missmutig zu seinem Zimmer begleitete, befand sich der Originalschlüssel bereits sicher in ihrem Korb mit den Fundsachen, von unbekannter Hand wundersamerweise dort deponiert. Ich grub mein geheimes Zeichen überall dort ein, wo man es nicht sehen konnte und wo ich nichts zu suchen hatte.

Natürlich raste in solchen Momenten mein Herz, doch mein Verstand arbeitete noch rascher. Allerdings stand mir noch eine harte Lektion bevor.

Mit vielen anderen an der Schule teilte ich eine Faszination für einen Jungen namens Marrineau. Er war der

Kapitän sämtlicher Sportmannschaften, bewegte sich trotz seiner ausgeprägten Muskulatur mit lässiger Eleganz und verbreitete stets eine leicht bedrohliche Aura um sich. Alle bewunderten ihn. Unsere Wege kreuzten sich nie. Ich war einfach nur eine der vielen niederen Kreaturen, die respektvoll Distanz zu ihm und seiner Gefolgschaft aus Schlägertypen und Bewunderern hielten – allesamt Rugbycracks, Cricketspieler und Ruderer. Jeden Samstagmorgen jubelten wir ihm auf dem Sportplatz zu, wenn er sein Team zu neuen Triumphen führte. In der Stadt sah ich ihn häufig in Joy's Café-Bar mit Mädchen herumhängen. Es kursierte das Gerücht, er besäße ein Motorrad, das in einer Garage in der Nähe der Schule abgestellt war. Was auch immer er besaß, alle anderen wollten es auch haben. Er war unerreicht.

In der elften Jahrgangsstufe besuchten er und ich gemeinsam einen Geschichtskurs bei einem sehr klein gewachsenen Lehrer namens Mr Stamp, der uns im Frühjahrssemester als »Lernteam« zusammenspannte. Wozu es natürlich nie kam. Marrineau richtete nur zwei Mal das Wort an mich: Einmal nach diesem Kurs, als er mir drohend erklärte, ich solle mich ja von ihm fernhalten; und dann eine Woche später, als er mich gegen die Wand der Umkleide schleuderte, meine Krawatte und meinen Kragen in seiner Faust, und mir leise zuzischte, ich wäre ein toter Mann, wenn ich ihm weiter hinterherlief.

Allerdings bestärkte Marrineau damit nur meinen Entschluss, irgendwann seine Verteidigungslinien zu durchbrechen und sein goldenes Heiligtum zu betreten, ein Zimmer unter dem nach Süden ausgerichteten Giebel des Hooke House. Unglücklicherweise schien der Zutritt dort so gut wie unmöglich. Inzwischen war ich mit seinem Stundenplan ebenso vertraut wie mit meinem eigenen und brütete über Listen mit Trainingsterminen und Sportereignissen. Doch es gab kaum Berührungspunkte in unseren Tagesabläufen, und so gut wie nie bot sich die Gelegenheit, ihm unauffällig zu folgen, ohne dabei ins Visier seiner persönlichen Wachhunde zu geraten, die er, wann immer er mich in seiner Nähe bemerkte, augenblicklich auf mich losließ. Eines Nachmittags schubsten mich zwei von ihnen im naturwissenschaftlichen Trakt zu Boden, was das blökende Gelächter einer Schafherde von Bewunderern nach sich zog. Alle witterten bereits Blut. Also zog ich mich sofort wieder an die Peripherie zurück. Andernfalls wäre ich Gefahr gelaufen, meine wahren Absichten zu verraten und meine hart erarbeitete Anonymität aufzugeben. Aber je aussichtsloser es erschien, sich Marrineau zu nähern, und umso feindseliger sein Verhalten wurde, desto mehr wurde er für mich zum Heiligen Gral.

Und eines Tages sah ich meine Chance. Alle Schüler waren aufgefordert worden, Interessen außerhalb des normalen Lehrplans zu entwickeln. Ich selbst war einem Filmclub beigetreten. (Damals hatte ich eine Vorliebe für Western: Nichts faszinierte mich mehr als ein lässiger Fremder mit Schießeisen, der den respektablen Bürgern einer Stadt beistand, die von grölenden Gesetzlosen tyrannisiert wurden). Außerdem besuchte ich die Schach-AG. Schach erlaubte es den weniger sportlichen Jungs, das auf Wettstreit basierende Ethos der Schule zu beherzigen, ohne dabei ernsthafte Verletzungen zu riskieren; außerdem konnte ich mich auf die Art als umgänglicher Mensch zeigen, ohne wirklich etwas von mir preiszugeben. Wie üblich versuchte ich nicht allzu häufig zu gewinnen, auch wenn ich wohl kaum eigens erwähnen muss, dass ich den anderen immer drei Züge voraus war. Eines Nachmittags erspähte ich Marrineau, wie er mit breiten Schultern, hoch aufgerichtet und raumgreifend durch den Hauptflur schritt, als würde er kraftvoll hindurchrudern. Ich drückte mich in eine Nische, um ihn ungestört mustern zu können. Er trug etwas bei sich, schien aber bemüht, es zu verbergen. Es war ein Reiseschachspiel von der Art, wie man es in der Stadt verkaufte – kein teures, sondern eines mit Plastikfigürchen in einer mit einem Schachbrettmuster bedruckten Blechschachtel. Ich hatte keine Ahnung gehabt, dass er Schach spielte. Befürchtete er vielleicht, man könnte ihn deswegen als uncool bezeichnen? Unvorstellbar, dass er jemals die Schach-AG besuchen würde; doch gegen wen spielte er? Vielleicht war er ja Anfänger – hatte in den Ferien von seinem cleveren jüngeren Bruder die Grundlagen gelernt, wagte aber noch nicht, sich anderen Schachspielern an der Schule zu offenbaren?

Augenblicklich wusste ich, was ich zu tun hatte. Mit vor Aufregung pochendem Herzen rannte ich los. Gerade als er die Seitentür zu seinem Wohnblock erreichte, holte ich ihn ein. »Marrineau …«

Er fuhr herum und starrte mich an.

»Ich hab dich mit deinem Schachspiel gesehen. Ich dachte, wir können vielleicht mal zusammen spielen.«

Unverwandt fixierte er mich. »Willst du mich verarschen?«

»Oder wenn du gerade erst damit anfängst – womit ich nicht sagen will, dass das so ist –, dann könnte ich dir ein paar Eröffnungszüge zeigen. Ich bin im Schachclub. Und es heißt, ich wäre ziemlich gut. Was sagst du dazu?«

Er sagte gar nichts. Stattdessen schubste er mich beiseite und schlug mir die Tür vor der Nase zu. Hatte ich ihn in Verlegenheit gebracht? Zumindest hatte er nicht Nein gesagt, was ein gutes Zeichen war. Es bestand also immer noch Hoffnung.

Überraschend ergab sich eine weitere, weniger offensichtliche Chance in dem gemeinsam besuchten Geschichtskurs. Marrineau war kein wirklich guter Schüler. Er trug kaum etwas zum Unterricht bei und starrte üblicherweise aus dem Fenster auf den Schulhof, während Mr Stamp über Oliver Cromwell und seinen ungerechten Krieg gegen die Iren referierte. An diesem Tag jedoch las Marrineau irgendetwas unter seinem Pult – einen auf zartgelbes Papier geschriebenen Brief, dessen weißer Umschlag eher zu einer Glückwunschkarte zu gehören schien. Hatte er etwa heute Geburtstag? Er war so vertieft in den Brief – und ich beobachtete ihn dabei konzentriert aus der Bankreihe dahinter –, dass keiner von uns den winzigen Mr Stamp bemerkte (oder die plötzliche Stille in der Klasse, die seine Annäherung verriet), bis dieser urplötzlich mit einer zusammengerollten Landkarte, mit der er üblicherweise auf Kreidezeichnungen von Truppenbewegungen an der Tafel deutete, auf Marrineaus Tisch schlug. Dann zeigte er mit der Karte auf den Brief und streckte gleichzeitig die Hand danach aus. Marrineau händigte ihm das Blatt aus.

Mr Stamp überflog den Inhalt und lächelte traurig. »Liebesbriefe werden Ihnen nur wenig helfen bei Ihrer Hausarbeit über den englischen Bürgerkrieg«, verkündete er.

Marrineau, dessen Blick starr auf den Brief geheftet war, brachte keinen Ton heraus.

»Nun?« Mr Stamp wartete auf eine Antwort, obwohl er streng genommen gar keine Frage gestellt hatte. »Mr Marrineau?«

»Nein, Sir«, erwiderte Marrineau.

»Nein, Sir«, wiederholte Mr Stamp. »Sieben Tage Hausarrest.« Demonstrativ faltete er den Brief zusammen, schob ihn zurück in den Umschlag und steckte ihn in die Tasche seines abgewetzten, an den Ellbogen mit Lederflicken besetzten Jacketts.

Irgendwas stieg in Marrineaus grauen Augen auf, und es schien mehr Verzweiflung zu sein als ein Gefühl der Niederlage. Was war so wichtig an diesem Brief? Ein Liebesbrief, hatte Mr Stamp gesagt. Mit ziemlicher Sicherheit von einem Mädchen aus der Stadt. Fürchtete Marrineau, Mr Stamp könne die darin enthaltenen süßen Nichtigkeiten im Lehrerzimmer ausposaunen oder, schlimmer noch, dem Rektor davon berichten, mit weiß Gott was für Konsequenzen? Vielleicht plante Marrineau ja mit dem Mädchen durchzubrennen. Meine Fantasie überschlug sich.

Sie werden sich wohl kaum über meine heimliche Befriedigung angesichts des unerwarteten Sturzes von Marrineau wundern, zumal ich ja erst kürzlich Opfer seiner groben Worte und Handgreiflichkeiten geworden war. Und dennoch – trotz seiner arroganten Verachtung für alle Niederstehenden, oder vielleicht gerade deswegen – rückte ihn diese Demütigung durch Mr Stamp in ein geradezu tragisches Licht: ein gebrochener, geblendeter Samson; ein Löwe in Ketten, der seines mächtigen Gebrülls beraubt war. Eine angespannte, nervenaufreibende Stille hing für den Rest der Stunde über dem Klassenzimmer, als könnte unser bewunderter und gefürchteter Kapitän jederzeit mit einer übermenschlichen Anstrengung die mächtigen inneren Fesseln seines eingefleischten Respekts für Autoritäten sprengen, über die Pulte hinwegsetzen und Mr Stamp in Stücke reißen. Und wer hätte sich das nicht gewünscht?

Stattdessen hockte Marrineau einfach nur da, mit von Scham geröteten Ohren und absolut reglos bis auf das wütende rhythmische Anspannen seiner Kiefermuskeln. Als die Klingel zur Teestunde ertönte, blieb er zurück, um mit Mr Stamp zu sprechen. Obwohl ich draußen vor der offenen Tür herumlungerte, war seine gemurmelte Bitte nicht zu verstehen, doch Mr Stamps gebellte Antwort verriet keinerlei Respekt für Marrineaus offensichtlichen Wunsch, die Sache diskret zu handhaben. »Hätten Sie sich das nicht überlegen können, bevor Sie diesen Brief in meinem Geschichtsunterricht gelesen haben?« Dabei blickte der Lehrer mit einem langen gepeinigten Ausdruck zu dem ihn haushoch überragenden Marrineau auf, in Erwartung, dieser werde die unbestreitbare Logik des Arguments begreifen – so als könnte von Strafe überhaupt keine Rede sein und durch bloße Einsicht alles wiedergutgemacht werden. Doch Marrineau schwieg, und Mr Stamp entließ ihn mit angespannter Körperhaltung, wütendem Gesicht und tieftraurigen Augen.

Als Marrineau im Flur an mir vorbeikam, funkelte er mich zornig an, obwohl er mich ja schlecht für die erlittene Schmach verantwortlich machen konnte – oder besser gesagt, er konnte wohl kaum ahnen, dass ihm Mr Stamp möglicherweise nie auf die Schliche gekommen wäre, hätte ich nicht seine schlecht getarnten Manöver unter dem Pult mit derart auffälliger Neugier verfolgt.

Armer Marrineau. Wo waren jetzt seine lachenden, kräftigen Kumpels, die ihn gegen die trivialen Probleme der gewöhnlichen Sterblichen abschirmten? Was vermochten sie gegen die Autorität des winzigen Mr Stamp?

In diesem Augenblick war ich der Einzige, der Marrineau noch retten konnte. Hatte ich mich deshalb vor der Tür herumgetrieben, während Mr Stamp seine Aktentasche schloss, den Projektor ausschaltete und den Geschichtsraum verließ, wobei der Brief immer noch aus seiner Jackentasche ragte? Wollte ich auf diese Art endlich Marrineaus Dankbarkeit gewinnen, mir seine Zuneigung erschleichen? Ich kann es nicht leugnen. Um ihm näher zu sein, hatte ich bereits mehr investiert, als klug war, daher durfte ich diese Wendung des Schicksals nicht ungenutzt verstreichen lassen. Doch es ging mir um mehr. Stellen Sie sich beispielsweise den rasant beschleunigten Puls eines Briefmarkensammlers vor, der in einem Bündel schwedischer Briefe aus dem neunzehnten Jahrhundert die seltene gelbe Treskilling entdeckt; oder einen Vogelbeobachter, der eine nistende Wiesenralle sichtet; oder einen Bergsteiger, der eine neue Route zum Gipfel entdeckt. Diese Situation war wie eine unerwartet servierte Vorspeise, während ich der Hauptmahlzeit Marrineau entgegenfieberte, sie machte mir den Mund wässrig auf das noch nie Gekostete, auf eine neue prickelnde Erfahrung, auf das Erhaschen der ersehnten Jagdbeute; und auch deshalb folgte ich Mr Stamp, der sich mit rascher werdenden Schritten entfernte, dabei vermutlich an Marmelade und getoasteten Teekuchen dachte, jedoch unwissentlich eine noch viel süßer duftende Spur hinterließ.

Ich kann Ihnen allerdings ebenso gut jetzt schon verraten, dass die Geschichte nicht gut ausging; dass ich mir etwas erlaubte, das ich nur als dumme Nachlässigkeit bezeichnen kann; und dass ich mich noch vor Ablauf der Woche von Mr Stamp, Marrineau, seinem bescheuerten Gefolge, ja von der gesamten Schule für immer verabschieden musste. Man hatte mich rausgeworfen.

3

MEIN VATER WAR IM JAHR ZUVOR GESTORBEN, deshalb holte mich Tante Lillian von der Schule ab. Sie hatte zuvor mit dem Rektor verhandelt und ihm zugestimmt, dass es wohl das Beste für mich wäre, wenn ich die Schule ohne weitere Diskussionen oder Konsequenzen verließ. Was mir nach all den Jahren, in denen ich mir in Gedenken an meine Mutter so viel Mühe gegeben hatte, eine ziemliche Vergeudung von Zeit und Geld zu sein schien.

»Aber was hast du erwartet, William?«, fragte sie. »Was hätten wir denn tun sollen? Was in aller Welt hast du dir dabei gedacht? »

So viele Fragen. Irgendwie konnte ich mir nicht vorstellen, dass Tante Lillian wirklich entschlossen für mich gekämpft hatte. Der Rektor hatte sie überrumpelt, indem er mich als normalerweise ruhig und fleißig beschrieben, dann jedoch hinzugefügt hatte, ihm seien leider die Hände gebunden angesichts der Augenzeugenberichte und meines eigenen unerklärlichen Schweigens (ich hatte mich vorsorglich in den verlässlichen Verteidigungsmechanismus meiner Kindheit zurückgezogen).

»Du kannst noch von Glück reden, dass sie dich nicht angezeigt haben«, befand Tante Lillian.

Tatsächlich hatte ich bei dieser letzten schulischen Episode mein Glück in verschiedener Hinsicht überstrapaziert.

Mein Fehlen als Aufsicht der Teestunde der Unterstufenschüler blieb unbemerkt, während ich Mr Stamp bei seiner eigenen Teestunde beschattete und ihm anschließend zu seinen Räumen im zweiten Stock folgte, wo er als Vorsteher des Winter House wohnte. Er ließ mich nicht lange warten, sondern tauchte keine zehn Minuten später wieder auf, diesmal in einem anderen, leichteren Jackett – eindeutig ohne den Brief darin – und lässigeren Hosen. Er lief rasch davon, wobei er mit einer zusammengerollten Zeitung gegen sein Bein klatschte. Ich folgte ihm zu dem Tennisplatz hinter dem Teich und der Statue des Gründers, wo ein Quartett von Schülern der Mittelstufe in der Spätnachmittagssonne ein Doppel spielte. Er setzte sich in einen der auf dem Rasen verteilten Liegestühle, verschränkte die Beine und schlug die Zeitung auf. Er schien sie nicht besonders ausführlich zu studieren, überflog lediglich die Schlagzeilen und leckte hin und wieder an seinem Daumen, bevor er umblätterte. Gelegentlich blickte er lächelnd auf, um das Match zu verfolgen, und ab und zu rief er einem der Jungen etwas zu, ein Lob oder einen Ratschlag. Die Jungen riefen freudig zurück, obwohl ich es für unwahrscheinlich hielt, dass sie Mr Stamps Bemerkungen wirklich hörten. Zwei oder drei Mal warf er einen Ball zurück, der über den Zaun gesegelt war.

Es gab nur wenig, was ich hätte unternehmen können. Draußen war es eher warm als heiß. Daher schien es unwahrscheinlich, dass Mr Stamp sein Jackett ausziehen würde. Und selbst wenn er es tat, was dann? Sollte ich in den Büschen ein Feuer anzünden oder mir irgendeine andere Art der Ablenkung ausdenken? Jenseits des Rasens im Block der Mittelstufe lief hinter einem Fenster die Sekretärin Mrs Stiles auf und ab. Da tauchte in meinem Kopf plötzlich ein Szenario auf. Ich malte mir aus, wie ich mich von meinem kühlen Platz unter den Kolonnaden entfernte, vom Münztelefon in der Halle aus Mrs Stiles anrief und meine erwachsene Stimme einsetzte (»Ich würde gerne mit Mr Stamp sprechen. Ja, ich befürchte, es *ist* dringend. Ja, hier ist Dr *Bluther.*«). Woraufhin im Hintergrund einige Auskünfte eingeholt würden, bis irgendjemand mit Augen im Kopf, vielleicht Mrs Stiles selbst, Mr Stamp keine fünfzig Meter entfernt draußen sitzen sehen würde. Und während Mrs Stiles irgendeinen der kleineren Schüler losschicken würde, um Mr Stamp zu holen, wäre ich längst wieder zurück in Position und bereit loszustürmen, vorausgesetzt, Mr Stamp ließ sein Jackett dort hängen, was natürlich keineswegs vorauszusetzen war …

Doch da veränderte sich die Szenerie vor meinen Augen. Die Tennisspieler legten eine Pause ein, um einen Schluck zu trinken, und einer von ihnen ließ sich schnaufend und mit hochrotem Kopf ins Gras fallen. Sofort sprang Mr Stamp auf. »Wie wärs …«, rief er. »Wie wärs … vielleicht könnte *ich* für Thompson einspringen.«

Die Jungs blickten einander an und bemühten sich aus Höflichkeit, Mr Stamps Enthusiasmus zu teilen. Erst jetzt bemerkte ich, dass er tatsächlich Tennisschuhe trug – offensichtlich hatte er sich auf genau diesen Moment vorbereitet. Und nun zog er auch sein Jackett aus, warf es aufgeregt über den Stuhl und trabte mit steifen Beinen zu den Jungs hinüber.

Ich brauchte Mrs Stiles nicht mehr. Kaum hatte mir Mr Stamp auf dem Tennisplatz den Rücken zugewandt, wobei seine Glatze bräunlich in der Nachmittagssonne glänzte, schlenderte ich in Richtung seines Liegestuhls, blieb daneben stehen und wartete ab, bis er einen gelben Ball zum Aufschlag in die Luft warf – dann fischte ich rasch die Schlüssel aus seiner Jackentasche.

Ich eilte zum Winter House. Der Block wirkte verlassen. Nach dem Tee zogen sich die Schüler üblicherweise in ihre Schlafsäle zurück, suchten den Fernsehraum auf oder trieben Sport. Ich schloss die Tür zu Mr Stamps Räumen auf und hinter mir wieder zu. Die Inneneinrichtung war ganz anders als in unseren Zimmern – älter, dunkler, mit viel mehr Holz. Es gab eine Sitzgruppe mit einem Ohrensessel und eine kleine Küche, außerdem hatte er ein eigenes Arbeitszimmer mit einem Schreibtisch und Büchern. Ohne Probleme fand ich Marrineaus Brief. Mr Stamps schäbiges Schuljackett hing auf einem Kleiderbügel in seinem penibel aufgeräumten Schlafzimmer. Der Umschlag steckte offenbar noch unberührt in einer Jackettasche. Ich zog das gelbe Blatt heraus und überflog es.

»Lieber David«, stand da in schnörkeliger Mädchenhandschrift, der Vorname von schwebenden, pfeildurchbohrten Herzchen gekrönt. Es war die Rede von einem gemeinsamen Abend im Kino, nach dem er sie »auf seinem Motorrad nach Hause gebracht« hatte und »der fantastischen Zeit, die wir hatten!!«. Es folgten weitere Ausrufe des Entzückens und Anspielungen auf Freunde und Hausarbeiten, und schließlich endete der Brief mit: »Ich hoffe so sehr, dass du am Freitag kommen kannst! Sarah X X X«. Außerdem befand sich in dem Umschlag (der, wie ich jetzt feststellte, offensichtlich persönlich überbracht worden war) die Einladung für eine Party zu Sarahs achtzehntem Geburtstag. Ha. Jetzt verstand ich Marrineaus Dilemma. Die Party fand heute Abend statt. Veranstaltungsort war ein Landhotel einige Meilen außerhalb der Stadt, die Anfahrtsskizze war beigefügt. In der letzten Zeile der Einladung stand (und das musste dem armen Marrineau die größten Qualen zugefügt haben): »Einlass ausschließlich mit schriftlicher Einladung«.

Rasch schob ich den Brief zurück in den Umschlag und den Umschlag zurück in Mr Stamps Jackett. Lediglich die Einladungskarte wanderte in meine eigene Tasche. Eigentlich war nun der Moment gekommen, um mit meiner Beute zu verschwinden. Doch wie konnte ich jetzt gehen, wo Mr Stamps häusliches Leben meiner Neugier schonungslos ausgeliefert war – seine nach Tabak riechende Garderobe, seine Schubladen voller Socken, sein Schreibtisch mit den gestapelten Schulbüchern und einer Blechdose voller Kekse. Auf seiner Kommode stand ein gerahmtes Hochzeitsfoto – ein viel jüngerer Mr Stamp Arm in Arm mit einer größeren Frau, die einen Blumenstrauß hielt. Die beiden wirkten so glücklich. War die Frau inzwischen tot? Oder in einem anderen Land? Vielleicht mit einem anderen Mann? Obwohl mir keine Zeit mehr blieb, ließen diese Gespenster aus einem früheren Leben meiner Wissbegier keine Ruhe. Ich durchstöberte Mr Stamps Aktentasche; sie enthielt Schularbeiten, die korrigiert werden mussten, zwei kleine Orangen, diverse Schulbücher und die zusammengerollte, an beiden Enden mit Klebeband umwickelte Landkarte. Außerdem befand sich darin der Ball aus Gummibändern, den er immer leise auf seinem Schreibtisch hüpfen ließ, wenn er im Unterricht über ein Problem nachdachte. In seiner Schreibtischschublade entdeckte ich unter Briefen, Rechnungen, einer konfiszierten Rolle Weingummis (die nehme ich mir, beschloss ich), einem Feuerzeug und zwei oder drei Urlaubspostkarten auch den Schnappschuss eines grinsenden Jungen in Trainingsklamotten. Er konnte nicht viel älter sein als neun. Zuerst erkannte ich ihn nicht, aber bei näherem Betrachten des Fotos wurde mir schlagartig klar, um wen es sich handelte. Wie außergewöhnlich! Warum bewahrte er ein Foto von Marrineau auf? Aber natürlich – jeder liebte ihn. Selbst der kinderlose und einsame Mr Stamp. Sicher war es für ihn eine besonders große Enttäuschung gewesen, diesen Brief konfiszieren zu müssen. Ich erwog kurz, das Bild an mich zu nehmen, schloss jedoch die Schublade wieder und griff mir stattdessen den Ball aus Gummibändern. Anschließend verließ ich das Winter House. Ich war freudig erregt, aber auch stolz auf meine Kaltblütigkeit. Erst draußen in der sanften Brise spürte ich, wie der Schweiß auf meiner Haut verdampfte.

Auf dem Tennisplatz beobachtete Mr Stamp inzwischen das Spiel vom Rand aus, mit hochgekrempelten Ärmeln und verschränkten Armen. Zwei weitere Schüler hatten sich hinzugesellt und droschen auf dem benachbarten Platz Bälle. Ich ging rasch an Mr Stamps Stuhl vorbei und warf den Schlüssel neben seiner Zeitung ins Gras, so als wäre er aus seinem Jackett gefallen. Diesmal bemerkte er mich. »Heming!«, rief er. »Was machen Sie da, Junge? Kommen Sie her!«

Ich gebe zu, dass sich meine Beine in Pudding verwandelten. Ich ließ mir Zeit und hielt den Gummiball in meinem Jackett fest umklammert, während ich langsam auf ihn zulief.

Er sah mich ungeduldig aus zusammengekniffenen Augen an. »Also«, sagte er, »können Sie bitte rasch in den Speisesaal laufen und die Damen dort bitten, jemanden mit einem Krug Limonade oder Orangensaft für meine jungen Freunde hier zu schicken. Auf meine Rechnung, versteht sich. Würden Sie das für mich tun?

»Ganz gewiss, Sir«, erwiderte ich. »Sofort. Limonade, Sir.«

Er blinzelte zu mir hoch. Ein kleiner, herrischer Mann wie Mr Stamp konnte sich nie wirklich sicher sein, ob man sich über ihn mokierte oder tatsächlich seine Befehle befolgte. Ich entfernte mich zügig und mit pochendem Herzen.

In der Schulkantine richtete ich seine Bestellung aus. In einer Ecke des Speisesaals, am einzigen besetzten Tisch, hockte Marrineau mit seiner Gefolgschaft und beobachtete mich. Marrineau lehnte sich in seinem Stuhl zurück. Er und seine Freunde musterten mich mit dem gelangweilten Ausdruck von Raubtieren, die im Dschungel eine Film-Crew taxieren. Doch anstatt mich rasch abzuwenden, erwiderte ich ihr Starren, ließ den Blick von einem finsteren Gesicht zum nächsten wandern, bis ich direkt in Marrineaus streitlüsterne Augen sah. In meiner Tasche steckte seine Einladung. Ich hatte etwas getan, was er niemals wagen würde. Und jetzt? Noch vor zwei Stunden hätte ich mich damit zufriedengegeben, mich in seinen Raum zu schleichen und die Einladungskarte an den Spiegel über seinem Waschbecken zu heften – allein der Gedanke an sein Erstaunen bei der Rückkehr wäre Belohnung genug gewesen. Doch inzwischen war in meinem Kopf ein weiteres Szenario aufgetaucht, in welchem ich erhobenen Hauptes in ihre Mitte trat und verkündete: »Halt deine Bluthunde zurück, Marrineau. Ich denke, ich habe da etwas, das dich interessieren dürfte …«

Doch was wollte ich eigentlich? Wollte ich auch einer aus seiner Meute werden – stets bei Fuß laufen, seine Hand lecken, erwartungsvoll hechelnd zu ihm aufblicken, bis er ein freundliches Wort an mich richtete oder eine befehlende Geste machte?

Einer der vier trat plötzlich einen leeren Stuhl um, woraufhin ich mich verzog, so wie sie es erwarteten. Keiner folgte mir oder lachte auch nur, trotzdem rannte ich hinauf in mein Zimmer. Ich war aufgebracht. Irgendetwas war mit mir geschehen, ich spürte eine Veränderung und beschloss, den Schwung der Ereignisse so weit als möglich zu nutzen, mit allen mir zur Verfügung stehenden Mitteln und so lange es ging. Schwebte mir tatsächlich vor, selbst Marrineau zu *sein*? Schwer zu sagen. Aber als ich um sieben Uhr abends in meinem zugegebenermaßen nicht sehr modischen Sportsakko, meinem karierten Hemd und meiner schwarzen Schulhose vor dem Spiegel stand, bekam ich eine Ahnung davon, wie es sich anfühlte.

Ich zerrte ein unabgeschlossenes Fahrrad aus dem Schuppen und strampelte die drei Meilen hinaus zu dem Hotel. Dort stellte ich das Rad in eine abgelegene Ecke des Parkplatzes und postierte mich etwas abseits, um die eintreffenden Gäste zu studieren. Einige Jugendliche wurden von ihren Eltern gebracht, andere kamen grüppchenweise in Taxis. Musik drang aus den Fenstern im ersten Stock. Ich befürchtete, Marrineau könnte vielleicht trotzdem auftauchen, doch es war keine Spur von ihm zu sehen. Nachdem ich eine weitere halbe Stunde gewartet hatte, zeigte ich dem Türsteher meine Einladung und folgte der Musik die Treppe hinauf. Alle schienen coole Klamotten zu tragen. Ein paar Jungs, die jetzt schon halb betrunken waren, tanzten. Die Mädchen hatten ihre Augen dick mit schwarzem Make-up umrandet, trugen kurze, figurbetonte Kleider und Strümpfe bis zu den Oberschenkeln. Ich steuerte auf das Mädchen im Mittelpunkt der Aufmerksamkeit zu. Sie war hübsch, und ihr blondes Haar türmte sich zu einer Hochfrisur, aus der seitlich einzelne Strähnen herabfielen.

Ich berührte ihren Arm. »Bist du Sarah?«

Sie blickte mich ausdruckslos an. »Ja …?«

»Ich hab eine Nachricht für dich von Marrineau. Leider kann er heute Abend nicht kommen.«

»David? Aber er hat es mir versprochen.«

»Dummerweise hat er morgen ein Rugbyspiel. Ich bin an seiner Stelle hier.«

»So ein Mist«, seufzte sie.

Ich tat ein wenig gekränkt.

»Oh, sorry«, lachte sie. »So hab ichs nicht gemeint.«

»Ich bin auch nicht als Ersatz für ihn gekommen.«

Sie blickte sich um. »Kennst du hier irgendjemanden?«

»Nur dich.« Ich streckte meine Hand aus. »Ich bin William.«

»Oh.« Sie lächelte und schüttelte übertrieben meine Hand. »Wie *wohlerzogen*.«

Ich erwiderte ihr Lächeln. Ich habe ein einnehmendes Lächeln. Und vielleicht sollte ich erwähnen, dass ich körperlich keineswegs abstoßend bin; meine Tante (die ich in

Momenten der Muße öfter beim Lesen von Film- oder Modemagazinen ertappt hatte) hätte meine Gesichtszüge vermutlich als »regelmäßig« oder »ansprechend« bezeichnet.

»Spielst du auch Rugby, William?«

»Um ehrlich zu sein, bin ich eher ein Freund von Indoor-Aktivitäten.«

»Du hast noch gar nichts zu trinken«, stellte sie fest. »Schnapp dir ein Bier.«

»Gibt es auch Orangensaft?«

»Ich schätze schon.« Erneut lächelte sie mich unsicher an. »Du bist komisch.«

»Bin ich das?«, grinste ich.

Ihre Freundinnen kamen und entführten sie auf die Tanzfläche. Ich nahm mir von einem Tablett auf der Bar ein Glas Saft und mischte mich unter die Leute. Es war kein Ereignis nach meinem Geschmack, trotzdem war es interessant. Ich staune immer wieder, wie viele Menschen bereit sind, einem absolut Fremden nach ein oder zwei Drinks die persönlichsten Dinge anzuvertrauen. Alles, was ich tun musste, war irgendjemanden zu fragen, woher er Sarah kannte, und in kürzester Zeit wusste ich über ihr halbes Leben Bescheid – dass sie Theater mochte, ein Pferd besaß, das Internat als Externe besuchte und einen Zwillingsbruder namens Robin hatte, der schon seit einem Jahr auf die Uni ging. Lauter solche Sachen. Ein Junge, der sich offenkundig mehr von unserem Gespräch erhoffte, versuchte mir Ecstasy zu verkaufen. Ich erklärte ihm – ziemlich clever, wie ich fand –, nein danke, ich hätte bereits genug für heute.

Ich besorgte mir ein zweites Glas, schlenderte hinaus in den Flur und nahm den Lift in den sechsten Stock. Als die Türen sich öffneten, blickte ich direkt in einen offenen Vorratsraum, in dem sich Leintücher und Reservekissen stapelten. Ich schlüpfte hinein, um mich umzusehen. Es war warm, weiß, und über allem schwebte ein frischer Duft. Ich blieb einen Augenblick drin, um die Wange an einen Stapel Handtücher zu schmiegen. Als ich den Raum verließ, war im Flur ein Zimmermädchen, allerdings hatte sie mir den Rücken zugewandt und verschwand gerade in einem Zimmer. Rasch stellte ich mich zum Aufzug und tat so, als würde ich dort warten. Kurz darauf verließ sie das Zimmer wieder und ging zur nächsten Tür, die sie mit einer Magnetkarte an ihrem Gürtel öffnete. Ich verfolgte, wie sie sich durch den Flur vorarbeitete, dabei einem genauen Zeitplan folgend. Sie betrat nicht jedes Zimmer, und mir fiel auf, dass sie die Türen beim Verlassen nie absperrte, sondern einfach mit einem schweren Klicken hinter sich zufallen ließ. Trotzdem waren sie danach verschlossen, wie ich zu meinem Bedauern erkennen musste, nachdem sich das Zimmermädchen endgültig verzogen hatte.

Ich setzte meine Erkundungstour fort. Auf der nächsten Etage entdeckte ich vor einem der Zimmer ein Rollwägelchen. Die Zimmertür war geöffnet und im Inneren stand ein Mann auf einer Trittleiter. Ich sagte Hallo, deutete mit meinem Glas in Richtung Zimmerdecke und erkundigte mich, was er da tat. Er erklärte mir in einem freundlichen, fremdländischen Akzent, er wechsle lediglich eine Glühbirne aus. Ich spähte ins Zimmer. Nirgendwo waren Koffer, Taschen oder Kleider zu sehen. Es roch nach Raum-Deo und ein klein wenig nach dem Mann.

»Sind Sie ein Hotelgast, Sir?«, fragte er mit einem Blick auf mein Glas.

»Ja«, erwiderte ich. »Ich bin gerade auf dem Weg nach unten.«

»Ah.« Er lächelte, stieg von seiner Leiter und ging ins Bad. Die Tür des Hotelzimmers wurde von einem Rad seines Rollwägelchens offengehalten. Mir wurde klar, dass ich irgendetwas benötigte, was die Tür daran hinderte, vollständig zuzufallen, aber den Mann davon ausgehen ließ, sie hätte sich geschlossen. Ein Stück Pappe? Ein Papiertaschentuch? Genau! Ich griff in meine Hosentasche und ertastete die Weingummis aus Mr Stamps Schublade. Sie waren geradezu perfekt geeignet, weil sie klein und gleichzeitig sehr elastisch waren. Ich bückte mich und drückte einige an den Innenrand der Türschwelle. Jetzt musste ich den Mann nur noch im richtigen Augenblick ablenken.

Ich schlenderte ein paar Schritte den Flur hinab und wartete dort. Nach etwa fünf oder sechs Minuten kam er aus dem Zimmer. Er schubste seinen Rollwagen hinaus auf den Korridor, und die Tür begann sich zu schließen …

Gerade als der Mann damit rechnen musste, das Klicken der zuschlagenden Tür zu hören, für ihn das alltägliche Signal eines erledigten Jobs, bellte ich laut durch den Flur: »Hallo! Hallo!« Er wirkte tatsächlich ein wenig alarmiert.

»Entschuldigung, können Sie mir vielleicht helfen? Ich glaube, ich hab mich aus meinem Zimmer ausgesperrt.« Ich versuchte, ein klein wenig betrunken zu wirken.

»Natürlich, Sir. Haben Sie den Schlüssel drinnen liegen lassen?«

»Ja, mein Schlüssel, er ist drinnen.«

»Dann müssen Sie sich bitte unten an die Rezeption wenden.«

»Gut, *genau das* werde ich jetzt tun.«

Er wirkte erleichtert, als ich ihm den Rücken zukehrte und abzog. Ich nahm den Lift nach unten zur Party. Es ging dort inzwischen lauter zu, mit dröhnender Musik und vielen echten Betrunkenen, von denen die meisten in meinem Alter waren und wild mit den Armen durch die Luft fuchtelten. Die Tanzfläche war gerammelt voll. Ich stellte mein leeres Glas an der Bar ab und mischte mich unter die wogende Menge. Zwei Mädchen hakten mich rechts und links unter und veranlassten mich, ihre Tanzbewegungen nachzuahmen.

Da näherte sich Sarah mit einem Cocktail in der Hand.

»Alles Gute zum Geburtstag«, rief ich.

»Ich hab nach dir gesucht«, erwiderte sie.

»Ich war kurz oben in meinem Zimmer«, erklärte ich.

»Du übernachtest hier? Im Hotel?«

»Es erschien mir einfacher so.«

»Was – und deine Schule ist damit einverstanden?«

»Vermutlich eher nicht.«

»Wow«, sagte sie. »Du steckst ja voller Überraschungen.«

»Und wie ist das bei dir?«

Ich möchte anmerken, dass sie von da an nicht mehr von meiner Seite wich (von einem schnellen Anruf abgesehen, um sich bei ihren Eltern abzumelden). In der Stille der Lobby im Erdgeschoss sprachen wir über Romeo und Julia (unser beider Lieblings-Shakespeare-Stück), während sie rauchte; und fast wäre sie in Tränen ausgebrochen, als ich ihr von meinem Pony erzählte, das zusammengebrochen und gestorben war, als ich acht war. Und stellen Sie sich unser beider Erstaunen vor, als wir in den frühen Morgenstunden während unseres postkoitalen Geflüsters in Zimmer 313 des Pike Rhydding Hotels (die Weingummis hatten dieses süße Wunder bewirkt) herausfanden, dass wir beide Zwillingsgeschwister hatten, sie einen Bruder und ich eine Schwester.

»Oh mein Gott, wie heißt sie?«, fragte sie und richtete sich auf. Ihr nackter Körper schimmerte unter dem Mondlicht wie in einer Filmszene.

»Isobel«, sagte ich und streichelte ihren Arm. »Aber wenn ich ehrlich bin, hatte ich immer das Gefühl, dass meine Eltern sie lieber mochten als mich. Sie ist die Schlauere von uns beiden.«

»O mein *Gott* …«, wiederholte Sara.

Ja, wir schienen wirklich wie füreinander geschaffen.

Ich kann mich nicht mehr an die Fahrt auf dem Rad zurück zur Schule erinnern. Nur daran, dass mich unterwegs böse Vorahnungen plagten. Es lief einfach alles viel zu glatt. Ich stellte mir vor, wie der Rektor und der Vorstand des Lehrerkollegiums mein Zimmer durchsucht hatten und bereits darauf warteten, mir meine Spiralblöcke mit den detaillierten Aufzeichnungen über meine Mitschüler und meine Alben mit ihren Familienfotos und Postkarten unter die Nase zu halten, ganz zu schweigen von Mr Stamps Gummiball und dem chinesischen Suppenlöffel, den ich vor Jahren aus dem Apartment von Onkel Richards Freundin hatte mitgehen lassen.

Aber nein. An diesem Samstagmorgen wirkte alles ganz

normal. Vielleicht herrschte unter den Jungs ein wenig mehr Aufregung als üblich, weil sich einige von ihnen auf das hausinterne Rugbyturnier vorbereiteten, das heute den ganzen Tag über stattfinden würde. Wie auf Wolken lief ich in den Speisesaal. Die Frühstückszeit war fast vorbei, doch es war noch etwas Frühstücksspeck, wässriges Rührei und Toast übrig. Ich war hungrig wie ein Wolf. Außer mir befand sich niemand sonst im Speisesaal, aber kaum hatte ich mir was von der braunen Soße auf das Rührei gekippt, wurden meine Arme von hinten gepackt und Marrineau ragte bedrohlich über mir auf, der sein Rugbytrikot trug und dessen Stollen über den Kachelboden kratzten. Erwähnte er in diesem Moment Sarah überhaupt? Egal, es war gar nicht nötig. Die plötzliche und gewaltsame Attacke sprach für sich selbst. Alles um mich herum verschwamm. Am Rande bekam ich mit, wie ich ein paar schmerzhafte Schläge einsteckte, hörte lautes Fluchen und den Lärm eines umfallenden Stuhls; und vermutlich hatte ich mich irgendwie freigekämpft, denn als Nächstes erinnere ich mich an Schreie, große Aufregung und herbeistürmende Erwachsene, im Mittelpunkt – wie ein sich aufbäumendes Pferd – der verletzte Marrineau, der sich das Gesicht hielt und seinen Schmerz hinausbrüllte.

Meine Glückssträhne war abgerissen. Und am Ende hatte alles seinen Preis, wie Tante Lillian immer zu sagen pflegte – was vor allem daran lag, dass Marrineaus wohlhabende und einflussreiche Eltern im Verbund mit ihren Anwälten verlangten, dass ich unverzüglich der Schule verwiesen wurde. Entweder ging ich oder er. Im Gegenzug erklärten sie sich bereit, auf eine polizeiliche Untersuchung der Geschehnisse zu verzichten. Wobei im Grunde natürlich niemand gesteigerten Wert darauf legte, dass ich wegen Körperverletzung angeklagt wurde – weder ich noch die Schule, und ganz sicher nicht der unbezwingbare Marrineau, dessen Ruf als Goliath der Coolness durch diese öffentlichen Bloßstellung zweifellos schwer gelitten hätte. Während sämtlicher Befragungen trug ich ein rätselhaftes Lächeln zur Schau, das mich zurückversetzte ins bewusste Zimmer 313. Inmitten der auf mich einstürmenden Ereignisse fühlte ich mich seltsam entrückt, als ob ich aus himmlischen Höhen auf dieses unbedeutende Tohuwabohu herabblicken würde. Man verbannte mich in mein Zimmer, während die Erwachsenen die Angelegenheit unter sich per Fax und Telefon ausfochten.

Eigentlich hätte ich es dabei bewenden lassen können. Doch da war noch eine letzte Sache, die erledigt werden musste. Und es war erstaunlich einfach. Kein Wachposten stand vor meiner Tür. Schließlich lebten wir ja auch nicht in Sowjetrussland. Und da Marrineau noch nicht von seinem Rugbyturnier zurück war und sich meine Schandtaten noch nicht allgemein herumgesprochen hatten, hinderte mich nichts und niemand daran, das Haus zu verlassen und quer über die Sportplätze zu spazieren – auf denen jetzt die dumpfen Aufprallgeräusche der Zweikämpfe und der Jubel der Jungs ertönten –, direkt in die Umkleide des ersten Teams. Niemand stellte sich mir in den Weg. Marrineaus schwarzer Trainingsanzug mit den gelben Kapitänsstreifen war nicht schwer zu finden. Seine Schlüssel lagen gemeinsam mit ein paar Münzen in einem seiner Sportschuhe unter der Bank. Ich rechnete damit, dass Marrineau direkt aus der Krankenstation wieder zum Turnier zurückkehren würde, und ich behielt recht. Hinter

Bäumen verborgen beobachtete ich ihn, als er irgendwann eintraf – einen Verband und mehrere Pflaster im Gesicht, ein Auge blutunterlaufen – und vom Beifall seiner Anhänger begrüßt wurde wie ein heimkehrender Kriegsheld. Ich sah zu, wie er mit Mr Frith verhandelte, dem Leiter des Turniers. Offensichtlich konnte er nicht mehr mitspielen, durfte aber noch als Schiedsrichter fungieren. Während er redete, streifte er sich eine Schiedsrichterbinde über den Arm und ließ eine Trillerpfeife an einem Band kreisen. Mr Frith wies ihm zwei jüngere Teams zu, und er rannte mit ihnen davon. Die kleinen Jungs hatten Mühe, mit ihm Schritt zu halten. Wie stolz waren sie jetzt wohl, dass ihr Spiel von Marrineau gepfiffen wurde. Marrineaus Anhänger verfolgten seinen Abgang, unsicher, ob sie ihm folgen sollten und ebenso wie er dazu verpflichtet waren, sich mit den Kleinen abzugeben, oder ob sie lieber die Oberstufenschüler aus den Häusern Hooke und Bentham anfeuern sollten. Schließlich ließen sie ihn alleine abziehen.

Und jetzt, wo Marrineau mit seinem bescheuerten Rugby beschäftigt war, wanderte ich gelassen zu seinem Zimmer. Was für eine Befriedigung, den Schlüssel in diesem Schloss zu drehen, die verbotene Tür aufzustoßen, den abgestandenen Geruch des heiligen Ortes einzusaugen, als wäre es frische Bergluft. Hier gab es so viele Dinge zu sehen und zu bewundern. Rings um mich her schimmerten Sporttrophäen in mattem Glanz. An einer Wand hingen gerahmte Urkunden und ein Foto, auf dem Marrineau irgendeinem prominenten Sportler die Hand schüttelte. In einer Schublade entdeckte ich das braune Krokodillederetui mit seinem Rasierzeug, das er im Waschraum immer mit dieser lässigen, nur Athleten eigenen Eleganz einsetzte, um seinen beneidenswert dichten Stoppelbart zu entfernen. Ich legte mich auf sein Bett und blätterte in dem mehrere Jahre alten Programm eines Rugbymatchs zwischen Südafrika und den British Lions. Welchen Wert es wohl für ihn hatte? Dann öffnete ich die Heftklammern und entfernte das doppelseitige Foto in der Mitte der Broschüre – ein letztes Erinnerungsstück an diese Schule. Schließlich entdeckte ich noch das Schachspiel, das er sorglos unters Bett geschoben hatte. Ich klappte es auf und entzifferte unter dem Deckel den Namen des rechtmäßigen Besitzers – ein Junge aus dem Schachclub. Vermutlich hatte Marrineau es ihm abgenommen, um ihn zu ärgern oder zu bestrafen, und es dann einfach behalten. Ich schwor mir, es wieder zurückzugeben.

Schließlich öffnete ich den Kleiderschrank. Hier hing die hübsche, tabakfarbene Wildleder-Fransenjacke, die er immer an den Wochenenden in der Stadt trug, wenn er sich mit seiner Gang und diesen aufregenden Mädchen traf – vielleicht war auch Sarah unter ihnen gewesen? – und sie alle im Café bei den Spielautomaten herumhingen.

Schade, dass sich Marrineau als so fantasie- und substanzlos erwiesen hatte. Wie wenig von ihm schien wirklich bewahrenswert. Ich verstand jetzt, dass der Trick einfach darin bestand, einen Menschen aus der Distanz zu betrachten, bevor er einem innerlich zu nahe kam. Im Licht der Nachmittagssonne sah ich draußen die Spieler rennen und hörte ihre entfernten Schreie. Ich versuchte Marrineau auszumachen, aber er war zu weit weg und zu winzig. Ich schlüpfte in die schwere, abgetragene Jacke. An den Schultern war sie mir etwas zu groß, trotzdem fühlte sie sich irgendwie passend an. Ich stand am Fenster wie diese gigantische Jesus-Statue über Rio de Janeiro, die Arme zur Kreuzigung weit ausgebreitet, und die langen Lederfransen hingen an den Ärmeln herab. Ehrlich gesagt, fühlte ich mich selbst wie ein König. Und auch ich würde wiederauferstehen.

4

TANTE LILLIAN FAND FÜR MICH EIN COLLEGE, das im September begann. Und sie besorgte mir, vermutlich aus Angst, ich könnte bis dahin monatelang in ihrem Haus herumschnüffeln, einen Sommerjob bei der Immobilienmaklerfirma Mower & Mower – zwei entfernte Verwandte unserer Familie. Es überraschte mich keineswegs, dass der Firmensitz rund hundert Meilen von Norfolk entfernt lag, sogar zweihundert, wenn man mit der Bahn fuhr. Der alte Mr Mower – der andere Mr Mower war offensichtlich schon länger tot – holte mich vom Bahnhof ab und brachte mich zu meiner Unterkunft, einem angenehm riechenden Gästehaus, das von einer netten Mrs Burton geführt wurde, deren Schlafzimmer (wie ich einige Minuten nach dem Auspacken herausfand) eine große Sammlung von Bauernhoftieren aus Porzellan beherbergte.

Am nächsten Morgen kam Mr Mower gleich nach dem Frühstück vorbei und nahm mich mit. Im Grunde hatte ich keine Ahnung, was ein Immobilienmakler eigentlich macht. Aber was für eine Offenbarung, als wir beim Haus seines Klienten eintrafen und Mr Mower nicht an der Tür klopfte, sondern einfach aufschloss und mich über die Schwelle schob!

»Die Besitzer haben Ihnen einfach so den Schlüssel überlassen?«, fragte ich.

»Natürlich«, erklärte Mr Mower und zog in übertriebener Ehrerbietung vor dem fremden Haus seinen Filzhut. »Das ist immer der Fall, wenn die Besitzer arbeiten, in den Urlaub fahren oder zu beschäftigt sind. Was häufiger vorkommt. Jedoch sollten Sie immer darauf achten, rechtzeitig vor dem Kaufinteressenten einzutreffen. Damit Sie sicherstellen können, dass in den Räumlichkeiten alles auf Vordermann ist.«

Wir drehten eine Runde durch das Haus, wobei mich Mr Mower ständig auf irgendetwas hinwies. Im oberen Stockwerk öffnete er die Tür zu einem großen Arbeitszimmer mit einem altmodischen Schreibtisch, einem Drehstuhl, Bücherregalen und zwei kleineren Gemälden an der Wand. Wir traten ans Fenster und blickten hinaus.

»Was können Sie mir über den Garten sagen?«, wollte er wissen.

»Der Rasen ist gemäht worden?«

»Ausgezeichnet. Was bemerken Sie sonst noch?«

»Bäume? Büsche?«

»Guter Junge. Das bedeutet, dass die Nachbarn den Garten nicht einsehen können. Die meisten Menschen schätzen eine ungestörte Privatsphäre über alles.« Mr Mower tippte sich an den Nasenflügel. »Wenn der Käufer kommt, gehört das mit zu den ersten Dingen, die ich ihm mitteilen werde.«

Als die Käufer eintrafen, ein Ehepaar mit Zwillingen, die sie im Auto zurückließen, wo sie sich gegenseitig Zöpfe flochten, machte er mit ihnen denselben Rundgang, ergänzt jedoch durch weitere Informationen, etwa die Garantie für das neu gedeckte Dach, die niedrige Kriminalitätsrate und die ausgezeichneten Schulen im Ort. Anschließend fuhr er mit mir zum Büro, um mich dem übrigen Personal vorzustellen. Rita, seine sich träge bewegende Sekretärin, erklärte mir das Aktensystem und wie ich mich am Telefon zu melden hatte, falls alle anderen zu beschäftigt waren. Am Nachmittag fuhren Mr Mower und ich zu zwei weiteren Objekten, wovon eines für den Verkauf genau vermessen, die Anzahl Räume festgehalten, der Boiler inspiziert und die Frage geklärt werden musste, ob die Vorhänge im Preis inbegriffen waren. Während er redete, füllte er ein Formular aus. Den Klienten stellte er mich als »der junge William« vor.

Am Ende des Tages war mir klar, dass ich niemals wieder in die Schule zurückkehren würde; mein Leben würde einen Neuanfang nehmen, hier in dieser grünen, geschäftigen Gemeinde, wie sie in Mower & Mowers Verkaufsprospekten angepriesen wurde, keine achtundvierzig Minuten mit dem Expresszug vom Londoner Zentrum gelegen. Ich wurde augenblicklich zum eifrigsten, am härtesten arbeitenden Angestellten der Firmengeschichte, und gegen Ende des Sommers war Mr Mower erfreut, wenn auch etwas verblüfft, als ich den Wunsch äußerte, in der Firma zu bleiben. Tante Lillian war dankbar für jede Entwicklung, die mich auf hundert Meilen Abstand hielt, und bewilligte mir eine monatliche Unterstützung, die meine bescheidenen Ausgaben mehr als deckte und es mir sogar erlaubte, mein kleines Gehalt auf der Bank anzusparen. »Und wissen Sie, was Sie jetzt unbedingt noch brauchen?«, fragte mich Mr Mower strahlend. »Fahrstunden.«

Obwohl er noch zwei weitere Verkäufer hatte, Guy und Stella, war ich derjenige, den Mr Mower unter seine Fittiche nahm. Was Guy, der schätzungsweise Ende zwanzig war, ganz offensichtlich wurmte, weswegen er ständig unangenehme Aufgaben für mich ersann oder mich mittags ins Café schickte, um dort für seine Sandwichs und diversen ungesunden Snacks Schlange zu stehen. Gleichzeitig schluckte er immer wieder Pillen gegen ein ihn übellaunig stimmendes Magengeschwür. Bei Stella, die ein wenig älter war, gelang es mir hingegen, mütterliche Instinkte zu wecken; gelegentlich brachte sie mir Selbstgebackenes von zu Hause mit und beobachtete milde amüsiert, wie ich Mr Mower tagaus, tagein auf den Fersen folgte, seine Aktentasche trug, seine ausführlichen Lektionen über Ratenzahlungen, Eigentumsübertragungen und Verbraucherschutzgesetze in mich aufsaugte oder ihm dabei half, neue Marketingstrategien und Zeitungsannoncen auszuhecken. Er brachte mir bei, wie man detaillierte Blaupausen las und dass man bei Verhandlungen seinem Gegenüber immer in die Augen schauen muss. An meinem neunzehnten Geburtstag schenkte er mir vor der versammelten Belegschaft ein Opernglas. (»Für Dachinspektionen«, erklärte er. »Das unverzichtbare Werkzeug eines jeden Maklers.«) Irgendwann beschloss er, dass ich eine kreative Ader hatte, und bat Cliff, den Fotografen, mich zu den Häusern der Klienten zu begleiten. Vielleicht befürchtete er, ich könnte mich sonst schnell langweilen. Und dachte, er müsse einem jungen Mann, der freiwillig auf die Universität verzichtet hatte – und damit in seinen Augen ein geistiges Leben ausgeschlagen hatte – jede Form von intellektuellem Anreiz bieten, der dem Handel mit Häusern überhaupt abzugewinnen war. In Wahrheit benötigte ich keineswegs weitere Motivation.

Allerdings dauerte es noch Monate, bis sich mir zum ersten Mal die Gelegenheit bot, ein Haus alleine und ungestört durchstöbern zu können. Rita legte die Termine üblicherweise so, dass die Klienten zu Hause waren; Cliff holte mich mit seinem Lieferwagen vom Büro ab und setzte mich nach getaner Arbeit wieder dort ab. Irgendwann dämmerte mir, dass ich Cliff, der bei einem Fotogeschäft in der Stadt arbeitete, nach Erledigung des Auftrags ebenso gut einfach wegschicken konnte. Und als mir Rita eines Tages verkündete, ich müsse mich selbst mit einem Schlüssel in ein Haus einlassen, war es, als hätte ich mich mein Leben lang auf diesen Augenblick vorbereitet. Zunächst betätigte ich mich wie üblich mit Cliff, wies ihn auf die verkaufsträchtigen Aspekte des Hauses hin, rückte die Mülleimer aus dem Foto und dergleichen mehr. Anschließend aber erklärte ich ihm, ich hätte noch etwas zu erledigen und würde zu Fuß zurück zum Büro laufen.

»Ah, verstehe«, gluckste er mit seinem walisischen Akzent. »Eine kleine Auszeit, was? Ein bisschen die Arbeit schwänzen? Na, da machen Sie sich mal keine Sorgen, ich verrate niemandem was.« Er zwinkerte mir zu.

Perfekt. Vielleicht hatte er selbst auch noch etwas zu erledigen.

Sobald er abgezogen war, machte ich auf dem Absatz kehrt und sperrte wieder auf. Mir blieb nicht viel Zeit, und ich hatte nicht viele Informationen über das Besitzer-Ehepaar. Da ich jedoch mit Cliff bereits einen Rundgang durch das Haus unternommen hatte, wusste ich genau, in welche Schränke und Schubladen ich schauen musste. Ich setzte mich auf das Sofa im Wohnzimmer und warf mir ein paar Trauben aus der Obstschüssel in den Mund, während ich in ihren Fotoalben, Rechnungen und Briefen blätterte. Sie besaßen ein Klavier und einen Sohn – nicht viel jünger als ich –, um darauf zu spielen. In meiner Fantasie waren sie nette Eltern. Und ich stellte mir einen Jungen im Teenageralter vor, auf den sie stolz sein konnten. Aber wer wusste das schon so genau?

Inzwischen ist mir längst klar, dass man nie alles über jemanden wissen kann. Vielmehr muss man es als ein ungemein spannendes Langzeitprojekt betrachten. Die Schwelle eines fremden Hauses zu übertreten ist wie der Anfangssatz einer fesselnden Geschichte. Wenn man weiter vordringt, ist es im besten Fall so, als würde man sich verlieben.

Als ich das Haus hinter mir abschloss, wusste ich, dass ich zurückkehren würde. Auf dem Rückweg ließ ich mir einen Nachschlüssel anfertigen (heutzutage macht das jeder Supermarkt anstandslos und ohne die geringsten Fragen zu stellen) und händigte das Original wieder Rita aus. Als ich Wochen später das Haus erneut betrat, hatte ich meine eigene Kamera dabei – eine teure Polaroid, die ich mir von meinen Ersparnissen in Cliffs Laden gekauft hatte (»Oh, jetzt legen Sie sich schon Ihre eigene Kamera zu. Da muss ich ja verdammt aufpassen!«). Ich knipste jede Menge Bilder und lieh mir alle möglichen Unterlagen aus – Verträge, gekritzelte Notizen, Kontoauszüge, Gehaltsschecks, Pässe, Geburtsurkunden, Adressbücher –, die ich am Abend in der Bücherei kopierte. Aus dem Vorratsraum im Büro besorgte ich mir einen Aktenordner und füllte ihn mit ihren Geheimnissen. Und schon bald betete ich diese Menschen förmlich an! Wenn ich mit dem Fotoalbum von ihrem Sommerurlaub auf den Kanarischen Inseln dasaß, glaubte ich, die Sonne in meinem Gesicht zu spüren; ich hörte die Rufe der anderen Urlauber über den blau glitzernden Pool hinwegschallen. Es erfüllte mich mit tiefer Freude, ihrem geschäftigen Tagesablauf zu folgen, ihrer alltäglichen Routine, die ich dem Kalender entnahm, der mit einem Magnet am Kühlschrank befestigt war, oder auch dem grauen Schreibtischkalender in der Schublade im Flur, wo ich übrigens wieder mein Zeichen hinterließ (das erste von vielen in dieser Stadt); ich kratzte es ins Innere einer alten Standuhr aus Walnussholz. Eines Morgens beobachtete ich die Familie dabei, wie sie um 8.20 Uhr aus dem Haus ging und in ihrem blauen Estate davonfuhr. Am nächsten Morgen war ich dabei, als sie vor der Wengham-Grammar-School hielten (8.32 Uhr); der Junge sprang ohne ein Wort heraus und stürmte mit seinem Flötenkasten in der Hand die Auffahrt hinauf. Am Morgen darauf wartete ich am Bahnhof, sah den Estate auf den Parkplatz einbiegen (8.39 Uhr) und den Hausherr aussteigen, der sich noch die Zeit nahm, die dargebotene Wange seiner Frau zu küssen, bevor er den Zug um 8.55 Uhr nach London nahm, wo er als Angestellter der GGV, einer französischen Versicherungsgesellschaft, arbeitete. Am nächsten Morgen (8.45 Uhr) verfolgte ich durch mein Opernglas, wie seine Frau bei der noblen Aube-Massey-Filiale in der Innenstadt anlangte, wo sie im ersten Stock Haushaltsartikel verkaufte. Noch am gleichen Tag in meiner Mittagspause schaute ich ihr bei der Arbeit zu. In ihrer schicken weißen Verkäuferinnenbluse, ihrem schwarzen Rock und mit ihrer modischen Frisur führte sie Kundinnen Stoffmuster vor oder lief klackend in den hinteren Teil des Ladens zum Telefon. Als sie an mir vorbeieilte, erkannte ich das Parfüm aus ihrem Schlafzimmer wieder. Es war fast eine Überraschung, ihre Stimme zu hören.

Es war eine gute Zeit. Ich quetschte die Familie gründlich aus, ohne dass sie auch nur das Geringste davon mitbekamen. Simon und Jennifer (Jenny) Finch und der junge Thomas aus der 45 Holland Road. Sie waren mein erstes Studienobjekt. Der erste Schmetterling, den ich auf mein Sammelbrett spießte. Es würde viel buntere und ausgefallenere geben, doch sie waren und blieben meine ersten.

Tja, so ist das. Wir verlieben uns, wir bekommen einander über, wir ziehen weiter. Irgendwann wurde das Haus natürlich verkauft, doch das war mir egal. Ich wusste, wohin sie umgesiedelt waren (3 The Maples, im Norden der Stadt). Und vielleicht würde es mich ja verlocken, sie wiederzusehen, irgendwann, eines Tages, wenn die Erde sich etliche Male um die eigene Achse gedreht und das Abenteuer wieder einen Reiz hatte.

Die neuen Bewohner waren übrigens ebenso faszinierend. Das ist eine andere Geschichte, aber keine uninteressante. All die Geschichten dieser Menschen sind interessant.

Und falls ich es noch nicht erwähnt haben sollte, dieser Job war ein Geschenk des Himmels.

Aber, werden Sie jetzt sicher fragen, wohin soll das Ganze führen? Darauf kann ich nur erwidern, so etwas wächst, entwickelt sich und geht seine ganz eigentümlichen Wege; ähnlich wie ein religiöser Glaube, dem man sich unterwirft, ohne dass es der Alltagsverstand begreifen könnte;

wie eine Überzeugung, der man freudig dient; eine Ordnung, die sich stufenweise entfaltet.

Da gibt es zunächst die einfachen Vergnügen, die man vielleicht als »Einstiegslevel« bezeichnen könnte – und die zum Beispiel darin bestehen, sich mit ganz legalen Mitteln Zugang zu einem fremden Haus zu verschaffen. Ein Klient überlässt Ihnen seine Schlüssel, Sie treffen etwa eine Stunde vor dem Käufer ein, nehmen die Atmosphäre in sich auf, erkunden die elementaren Gegebenheiten, hinterlassen Ihr Zeichen und eröffnen eine Akte.

Aber irgendwann kommt der nächste Schritt, die Herausforderung. Eines Tages ist Ihnen die Aussicht von den Vorbergen allzu vertraut, Sie erahnen den Kitzel der dünneren Höhenluft, den Drang, das Ganze zu steigern und komplexer zu gestalten. Sie fühlen, wie Ihr Atem sich beschleunigt. Sie schreiten voran zur Stufe des nicht eingeladenen Gasts. Jetzt heißt es, die Eigenheiten eines Objekts genauer zu erkunden und abzuwägen. Wie stehen die Chancen, unentdeckt hinein- und wieder hinauszugelangen? Stehen die Risiken in einem ausgewogenen Verhältnis zum möglichen Lohn? Landet man vielleicht irgendwann auf dem Hausdach und muss nach einem Regenrohr zum Hinabklettern Ausschau halten? Steht Ihnen der Sinn mehr nach Entspannung oder nach prickelndem Abenteuer? Suchen Sie nach dem Unbekannten? Nach einer Erprobung Ihrer Ausdauer? Nach einem neuen Schwierigkeitslevel? Oder vielleicht sogar nach der subtilen Euphorie des totalen Eintauchens? (Ich sollte wohl erwähnen, dass Letzteres nicht nur möglich, sondern unabdingbar ist – mehr darüber später –, allerdings nichts für Unerfahrene oder Naturen mit schwachen Nerven.)

Für den Augenblick soll nur so viel gesagt sein: Es gibt die unterschiedlichsten Risiken. Und genau das macht die Faszination sorgfältiger Beobachtung und Planung aus. Was normalerweise ein Akt offenkundigen Wahnsinns wäre, nimmt durch leidenschaftliche Hingabe an die Vorbereitung die Gestalt einer erfüllbaren Begierde an. So wird selbst ein Dummkopf darauf kommen, dass es wesentlich leichter ist, ein Haus heimlich bei Abwesenheit des Eigentümers zu verlassen als bei seiner Anwesenheit (wenn er beispielsweise überraschend zurückkehrt und erleichtert seufzend die Eingangstür hinter sich zuschlägt, vielleicht in Vorfreude auf eine wohlverdiente Tasse Tee). Und ich sollte wohl ehrlicherweise den Tag erwähnen, an dem ich ungeschickter als ein solcher Dummkopf handelte. Ich hielt mich zwar selbst für sehr wagemutig und entschlossen – und hätte ich ein paar Jahre mehr auf dem Buckel gehabt, hätte ich die Umstände vermutlich gründlicher abgewogen und eine vermeintlich ausweglose Situation sogar in eine Gelegenheit der besonderen Art verwandelt. Damals jedoch trat ich eine schmachvolle und überstürzte Flucht an, was die arme Bewohnerin, die gerade ihren Wasserkocher füllte, ohne Zweifel zutiefst verängstigte. Fragen Sie mich nicht, was ich getan hätte, wenn sie mich gesehen hätte. Ich weiß nur, dass ich dadurch schon ganz zu Anfang meiner Unternehmungen einen Eindruck davon gewann, was wirklich auf dem Spiel stand. Ich nahm mir diese Lektion sehr zu Herzen. Und heute, siebzehn Jahre später, kann ich die Gelegenheiten, bei denen ich ertappt wurde – allerdings ohne jemals dingfest gemacht zu werden – an einer Hand abzählen. In fast allen Fällen hatte ich mir eingebildet, ich könne mir ohne allzu viel Nachdenken ein schnelles Vergnügen verschaffen. Übrigens stand ich dabei nur ein einziges Mal jemandem Auge in Auge gegenüber (aber auch davon wird später noch die Rede sein).

Wenn ich heute unter irgendetwas leide, dann ist es eher mein übersteigertes Bewusstsein für Risiken und Gefahren. Ich weiß immer, wo die Notausgänge sind. Wie ein Vogel habe ich über die Jahre hinweg ein Sensorium für minimale atmosphärische Veränderungen entwickelt. Natürlich sind die Brotkrumen meistens einfach nur da, um gefahrlos aufgepickt zu werden; es ist bloß ein Windstoß, der die Blätter rascheln lässt; ein plötzlicher Lichtwechsel ist lediglich auf eine vorüberziehende Wolke zurückzuführen. Trotzdem bereite ich mich innerlich jedes Mal auf ein Erdbeben vor.

Und um auf Ihre Frage von vorhin zurückzukommen: Das Ganze führt also vermutlich dahin, dass es einem zur zweiten Natur wird. Inmitten der Besitztümer eines Fremden fühle ich mich wie an keinem anderen Ort zu Hause, hier bewege ich mich sicher und souverän. Ich weiß, wo diese Menschen ihre privatesten Dinge aufbewahren und wie sie ihr Leben eingerichtet haben. Ich erforsche ihre Pläne und gestalte meine eigenen in Einklang damit. Ich versuche nicht, das Warum hinter ihren Handlungen zu ergründen, sondern nehme sie dankbar als Geschenk, genieße die Aufregung, dabei zu sein und die dünne Höhenluft zu atmen. Ich bekenne, dass es manchmal Züge eines Rituals hat. So verwende ich beim Hinterlassen meines Zeichens stets den Schlüssel der roten Geldkassette, die meine Mutter mir vermacht hat. Immer esse oder trinke ich etwas im Haus, und vielleicht nehme ich ein kleines

Andenken mit – einen Teelöffel, eine Socke. Ich habe gewisse ethische Prinzipien. Niemals setze ich bei meiner »Kunst« versteckte Kameras, Mikros oder Abhörvorrichtungen ein. Ich bin kein Spanner, der nachts vor Fenstern steht. Wo liegt da der Reiz? Ich bin kein Stalker, kein Voyeur. Ich teile einfach Erfahrungen mit anderen Menschen, habe teil an ihrem Leben, während es abläuft. Betrachten Sie mich als Ihren unsichtbaren Bruder, Onkel oder Freund. Ich bereite Ihnen keine Schwierigkeiten. Vielleicht bin ich da, wenn Sie zu Hause sind, vielleicht auch wenn Sie gerade außer Haus sind, aber am wahrscheinlichsten bin ich gerade da gewesen, kurz bevor Sie nach Hause kommen. Sie haben recht, die Vorstellung ist tatsächlich etwas gewöhnungsbedürftig. Doch müssen wir nicht alle irgendwie über die Runden kommen, indem wir uns einfügen und an das Leben anderer Menschen anpassen?

Wer kann das ernsthaft bestreiten?

5

ALS ICH EINUNDZWANZIG WAR, ereigneten sich zwei Dinge. Zum einen erbte ich das, was vom Geld meiner Mutter übrig war, und investierte es zusammen mit meinen Ersparnissen von Mower's in vier Hektar brachliegendes Gelände auf der falschen Seite des Flusses hinter einer Reihe abgewrackter, mit Holzplatten verrammelter Geschäftshäuser.

Zum anderen verließ Guy die Maklerfirma. Er war einige Monate lang krank gewesen und hatte sich, laut Stellas Berichten, eine Lebensmittelvergiftung zugezogen, als in seinem Kühlschrank Flüssigkeit von einem auftauenden Hühnchen in das Nudelgericht darunter getropft war. Er drohte wieder gesund zu werden, doch dann verschlechterte sich sein Zustand erneut. Er verlor fast zwanzig Kilo, und an irgendeinem Punkt entschied Mr Mower vernünftigerweise, dass sich Guys Genesung länger hinzog, als es ein kleines Familienunternehmen verkraften konnte. Natürlich galt dem Kranken unser aller Mitgefühl, wie Mr Mower es ausdrückte, trotzdem sah er leider keine andere Möglichkeit, als sich von Guy zu trennen und ihn mit einer Abfindung aus seinem Vertrag zu entlassen.

Guys Ausscheiden war in meinen Augen kein großer

Verlust, vor allem in Anbetracht seines selbstherrlichen Verhaltens mir gegenüber. Zunächst waren es nur fiese kleine Sticheleien gewesen, die er als scherzhafte Neckereien getarnt und üblicherweise außer Hörweite von Mr Mower abgefeuert hatte. Das wäre noch hinnehmbar gewesen. Aber dann hatten sich die Umstände geändert. Obwohl ich offiziell immer noch Auszubildender war, hatte ich nebenher meinen Collegeabschluss und meinen Führerschein gemacht und außerdem eine Reihe von Verkaufsabschlüssen getätigt, und zwar in genau dem Stil, den Mr Mower mir beigebracht hatte – ich hatte mir seine etwas altmodischen Manieren angeeignet und trug wie er bevorzugt Tweed und robuste Lederhalbschuhe vom hiesigen Herrenausstatter Hilde & Sons. Ich war der kommende Mann. Und vermutlich hätte es mich nicht weiter verwundern dürfen, dass Guy mir das persönlich krummnahm.

Einige Wochen vor seinem ersten Krankenhausaufenthalt fädelte er im Büro eine Intrige gegen mich ein, die zu einem vorübergehenden Zerwürfnis zwischen mir und Mr Mower führte. Es begann damit, dass Mr Mower eines Morgens wütend ins Büro gestürmt kam, nachdem er von zu Hause aus eine Klientin wegen eines bevorstehenden Vertragsabschlusses in Brierley Grange angerufen hatte.

»Mrs Wendell war *sehr* verwundert«, sagte er und blickte uns dabei alle an. »Kann vielleicht irgendjemand von Ihnen erraten, wieso sie so verwundert war?«

Niemand konnte es erraten.

»Wie sich herausgestellt hat, haben sich die Wendells vor zwei Tagen aus dem Geschäft in Brierley Grange *zurückgezogen.*« Mr Mower pausierte kurz, um seine Worte wirken zu lassen. »Ja, auch ich bin sehr erstaunt. Wie es scheint, hat sie gleich am Mittwochmorgen eine Nachricht auf unserem Anrufbeantworter hinterlassen. Und als niemand sie zurückrief, versuchte sie es am Nachmittag erneut. Und sie sprach mit einem jungen Mann …«

An diesem Punkt blickte Guy demonstrativ zu mir – wodurch er den Blick aller anderen ebenfalls auf mich lenkte –, was mich einen Augenblick stutzen ließ. Hatte ich diesen Anruf tatsächlich entgegengenommen? Nein … unmöglich, ich hatte ganz sicher *nicht* mit Mrs Wendell gesprochen. Oder doch? Wie auch immer, der ausgestreute Samen des Zweifels begann zu keimen und zu blühen, denn nun wandte sich Mr Mower an mich, und ohne mich direkt zu beschuldigen, fragte er, wie zum Teufel *irgendjemand* eine derart sträfliche Nachlässigkeit hatte begehen können, so etwas sei einfach *inakzeptabel* und das Scheitern dieses Verkaufs ziehe große Probleme bei vier weiteren Objekten nach sich, was einen ganz schönen Schlamassel bedeute. »Ich kümmere mich darum«, warf Guy ein und klemmte sich das Telefon zwischen Schulter und Wange. Und während Rita die Kontaktadressen herauskramte, beteuerte ich weiter meine Unschuld – ich könne mich genau daran erinnern, am Mittwoch beim Betreten des Büros keinerlei Nachrichten auf dem Anrufbeantworter vorgefunden und mich darüber gewundert zu haben. Doch niemand interessierte sich noch für den Anrufbeantworter, und je beharrlicher ich protestierte, desto gereizter erwiderte Mr Mower, der Schaden sei nun mal unwiderruflich. Während bald alle hektisch telefonierten, stand ich mit hängenden Schultern daneben, bis Guy meine öffentliche Schmach krönte, indem er mich aufforderte, mich endlich nützlich zu machen und drüben im Café ein paar Donuts zu holen. »Ich brauche Treibstoff«, erklärte er wichtigtuerisch.

Er war es gewesen. Kein Zweifel, er steckte dahinter. Das verrieten mir seine langen, drohenden Blicke, die er den restlichen Tag und die gesamte folgende Woche in meine Richtung abschoss. Er hatte Mrs Wendells Nachricht vom Anrufbeantworter gelöscht und auf ihren zweiten Anruf nicht reagiert, einzig und allein in der Absicht, mich wie einen dummen Schuljungen dastehen zu lassen.

Und dann, zwei Wochen nach dem Wendell-Debakel, riefen innerhalb von einer Stunde drei konkurrierende Interessenten an einem wenig attraktiven, aber sehr günstigen und ausbaufähigen Haus an und verkündeten ihren Ausstieg. Keiner der drei konnte mir einen vernünftigen Grund für seine Meinungsänderung nennen. War es einfach Pech? Oder hatte ich irgendetwas Falsches gesagt? Als Mr Mower die Neuigkeiten erfuhr, spitzte er nur die Lippen und schwieg.

Ich quälte mich eine halbe Stunde mit düsteren Gedanken, dann sprang ich in meinen Wagen und stattete einem der Käufer einen Besuch ab. Er arbeitete bei einem Autohändler an der Umgehungsstraße, und als er mich auf dem Vorplatz die Gebrauchtwagen mustern sah, hielt er mich wohl zuerst für einen Kunden und kam herausgeschlendert. Doch kaum hatte er mich wiedererkannt, wurde er verlegen und stammelte irgendetwas über das Wetter und die Marktlage im Autogeschäft, bis ich ihm zu guter Letzt eine direkte Frage zum Haus stellte. Nachdem er eine Weile herumgedruckst hatte, erklärte er schließlich, ihn hätten die Berichte über den Nachbarn abgeschreckt.

»Welcher Nachbar?«

»Hören Sie«, sagte er, »ich hab nichts gegen Leute mit psychischen Problemen. Das ist eine echte Tragödie. Meine Oma ist auch in einem Heim, aber wissen Sie … wir haben kleine Kinder. Und dort gibt es wohl diesen Typen, der nur mit einem Schlafanzugoberteil bekleidet auf die Straße geht. Und er ist gar nicht mal so alt. Nach allem, was man so hört, kommt er gelegentlich ziemlich in Fahrt. Dann macht er jede Menge Radau, tagsüber und auch nachts, er brüllt, schlägt um sich und heult. Einmal haben sie sogar Rauch aus seinem Fenster kommen sehen.«

War irgendetwas davon wahr? Ich hatte nichts dergleichen gehört.

»Ich bin mir ziemlich sicher, dass das nur Gerüchte sind«, erklärte ich. »Lassen Sie mich der Sache nachgehen. Außerdem kann ich einen weiteren Besichtigungstermin für Sie arrangieren. Ich bin überzeugt, die Verkäufer werden Sie in diesem Punkt beruhigen können.«

Er verzog das Gesicht. »Tut mir leid. Ich glaube eher nicht.«

»Ich denke, dass Ihnen da jemand einen Bären aufgebunden hat.«

Er blickte mich an. »Ich hab das aus erster Hand. Von Insidern aus dem Geschäft. Nichts für ungut, aber das ist das Problem bei Leuten wie Ihnen. Sie erzählen uns immer nur die halbe Wahrheit.«

Ich fuhr zurück zum Büro und rief den Verkäufer des Hauses an. Nein, er hatte noch nie Probleme mit den Nachbarn gehabt. Ja, es gab ein oder zwei Familien in der Straße, die ältere Angehörige pflegten, aber mit denen hatte es nie irgendwelche Schwierigkeiten gegeben. Ich glaubte ihm.

Das Problem war Guy. Der ganze Ärger war eindeutig auf seinem Mist gewachsen.

Doch war er nicht der Einzige, der Schwierigkeiten machen konnte. Ein paar Wochen später hörte ich eines Nachmittags, wie Guy jemanden am Telefon anzischte, er solle ihn später zu Hause anrufen. Das allein war schon verdächtig – denn wenn Mr Mower und Stella nicht im Büro waren, verbrachte Guy den Großteil seiner sogenannten »Entspannungszeit« üblicherweise damit, am Telefon leicht zu beeindruckende Ladenmädchen zu bezirzen oder Witze mit seinen Saufkumpanen vom Bauhof zu reißen. Und als an diesem Abend alle anderen das Büro verließen und der Reinigungsservice eintraf, verkündete er: »Es gibt da noch ein paar Klienten, die ich dringend erreichen muss.«

Ich postierte mich im Eingang des Einkaufszentrums gegenüber, von wo aus ich ihn vorgebeugt ins Telefon reden sah. Kurz darauf legte er den Hörer beiseite und wartete neben dem Faxgerät. In den nächsten fünfzehn Minuten lief er hektisch zwischen Fax und Kopierer hin und her. Schließlich verließ er mit seiner Aktentasche das Büro. Ich trat zurück in den Schatten und beobachtete, wie er in seinen Wagen stieg und davonfuhr.

Am nächsten Morgen war ich gleich nach Rita, die immer aufschloss, der Erste im Büro. Sobald sie Teewasser aufsetzen ging, sah ich mich ein wenig um. Auf Guys Schreibtisch lag nichts von Interesse. Es gab jedoch ein paar verräterische Spuren: ein Aktivitätsbericht aus dem

Faxgerät mit einer Telefonnummer; und der Kopierer war auf eine Vergrößerung von 200 Prozent eingestellt. Ich drückte den Wiederwahlknopf an Guys Telefon. Eine Frau ging ran. Es war das Büro der Bezirksverwaltung – das Bauamt. »Wie kann ich Ihnen helfen?«, fragte sie. Ich bat sie um ihre Faxnummer. »Kein Problem«, erwiderte sie. Die Nummer war identisch mit der letzten auf dem Aktivitätsbericht. Oh Guy, was führst du im Schilde? Ich muss zugeben, dass ich ein klein wenig aufgeregt war. Ich wartete bis Freitag, da Guy an diesem Tag üblicherweise bis zum Abend im Büro blieb, um vor dem Wochenende seinen Papierkram zu erledigen. Nach dem Mittagessen, als er sich zu seiner gewohnt endlosen Sitzung auf die Toilette zurückzog, fischte ich seine Schlüssel aus seinem Jackett. Ich erklärte Rita, ich müsse diverse nicht mehr benötigte »Zu verkaufen«-Schilder in der Stadt einsammeln und würde den Van nehmen, falls jemand fragen sollte.

Mit dem Wagen waren es fünf Minuten zu Guys gemietetem Zwei-Zimmer-Apartment. Ich stellte den Van in einer Nebenstraße ab und schloss die Wohnungstür auf. Einen Moment lang verharrte ich auf der Schwelle, um die Atmosphäre in mich aufzunehmen. Die Tür zu seinem Schlafzimmer stand weit offen, und ein abgestandener, saurer Schlafgeruch drang heraus. Ich trat ein und stieß eine zweite Tür auf, hinter der sich eine typische Junggesellenhöhle öffnete – dunkel, unaufgeräumt, mit einem Ledersofa, einem gewaltigen Fernseher, einem Videorekorder und einer Sammlung von Actionfilmen. In der Nähe des Fensters stand ein Esstisch und neben Guys schmutziger Kaffeetasse waren dort mehrere kopierte Seiten zu einem großen Rechteck ausgebreitet.

Es handelte sich um eine Planskizze, die mit dem Stempel der Bezirksverwaltung und der Bezeichnung RIVER DEV I versehen war. Zunächst wirkte es wie ein ganz normaler Plan der Innenstadt, der sich nicht sonderlich von denen unterschied, die ich über die Jahre hinweg in einem Schrank im Büro gesammelt hatte. Doch in dieser Version war die Hauptstraße und die sie flankierenden, heruntergekommenen Geschäftshäuser verschwunden, um einer weitläufigen neuen »Fußgänger- und Geschäftszone« zu weichen. Dort gab es von Bäumen beschattete Wohnhäuser und einen »Erholungspfad« entlang des Flussufers. Der Grund für Guys heimliche Aktivitäten war leuchtend gelb markiert: ein keilförmiges Stück Land zwischen Bahnhof und Fluss. Ich kannte das Grundstück – man konnte den Schandfleck von der Eisenbahnbrücke aus sehen; ein mit Kies- und Steinhaufen übersätes Terrain, auf dem halb verfallene Schuppen standen und alte Gerätschaften verrosteten. Es wirkte unverkäuflich. Auf dem Plan war es jedoch von Pfeilen und Fragezeichen umgeben. Offensichtlich versuchten Guy und seine Freundin im Bauamt, ein Geschäft mit Insiderinformationen zu machen und sich das Land unter den Nagel zu reißen, bevor das Bauvorhaben öffentlich wurde und es an einen Investor verkauft wurde. Aber hatte Guy überhaupt Geld? Das schien mir eher unwahrscheinlich. Beim Durchforsten seiner Schubladen förderte ich nichts weiter zutage als alte Gehaltsschecks von Mower's, Rechnungen von Versorgungsunternehmen und Benachrichtigungen wegen Kontoüberziehungen. Kein verräterischer Kreditantrag; keine Unterlagen über etwaige geheime Vermögenswerte. Vielleicht hatte seine Partnerin das Geld und Guy war nur irgendwie beteiligt, vermutlich aus Gründen, die mit Mower's zu tun hatten.

Zunächst dachte ich daran, Guy einfach bloßzustellen; doch in einem glorreichen Moment geistiger Klarheit hatte ich plötzlich eine Vision. Ich sah meine Zukunft vor mir. Ich war einundzwanzig und konnte sie deutlich vor mir sehen, hier in Guys Küche.

Sein Frühstücksgeschirr stand immer noch im Spülbecken. Ich öffnete seinen schmierigen Kühlschrank. Er hatte bereits für das Wochenende eingekauft. Ich weiß noch, wie ich mir ein kleines Apfeltörtchen aus einer offenen Packung nahm. Und dann lag da dieses langsam auftauende rohe Huhn – in seiner Pfütze aus rosa Schmelzwasser stellte es geradezu eine Einladung dar; ich musste lediglich den Teller etwas kippen und die Lebensmittel im Fach darunter ein wenig anders arrangieren. Es war perfekt. Ich malte mir aus, wie Guy spät in der Nacht zurückkehrte, nach einem bierseligen Freitagabend mit seinen bescheuerten Kumpels im Cutter's, zu beschwipst, um sich noch mit Sicherheit daran erinnern zu können, ob er die Reste des Nudelgerichts wirklich mit Küchenfolie abgedeckt hatte, und sich heißhungrig einfach auf das Erstbeste stürzte, was ihm in die Hände fiel. Und heißt es nicht, Rache ist ein Gericht, das man am besten kalt serviert? Ich selbst koche nie zu Hause. Daher könnte mir etwas Derartiges niemals passieren. Aber Guy schon. Pech für ihn.

Ich verließ sein Apartment, so wie ich es vorgefunden hatte, fuhr quer durch die Stadt, um mir einen Nachschlüssel anfertigen zu lassen, bevor ich im Büro das Original zurück in Guys Tasche gleiten ließ, während er telefonierte und ohne Zweifel seinen Abend plante. Falls Rita sich je gefragt hat, was aus den »Zu verkaufen«-Schildern geworden war, so hat sie es zumindest nie erwähnt.

Für mich kam es nicht allzu überraschend, dass Guy am nächsten Morgen weder zur Arbeit erschien noch ans Telefon ging, als Rita ihn anrief. »Das ist merkwürdig«, sagte sie.

»Vielleicht ist er durchgebrannt«, grinste ich. »Mit Stella.«

Rita fand das nicht witzig. »Stella hat heute Morgen Termine.«

Ich musste rasch handeln, aber immerhin verschaffte mir das Wochenende ein wenig Spielraum. Ich fuhr hinaus zu dem Grundstück, ein verwahrlostes, mit Unrat übersätes Gelände neben dem Bahnhof, das mit einem hohen Zaun und einem verschlossenen Gatter vor Vandalen geschützt war. Nichts deutete darauf hin, dass das Grundstück zum Verkauf stand; am Zaun hingen lediglich Schilder einer Sicherheitsfirma, die vor Wachhunden auf dem Gelände warnten. Ich notierte mir die Telefonnummer der Sicherheitsfirma und rief von einem Münztelefon aus dort an. Der Mann am anderen Ende hatte keine Ahnung, wem das Gelände gehörte, gab mir aber eine Kontaktadresse, die er im Notfall verständigen sollte. »Fragen Sie im Liegenschaftsamt nach«, sagte er. »Vor Montag werden Sie da allerdings keinen mehr antreffen.«

Am nächsten Morgen rief mich Mr Mower in meiner kleinen Bude bei Mrs Burton an und bat mich, ins Büro zu kommen und Guys turnusgemäße Sonntagsschicht zu übernehmen. Stella war bei Guy vorbeigefahren, hatte aber niemanden angetroffen. Erst am Montag fand sie schließlich heraus, was geschehen war: Er hatte irgendetwas gegessen, von dem ihm übel geworden war; im Lauf der Nacht war es schlimmer geworden, er war hinausgegangen, um frische Luft zu schnappen, und dort zusammengebrochen; ein Notarzt hatte ihn ins Krankhaus gebracht. »Er ist ziemlich krank«, sagte sie. Ich imitierte Ritas besorgte Miene. Stella lächelte. »Keine Sorge, er wirds überleben.«

An diesem Nachmittag suchte ich erneut Guys Apartment auf. Nicht nur entdeckte ich dort die Faxe der Bezirksverwaltung, sondern auch eine unserer Angebotsanfragen, die aus der entsprechenden Akte entfernt worden war. Wieder im Büro fand ich das Grundstück in der Liste der zu verkaufenden Objekte, doch der Vermerk war durchgestrichen worden, wodurch der Verkauf ruhte. Es gab keine Anzeichen, dass jemand daran gearbeitet oder der Verkäufer das Geschäft vorangetrieben hatte. Der Preis war natürlich auf dem Tiefststand. Ich rief den Klienten an, erkundigte mich, ob er noch verkaufen wolle, und erklärte ihm, ich hätte einen interessierten Käufer.

»Sind das die Käufer, über die wir vor ein paar Wochen geredet haben?«

»Ah, da haben Sie sicher mit Guy gesprochen«, sagte ich. »Er ist im Moment unterwegs. Aber die Interessenten fragen an, ob Sie mit dem Preis nicht noch ein bisschen runtergehen können.«

Die Verhandlungen zogen sich eine Weile hin, doch schließlich kaufte ich das Grundstück, wobei ich einen Anwalt aus einer anderen Stadt als Agenten einschaltete. In der Zwischenzeit nutzte ich Guys Abwesenheit – die sich durch Komplikationen aufgrund seines chronischen Magengeschwürs glücklicherweise weiter verlängerte –, um mich bei Mr Mower wieder in ein vorteilhaftes Licht zu rücken. Ich brachte eine von Guy bereits abgeschriebene Immobilie an den Mann, indem ich die Verkäufer überzeugte, bei ihren unrealistischen Forderungen, die ihnen Guy aufgeschwatzt hatte, ein wenig nachzugeben. (Ich fragte sie, ob sie von den Gerüchten gehört hätten, dass ein nahegelegenes städtisches Grundstück als Lagerplatz für Schausteller und Landfahrer ausgewiesen werden sollte.) Und natürlich war Mr Mower besonders überrascht, als er von meinen unerwarteten Fortschritten bei einem unattraktiven Stück Brachland am Fluss erfuhr, das Guy vor einem Jahr übernommen hatte. Sie können sich seine Freude vorstellen, als ich ihm mitteilte, ich hätte endlich einen Käufer gefunden.

»Das sind ja ausgezeichnete Neuigkeiten«, rief er. »Wer will es erwerben?«

»Damato Associates. Sie haben vor, dort einen Skateboard-Park zu errichten.«

»Skateboard, sagen Sie? Das ist ja wunderbar.«

Das war vor langer Zeit. Damals fing die Skateboard-Mode gerade erst an, zumindest in unserer Stadt; aber ich musste lächeln, als ich mir die besorgten Gesichter der Verantwortlichen aus der Stadtverwaltung vorstellte – sie wären wohl kaum sehr erfreut, wenn Trupps von unruhestiftenden Jugendlichen direkt gegenüber von ihren schönen Neubauten abhingen. Doch natürlich war das nur ein Täuschungsmanöver. Ich ließ meine Investition ruhen und wartete ab. Und gerade als ich zu befürchten begann, ich müsste tatsächlich einen Skater-Park eröffnen, trat die Bezirksverwaltung mit ihren Plänen an die Öffentlichkeit, und die Dinge kamen ins Rollen. Es war eine aufregende

Zeit. In den folgenden Jahren trachtete jede mittlere Stadt im Land danach, ihre brachliegenden, mit Unkraut überwucherten Ufergrundstücke in wertvollen Baugrund für schicke Apartments, Läden und Fitnesscenter umzuwandeln. Unsere war eine der ersten.

Ach, und was Guy betrifft: Den sah ich nie wieder, obwohl ich noch einmal in seine Wohnung zurückkehrte. Halb erwartete ich, vom Gestank abgestandener Kotze und Durchfall empfangen zu werden, auch wenn ich wusste, dass Stella eine unserer Reinigungskräfte hingeschickt hatte, um die Wohnung auf Vordermann zu bringen. Ich war kaum dreißig Sekunden in seinen Räumen, da ertönte ein Schlag gegen eines der Fenster, und mir wäre fast das Herz in die Hose gerutscht. Sofort zog ich mich zurück und lauschte angespannt. Nichts. Nach ein paar Minuten schlich ich vorsichtig zum Fenster. Ein Streifen blutige Schmiere zog sich quer über die Scheibe. Erneut wich ich zurück. Draußen war ein leises Rascheln zu hören. Ich bewegte mich zur Tür und lauschte mit pochendem Herz. Nichts. Dann schlich ich wieder zurück und wartete. Schließlich wagte ich es, das Fenster einen kleinen Spalt zu öffnen und vorsichtig meinen Kopf hinauszustrecken. Draußen lag ein toter Vogel. Fast hätte ich laut gelacht. Bevor ich ging, machte ich noch ein paar Fotos – von Guys Anzügen im Kleiderschrank und von seinem Kühlschrank, der jetzt leer, sauber und strahlend weiß war. Dann hörte ich auf seinem Anrufbeantworter im Flur zwei alte Nachrichten ab, beide mit demselben Inhalt. »Guy, ich bins. Wo zum Teufel *steckst* du?«

6

DIE ZEIT VERGING WIE IM FLUG, wie es so schön heißt. Und inzwischen bewegt sich mein Leben in fast ebenso geregelten Bahnen wie die Gestirne am Himmel. Ich fühle mich der Stadt verbunden, die mich an ihre Brust gedrückt hat, und aus Dankbarkeit wache ich jetzt über ihre Interessen. Selbstverständlich musste ich mich zunächst einmal um meine eigenen Belange kümmern und eine gewisse Machtposition erreichen. Das war mir schon vor dem Ärger mit Guy klar gewesen, und auch lange bevor mein Name den von Mr Mower über dem Firmeneingang ersetzte. Mein profanes Streben nach Geld ist einzig in diesem Zusammenhang zu verstehen. Geld verschaffte mir Einfluss, und das war alles, was ich brauchte. Vermutlich würden Sie mich auf den ersten Blick nicht für wohlhabend halten. Ich sitze in keinerlei Komitees; mein Name ist den hiesigen Rotariern unbekannt; ich verfolge keine aktiven Interessen in der Handelskammer. Dennoch fließt ein beachtlicher Teil meines Einkommens in Stiftungen für gute Zwecke – etwa ein Arbeitsprogramm für Jugendliche aus weniger wohlhabenden Siedlungen. Ich finanziere ein Gemeindezentrum und drei Kinderkrippen, außerdem unterstützt Heming's hiesige Schulen und

Abendkurse für Erwachsene. Doch genug davon. Die Menschen, die mich in letzter Zeit umgeben – Zoe, Katya und die anderen –, wundern sich möglicherweise über meine einfache Lebensweise: mein bescheidenes Auto; meine Weigerung, in Urlaub zu fahren; meine robuste, wenig abwechslungsreiche Kleidung. Doch selbst wenn sie möglicherweise eine Verbindung zwischen meiner moderaten Lebensweise und meinen anderen kleinen Absonderlichkeiten herstellen (beispielsweise meinem Beharren darauf, dass sie mich mit Mr Heming ansprechen), so wären sie beim Anblick meines Apartments ohne Zweifel schockiert. Eine kleine möblierte Mietwohnung in einem unauffälligen Gebäude in der Nähe des Common, deren Miete monatlich bar von einem gewissen Mr Luckham bezahlt wird (ja, ich hatte mir den Namen der beherzten Mrs Luckham aus dem Internat ausgeliehen); ich bin ein stiller, auf Anonymität bedachter Mieter und verbrauche nur wenig Strom und Wasser. Denn so sehr ich diese Stadt auch liebe, die mich nährt, mir ein Lebensziel gegeben und Wohlstand beschert hat, so wichtig ist es mir, alle Spuren meiner materiellen Existenz in zwei Koffer packen und in einer halben Stunde abreisen zu können. Ich will jederzeit verschwinden und irgendwo neu anfangen können. Und ich lebe in der Gewissheit, dass es täglich dazu kommen könnte.

Selbst Zoe, mit der ich eine kurze Affäre hatte, weiß nichts von meinen häuslichen Arrangements – obwohl ich hinzufügen muss, dass es keineswegs einfach war, ihr diese zu verheimlichen; und der erforderliche Aufwand an Taktgefühl und Raffinesse stand in keinerlei Verhältnis zum Lohn. Am Ende musste ich mich entscheiden zwischen den Vorzügen täglicher sexueller Genüsse und der Notwendigkeit, mein Privatleben der genaueren Begutachtung durch andere zu entziehen.

Ohne Zweifel sind Sie jetzt ein wenig schockiert, dass ich täglichen sexuellen Genüssen nicht abgeneigt bin. Es stimmt, dass ich in den Schränken von Fremden stand, den Kopf in ihren Kleidern geborgen, aber ich gehöre nicht zu der Sorte Mann, die Vergnügen daran hat, dabei in ihre Taschen zu masturbieren. Ganz im Gegenteil. Wie Sie bereits an meiner trickreichen Eroberung von Marrineaus Freundin Sarah erkennen konnten, liegen meine Neigungen im ganz normalen Spektrum. Wenn ich eine Frau anlächle, bin ich mir ihrer Reaktion durchaus bewusst. Als ich bei Mower's anfing, gab es ein paar flüchtige Abenteuer, die sich jedoch üblicherweise in Nachbarstädten und stets in den Wohnungen der jungen Frauen abspielten. Im Wesentlichen hat sich daran nichts geändert, auch wenn mich meine verantwortungsvolle Position noch umsichtiger hat werden lassen. Es gibt da ein oder zwei Damen, mit denen ich mich gelegentlich zu kurzen diskreten Treffs verabrede, bei denen stets Bargeld den Besitzer wechselt. Gott sei Dank kann ich mir ein Hotelzimmer leisten. Davon abgesehen genieße ich ab und zu eine gründliche Massage. Elementare Wartung und Instandhaltung, könnte man wohl dazu sagen. Nichts Abstoßendes oder Perverses. Ein zufälliger Beobachter – vielleicht jemand in meinem eigenen Kleiderschrank! – würde keinerlei ungewöhnliche Interessen bemerken.

Zoe war ein typischer Fehler, der aus zu großer körperlicher Nähe von Männern und Frauen am Arbeitsplatz resultierte. Ich war ihr Chef, aber kaum älter als sie. Ihre grünen Augen und ihr hilfsbereites Lächeln folgten mir den ganzen Tag. Sie hatte diese gewisse Ausstrahlung, dieses Mysterium, das aus meiner Sicht allen Frauen zu eigen ist. Die Affäre zog sich sechs Wochen hin, obwohl ihre Attraktivität bereits nachzulassen begann, als sie mich in ihre Wohnung einlud. Natürlich war das der Wendepunkt: Damit begannen Ausstrahlung und Mysterium zu schwinden. Vielleicht hätte ich Zoe mehr geschätzt, hätte ich ihre Wohnung alleine und ungestört durchstöbern können, ohne dass sie alles mit ihren Fragen über mein Leben oder meinen Musikgeschmack unnötig kompliziert hätte, oder wenn sie nicht andauernd mein Gesicht studiert und meine Gedanken zu lesen versucht hätte, während ich redete. Was soll ich sagen? Unsichtbarkeit war für mich lange Zeit die Eintrittskarte zu meinen schönsten, unvergesslichsten Erlebnissen. Und die Versuche der guten Zoe, mich aus meiner Höhle ans Tageslicht zu zerren, waren so ziemlich das Gegenteil davon.

Meine Verschwiegenheit wurde für sie zum ständigen Anlass von kleinen Scherzen. »Wo lebst du denn jetzt *wirklich?*«, lachte sie, als würde sie mich damit nur necken wollen. Ich war überzeugt, wenn ich Zoe mit zu mir nach Hause nahm, würde sie einen falschen Eindruck kriegen, oder schlimmer noch, den richtigen. Als ich mit ihr Schluss machte, war sie verletzt und fand meine Gründe zu Recht fadenscheinig (»Das mit uns funktioniert nicht …«; »Es liegt nicht an dir, es liegt an mir …«); die Sätze waren übrigens inspiriert von drei romantischen Komödien, die wir viel zu eng aneinandergekuschelt im Kino gesehen hatten. Außerdem versicherte ich ihr, dass es niemand anderen gab. Doch die eigentliche Wahrheit war: Freizügige sexuelle Beziehungen sind schön und gut, aber echte Intimität finde ich woanders. Ich muss mich in Abgeschiedenheit von ihr umhüllen und von ihr erfüllen lassen, still und langsam. Dann hat sie etwas unendlich Tröstliches. Und sie befeuert die Sinne.

Ich rechnete damit, dass Zoe die Firma verlassen würde, doch sie blieb; vielleicht um sich selbst davon zu überzeugen, dass die Trennung sie nicht belastete, oder um mir zu beweisen, dass ich mich mit dem, was immer mir an ihrem großen Herzen und ihrem fröhlichen Lachen nicht gefiel, getäuscht hatte. Möglicherweise genoss sie auch den Umstand, dass wir beide ein unausgesprochenes Geheimnis teilten – als müssten wir irgendetwas vor Katya, meiner leitenden Verkaufsberaterin, verbergen, die jedoch eine praktisch denkende Frau war und der das vermutlich völlig gleichgültig gewesen wäre. Was auch immer ihre Gründe waren, Zoe wirkte im Büro fröhlich wie eh und je, häufig sogar so fröhlich – geradezu überschwänglich –, dass ich mir schon Sorgen machte. Sie hatte nach der Arbeit Dates mit anderen Männern, die sich immer dadurch ankündigten, dass sie kurz vor Feierabend nonchalant etwas Lipgloss auftrug. Zuletzt hatte sie eine Affäre mit irgendeinem Traummann, die sie mir pausenlos wenig subtil unter die Nase rieb, bis sie auch damit eine Bauchlandung erlebte und für Wochen am Boden zerstört war. Als Zoe irgendwann wieder zur Arbeit erschien, warf Katya mir einen warnenden Blick zu, sagte aber in ihrer reservierten litauischen Art kein Wort.

Durch das unerfreuliche Intermezzo mit der armen Zoe wurde mir klar, wie sehr sie mich von meinen eigentlichen Aufgaben abgelenkt hatte. Es war mir nach wie vor ein wichtiges Anliegen, die Menschen in meiner Umgebung glücklich zu machen und ihnen ein angenehmes Leben zu ermöglichen. Ich betrachtete mich selbst als eine Art männliche Glücksfee. Oder als Schutzengel. Und wie ich bereits erwähnt habe, halte ich in dieser Funktion jederzeit die Augen offen. So bereitet es mir beispielsweise Vergnügen, auf meinen Erkundungsgängen durch die Heime meiner Mitbürger hier eine kaputte Glühbirne auszuwechseln, dort ein blankes Kabel zu isolieren oder anderswo einen defekten Boiler zu reparieren. In meinen Lehrjahren hat Mr Mower meine Instinkte für die ganzheitlichen Aspekte des Maklergeschäfts geweckt; auf seine Kosten hatte er mich zu Abendkursen über die diversen Aspekte einer grundlegenden und regelmäßigen Gebäudepflege und -sanierung geschickt. Ich war stets ein eifriger Schüler gewesen. Und inzwischen bin ich in diesen Dingen ausgesprochen bewandert. Ich weiß, was ein Haus im Innersten zusammenhält, kenne mich mit elektrischen Installationen und Rohrleitungen aus, mit Mauerziegeln, Dachbalken und Belüftung, weiß um die Risiken von Einsturzgefahr oder Schimmel- und Ungezieferbefall. Manchmal sind die Menschen einfach zerstreut. Es gibt immer irgendeinen unachtsamen Trottel, der übers Wochenende wegfährt und sämtliche Fenster offen lässt oder bei dem durch einen defekten Spülkasten ruinöse Kosten auf der Wasseruhr auflaufen.

Allerdings gibt es auch Menschen, gegen die man entschlossener vorgehen muss. Für gewisse großmäulige und angeberische Typen halte ich hinter meinem Rücken immer einen Hammer bereit – im übertragenen Sinn natürlich. Wir kennen sie alle, diese unangenehmen Zeitgenossen, die in voll besetzten Zügen (einmal im Monat fahre ich nach London) in ihre Handys brüllen und ihre ach so wichtigen Habseligkeiten über mehrere Plätze ausbreiten; die in der Stadt ihre protzigen Luxuskarossen auf den Gehwegen abstellen, anstatt sich einen Platz in einem der zahllosen preiswerten Parkhäuser zu suchen. Es sind dieselben Menschen, die ihre Bäume ungehindert wuchern lassen, sodass sie den Rasen ihrer Nachbarn verschatten und Laub und Früchte darauf verstreuen; ihre geräuschvollen Dinner-Partys dauern bis spät in die Nacht; bei Gemeindeversammlungen fallen sie durch ausufernde Beiträge auf und feuern bei Schulsportveranstaltungen und Theateraufführungen lautstark ihre armen Kinder an. Wir kennen sie alle, denn sie *wollen*, dass man sie kennt.

Natürlich ist, was ich hier beschreibe, nur ein aus verschiedenen Merkmalen zusammengesetztes Phantombild, die Karikatur eines Soziopathen. Aber wie perfekt sich manche Mitmenschen doch in dieses Schema einfügen!

Ich kannte Preece Gwyndyr schon seit einigen Jahren. Wir hatten ihm und seiner Frau ein Haus in den üppig begrünten Pipers verkauft, einer hufeisenförmigen Anlage von Neubau-Luxusvillen, jede mit einem Viertelhektar liebevoll gestaltetem Garten auf dem Gelände des alten Krankenhauses. Von Zeit zu Zeit sah ich das Paar wieder, wobei mich zunächst stets der durchdringende, einschüchternde Ton von Gwyndyrs walisischer Stimme aufschreckte, bevor ich sein rötliches Gesicht in der Menge entdeckte, ob es nun bei einer Spendengala in einer Schule war (solche Versammlungen sind exzellente Gelegenheiten, um zu beobachten, zu lauschen und zu lernen) oder bei einem Sommerfest. Im Kreis seiner Zuhörer fand sich stets seine Frau, die seine Reden mit glühendem Stolz und wie ein Vogel blinzelnd verfolgte, während sie eine Kaffeetasse balancierte oder ein Glas Wein umklammert hielt. Wie die meisten ehemaligen Klienten kannten sie mich nicht mehr. Für sie war ich unsichtbar, genau wie an dem Tag, als ich sie in ihrem neuen Haus herumgeführt und davon überzeugt hatte, unsere Stadt sei genau der richtige Ort für ihre wachsende Familie. (Was ich damals besser unterlassen hätte; erst in der Folge versäumte ich es häufiger, verlockende Angebote an die Verkäufer weiterzuleiten, weil eine kleine Stadt nur eine beschränkte Anzahl von Bürgern mit derart monströsem Selbstbewusstsein aufnehmen kann.)

An einem Spätnachmittag im Winter ging ich spazieren und bemerkte dabei zufällig Gwyndyr – oder sagen wir besser, ich erhaschte einen Blick auf ihn. Es hatte den ganzen Tag geregnet, und ich hielt den Kopf gesenkt, erkannte aber seinen Wagen wieder – ein silbernes Ungetüm mit Skiträgern auf dem Dach und einem Drachen-Aufkleber im Rückfenster –, außerdem erspähte ich kurz sein Profil, während er auf dem Rückweg in die Stadt auf der Landstraße an mir vorbeidonnerte. Ich sah nicht genau, was passierte, hörte aber ein lautes Scheppern, als er um eine Kurve bog, an der ein einsames Landhaus lag. Der Regen hatte an dieser Stelle eine Fahrspur überschwemmt und am linken Straßenrand parkte dicht neben dem Grasstreifen ein kleiner Wagen. Vermutlich gehörte er den Bewohnern des Hauses. Gwyndyr hatte die Kurve offenbar mit zu hoher Geschwindigkeit genommen und dabei den Wagen gerammt. Jetzt hielt er in der Mitte der Straße, seine Bremslichter leuchteten, und vermutlich fragte er sich in einem Moment des Zweifels, ob ich – keine dreißig Meter entfernt und mich stetig nähernd – im Nieselregen und Dämmerlicht sein Nummernschild entziffern konnte. Ich hoffte sehr, er würde das Richtige tun, befürchtete jedoch das Gegenteil; und tatsächlich rollte er langsam davon und war kurz darauf verschwunden. Niemand kam aus dem Landhaus, während ich meine Schritte beschleunigte, um den Schaden zu begutachten: Der Seitenspiegel baumelte lose herab und auf dem nassen Asphalt lagen Glasscherben. Der Wagen war kirschrot, und trotz seines offenkundigen Alters und der neuen Schramme wirkte er liebevoll gepflegt.

Ich kehrte nach Hause zurück, notierte Gwyndyrs Name und Adresse auf einem Zettel und kehrte dann mit dem Wagen zum Unfallort zurück. Es war bereits dunkel, und in dem Landhaus brannte Licht. Ich schob den Zettel – in einem Plastikumschlag, um ihn vor dem Regen zu schützen – unter den Scheibenwischer und machte mich auf den Heimweg. Früh am nächsten Morgen, einem Sonntag, fuhr ich erneut zu der Stelle und parkte ein Stück die Straße hinunter, sodass ich das Haus ungestört beobachten konnte. Kurz nach neun trat eine Frau heraus und schloss hinter sich ab. Sie mochte um die sechzig sein und war ordentlich gekleidet. Sie entdeckte zuerst meine Nachricht und dann, mit offensichtlichem Verdruss, den zerstörten Außenspiegel. Sie las den Zettel und blickte die Straße entlang in beide Richtungen. Entschlossen faltete sie den Zettel zusammen, stieg ein und startete den Wagen. Ich duckte mich, als sie an mir vorbeikam, kurz darauf folgte ich ihr. Es war nicht weiter schwierig. Sie war langsam unterwegs, und in der Stadt herrschte kaum Verkehr.

Aber anstatt sich, wie von mir erwartet, am alten Krankenhaus links zu halten, schlich sie rechts den Hügel hinauf und parkte schließlich hinter einer Reihe von Wagen vor der St. Theobald-Kirche. Sie ging zur Messe. Das hätte ich mir denken können.

In gewisser Weise machte es die Dinge einfacher. Ich fuhr nach Hause, setzte den Wasserkocher auf und suchte die Zeiten der Gottesdienste in St. Theobald heraus. Dann spazierte ich quer durch die Stadt zu den Pipers. Ich wusste, es würde nicht leicht, einen Platz zu finden, von dem aus ich die Eingangstür der Gwyndyrs beobachten konnte; allerdings war die Villensiedlung von einem Waldstück und einer schmalen Straße umgeben, auf der die Leute ihre Hunde ausführten, an der kleine Läden, eine Grundschule und ein Friedhof lagen und die in einer weiten Kurve zurück in die Stadt verlief. Von der Straße aus führte ein schmaler Fußweg quer durch die Pipers. Es war sicher keine gute Idee, sich länger auf diesem Weg herumzutreiben, wenn ich jedoch die richtige Zeit abpasste, konnte ich womöglich beobachten, wie die Frau vor dem Haus der Gwyndyrs eintraf. Der Regen von letzter Nacht hatte sich verzogen. Um die Zeit totzuschlagen, wanderte ich langsam zu den Läden und kaufte mir eine Zeitung, in der ich zu blättern vorgab, während ich auf dem Fußweg zurücktrottete.

Ich warf einen Blick auf die Uhr. Inzwischen musste die Gemeinde die Kirche verlassen haben. Wenn die Frau überhaupt kam, würde sie es sicher so bald wie möglich hinter sich bringen wollen. Vielleicht hatte sie sich vor dieser Begegnung zunächst noch geistlich stärken müssen. Ich verharrte oben auf dem Fußweg, den Kopf hinter der

Zeitung, als hätte ich wegen eines packenden Fußballartikels innegehalten. Ich musste nicht lange warten. Nach wenigen Minuten bog ihr kirschroter Wagen in die Einfahrt und verschwand wieder aus meinem Blickfeld. Eine Wagentür wurde zugeschlagen und gleich darauf hörte ich Gwyndyrs bellende Stimme. Während ich zwischen den Zäunen der angrenzenden Grundstücke den Fußweg hinunter und hinaus in die hufeisenförmige Anlage lief, erkannte ich, dass der Wagen der Frau Gwyndyrs Ausfahrt blockierte, auf der seine eigene monströse Karosse mit laufendem Motor stand. Langsam schlenderte ich auf der gegenüberliegenden Straßenseite entlang. Die Stimme der Frau war kaum zu vernehmen, aber ich konnte sehen, wie sie Gwyndyr den Zettel und den Schaden an ihrem Seitenspiegel zeigte. Gwyndyrs Tonfall konnte ich entnehmen (»Ich *versichere* Ihnen, meine gute Frau …«), dass ihre Proteste zu nichts führen würden. Nun tauchte Gwyndyrs Frau in der Eingangstür auf, sie trug einen Hausmantel, Pantoffeln, eine siamesische Katze auf den Armen (eine weitere Katze spähte zwischen ihren nackten Waden hindurch) und verfolgte nickend, wie ihr Mann die Klagen der Frau barsch abwies und sie aufforderte, augenblicklich ihren Wagen zu entfernen. Einen Moment lang stand die Frau hilflos da, dann stieg sie zurück in ihren Wagen, startete den Motor und bemühte sich, unter den Blicken des Ehepaars auf der engen Straße zu wenden.

Sie überholte mich an der Ecke, ihr Gesicht bleich vor Aufregung. Meine Sympathien galten natürlich ihr, dieser netten älteren Dame aus der Gemeinde. In meiner Fantasie malte ich mir bereits die täglichen Gewohnheiten und das gemütliche Heim dieser Witwe aus – eine Kaminecke mit

Schürhaken und Kohlenschaufel; eine getigerte Katze, die sich auf dem Sofakissen zusammengerollt hatte; Kekse; eine Coronation-Toffee-Dose, die ihre Ersparnisse enthielt; und auf der Anrichte das Schwarz-Weiß-Foto ihres Mannes, der ohne Zweifel für irgendeine noble Sache gefallen war.

Was würde es kosten, einen Außenspiegel wie diesen zu ersetzen? Weniger als vierzig Pfund, wie sich herausstellte. Das Ersatzteil war bei einem hiesigen Händler auf Lager, und es war nicht schwer, einen jungen Automechaniker aufzutreiben, der für großzügige einhundert Pfund in bar nach seiner Samstagmorgenschicht herauskam und ihn montierte. Sie werden sich vielleicht fragen, woher ich wusste, dass Mrs Wade dieses Wochenende bei ihrer Tochter Rachel in Ely verbrachte (eine mehrstündige Zugfahrt) – oder wie ich überhaupt an ihren Namen gekommen war. Stellen Sie sich stattdessen lieber ihr freudiges Erstaunen vor, als sie zurückkehrte und sah, dass der Gerechtigkeit Genüge getan war.

Auch für Gwyndyr hielt das Leben ab diesem Zeitpunkt zahlreiche Mysterien bereit, wenn auch deutlich weniger angenehme. Ich kann nur erahnen, wie ärgerlich es für einen so wichtigen Mann wie ihn sein musste, jeden Morgen aufzuwachen und festzustellen, dass seine Hemdknöpfe absprangen, sobald er sie zu schließen versuchte – oder schlimmer noch, wenn er gerade im Zug sein zweites Frühstück einnahm. Und dann seine Schnürsenkel – es kam ihm fast so vor, als hätte jemand sie zu zwei Dritteln mit einem Skalpell durchgetrennt. (Ich trage übrigens immer eines bei mir.) Und dann besaß Gwyndyr diese teure Uhrensammlung, die er in einer altmodischen Vitrine aus Rosenholz auf seiner Ankleidekommode aufbewahrte.

Aber wo war seine Rolex von 1970 – sein Lieblingsstück? Wo verdammt steckte sie nur! (Vor meinem inneren Auge sah ich Gwyndyr, wie er das eheliche Schlafzimmer auf den Kopf stellte, während die Knöpfe von seinem Hemd platzten und er seine Frau wüst beschimpfte.) Ich hatte keine Ahnung, was die Uhr wert war, aber ein schmallippiger Pfandleiher in Bethnal Green bot mir einhundertfünfzig dafür. »Ausgezeichnet!«, willigte ich so erfreut ein, dass es ihn möglicherweise etwas verwunderte.

Am folgenden Mittwoch kam Mrs Gwyndyr von ihrem wöchentlichen Friseurtermin zurück und musste bestürzt feststellen, dass Wasser durch die Wohnzimmerdecke tropfte, weil im ersten Stock ein Heizkörper leckte. Sie verständigte sofort den Installateur. Am Freitag passierte es erneut, nur war es diesmal eine fehlerhafte Dichtung am Nachtspeicherofen. Oh dieser stete Tropfen, der die Gemütsruhe höhlte!

Am Samstag tauchte ein Lieferwagen vor dem Haus auf, der eine neue Waschmaschine brachte, die sie nicht bestellt hatten, und am Abend brannten zwei Sicherungen durch und hüllten das gesamte Haus in Dunkelheit, ausgerechnet während eines Abendessens mit den Ericksons. Am Montag wurde eine Rudermaschine geliefert, gefolgt von einer Garnitur Teakholz-Gartenmöbel am Mittwoch. Alarmiert sperrten die Gwyndyrs ihre Kreditkarte, mit der die ganzen Waren bestellt worden waren, obwohl dadurch die Lieferungen nicht aufhörten. (Hatten sie denn vergessen, dass sie noch weitere Kreditkarten besaßen?) Schon bald waren sie verwirrte Empfänger eines elektrischen Klaviers, eines Hochzeitskleids, diverser ornamentaler Statuetten und eines hübschen Leder-Dressursattels von einem

Großhändler für Reitbedarf. Die Polizei kratzte sich ratlos den Schädel. In der Zwischenzeit trafen mit der morgendlichen Post tagtäglich Bestätigungen über Buchungen von Reisen nach Mauritius, Neuseeland und die Norfolkinseln ein, außerdem Tickets für Musicals in London und für ein Festival traditioneller Sportarten in den Highlands.

Über Wochen hinweg lebten die Gwyndyrs in panischer Angst vor neuen Lieferungen. Als sie nach den Osterferien von einem Besuch bei Verwandten in Wales zurückkehrten, fanden sie das Haus voller miauender Katzen, die durch die Katzenklappe hereingekommen waren, aber nicht wieder hinauskonnten, nicht einmal, um ihr Geschäft zu verrichten. Hatte Mrs G. versehentlich die Katzenklappe auf »Zutritt nur von außen nach innen« gestellt, bevor sie ihre beiden Siamesen, Pootle und Ming, in die Tierpension gebracht hatte? Da es keine Spuren gab, die auf etwas anderes hingedeutet hätten (sämtlich Überreste von Lockmitteln – Fischschwänze und Gratis-Katzenmahlzeiten – waren entfernt worden), blieb den Gwyndyrs nur, sich gegenseitig die Schuld zu geben.

Während ihrer nächsten Abwesenheit tauchte eine Gartenbaufirma vor ihrem Haus auf, die im Voraus bar bezahlt worden war (und zwar von einem gewissen Mr P. Gwyndyr, der persönlich in ihr Büro gekommen war, ihnen die entsprechenden Anweisungen erteilt hatte und der ihr Kettensägen schwingendes Personal später bei der Ankunft empfing), und die Arbeiter entfernten eine hübsche, dichte Buchenhecke, die das Grundstück nach Norden hin abgegrenzt hatte. Nur wenige Vormittage darauf stürmte Mrs Gwyndyr in ihrem Morgenmantel aus dem Haus, um sich mit einem Trupp unter Landfahrern angeheuerter Bauarbeiter herumzuschlagen, die ihr in rauen Worten und mit einem nahezu unverständlichen Akzent erklärten, sie hätten den Auftrag, die halbkreisförmige, mit Steinen gepflasterte Auffahrt des Paares aufzureißen und schlicht neu zu teeren.

Im nächsten Frühjahr brachten die Gwyndyrs ihr Haus auf den Markt. Zoe nahm den Anruf entgegen, aber natürlich war ich gerne bereit, mich persönlich um den Auftrag zu kümmern. Ich saß in ihrem mir wohlvertrauten Wohnzimmer auf dem Sofa – diesmal als geladener Gast –, mit einem Klemmbrett auf den Knien. Es war ein wundervoller Tag. Ein Tag, um freudig nach vorne zu blicken. Preece Gwyndyr starrte durch mich hindurch, während ich munter etwas von den Schwankungen des Marktes erzählte und wie einen bei diesem wunderbaren Wetter die Lust auf einen Ortswechsel packen konnte. Seine Frau war nirgendwo zu sehen.

»Werden Sie hier in der Gegend bleiben, Mr Gwyndyr?«, erkundigte ich mich.

Werde er nicht, erwiderte er, ohne etwas hinzuzufügen.

7

RÜCKBLICKEND BETRACHTET, hätte ich wohl besser einen Schlussstrich unter die Geschichte mit 4 Boselle Avenue gezogen, aber es gibt Dinge, die einem einfach keine Ruhe lassen. Irgendetwas an der Sache mit dem Mann und seinem kleinen Hund wurmte mich gewaltig. Vielleicht hatte ich das Gefühl, dass meine Ehre – die Ehre der *Stadt* – noch nicht zur Gänze wiederhergestellt war. Möglicherweise war ich auch immer noch etwas erregt wegen der Enttäuschung, die ich am Vormittag mit diesen dämlichen, unzuverlässigen Cooksons erlebt hatte. Und in größerem Zusammenhang betrachtet – vor allem in Hinblick auf das, was sich später in 4 Boselle Avenue und an anderen Unruheherden in der Stadt ereignen sollte –, darf man auch den Einfluss von Tante Lillian nicht unterschätzen, die bei meinem ganzen Gerede über Immobilienentwickler, Seitenspiegel und unverlangt gelieferte Rudermaschinen etwas in Vergessenheit geraten ist.

Das letzte Mal hatte ich sie ein paar Wochen vor meinem einundzwanzigsten Geburtstag gesehen (und somit ein paar Monate, bevor mir Mr Mower die Hand schüttelte und mir eine Schachtel mit Visitenkarten überreichte, auf denen mein Name und das Wort »Verkaufsberater«

standen). Sie hatte an Mr Mower geschrieben, das Geld für meine Bahnfahrt beigelegt und mich gebeten, zu ihr nach Norfolk zu kommen. Ich war seit Verlassen der Schule nicht mehr dort gewesen, allerdings hatte sie mich in dieser Zeit zweimal im Büro besucht, in Anwesenheit von Mr Mower, der strahlte, Kaffee ausschenkte und ihr detailliert von meinen Fortschritten berichtete.

Norfolk hatte sich nicht allzu sehr verändert, allerdings wirkte es kleiner auf mich. Sie überraschte mich mit einer steifen Umarmung, und anschließend saßen wir im Garten, wo sie während unserer Unterhaltung eine Zigarette nach der anderen rauchte und über den Rasen blickte. Der Anlass meines Besuchs schien das Erbe meiner Mutter zu sein, obwohl mich bereits ein Notar diesbezüglich kontaktiert hatte und seinen Ausführungen nur wenig hinzuzufügen war. Sie erklärte, sie sei sehr glücklich darüber, dass sich bei Mower's alles gut für mich entwickelt habe, und sie lobte mein gereiftes Äußeres, das eindeutig meiner selbstständigen Lebensführung zu verdanken sei. Womit sie mich zwischen den Zeilen wissen ließ, dass sie sich von ihren Pflichten in Hinblick auf meine verblichenen Eltern nun endgültig entbunden fühlte. Sie ging zwar nicht so weit, ihre Erleichterung darüber kundzutun, lud mich aber auch nicht zum Übernachten ein. Vielmehr erklärte sie, es gebe einen Abendzug, mit dem ich gegen elf Uhr wieder bei Mrs Burton sein könne.

Anschließend zogen wir uns ins Haus zurück, um Tee und Sandwichs zu uns zu nehmen. Es gab einen kleinen Kuchen von der Bäckerei, und sie hatte mit Servietten und Silberbesteck gedeckt. Über meine Teetasse hinweg spähte ich zu dem Haus gegenüber, wo früher die Damatos gewohnt hatten, und erinnerte mich an ihre Küche und die Kuchen, die immer auf einem Drahtrost zu Abkühlen gelegen hatten. Tante Lillian beäugte mich über ihre Tasse hinweg, woraufhin ich ihr erklärte, sie sehe gut aus, außerdem machte ich ihr ein Kompliment über ihre neue Tapete. Sie ließ sich meinen neu erworbenen Charme gefallen, wurde aber sofort wieder wachsam, als ich mich nach Cousine Isobel erkundigte, von der sie mir nichts weiter berichtete, als dass sie einen Armeeoffizier geheiratet hatte und mit ihm im Ausland lebte. Nach einer Weile wischte sie sich einen Sahnefleck aus dem Mundwinkel, legte ihre Kuchengabel auf dem Teller ab und griff nach ihren Zigaretten. Die Gabel schimmerte im weichen Licht. Ich musterte meine Tante nachdenklich. Die Gabel erinnerte mich zwangsläufig an das dramatische Finale im Internat, an den entsetzt brüllenden, rückwärts stolpernden Marrineau, in dessen Wange meine Frühstücksgabel steckte, von deren Griff das Blut tropfte. Es war ein atemberaubender Anblick. Sicher war es sehr bedauerlich, dass es so weit hatte kommen müssen. Aber was war mir anderes übrig geblieben? Was konnte ein unerwartet in die Ecke gedrängter Junge anderes tun, als seine Ecke zu *verteidigen*?

Ich konnte spüren, dass Tante Lillian meine Gedanken durchschaute. Als ich nach oben ins Bad ging, folgte sie mir und tat so, als wäre sie im Flur beschäftigt. Ich gebe zu, ich hätte mich zu gerne ein wenig umgesehen. Was war wohl aus meiner alten Schultruhe geworden? Stand sie noch immer auf dem Speicher, gefüllt mit meinen Schätzen – den an meine Mitschüler adressierten Briefen und Postkarten, meinen zynischen Notizen, Mr Stamps Gummiband-Ball, dem chinesischen Porzellanlöffel mit dem blauen Muster?

Es war noch eine Stunde totzuschlagen, bevor mich das Taxi zurück zum Bahnhof brachte (meine Tante ging kein Risiko ein), und wie üblich stellte ich nutzlose Spekulationen an. Vielleicht würde sie eine Herzattacke erleiden oder zu einem Notfall in der Nachbarschaft gerufen. Oder vielleicht könnte ich mich, statt den Zug zu nehmen, in ein Bed & Breakfast einquartieren und irgendwie ins Haus zurückschleichen, während sie bei einem Kaffeekränzchen mit anderen Witwen aus der Nachbarschaft war, oder ich könnte – wieso nicht, zum Teufel – sie einfach hier auf der Stelle mit dem Barometer totprügeln, das jetzt am Fuß der Treppe hing und einmal das Wohnzimmer meiner Eltern geziert hatte, bevor all das hier begonnen hatte. Selbstverständlich tat ich nichts dergleichen. Tatsächlich hatte ich etwas viel Wichtigeres vor. Wenn überhaupt, so wollte ich den Eindruck meiner Tante bestätigen: dass ich in der Tat ein selbstständiger Mensch war und die Anflüge jugendlichen Wahns, derer sie mich noch immer verdächtigte, weit hinter mir gelassen hatte.

Dennoch war die Vergangenheit natürlich unsere einzige echte Verbindung. Wieder zurück am Tisch lenkte sie das Gespräch auf meine Mutter. Am Tag ihres Todes, begann meine Tante, hatten sie mich gewaltsam unter dem viktorianischen Sofa in Großmutter Brownes Salon hervorziehen müssen. Ich hatte nicht geweint, sondern nur stumm und trotzig vor mich hin gestarrt. Meine Tante hielt einen Augenblick inne und runzelte die Stirn, so als würde sie mich einladen, mein damaliges Verhalten zu rechtfertigen. Aber nein – ihren Worten zufolge wollte sie nur die »falschen Eindrücke« beseitigen, die ich damals möglicherweise gewonnen hatte.

»Falsche Eindrücke?«

»Über deinen Vater und mich.«

Ich nahm einen Schluck Tee und erklärte großzügig, das sei nicht nötig.

Sie blickte mich gequält an und fuhr fort, meine Mutter (ihre liebe Schwester) sei viele Jahre lang krank gewesen. Im Grunde seit meiner Geburt.

»Erinnerst du dich an Riley?«, fragte sie.

»Die Katze?«

Sie öffnete ihre Handtasche und reichte mir ein Foto, das sie wohl eigens irgendwo ausgegraben hatte. Es war eine Aufnahme meiner Mutter als überraschend junge Frau mit einer Katze auf den Armen. Obwohl es eine Nahaufnahme war, konnte man im Hintergrund einen steil abfallenden Küstenpfad und das Meer erkennen. Ich hatte das Bild zuvor schon einmal gesehen, aber jetzt fiel mir auf, wie unvollständig ich mich an das Gesicht meiner Mutter erinnerte – und dass es ihre Nähe war, die ich in meiner Erinnerung immer heraufzubeschwören versuchte. Viel schockierender war allerdings der Umstand, dass mir die Person auf dem Foto so sehr ähnelte; sie war wie eine zartere Ausgabe meiner selbst mit Perücke und Make-up.

»Die Ähnlichkeit ist so verblüffend. Inzwischen kannst du es vermutlich selbst erkennen. Verstehst du nun? Danach konnte dich dein Vater kaum noch anschauen.«

Zuerst hatte ich mich nur leicht abgestoßen gefühlt, jetzt hätte ich beinahe laut aufgelacht. Das ganze Elend nur, weil ich meinen Vater an seine tote Frau erinnert hatte? Weil ich auf ominöse Art die Krankheit meiner Mutter verursacht hatte (toll, wie meine Tante *das* hatte einfließen lassen)? Wie dumm war es doch von mir gewesen, die ganzen Jahre über zu glauben, er würde mir nur deshalb keine Aufmerksamkeit schenken, weil er ausschließlich Augen für Tante Lillian hatte! Ha! Eigentlich hätte ich darauf auch von alleine kommen können.

Später fragte ich mich, ob meine Tante selbst zu diesem Zeitpunkt schon irgendeine Krankheit hatte; ob ihr Versuch, meinen Vater zu entlasten – und damit sich selbst –, Teil einer letzten spirituellen Reinigung war. Doch ich würde ihr keine Absolution erteilen; nicht etwa, weil ich ihre Schilderungen der Ereignisse anzweifelte, sondern weil ich endlich die quälende Bürde des Heranwachsenden abgeworfen hatte, der noch nicht ganz begreift, warum ihm gewisse Dinge einfach so widerfahren und wie er andere selbst hervorrufen und steuern kann.

Ich müsse begreifen, fuhr sie fort, wie schwierig – wie *delikat* – die Situation sei. Die Dinge seien nun mal nicht immer so, wie sie erschienen. Sie sei immer bereit gewesen, zu helfen, sei immer für uns da gewesen, für meinen Vater und mich, manchmal auf Kosten ihres eigenen Kindes. Und schlimmer noch, in den letzten Ehejahren hatte mein Vater unter mentaler Erschöpfung gelitten. Was sei ihr da anderes übrig geblieben?

»Natürlich«, sagte ich freundlich. »Du hast dich verliebt. Während ich mit Onkel Richard beim Fußball war.«

»Dein Onkel war bei der ganzen Geschichte keineswegs das Opfer«, schnappte sie.

»Und ich? War ich auch kein Opfer?«

Sie zündete sich eine weitere Zigarette an. Ihre Hände zitterten. Ihre Finger waren schon immer braun von Nikotin gewesen. »Du weißt, was du getan hast«, sagte sie durch den Rauch, der zwischen uns über dem Tisch schwebte.

»Vielleicht nimmst du am besten einfach das Geld, und wir lassen es dabei bewenden.«

Ich sah Tante Lillian nie wieder. Zu ihrem Begräbnis im folgenden Jahr (ich schrieb ihren Tod eher dem Zufall als der Kraft meiner Wünsche zu) reiste ich unter dem weiten Himmel und der vom Wind platt gefegten Landschaft von Suffolk und Norfolk an, gemeinsam mit Mr Mower in seinem Wagen. Er war, wie ich mich wieder erinnerte, entfernt mit unserer Familie verwandt, auch wenn ich keine Ahnung hatte, auf welche Weise (und es, ehrlich gesagt, heute immer noch nicht weiß). Cousine Isobel sprach ausführlich mit ihm, mich dagegen begrüßte sie knapp und kühl. Nach der Zeremonie gingen wir nicht mehr mit ins Haus. Isobels Gatte, ein Mann in Uniform, warf mir harte Blicke zu. Ich kann mir nicht vorstellen, was sie ihm erzählt hat.

8

MEHR ALS EINMAL ERTAPPTE MICH ZOE an diesem Nachmittag dabei, wie ich über meine Kaffeetasse hinweg auf die Straße starrte, woraufhin sie mir fast schon besorgt ihre Hilfe anbot. Wenn Zoe in umsorgender Stimmung ist, kann sie ziemlich anstrengend sein, besonders an weniger betriebsamen Tagen. Es war ein weniger betriebsamer Tag. Katya war unterwegs bei Klienten. Daher wies ich Zoe an, den jungen Josh zu beaufsichtigen, der in einer Art Langzeitprojekt auf unserer Webseite Videos wichtiger Einrichtungen der Stadt und Links zu Straßenansichten installierte.

Der Name des Mannes, so hatte ich mithilfe der Wahlunterlagen herausgefunden, war Douglas Sharp, und er lebte zusammen mit einer gewissen Judith Sharp – vermutlich seine Frau und identisch mit jener Judith Bridgens, die vor ein paar Jahren das Haus in der Boselle Avenue gekauft hatte. Ein paar Tage hintereinander spazierte ich morgens die Boselle Avenue entlang, etwa um die Zeit unseres ersten Aufeinandertreffens. Die meisten Hundebesitzer entwickeln eine Art täglicher Routine, trotzdem konnte ich ihn nirgendwo entdecken. Natürlich hätte ich das Haus beobachten können (denn dabei bin ich ja sehr geduldig), oder ich hätte meinen Schlüssel nehmen und mir Zutritt verschaffen können. Denn ich war *definitiv* an ihm interessiert – und inzwischen auch an seiner Frau, der ich zumindest einmal begegnet sein musste, damals, als sie die Immobilie erworben hatte. Ich fragte mich, wie wohl ihre Ehe funktionierte. Vielleicht hatten manche Frauen einfach eine Vorliebe für grobe Klötze, dachte ich. Oder vielleicht war er ein sehr mächtiger und charismatischer grober Klotz, der außerdem gut im Bett war und haufenweise Geld scheffelte. Andererseits war sie diejenige, der das Haus gehörte. Wie auch immer, die beiden schienen mir genügend Anreiz für ein kleines Forschungsprojekt zu bieten.

Und meine Neugier hätte mit Sicherheit die Oberhand gewonnen, wäre ich nicht eine Woche später buchstäblich in den Mann gerannt, als er durch die Schwingtür der hiesigen Bibliothek geschossen kam, während ich gerade eintrat. In seiner Eile blickte er mich gar nicht an, sondern drängte mit seinem kastenförmigen Körperbau einfach an mir vorbei – ohne dabei auf meine gemurmelte Entschuldigung zu reagieren – und marschierte in Richtung Innenstadt davon. Ich bekenne, dass ich hin- und hergerissen war. Ich liebe die Bücherei. Schon seit Langem suche ich immer wieder dort Zuflucht. Selbstverständlich mache ich mir die Recherchemöglichkeiten zunutze – beispielsweise haben sie dort die Lokalzeitung archiviert –, doch gleichzeitig fühle ich mich von der anheimelnden Wärme, den ruhigen, dunklen Ecken, den beruhigenden, dämmrigen Korridoren zwischen den Büchern angezogen, in denen man herumstöbern und dem Gemurmel der zwei oder drei irgendwo herumwerkelnden Bibliothekarinnen lauschen konnte: Margaret, die dort schon seit Menschengedenken arbeitete, und ihren austauschbaren jüngeren Kolleginnen, die, wie ich erfahren habe, alle von einem College für Bibliothekswesen in Cambridge kommen. Durch viel Beobachten kannte ich inzwischen auch den Code zum Personalraum der Bibliothekarinnen, in dem sie vermutlich Kaffee kochten und ihre Mäntel und Taschen aufhängten.

An diesem Tag jedoch machte ich auf dem Absatz kehrt und folgte Sharp. Er marschierte ein ganzes Stück vor mir her und verschwand im Erdgeschoss des Parkhauses. Wenn er einen Wagen dabeihatte, verschwendete ich meine Zeit, doch wie ich feststellte, nahm er nur eine Abkürzung, ging an den Reihen geparkter Fahrzeuge vorbei und verließ das Gebäude auf der anderen Seite wieder. Er überquerte die Straße und wandte sich in Richtung Common, wo er letzte Woche seinen Hund Gassi geführt hatte. Heute war er ohne das Tier unterwegs, wirkte aber wieder wie ein Mann, der eigentlich dringend irgendwo anders sein müsste. Er war groß, trug ein Samtjackett und weite Hosen, sein langes, dünnes Haar flatterte im Wind, und er sah aus, als hätte er gerade seinen Arbeitsplatz verlassen, um irgendeinen wichtigen Botengang zu erledigen oder sich schnell ein Sandwich zu besorgen. Es war auch nicht mehr lange bis zur Mittagspause, allerdings war er hier in einer Gegend, in der es keine Geschäfte gab. In der Nähe der Bibliothek residierte ein Büro von sich selbst ungeheuer wichtig nehmenden Architekten. Vielleicht arbeitete er dort? Oder bei der Stadtverwaltung? Aber wohin wollte er? Wie beim letzten Mal folgte er eilig dem Fußweg am Fluss, wobei er sorgsam alle Pfützen umrundete.

Ich hielt vorsichtig Abstand, und nach einer scharfen Biegung des Flusses war er plötzlich verschwunden – vermutlich die Steintreppe hinauf, die zu einer Kreuzung der Raistrick Road führte, eine der Hauptumgehungstraßen der Stadt. Als ich am oberen Ende der Treppe anlangte, war er nirgendwo zu entdecken.

Er konnte nicht sehr weit gekommen sein. Gegenüber der Steinmauer und der Treppe erhoben sich eine Reihe ansehnlicher viktorianischer Stadthäuser – jeweils vier bis fünf große Zimmer mit ausgebautem Dachgeschoss und Keller –, die an einem Ende von einem Gebrauchtwagenhändler flankiert wurden. Die Häuserzeile erstreckte sich über eine halbe Meile bis zur Fount-Hill-Kreuzung, wo es eine Bäckerei, einen Zeitschriftenladen und weitere Geschäfte gab. Früher hatte ich einen Schlüssel zu dem Haus direkt neben dem Autohändler besessen, doch zu meinem großen Bedauern hatte der Käufer das Innere des Gebäudes in Einzimmerapartments umbauen lassen. Über die anderen Häuser wusste ich nichts, außer dass Sharp – sofern er nicht in einen der vorbeifahrenden Busse gesprungen war – sich nun in einem davon aufhielt.

Mit gesenktem Kopf wanderte ich langsam an der Häuserzeile entlang. Den zahlreichen Klingelschildern an den Eingangstüren war zu entnehmen, dass inzwischen die gesamte Häuserzeile umgewandelt worden war – vermutlich in Studentenbuden, denn von hier führt eine Buslinie direkt zur Kunstakademie und zur Pädagogischen Hochschule, beide etwa zwanzig Minuten entfernt in East Wickley gelegen. Nur ein einziges Haus, das mit der blauen Tür – die Nummer 84 ziemlich gegen Ende der Häuserzeile –, war noch im Originalzustand, obwohl es eindeutig schon bessere Tage gesehen hatte: Die Marmortreppen waren bröckelig, zwischen den Fugen wucherte Unkraut, ein Oberlicht war zersplittert, von den Fensterbrettern blätterte die Farbe ab, und die Fensterrahmen wirkten morsch. Während ich vorbeischlenderte, wurde mein Blick von einer Bewegung im ersten Stock abgelenkt, wo jemand den Vorhang zuzog.

Ich lief weiter bis zu dem Gebrauchtwagenhändler, wo ich stehen blieb, um die Fahrzeuge auf dem Vorplatz zu inspizieren. Der Besitzer zeigte sich in der Tür und erkundigte sich, ob ich auf der Suche nach irgendwas Speziellem sei.

»Ich schaue mich nur um«, erklärte ich.

»Nur zu, Sir. Wenn Sie mich brauchen, rufen Sie mich einfach.«

Ich schlenderte etwa zehn Minuten lang auf und ab, dann bat ich den Mann wieder nach draußen. Ich ließ ihn die Vorzüge der verschiedenen Wagen erklären, wobei ich ständig das Haus im Auge behielt. Irgendwann fielen mir keine Fragen mehr ein und ihm keine Antworten.

»Der Wagen ist eigentlich für meine Frau«, sagte ich. »Vielleicht sollte ich sie mitbringen, damit sie sich selbst umsehen kann. Vermutlich wird sie sich den limettengrünen aussuchen«, scherzte ich.

»Ganz bestimmt, Sir«, lachte er.

Während ich meine Schritte zurück zur Kreuzung lenkte, bemerkte ich eine Gestalt, die die Treppe zum Fluss heraufkam. Es war ein Mädchen – oder besser gesagt eine junge Frau –, in roter Regenjacke und Stiefeln, die ein Fahrrad schob. Wir liefen direkt aufeinander zu. Sie schien außer Atem, da sie ihr Rad die Treppe hochgeschleppt hatte, trotzdem erhellte ein Lächeln ihre Züge, wie bei einem Kind, das frisch vom Spielplatz kommt. Sie blickte mich nicht an, als wir aneinander vorbeigingen, und auch nicht, als ich mich umwandte und zusah, wie sie ihr Rad an den Zaun vor dem Haus mit der blauen Tür kettete. Als sie die Treppen hinaufsprang und die Tür aufschloss, hatte sie immer noch dieses unschuldige Lächeln im Gesicht.

Glauben Sie an Fügung? Ich kann es nicht erklären, doch ich fühlte mich augenblicklich tief mit dem Schicksal dieser jungen Frau verbunden. Es war, als würden die Schleusen eines wilden Sturzbachs geöffnet. Mein Herz flog ihr zu – diesem entzückenden Rotkäppchen, auf das schon Sharp der Wolf lauerte, unter seiner Bettdecke bereit, sie mit seinen Augen zu verschlingen. Und so verstieß ich gegen meine eisernen Prinzipien von Diskretion und Geheimhaltung und trieb mich über eine Stunde in der unmittelbaren Nachbarschaft herum (niemand hat in dieser Straße je so ausführlich die Angebote der Immobilienmakler oder die Kleinanzeigen im Fenster des Zeitschriftenladens studiert wie ich), doch keiner der beiden verließ das Haus wieder. Ich war aufgeregt und desorientiert zugleich. Mir war fast übel. Schon immer habe ich es geliebt, aus der Entfernung Paare in ihrer Lust und Selbstvergessenheit zu beobachten, auch solche, die sich heimlich und verbotenerweise trafen. Sie erzählen mir viel über eine Stadt und ihr Leben. Doch hier stimmte etwas ganz Grundsätzliches nicht. Die Sorgen und Belange dieser jungen Frau waren sofort zu meinen eigenen geworden, und sie weckte in mir leidenschaftliche Hingabe und Pflichtgefühl zugleich.

Selbstverständlich hatte diese Begegnung meine Hoffnungen auf eine ruhige Stunde in der Bibliothek zunichtegemacht.

Zurück im Büro traf ich Wendy an, meine Buchhalterin, die gerade den Kuchen für Joshs Geburtstag anschnitt. »Ich habs Ihnen doch gesagt, Mr Heming«, kicherte sie. *»Freitag.«*

Josh grinste unbehaglich angesichts des Aufhebens, das drei Frauen fortgeschrittenen Alters um ihn machten.

»Richtig, das haben Sie«, lächelte ich, »und hier bin ich. Am Freitag.«

Zoe warf mir einen fragenden Blick zu, schenkte mir Kaffee ein und streifte mit ihren Fingern über meine, als sie mir die Tasse reichte. Ich verlor ein paar Worte über Joshs ausgezeichnete Fortschritte, erklärte, dass er seinen Eltern alle Ehre machte (ich hatte sie einmal aus der Ferne gesehen) und dass die altbewährte Tradition der Firma, unseren Auszubildenden Fahrstunden zu finanzieren – die zu meinen Zeiten großzügig vom alten Mr Mower eingeführt worden war, den hier außer mir niemand mehr kannte –, fortgesetzt würde, sobald sich irgendjemand, vielleicht Wendy, darum kümmerte. Und es überraschte niemanden außer Zoe, die wohl befürchtet hatte, ich hätte es vergessen, als ich in meine Schreibtischschublade griff und Josh sein eigenes Opernglas überreichte. Alle klatschten, am lautesten Zoe, die den Kopf schüttelte, als hätte ich sie alle die ganze Zeit über zum Besten gehalten. Die kleine, feierliche Runde löste sich kurz danach auf, als ein junges Paar von der Straße hereinkam und sich nach einem günstigen Haus erkundigte. Telefone begannen zu klingeln, und Katya nutzte die Gelegenheit, mich im hinteren Teil des Büros über die Besichtigungen und Geschäftsabschlüsse des Tages in Kenntnis zu setzen.

Meine Gedanken schweiften jedoch immer wieder ab zu Sharp und der jungen Frau mit dem Fahrrad. Sharp war ein Aufreißer und Schürzenjäger, wie er im Buche steht, und das Haus in der Raistrick Road war seine geheime Liebeshöhle. Inzwischen hielt ich es für wahrscheinlich, dass auch dieses Gebäude in Apartments aufgeteilt worden war und Sharp eines davon eigens für seine obskuren Zwecke angemietet hatte. Ich dachte an das Gesicht der jungen Frau – so erwartungsvoll, so hoffnungsvoll und doch so unschuldig. Vielleicht wusste sie nicht, dass er verheiratet war.

Andererseits, vielleicht war er auch gar nicht verheiratet. Vielleicht war diese Judith Sharp, mit der er zusammenlebte, seine Schwester, die nach einer Scheidung wieder ihren Mädchennamen angenommen und ihren Bruder gebeten hatte, bei ihr einzuziehen – vielleicht nach einem Scheitern seiner eigenen Ehe –, damit er ihr dabei half, den Kredit abzustottern.

Mit einem Wort, ich wusste gar nichts. Und hatte meine Tante Lillian nicht genau das gemeint, als sie gesagt hatte, die Dinge seien häufig gar nicht so, wie sie schienen? Hatte ich vielleicht aus einer Mücke einen Elefanten gemacht? Wenn eine Frau ihre Hand auf die eines Mannes legte, konnte das nicht ebenso gut ein Zeichen von Sympathie sein, statt von sinnlicher Begierde? Natürlich. Und genau deshalb habe ich es mir zur Aufgabe gemacht, tiefer in die Dinge einzudringen, Gutes zu tun und dort, wo

Unrecht geschehen ist, für Recht und Ordnung zu sorgen. Vielleicht wäre meine Tante etwas friedlicher gestorben, wenn sie selbst manche Menschen weniger verdammt und dafür etwas mehr geliebt hätte.

9

DAS WOCHENENDE IST KEINESWEGS IDEAL, um herumzuspionieren. Die Menschen kommen und gehen eher zufällig und tun weniger interessante Dinge. Jemandem am Wochenende zu folgen ist nur dann lohnend, wenn man sich gerne in Supermärkten oder Gartencentern aufhält. Also beschloss ich, da der nächste Tag ein Samstag war, die ganze Angelegenheit ein paar Tage ruhen zu lassen, bevor ich am Montag eine frühmorgendliche Observierung der Boselle Avenue vornahm.

Ich traf um 6.45 Uhr ein und parkte meinen Wagen gerade unter den Bäumen, als eine Frau – höchstwahrscheinlich Judith – die hölzerne Gartenpforte von Nummer 4 hinter sich schloss. Es war noch ziemlich dunkel, trotzdem konnte ich erkennen, dass sie rote Haare hatte, etwa Mitte vierzig war, einen Hosenanzug und hochhackige Schuhe trug und in den Händen einen cremefarbenen Trenchcoat und eine Laptoptasche hielt. Um diese Zeit konnte sie wohl kaum ein anderes Ziel haben als den Bahnhof, vermutlich den Zug um 6.55 Uhr zur Liverpool Street. Eine Stunde später kam die Postbotin mit ihrem roten Wägelchen vorbei. Eine weitere halbe Stunde später erschien Sharp selbst, genauso gekleidet wie am Freitag, nur hatte er diesmal noch einen Schal und einen Rucksack dabei. Ich zog mein Handy heraus und machte ein Foto von ihm. Vor der Garage parkte ein brandneuer weißer Geländewagen, doch er ging zu Fuß. Ich stieg aus und folgte ihm. Auch er steuerte Richtung Bahnhof, wo er mit seiner Dauerkarte direkt durch das Drehkreuz marschierte. Fuhr er nach Süden oder nach Norden? Ich tippte auf Süden und studierte den Fahrplan: In drei Minuten kam der nächste Zug. Rasch besorgte ich mir einen Hin- und Rückfahrschein bis zur übernächsten Station, ging durch das Drehkreuz und überquerte die Brücke. Da stand er und kaufte sich gerade ein Frühstückshörnchen. Ich hockte mich auf eine Bank und schoss heimlich ein weiteres Foto von ihm. Der Zug traf ein. Wie sich herausstellte, fuhr Sharp nur eine Station – neun Minuten bis nach East Wickley. Von dort führte uns ein kurzer Fußmarsch zur Kunstakademie und zur pädagogischen Hochschule. Zwischen den beiden kleinen Unis lag in derselben Straße die Fachoberschule der Stadt. Hier hielt er inne, lockerte seinen Schal und schob sich die Ohrhörer eines MP3-Players ins Ohr; offenkundig versuchte er, vor den Friseurlehrlingen, angehenden Freizeit- und Tourismusmanagern, gescheiterten Gymnasiasten und sich im IT-Bereich weiterbildenden Erwachsenen als lässiger Lehrer mit jugendlichem Appeal durchzugehen.

Ich nahm den nächsten Zug zurück in die Stadt. Ich rechnete damit, dass Sharp nur Teilzeit arbeitete, da er ja den Freitagnachmittag freihatte. Vermutlich würde er nach der Morgenschicht zurück in die Stadt fahren. Aber warum fuhr er überhaupt mit dem Zug, obwohl er dazu die gesamte Stadt und das Common-Viertel durchqueren musste, während direkt von der Fachoberschule ein Bus zu dem Haus in der Rainstrick Road verkehrte? Plötzlich erinnerte ich mich an die Bibliothek. Natürlich. Wahrscheinlich hatte er Bücher zurückgegeben.

Sobald ich wieder in der Stadt eingetroffen war, rief ich im Sekretariat der Fachoberschule an, wobei ich Stimme und Ausdrucksweise eines jüngeren Menschen imitierte (ich hatte Josh oft genug belauscht, um das Nötige zu beherrschen). »Ja, hi, tut mir echt leid, wenn ich störe, aber Douglas Sharp wollte mich nach dem Unterricht wegen 'ner Hausarbeit sehn, und ich hab leider total verpennt, wann das war.«

»Möchten Sie mit ihm sprechen?«

»Oh Gott, nein, ich krieg ja nur noch mehr Ärger, wenn er denkt, ich habs verschwitzt.«

»In Ordnung, also, er hat um zehn eine Vorlesung und gleich danach einen Kurs.«

»Ich glaube, es war heute Nachmittag … da unterrichtet er Geschichte, richtig?«

»Geschichte? Er unterrichtet Englisch.«

»Englisch. Hab ich ja gemeint.«

»Also, Mr Sharp hat heute Nachmittag nichts in seinem Terminkalender stehen. Er ist nur montags und freitags am Vormittag in der Schule, und am Mittwochnachmittag hält er seine Vorlesung.«

»Cool. Das wars, was ich wissen wollte. Danke.«

Vermutlich blieben mir also noch zwei Stunden. Ich eilte zurück zur Boselle Avenue und sperrte mir auf. Ein Geruch nach Toast und Zigarettenkippen hing in der Luft. Im Flur ging ich die Morgenpost durch, alles war an Judith adressiert – Rechnungen, ein Katalog, Werbesendungen –, dann setzte ich den Wasserkocher auf. Ich blätterte in einem Notizbuch auf dem Küchentisch und in einem Stapel Papiere, die ich im Schreibtisch im Speisezimmer gefunden hatte. Darunter war auch die Heiratsurkunde der beiden – sie hatten sich vor zwei Jahren das Ja-Wort gegeben – außerdem Kontoauszüge, ein Hypothekenbrief auf ihren Namen sowie eine Kreditvereinbarung für den Geländewagen draußen vor der Garage. Es gab eine Scheidungsurkunde von Judiths erster Ehe und diverse alte Briefe an eine Adresse in London, wo sie offenbar gelebt und gearbeitet hatte. In einem Fotoalbum entdeckte ich Schnappschüsse des Paars, wie sie auf irgendeiner Paradiesinsel mit Blumenketten um den Hals Champagnergläser hochhielten und ihre Eheringe demonstrativ ins Bild reckten. Ich wanderte von Raum zu Raum, machte Fotos und Videos. Im ersten Stock befand sich Sharps Arbeitszimmer, in dem sich Bücher und Papiere stapelten. Der Schreibtisch war unaufgeräumt – Stifte, CDs, eine angebrochene Packung Paracetamol, ein brauner, halb gegessener Apfel, ein kugelförmiger Briefbeschwerer aus recycelten grünen Glasflaschen. An der Wand hingen Fotos, die bei irgendwelchen Literaturveranstaltungen aufgenommen worden waren, und eine Tafel mit Gartenvögeln. Unter dem Schreibtisch lag ein Stoß Flyer von einer Lesung, die er im letzten Juli in der hiesigen Buchhandlung moderiert hatte.

Ich ließ mich in seinem Schreibtischstuhl nieder, die Füße auf den Holzlaminatboden gestemmt, während ich durch seine E-Mails scrollte, seine Lesezeichen und die Verläufe der Internetbesuche überprüfte – Nachrichtenprovider, Internetpornoseiten, ein »Salon« der modernen Literatur, eine Partnervermittlung, Online-Poker. In einem

Regal mit Filmen fanden sich auch drei oder vier selbst gebrannte DVDs in Plastikhüllen, deren Inhalt mit einem Filzstift vermerkt waren – Forssinger, Gates, McLarrily. Ich kopierte die DVDs auf meinen USB-Stick und stellte sie zurück ins Regal.

Im Grunde hatte ich keine Ahnung, wonach ich suchte, trotzdem hatte ich das Gefühl, langsam einen Eindruck von diesem Sharp zu bekommen. Für seinen Job war er eigentlich unterqualifiziert; er hatte eine Frau geheiratet, die acht Jahre älter war als er; er war chronisch überschuldet; er war ein Schürzenjäger … und Gott allein wusste, was sonst noch.

Doch wie passte das Mädchen auf dem Fahrrad ins Bild? Ich hatte sie nur einmal gesehen, trotzdem sah ich ihre Gestalt lebhaft vor meinem inneren Auge, und mein Herz verwandelte sich in ein Marshmallow. Ich fragte mich, wo sie wohl wohnte – schätzungsweise in einem kleinen Apartment –, und ich versuchte mir vorzustellen, wie sie sich von Raum zu Raum bewegte, sich vor dem Fernseher entspannte, in ihrer Küche zu Musik tanzte. Ich schloss die Augen. Wenn ich mich jetzt auch nur einen Augenblick aufs Bett legte, würde ich mich in Fantasien verlieren – und bei ihrer Rückkehr würden mich die Sharps vorfinden, einen in todesähnlichen Schlaf versunkenen Makler, fast wie in einem Märchen.

Hatte ich irgendetwas vergessen? Erst als ich wieder nach unten kam und neben dem Telefon zwischen anderen Papieren den Prospekt eines Tierarztes entdeckte – »Landesweiter Monat des Flohs« –, wurde mir klar, was ich vermisst hatte. Wo war der Hund? Nirgendwo ein Spur von ihm: kein Futternapf in der Küche, keine Hundeleine, keine Gummiknochen oder anderes Hundespielzeug. Und, wie mir jetzt auffiel, nachdem ich prüfend geschnüffelt hatte, auch kein Hundegeruch.

Ich öffnete eine Seitentür, die zunächst in einen Abstellraum führte, und trat dann durch eine weitere Tür in die Garage. Ich schaltete das Licht ein. Hier standen ein schicker hellblauer Wagen und ein Rasenmäher, an der Wand hingen eine Leiter, Golfschläger, eine Heckenschere und eine Baumsäge. Der Wagen gehörte vermutlich Judith. Der Rasenmäher und die Heckenschere fanden – dem Zustand des Gartens nach zu urteilen – wohl eher selten Verwendung.

Ich knipste das Licht wieder aus, spülte meine Teetasse, trocknete sie ab und verließ das Haus, so wie ich es vorgefunden hatte – mit einem Gefühl der Enttäuschung. Es war merkwürdig, jedenfalls merkwürdig für mich: Je mehr ich über Sharp in Erfahrung brachte, desto mehr wollte ich über die junge Frau wissen. Und desto dringender wurde mein Wunsch, sie wiederzusehen.

10

GEGEN MITTAG FUHR ICH ZUM APARTMENT in der Raistrick Road. Was blieb mir anderes übrig? Es war niemand zu sehen. Ich saß im Wagen und hielt nach irgendwelchen Lebenszeichen Ausschau – ein sich öffnendes Fenster, ein Schatten hinter den Vorhängen –, doch nichts regte sich. Erst als Katya mich anrief und an das Meeting um sechs mit den O'Deay's erinnerte, Immobilienentwickler, die eine umzäunte Bungalowsiedlung für Pensionäre auf den Markt bringen wollten, kehrte ich ins Büro zurück. Während des Meetings nickte ich nur und ließ Katya die Verhandlungen führen. Anschließend schlug sie vor, noch etwas trinken oder vielleicht eine Kleinigkeit essen zu gehen; es gab weitere geschäftliche Angelegenheiten zu besprechen, nicht zuletzt mussten wir uns eine neue wirksame Strategie für die Cooksons ausdenken. »Sie fliegen für zehn Tage auf die Seychellen. Vielleicht könnten wir die Zeit nutzen und ein paar Interessenten das Haus zeigen«, schlug sie vor.

Ich schüttelte den Kopf. »Das werden sie nicht zulassen. Die fürchten sich davor, dass wir ihnen Dreck mit ins Haus bringen. Oder dass wir nicht imstande sind, die Alarmanlage aus- und wieder einzuschalten. Überhaupt ist der Verkauf nicht ihr eigentliches Problem.«

Ich schützte Müdigkeit vor und raste zurück zur Raistrick Road. Mein Herz machte einen Sprung, als ich im Erdgeschoss Licht brennen sah. Allerdings war kein Fahrrad am Zaun festgekettet. Vielleicht hatten sie es mit hineingenommen. Ich zog mein Opernglas heraus und kauerte mich im Auto zusammen. Kurz nach acht traf ein Pizzabote ein, sein Moped tuckerte im Leerlauf am Straßenrand, während er mit einer Schachtel die Treppe hinaufstieg und klingelte. Endlich. Ich ließ das Wagenfenster herab. Im Hausflur ging das Licht an und die Tür öffnete sich. Der Pizzabote versperrte mir die Sicht, doch es war unverkennbar eine weibliche Stimme und dann ein Lachen zu hören, als die Schachtel im Haus verschwand und die Tür wieder zufiel. Ich wartete. Bei der Vorstellung, dass die beiden jetzt auf dem Sofa saßen und sich ihr Abendessen teilten, wurde mir ganz übel. Um 22.35 Uhr wurde das Licht ausgeschaltet. Kurz ging das Licht im Treppenhaus an, dann eine Lampe im Schlafzimmer. Es war also doch kein einzelnes Apartment, wie ich vermutet hatte, sondern ein Haus. Was das Ganze in gewisser Weise noch schlimmer machte. Die Vorhänge leuchteten dunkelrot. Und ein paar Sekunden später wurde es auch im Schlafzimmer dunkel. Was für eine Ausrede hatte sich Sharp wohl für seine Frau zurechtgelegt? Eine Pädagogen-Tagung? Ein kranker Freund?

Und die junge Frau? Mir blieb nichts anderes übrig, als am frühen Morgen zurückzukehren, um ihr zu ihrer Wohnung zu folgen – oder, was wahrscheinlicher war, zu ihrem Arbeitsplatz.

Ich fuhr nach Hause und begann die bei den Sharps geschossenen Fotos auf meinen Computer zu laden. Ich war ein wenig verwirrt: Wenn das Gebäude in der Raistrick Road kein umgebautes Apartmenthaus war, sondern tatsächlich ein vollständiges dreistöckiges Stadthaus mit Blick ins Grüne und in unmittelbarer Nähe zum Fluss – wie konnte sich ein halbtags arbeitender Dozent das leisten? Oder anders gefragt, wie verbarg er die unvermeidlichen Ausgaben? Ich blätterte in den Kontoauszügen des Paares. Es gab nirgendwo auffallend hohen Abhebungen – die Hypothekenzahlungen waren der größte Posten, gefolgt von den monatlichen Raten für Sharps weißen Geländewagen, den er sich dank Judiths beachtlichem Gehalt als Personalchefin einer Londoner Versicherung leisten konnte.

Wenigstens konnte ich schon einmal den Besitzer des Hauses recherchieren. Ich loggte mich beim Grundbuchamt ein, entrichtete die Gebühr und gab die Adresse ein. Die Anfrage würde ein paar Stunden benötigen, vermutlich bis zum späten Vormittag. Als Nächstes wandte ich mich den DVDs zu, die ich kopiert hatte. Ich startete den ersten Film. Es waren Aufnahmen von einem gesellschaftlichen Event – nickende Köpfe, klingende Gläser – bei Warninck's, einem unabhängigen Buchladen in der Nähe des Programmkinos. Die Veranstaltung war gut besucht, strahlende Menschen mit Weingläsern in der Hand wanderten umher und plauderten angeregt und erwartungsvoll. Dann betrat Sharp eine kleine Bühne mit Mikrofon und stellte die Gastautorin J. L. Forssinger vor. Sharp fühlte sich sichtlich wohl in seiner Rolle, er interviewte Juliet, wie er sie nannte, mit weltmännischem Gestus, wobei sie einander in gestreiften Sesseln gegenübersaßen. Anschließend setzte sie ihre Brille auf und las eine Passage aus ihrem Buch, bevor das Publikum Gelegenheit zu Fragen erhielt. An diesem Punkt trat die rothaarige Judith in Erscheinung – ohne Zweifel von Sharp unter den Zuhörern platziert, um den Ball ins Rollen zu bringen – und fragte Juliet, wann ihr zum ersten Mal der Gedanke gekommen war, sie könne eines Tages Krimiautorin werden.

Das nächste Video zeigte ein ähnliches Szenario. Diesmal bewegte sich Sharp nach der Lesung mit dem Mikro durchs Publikum. Wieder war Judith in der Menge, steuerte die Eröffnungsfrage bei, gefolgt von ein oder zwei weiteren. Und dann, wie durch ein Wunder, fast als hätte ich sie in den Film hineingeträumt, war sie plötzlich da, mitten in der Menge … die wunderschöne junge Frau, und sie sprach in Sharps Mikro, ihr üppiges Haar nach hinten zurückgebunden. Es war der Moment ihrer ersten Begegnung. Es musste so sein. Sharp lächelte sie mit schmalen Augen und unverhohlener animalischer Begierde an, während sie ihre Frage stellte.

Wie verzehrte sich mein Herz nach ihr. Wie hasste ich ihn. War das Liebe?

Ich zog ein frisches Skalpell aus meiner Vorratsschachtel und spitzte damit meine Farbstifte, während ich zusah. »Das Thema Einsamkeit ist sehr präsent in all Ihren Büchern, Mr Gates«, sagte sie. »Woher kommt das?«

Ob Sharp sich überhaupt noch daran erinnerte, dass er diesen Moment auf Film gebannt hatte, diesen gelungenen literarischen Abend, bei dem seine Frau in der lachenden Menge zu verblassen begann und von dieser neuen, frischen Blüte ersetzt wurde? Die Kamera schwenkte zu anderen Fragenden und ich schaltete auf schnellen Vorlauf, in der Hoffnung auf weitere Bilder von ihr, aber es gab keine. Ich spulte zurück und spielte den Moment wieder und immer wieder ab. Auf den Wangen der jungen Frau lag die Andeutung eines zarten rosa Schimmers. Ihre Stimme war selbstbewusster und klingender, als ich sie mir vorgestellt hatte (und glauben Sie mir, ich hatte sie mir mehr als einmal vorgestellt), eine Stimme, die ganz offenkundig an das Reden vor Menschen gewöhnt war, in Klassenzimmern, Debattier-Clubs, öffentlichen Versammlungen. Kein bisschen eingeschüchtert durch die Nähe einer mittleren Berühmtheit, leistete sie einen selbstverständlichen Beitrag zum Erfolg dieses Abends. Sie brachte ihre Solidarität mit dieser städtischen Veranstaltung zum Ausdruck, wobei sie sich allein auf ihren natürlichen Humor und ihre Intelligenz verließ. Ich hatte den ganzen Tag nach ihr Ausschau gehalten und jetzt, wie durch himmlische Herolde angekündigt, war sie zu mir herabgestiegen.

Ich ließ sie mit fragendem, halb geöffneten Mund als Standbild auf dem Monitor stehen, bis sich mein Bildschirmschoner einschaltete. Und selbst dann fühlte ich weiter ihre Präsenz im Raum. In diesem Augenblick schien sie genau hierher zu gehören. Ich verzichte zwar auf die üblichen Bequemlichkeiten – beispielsweise schaue ich nur selten fern und mein Mobiliar ist sehr spartanisch, doch bin ich hier an meinem Schlafplatz umgeben von meinen Schlüsseln; sie schimmern an den Wänden ringsherum wie Gold und Silber, und jeder von ihnen öffnet mir eine Pforte zu Vergnügen und Abenteuer. Manchmal zähle ich sie beim Einschlafen. Ich habe keine Ahnung, wie viele Hunderte oder Tausende es sind; auf den ersten Blick wirken sie wie rein zufällig angeordnet, manche hängen da ganz alleine, andere zu zweit oder dritt an ihren kleinen Haken – doch bilden sie alle zusammen so etwas wie eine Collage der Stadt. Jeder hängende, kleine Schatten steht für ein Haus und für eine gewisse Lebensweise.

Ich streckte mich einen Augenblick lang aus, schloss die Augen und sah sie erneut vor mir.

11

MANCHMAL HAT MAN EINEN FALSCHEN BLICK auf die Ereignisse. Vor allem, wenn sie rasch aufeinanderfolgen. Und ich muss bekennen, ich bin keineswegs perfekt, auch wenn ich Ihnen, dem straffen Erzählfluss zuliebe, bisher vielleicht den Eindruck von hoher Effektivität vermittelt habe, ganz so, als würde ich zielstrebig von Erfolg zu Erfolg eilen. Ich muss wohl nicht eigens betonen (tue es an dieser Stelle aber trotzdem), dass ich Ihnen die Schilderungen ausufernder Vorbereitungen erspart habe und vor allem auch die langen Phasen des *Nichtstuns* – in denen ich *nicht* beschwingt die nächste Hürde nahm, sondern geschlagen den Rückzug antreten musste. Oder Momente, in denen ich einfach keine klare Einschätzung der Verhältnisse hatte. Ich bitte Sie, das im Folgenden im Hinterkopf zu behalten.

Am nächsten Morgen erwachte ich vollständig bekleidet, während sich mein Bewusstsein langsam aus einem Traum schälte, in dem ich von Meuchelmördern durch labyrinthische Gänge mit herabfallenden Büchern gehetzt worden war. Licht sickerte durch einen Spalt zwischen den Vorhängen, und ich tastete nach meinem Handy. Es war 9.17 Uhr. In meinem E-Mail-Account befand sich eine automatisch erstellte Nachricht. Aha! Das Haus in der Raistrick Road hatte zuletzt 1976 den Besitzer gewechselt und gehörte seither Giles (verstorben) und Agnes Rice. Die Immobilie war mit keiner Hypothek belastet. Vermutlich wurde sie von den Eigentümern vermietet.

Ich nahm eine Dusche, schlüpfte in frische Kleider und machte mich auf den Weg zu einem meiner bevorzugten Frühstückslokale. Das Wilson's war ein einzelnes, flaches Haus, das auf einem Hügel oberhalb der Eisenbahnlinie lag und von dem aus man das Sportcenter und die umgebenden Sportplätze jenseits der Gleise überblickte. Da ich am Tag zuvor kaum etwas zu mir genommen hatte, bestellte ich Eier und Toast (die Wilsons und ihre vier Kinder lebten in einer Art heimeligem Chaos, in dem man Wrestling-Turniere veranstalten oder einen Ochsen am Spieß hätte braten können, ohne dass es allzu sehr aufgefallen wäre) und rief im Büro an, um mein verspätetes Eintreffen anzukündigen.

Ich hatte meine Morgenwache in der Raistrick Road versäumt, doch heute war Dienstag – Sharp hatte den ganzen Tag frei, also lag er möglicherweise noch im Bett. Wenn seine Frau zur Arbeit gefahren war, davon ausgehend, dass er aus irgendwelchen plausibel klingenden Gründen die Stadt verlassen hatte, würde er wohl kaum allzu früh zurückkehren und riskieren, von einem Nachbarn entdeckt zu werden. Eher würde er in der Raistrick Road bleiben und vielleicht darauf warten, dass ihn die junge Frau in ihrer Mittagspause besuchte. Ach, wo sie jetzt wohl steckte? Vermutlich arbeitete sie in der Stadt – ihre Fahrradfahrt durch das Common-Viertel und am Flussufer entlang ließ zumindest darauf schließen. Aber nichts davon brachte mich wirklich weiter. Ich hockte am großen Fenster des Wilson's und blätterte, während ich mein Frühstück verschlang, in der Lokalzeitung. Im Immobilienteil entdeckte ich unsere Anzeigen, mit Fotos von Katya und Zoe, die das »Heming-Versprechen« und unsere Rabatte auf alle Verkäufe von jetzt bis Ostern erläuterten. Besonders Zoe, mit ihrem ungezwungenen Lächeln und ihrem modischen Outfit, war ein echter Blickfang, Katya wirkte da deutlich seriöser; doch gemeinsam verkörperten sie eine Botschaft, die zugleich freundlich und professionell war, vielleicht sogar ein bisschen sexy. Netter Kontrast: traditionell und modern. Typisch Hemings eben.

Ich ziehe es vor, wenn mein Gesicht nicht in Anzeigen erscheint. So gut wie niemand in der Stadt kennt mich, obwohl ich an vielen öffentlichen Ereignissen teilnehme – an Konzerten, Wohltätigkeitsbällen, Tombolas und Sommerfesten. Ich habe gelernt, einen sympathischen Eindruck zu machen, ohne in Erinnerung zu bleiben. Ich benutze nie Rasierwasser. Wo andere sich hervortun, halte ich mich zurück; ich bin stets Teil des klatschenden Publikums abseits der großen Bühne. Denn natürlich sind solche Ereignisse das täglich Brot einer Lokalzeitung. In der mir vorliegenden Ausgabe fanden sich einige typische Beispiele dafür – ein Krebsvorsorge-Volkslauf, eine ganze Collage aus Bildern vom Folk-Blues-Festival letzte Woche im Arts-Center.

Und dann kam mir eine Idee. Rasch trank ich meinen zweiten Kaffee aus. Warninck's Buchladen lag im alten Teil der Stadt, nur zehn Minuten von hier entfernt. Er residierte in den ehemaligen Räumlichkeiten eines Co-ops an der Ecke – ziemlich ausgedehnt für einen unabhängigen

Buchladen, aber gut für die Laufkundschaft. Selbst so früh an einem normalen Werktag waren Leute da, ein oder zwei saßen mit einem Kaffee im hinteren Teil des Ladens. Der etwas erhöhte Bereich bildete offensichtlich auch die Bühne für die literarischen Veranstaltungen.

Ich trat zu einer Frau, deren Namensschildchen sie als Geschäftsführerin auswies.

»Ich suche nach einem Buch«, erklärte ich.

»Nun«, strahlte sie, »dann sind Sie ja hier genau richtig.«

»Der Autor hatte eine Lesung bei Ihnen.«

»Unsere Abende kommen sehr gut an. War es ein Reisebuch? Im November war Moira McLarrily bei uns. Sie war ganz wunderbar.«

»Nein, es war ein Roman.«

»Barrington Gates? *Eine Handvoll Münzen?* Das war ganz hervorragend.«

»Genau den meine ich!«

»Er ist *so* beliebt. Möglicherweise haben wir sogar noch ein handsigniertes Exemplar, lassen Sie mich mal nachsehen …« Sie führte mich in den Gang mit den Romanen. »E, F, Fleming, Gaskell … Oh«, sagte sie, während ihre Augen das Regal absuchten, »er ist noch beliebter, als ich dachte. Ich fürchte, wir haben im Augenblick nichts vorrätig. Darf ich Ihnen ein Exemplar bestellen?«

»Nein, vielen Dank. Es war nur eine Empfehlung von jemandem. Sie müssen gute Arbeit geleistet haben bei Ihrem literarischen Abend.«

»Waren Sie denn noch nie bei einem dabei? Es ist wirklich sehr vergnüglich. Und natürlich lassen wir immer auch ein Glas Wein springen, um es mal so zu formulieren.«

»Ich habe davon gehört. Und wer ist der Mann, der die Interviews führt?«

»Oh, das ist Dr Sharp. Douglas. Wir sind *so* froh, dass wir ihn haben. Er lehrt sogar in Cambridge, wohnt aber trotzdem hier in der Stadt. Es war seine fantastische Idee, diese Veranstaltungen hier bei Warninck's abzuhalten. Früher fanden sie ab und zu in der Bibliothek statt, aber ohne rechten Erfolg. Unser Laden ist besser gelegen. Mehr Laufkundschaft, meinte er. Ich bin mir sicher, ich hab hier irgendwo seine Karte …« Sie ging hinter die Theke und wühlte in einer Schachtel. »Ja, hier ist sie«, sagte sie, hielt die Karte auf Höhe ihrer dunkel gerahmten Zweistärkenbrille und las seinen Namen und das College vor.

Eigentlich musste ich nicht in die Bibliothek, doch wie aufs Stichwort der Buchhändlerin und als ob meine Füße gewusst hätten, was ich wirklich wollte, trugen sie mich dorthin. Normalerweise lasse ich mich bei meinen Aufenthalten dort nie mit einem Buch nieder; lieber stöbere ich ein wenig herum. Doch nun fühlte ich mich von Barrington Gates angezogen. Was war noch mal das Thema, auf das die Frage der jungen Frau abgezielt hatte … Einsamkeit? Im Regal entdeckte ich eine gebundene Ausgabe seines Werkes und überflog den Unfug auf dem Umschlag: die innere Wandlung eines Selfmade-Millionärs, der nach dem tragischen Unfalltod seines Bruders in seine alte Heimatstadt zurückkehrt. Ich fand einen ruhigen Sitzplatz und bald war ich in das Buch versunken. Allerdings nicht lange.

Zuerst hörte ich ihr Lachen – plötzlich hob es sich vor dem Hintergrund der allgemeinen Stille ab, wurde dann aber schnell gedämpft, als wäre es ihr unbeabsichtigt entschlüpft. Gleich darauf hörte ich sie ganz in der Nähe sprechen, im Bereich Lokale Geschichte, wo sie irgendetwas mit ihrer Kollegin Margaret besprach, immer noch eine unterdrückte Fröhlichkeit in der Stimme. Sie war es. Ich wusste es, noch bevor ich verstohlen zur Seite blickte und ihr Profil erkannte, ihr welliges, dunkles Haar, das ihr Ähnlichkeit mit einem der Starlets aus den englischen Filmen der 40er-Jahre verlieh. Deshalb war Sharp letzten Freitag hier gewesen – um ihr mitzuteilen, dass er frei war, und um sie zu drängen, so bald wie möglich zu ihm ins Haus zu kommen. Wie wohl ihre Arbeitszeiten waren? Vielleicht arbeitete sie auch nur Teilzeit oder konnte sich einzelne Nachmittage freinehmen im Tausch gegen eine Wochenendschicht. Und wie lange war sie schon hier beschäftigt? Seit meinem letzten Besuch in der Bibliothek waren höchstens ein oder zwei Monate vergangen.

Ich hielt den Kopf gesenkt, beobachtete aber weiter, wie sie gut gelaunt auf und ab lief, wobei ihr träge schwingender Rock einen Blick auf ihre Knie oberhalb der Stiefel zuließ. Als sie einmal hinter meinem Stuhl vorbeikam, atmete ich ihren Duft ein, und als sie ihren Schreibtisch verließ, mit einem Rollwagen voller Bücher, um diese in die Regale einzusortieren, beschattete ich sie aus den angrenzenden Gängen. Sie summte bei der Arbeit leise vor sich hin. Ich konnte ihren Atem hören. Wenn sie an ihrem Schreibtisch saß, trug sie eine Brille, um das Kleingedruckte entziffern zu können, und wenn Leute sie etwas fragten, knipste sie ein sonniges Lächeln an, während sie auf ihrer Computertastatur tippte. In ihrem methodischen Vorgehen und ihrer Effektivität lag große Schönheit. Selbst die fließenden Bewegungen, mit denen sie sich setzte oder von ihrem Stuhl erhob, waren anbetungswürdig.

Doch nun spähte sie von Zeit zu Zeit auf ihr Handy, und kurz darauf zeigte sich auch der Grund für ihre heitere Laune. Sharp traf ein und drückte sich ein paar Augenblicke an der Drehtür herum, bis sie ihn bemerkte. Er zog die Augenbrauen hoch, was sie mit einem verlegenen Lächeln quittierte. Dann verschwand er wieder. Sie murmelte Margaret irgendetwas zu, bevor sie in den Raum mit der Aufschrift »Privat« schlüpfte und ihren Mantel holte. Auf dem Weg nach draußen zog sie ihr Schlüsselband vom Hals und legte es auf die Theke. Außerdem hatte sie ein wenig Lippenstift aufgetragen. Ich gab meinen Beobachtungsposten auf und folgte ihr rasch. Sharp war noch nicht weit gekommen, er schwang seine Schlüssel wie ein Playboy aus den 70ern und trug für einen Mann Ende dreißig eindeutig viel zu enge Hosen. Er steuerte auf das Parkhaus zu. Ich blieb im Schatten der Betoneinfahrt stehen. Es hätte fünf Minuten gedauert, meinen eigenen Wagen zu holen, doch das wären vier Minuten zu viel gewesen, und zwischen hier und der Hauptstraße gab es keinen Taxistand. Mir blieb also nichts anderes übrig, als zu warten – und kurz darauf zuzusehen, wie die beiden in Sharps hässlichem weißen Geländewagen mit getönten Scheiben an mir vorbeirauschten. Dr Shark, der Scharlatan.

Plötzlich spürte ich die kühle Frühlingsbrise und bemerkte, dass ich meinen Schal in der Bibliothek vergessen hatte. Also trat ich den Rückweg an. Ich hatte ihn auf der Rückenlehne meines Stuhls hängen lassen, neben dem geöffneten Buch auf dem Tisch. Wozu das Auto, fragte ich mich? Wollte Sharp einen Ausflug mit ihr machen? Nun gut, wenigstens hatte ich sie endlich gefunden.

Ich schob mich durch die Drehtür. Im Vorbeigehen bemerkte ich auf der Empfangstheke ihr Schlüsselband mit dem laminierten Namensschild, das sie in ihrer Eile loszukommen dort abgelegt hatte. Margaret war irgendwo in den Gängen beschäftigt. Ich holte meinen Schal, und auf dem Weg nach draußen schnappte ich mir das Schlüsselband und ließ es in meiner Tasche verschwinden. Ohne mich umzuschauen, lief ich weiter bis zu der Ecke, von der aus die Straße zum Hauptplatz und zur Firma führte. Ich fühlte das Band und die Plastikkarte in meiner Tasche. Einerseits konnte ich es kaum erwarten, ihren Namen zu erfahren, andererseits wollte ich den Moment ungestört zelebrieren.

Als ich das Büro betrat, wurde ich jedoch sofort von Zoe und Katya belagert, die mich beide schon dringend hatten erreichen wollen.

»Ah, tut mir leid«, sagte ich und warf einen Blick auf mein Handy. »Ich habe es ausgeschaltet, während ich bei den Curries war.«

»Aber die Curries haben doch gerade angerufen und wollten Sie sprechen.«

»Hab ich Curries gesagt?« Ich schüttelte den Kopf. »Cooksons. Ich meinte natürlich die Cooksons.«

Katya blickte noch verdutzter. »Sie waren bei den Cooksons? Sind die wieder zurück im Spiel? Was haben sie gesagt?«

»Ach, wissen Sie, das Übliche. Ich glaube, sie machen Pläne für den Frühjahrsurlaub.«

»Aber genau das hab ich Ihnen doch gestern schon erzählt.«

»Richtig. Und Sie hatten absolut recht.« Ich strahlte sie an. »Ich hab ihnen Ihre Idee unterbreitet, ein paar Kaufinteressenten durch das Haus zu führen, während sie unterwegs sind in …«

»Auf den Seychellen.«

»Richtig. Sie schienen, nun ja … angetan.«

»Angetan? Heißt das, sie lassen uns rein?«

In dem Moment rettete mich ein Anruf der Curries aus Katyas Fängen, mit dem ich nun eine Weile beschäftigt war. Anschließend überfiel mich Zoe mit ihren Sorgen, vor allem mit der Geschichte eines Mieters, der aus einem unserer exklusiven Apartments am Fluss verschwunden und eine Monatsmiete schuldig geblieben war.

»War es eines der Damato-Apartments?«

Sie nickte.

»Sorgen Sie dafür, dass es gereinigt wird. Ich kümmere mich um den Rest.«

Als ich endlich alleine in dem kleinen rückwärtigen Büro saß, zog ich das orangefarbene Schlüsselband heraus, das um die weiße, laminierte ID-Karte geschlungen war. Sie hieß Abigail. Abigail Rice. Leise flüsterte ich ihren Namen.

Und dann machte es plötzlich klick. *Rice.* Fast hätte ich laut gelacht. Das Haus gehörte gar nicht Sharp. Es gehörte ihr.

12

ABIGAIL, OH ABIGAIL. Von nun an wartete ich jeden Morgen auf sie, beobachtete sie beim Joggen, wenn sie schnaufend die Treppe zum Fluss hinunterlief, die Brücke zum Common-Viertel überquerte und dann einen Bogen durch die Innenstadt schlug – wobei sie stets die Route änderte, wie um mich auf Trab zu halten –, bevor sie über den Zeitschriftenladen und die Bäckerei oben an der Fount-Hill-Kreuzung zurückkehrte. Zu dem Zeitpunkt waren ihre Wangen rosig, sie trank aus ihrer Wasserflasche, das wundervolle, lockige Haar mit einem elastischen, roten Band nach hinten gebunden. Die Luft hatte sich wieder geklärt, die Wolken waren aus meinem Kopf vertrieben. Höchstwahrscheinlich war sie in der Nacht, in der ich den Pizzaboten gesehen hatte, alleine gewesen. Und an dem Freitag, als ich im Eingang der Bibliothek mit Sharp zusammengestoßen war? Da hatte er gar keine Bücher zurückgegeben, sondern sich die Schlüssel für das Haus geholt. *Ihr* Haus.

Was hätte ich jetzt für diese Schlüssel gegeben.

Doch ich war auch nicht faul gewesen. Es hatte zwar eine Weile gedauert, aber irgendwann hatte ich den Namen ihrer Mutter in den Todesanzeigen einer vorjährigen

Ausgabe des *Sentinel* gefunden, der in der Bibliothek archiviert war (Abigail stand nur wenige Schritte entfernt, als ich ein leises »Heureka!« ausstieß); und die Anzeige bestätigte mir, dass sie eine Waise war, genau wie ich. In ihrer Trauer musste sie ein wehrloses Lamm für den schlauen Fuchs Sharp gewesen sein, diesen Bühnenheld mit Mikrofon, der sich redegewandt und charmant in ihr Leben gestohlen hatte, genau wie er es bei seiner Frau Judith getan hatte. Er konnte Abigail unmöglich lieben. Nicht so, wie ich es konnte (das verriet mir mein aufgeregtes, besorgtes Herz).

Ich stattete ihrem Haus einen Besuch ab, wobei ich mich methodisch näherte, indem ich eine Handvoll Prospekte in der Raistrick Road verteilte. Es war ein großes Haus. Zu groß für ihre Mutter (die laut Anzeige nach kurzer Krankheit verstorben war) und nun zu groß für Abigail. Sie musste es in jedem Fall verkaufen und gegen einen gemütlicheren Platz tauschen (beispielsweise vermochte ich sie mir gut in einem der viktorianischen Landhäuser auf dem Hügel gegenüber von St. Theobald vorzustellen, wo sie in dem kleinen Garten hinter dem Haus Erbsen pflücken oder ein wenig die wild wuchernde Blumenpracht stutzen konnte, die mich in ihrer Schönheit und ihrem Überfluss an ihr Haar erinnerte). Als ich in der kühlen Nachmittagsluft den Prospekt durch den Briefschlitz in der blauen Tür schob, erlaubte ich meinen Fingern, kurz in der Wärme des Hauses zu verweilen – ein Vorgeschmack auf Kommendes.

Anschließend trödelte ich auf der Straße herum, in der Hoffnung, einem Nachbarn zu begegnen, der mir etwas über Abigail oder ihre Mutter erzählen konnte, bekam aber niemanden zu Gesicht. Bis ich irgendwann – natürlich! – das Zeitungsgeschäft erreichte. Demonstrativ stöberte ich dort in den Schreibwaren herum, bis ich die Aufmerksamkeit des Besitzers und seiner Frau hatte, denen ich erklärte, ich hätte mein Büro überstürzt und ohne etwas zu schreiben verlassen und das, obwohl ich zu Klienten musste! Nach einigem Hin und Her entschied ich mich für den teuersten Füller, für ein paar gute Umschläge und einen Hefter mit Standard-Kaufverträgen. »Bereit fürs Geschäft!«, lachte ich.

»Geschäft ist wichtig«, grinste der Mann mit einer leichten Verbeugung. »Wir müssen *alle* Geschäfte machen. Sonst … puff!«

»Genau«, bestätigte ich und betonte bei dieser Gelegenheit, wie wichtig doch für die hiesigen Geschäftsleute die hohe Qualität von Dienstleistungen und eine solide Vertrauensbasis waren, wenn sie Kunden dauerhaft an sich binden wollten.

Das Paar stimmte mir aus vollem Herzen zu. »Wir müssen das auch tun«, sagte der Mann. »Jeden Tag arbeiten wir. Es ist hart, aber …« Er lächelte.

»Aber wir müssen den Menschen zeigen, dass wir immer für sie da sind, bereit, ihnen behilflich zu sein, nicht wahr? Irgendwann werden sie uns brauchen. Wenn nicht heute, dann morgen. Oder in meinem Geschäft manchmal auch erst im darauffolgenden Jahr. Letztendlich ist es doch eine Frage persönlicher Beziehungen, oder was denken Sie? Jeder Kunde ist wichtig.«

Sie lächelten, auch wenn sie sich diesmal nicht so sicher waren, was ich damit meinte. Erneut deutete der Mann eine Verbeugung an. »Zweiunddreißig Jahre sind wir jetzt hier.«

»Und das spricht Bände. Ich meine, besonders in Ihrem Geschäft, da kennen Sie Ihre Kunden genau. Sie setzen sicher Ihren ganzen Stolz hinein, über ihre Bedürfnisse und Wünsche Bescheid zu wissen.«

»Oh ja«, sagte die Frau. »Wir kennen sie, wir kennen sie.«

»Ich zum Beispiel bin im Fensteraustauschgeschäft tätig. Heute hatte ich eine Notiz in meinem Terminkalender, dass ich eine bestimmte Kundin besuchen soll. Ein Informationsgespräch, verstehen Sie. Doch niemand macht mir auf. Ich komme erneut, wieder macht niemand auf. Soll ich noch mal anrufen? Ich weiß es nicht. Vielleicht soll ich die Dame jetzt von meiner Liste streichen. Und wenn sie krank ist?«

Die Frau blickte besorgt. »Ist sie schon Ihre Kundin?«

»Nicht wirklich. Ich habe letztes Jahr mit ihr gesprochen. Mrs Rice in Nummer 84. Kennen Sie sie? Sie hat mich gebeten, im Frühjahr noch mal vorbeizuschauen. Vielleicht sollte ich das jetzt besser nicht sagen, aber ihre Fenster sind inzwischen in einem noch schlechteren Zustand.«

Die Frau blickte ernst. »Die Dame in Nummer 84?« Sie verständigte sich kurz in einer fremden Sprache mit ihrem Mann.

»Die Dame ist gestorben«, erklärte der Mann kopfschüttelnd. »Vor vielen Monaten. Ihre Tochter ist nach Hause gekommen und hat sich um sie gekümmert, bis sie gestorben ist. Und jetzt lebt sie da. Wir sehen sie oft.«

»Die Tochter?«

»Eine wunderbare junge Frau! Aus London. Zuerst hat sie die Zeitung abbestellt, aber jetzt kommt sie jeden Tag und kauft!«, erzählte die Frau.

Ich fügte meinen Einkäufen noch einen Schokoriegel und ein Kaltgetränk hinzu. »Um bei Kräften zu bleiben«, sagte ich.

»Ah«, sagte der Mann.

Die Türglocke ertönte und kündigte zwei neue Kunden an, was unser freundliches Geplauder beendete. Das Paar wünschte mir einen schönen Tag.

Im Grunde war es eine ziemlich alltägliche Geschichte. Ein erwachsenes Kind zieht in eine andere Stadt – um zu studieren, zu arbeiten oder sich woanders niederzulassen – und muss dann in den Heimatort zurückkehren, um einen kranken Elternteil zu pflegen. Würde Abigail jetzt für immer bleiben? Immerhin hatte sie hier einen Job. Und vielleicht machte sie sich Hoffnungen auf Sharp.

Bei diesem Gedanken sank mir das Herz. War es überhaupt möglich, die beiden auseinanderzubringen, ohne Abigail zu vertreiben? Was sonst hielt sie in dieser Stadt? Der Prospekt, den ich hinterlassen hatte, würde sie an ihre Optionen erinnern – die Möglichkeit, ihr Erbe zu Geld zu machen und in ihr gewohntes Leben nach London zurückzukehren. Mit dem Geld könnte sie sich ein schickes Apartment in einer guten Gegend leisten. Vermutlich hatte sie bereits ein Apartment in London, das im Augenblick vermietet war. Trotzdem hoffte ich, dass sie verkaufen würde. Dass mir ihre Schlüssel in die Hände fallen würden. Es schien keinen anderen Weg zu geben.

Doch natürlich gab und gibt es immer einen anderen Weg.

13

Wie bereits gesagt, für den Augenblick bin ich vollauf damit zufrieden, dass ich meinen Atem hören kann. Die Luft ist dünn, und ich verbünde mich mit dem Geist all derjenigen, die sich tollkühn der Gefahr gestellt und Höhen erklommen haben, in denen Sauerstoff Mangelware ist – obwohl meine Geschichte natürlich am besten von einem noch viel höheren Punkt aus erzählt würde. Ich bin noch nicht weit genug den Berg hinauf, um den sicheren Gipfel bereits zu erkennen. Unter mir liegt alles detailliert und gut erkennbar ausgebreitet, aber was wird noch vom Nebel der höheren Regionen verhüllt? Vielleicht das Ende. Nur ein kleiner Fehltritt würde ausreichen! Der Pfad nach oben scheint sich endlos zu winden, dabei immer schmaler und schlüpfriger zu werden, mit gehörnten Bestien, die einem den Weg versperren und die Stirn bieten. So ist das. Man kennt immer nur den Teil der Geschichte, der bereits geschehen ist.

Wenn Sie das jetzt hören, denken Sie womöglich, dass meine schlimmsten Albträume vom Fallen handeln. In Wahrheit drehen sie sich jedoch ums Entdecktwerden, um Verfolgung und rasche Auslöschung. (Was natürlich weniger anschauliche Metaphern sind.) Sie handeln davon, dass ich plötzlich entblößt dastehe. Und in dieser Stunde kurz vor der Dämmerung scheint mir eine solche Wendung nie realer und bedrohlicher gewesen zu sein. Ich spüre den Atem meiner Verfolger im Nacken. Voller Panik liege ich da, erwarte ihre lauten Rufe und ihren triumphalen Aufschrei. Hier! Hier! Das Ungeziefer verbirgt sich unter den Dielenbrettern!

Vermutlich trifft es zu, was Tante Lillian über den Tag erzählt hat, an dem meine Mutter gestorben ist. Tatsächlich liebe ich enge, dunkle Orte. Ein schmaler Schrank unter der Treppe ist ideal. Von allen Seiten umschlossen. Die gedämpfte Stille. In dem kaum benutzten Hinterzimmer meiner Tante habe ich mir eine Höhle unter dem eichenen Esstisch gebaut, die große Weihnachtstischdecke aus der Schublade darüber gebreitet und sie innen mit Kissen ausgestattet. Dort in den grünen Schatten entdeckte mich Cousine Isobel eine Tages mit den Puppen, mit denen sie nicht mehr spielte – Sindy, Sindys Freund Paul und zwei größere, rosafarbene Babypuppen in Windeln. Ich hatte ihre Kleider ausgetauscht, sodass Paul jetzt Sindys kurzes Spitzennachthemd und seine Wasserski anhatte, während Sindy nur Pauls Schaffellmantel, ihren weißen OP-Mundschutz und sonst nichts trug. Gemeinsam kümmerten sie sich um die beiden Kinder, obwohl in Wahrheit natürlich ich allein darüber entschied, wer von den Kleinen bestraft und wer mit Süßigkeiten und Eiscreme belohnt wurde. Es war ein Spiel, das ich den ganzen Tag hätte spielen können, wäre nicht irgendwann Isobel aufgetaucht, hätte herumgeschrien, mich geboxt und so die Erwachsenen alarmiert.

»Du bist zu empfindlich«, sagte Tante Lillian beim Tee zu Isobel.

»Aber *du* …«, sagte sie und blickte mich böse an. Sie beendete ihren Satz nicht; stattdessen legte sie mit zusammengekniffenen Lippen ihr Buttermesser weg und wischte sich den Mund ab.

Waren die lange zurückliegenden Schwierigkeiten mit Isobel der letzte Auslöser dafür, dass ich diesen Weg einschlug? Oder war es der kleine Anthony Damato? Oder möglicherweise etwas, das sich meiner Erinnerung vollständig entzieht? Ich kann verstehen, wenn Sie sich das jetzt fragen. Eigentlich erstaunlich, dass es mir damals, nach dem Tod meiner Tante, gar nicht merkwürdig vorkam, unmittelbar hintereinander an zwei Beerdigungen teilzunehmen, obwohl ich vorher nie bei einer gewesen war – nicht mal bei der meiner Eltern. (Und übrigens bin ich auch seither bei keiner mehr gewesen, obwohl sich das bald ändern wird.) Merkwürdig auch, dass Mr Mower bei beiden anwesend war. Doch natürlich stehen diese beiden Ereignisse in keinerlei innerem Zusammenhang – jedenfalls in der Welt außerhalb meines Bewusstseins, das logischerweise immer Verbindungen herzustellen versucht. Schließlich verschwören sich die Umstände ja nicht eigens, um einem dieses oder jenes Leben zu bescheren. Zwar mag ein Leben von innen her betrachtet ein sinnvolles Muster bilden (und ohne Zweifel findet es eine Ratte ganz wundersam, dass ihr die Natur mit viel Mühe eigens ein Labyrinth unterirdischer Gänge als Lebensraum geschaffen hat), aber in Wahrheit zieht niemand heimlich im Hintergrund die Fäden. Vielmehr betrachte ich mich als Autor meiner eigenen Geschicke. Ich suche kein höheres Wesen, um ihm die Schuld zu geben. Oder ihm zu danken.

Und selbst während ich hier ausharre, die Uhr tickt und das Blut wild durch meine Adern pumpt – in einer alles andere als idealen Situation –, wünsche ich im Grunde meines Herzens nicht, dass die Dinge anders liegen mögen. Der Tod ist in Wahrheit nie weit entfernt. Daran lässt sich nun mal nichts ändern. So viel habe ich in meinem Leben gelernt.

Eines der Probleme bestand darin, dass damals, als wir zu Tante Lillian zogen, Isobel das neue Baby so schrecklich anhimmelte und ins Herz schloss. Wie sie es liebte und umsorgte, jetzt wo seine Mutter tot und begraben war! Ich war völlig ahnungslos, beobachtete aber mit leichter Verwunderung, wie sie es wiegte und ihm etwas zuflüsterte, immer unter der Aufsicht meiner Tante oder meines distanziert wirkenden Vaters.

Ich versetze mich jetzt einen Augenblick zurück in mein unwissendes sechsjähriges Selbst von damals, betrachte seine diffuse Welt mit heutigen Augen. Alles ist anders. Riley darf jetzt nicht mehr ins Zimmer zu dem Baby, sagt mein Vater. Wir müssen es schlafen lassen. Das Baby schläft immer, oder es schreit nach unserer Mutter, die weg ist, wie alle sagen – mein Vater, Tante Lillian und Mrs Holt von nebenan.

Mrs Holt kümmert sich um mich, gibt mir einen Keks und lässt mich spielen, als die Wagen kommen. Die Vorhänge sind jetzt immer geschlossen, sogar tagsüber.

Ich stehe hinter den Vorhängen, während Isobel beim Sonntags-Club ist und Tante Lillian das Baby mit der Flasche füttert. Es hat noch keinen Namen. Wir werden bald einen für es aussuchen. Das Baby ist in weiße und blaue

Decken gewickelt und hat winzige rote Hände. Später, wenn es in seinem Zimmer mit den rosa Schweinchen fest schläft, stehe ich neben seiner Wiege. Sein Bäuchlein hebt und senkt sich. Sein neues, gelbes, weiches Känguru liegt neben ihm. Ich frage Tante Lillian nach dem Namen des Kängurus. »Kanga«, erwidert sie. Eines Tages, wenn das Baby älter ist, wird es Riley und sein weiches orangefarbenes Fell sicher lieben.

Später sehe ich, wie Tante Lillian sich das Haar wäscht, ohne dabei ihre Bluse auszuziehen. Sie stößt die Tür zu, damit ich ihr nicht zuschauen kann. Mein Vater gräbt im Garten die Beete um. Hinter dem Schuppen verborgen beobachte ich ihn. Ich kann die Erde an seinem Spaten riechen.

Riley schläft auf dem warmen, blauen Blech von Tante Lillians Auto. »Riley!«, rufe ich ihn. Ich mache »ts-ts-ts« wie Tante Lillian, wenn sie ihn zur Teestunde in die Küche lockt. Riley bewegt ein Ohr, lässt aber die Augen geschlossen. Eine Wespe kommt angeflogen. Ich habe Angst vor Wespen und warte, bis sie weitergebrummt ist, so wie es mir mein Vater eingeschärft hat. In der Küche klappere ich auf dem harten Fliesenboden mit Rileys leerer Schüssel. Jetzt kommt er rasch angeschossen, den Schwanz steil aufgestellt. Er schnuppert an der Schüssel und blickt dann mit verwundertem Ausdruck zu mir auf. Ich hebe ihn hoch. Er ist groß und schwer, aber ich kann ihn tragen. Sein Fell ist warm und weich. Ich steige die Stufen hinauf, Riley in den Armen, um ihm das Baby zu zeigen. Nur ganz kurz. Als ich Tante Lillian höre, lasse ich Riley auf den Teppich fallen, und er rennt weg. Ich setze mich im Zimmer still hinter die Tür. Das Baby träumt, tief in seiner Wiege verborgen. Und jetzt ist Riley wieder da. Er blickt erst zu mir auf und dann zur Wiege. Er wartet, dann springt er hoch. Ich kann ihn nicht sehen. Aber wir sind ruhig, alle drei, atmen gemeinsam im Raum. Ich schließe die Augen, bis ich Tante Lillian rufen höre und kurz darauf noch einmal, in schärferem Ton. Schnell schlüpfe ich hinaus auf den Flur und schließe die Tür hinter mir. Mein Gesicht fühlt sich heiß an.

»Was treibst du da?«, fragt Tante Lillian und nimmt mich mit nach unten. Ihr Haar ist in ein Handtuch gewickelt und riecht nach Badezimmer.

Das dicke Ende kommt noch, wie mein Vater manchmal sagt. Tante Lillian schreit, woraufhin ich zu weinen anfange. Mein Vater schüttelt mich. Hinter mir läuft im Fernsehen eine Sendung mit Monstern. Irgendwann holt mich Mrs Holt zu sich hinüber und gibt mir Milch und einen Keks. Später ist das Baby verschwunden, Riley auch. Das Gesicht meines Vaters, das fast immer rot ist, ist jetzt weiß wie das meiner Mutter, als sie reglos im Bett lag.

Riley hat das Baby bemuttert, höre ich jemanden sagen. Weil das Baby keine Mutter hatte. Und deshalb sind jetzt beide verschwunden.

14

EIN TAG WAR VERGANGEN. In der Bibliothek liefen Abigail und Margaret – oder gelegentlich eine ihrer jüngeren, austauschbaren Kolleginnen – emsig auf und ab. Mein Blick wurde unwiderstehlich von dem Raum mit der Aufschrift »Privat« angezogen. Ich kannte den Zugangscode, doch war es natürlich verrückt, zu glauben, ich könne mir dort Zutritt verschaffen, ohne dabei entdeckt zu werden. Die Tür lag zwar seitlich neben der Theke, aber direkt gegenüber befanden sich die öffentlich zugänglichen Computerterminals der Bibliothek. Dennoch, die Tür war da und somit eine Herausforderung. Der Drang war groß. Der bloße Gedanke daran weckte Erinnerungen an meine Schultage – an den erwartungsvollen Schauder, der stets den Genüssen des unerlaubten Betretens, der Regelüberschreitung, des Besitzergreifens und, ja, einer gewissen Form der Liebe vorausging.

Ein oder zwei Mal hatte ich den schmalen, riskanten Grat zwischen Fahrlässigkeit und Wagemut bereits beschritten, daher wusste ich: Ein solches Wagnis bedurfte vor allem der bedenkenlosen Bereitschaft, die Gelegenheit beim Schopf zu packen, sobald sie sich bot. Also lauerte ich auf eine günstigste Gelegenheit. Ich wartete einen Tag ab, an dem Margaret außer Haus war und Abigail die Stellung hielt, unterstützt von einer ihrer Studentinnen; dann spazierte ich in die Bibliothek, angetan mit Brille und einem gebrauchten Tweedjackett von der Wohlfahrt. Für das Bibliothekspersonal war ich in dieser Verkleidung lediglich ein weiterer anonymer Leser. Doch in den Augen der anderen Besucher – besonders denen an den Computern, die meisten Studenten – wollte ich möglichst wie ein Bibliothekar erscheinen. Von meinem Gürtel hing eine ID-Karte (von Abigails abgekupfert und auf dem Laminiergerät im Büro veredelt), die aus einiger Entfernung als echt durchgehen konnte. Derart gerüstet betrat ich das Spielfeld. Ich zog mein Jackett aus und hängte es über die Rückenlehne eines Stuhls, der so weit von der Theke entfernt stand wie möglich. Wann immer sich Personal hinter der Theke aufhielt, verschwand ich aus ihrem Blickfeld, ansonsten beschäftigte ich mich mit leichteren Aufgaben: Ich lief mit hochgerollten Ärmeln herum, öffnete und schloss die Schubladen mit den Mikrofilmen oder räumte in der Zeitungsabteilung auf; einmal half ich sogar jemandem, den Kopierer zu bedienen. Sobald Abigail oder ihre Assistentin in den Fluren unterwegs waren, verzog ich mich zwischen die Regale mit den Nachschlagewerken.

Die Mittagszeit sorgte für einen dünnen, aber beständigen Strom von Menschen, die etwas zurückgeben wollten; ihre Bücher stapelten sich auf der Theke, bevor sie dann nach Kategorien geordnet auf den Rollwagen verfrachtet wurden. Irgendwann ließ der Ansturm nach. Abigails Assistentin verschwand hinter der Tür mit der Aufschrift »Privat« und tauchte kurz darauf in ihrem Mantel wieder auf. Sie ging jetzt in die Mittagspause. Abigail reichte ihr etwas Geld, vermutlich, damit sie ihr von der Hauptstraße ein Sandwich mitbrachte. Die Assistentin würde mindestens fünfzehn Minuten weg sein – höchstwahrscheinlich sogar länger, wenn sie in einem der Lokale etwas aß oder weitere Dinge zu erledigen hatte. Die Schlange hatte sich vollständig aufgelöst. Abigail kam hinter der Theke hervor, wobei sie den beladenen Rollwagen hinter sich herzog. Erfahrungsgemäß begann sie mit dem Einsortieren bei den Romanen, die am weitesten von der Theke entfernt standen. Sie würde sich den einen Gang hinauf- und den anderen hinabarbeiten, bevor die Tür mit der Aufschrift »Privat« wieder in ihren Blickwinkel geriet. Keine Ahnung, wie lange das dauern würde. Trotzdem wusste ich, jetzt war der Moment gekommen.

Ich sah Abigail und den Rollwagen langsam in Gang A-L verschwinden, dann schlenderte ich zur Tür, drückte die Zahlen 5-1-5-9-4 in die graue Metalltastatur und schob die Tür auf. Sie fiel hinter mir ins Schloss. Eine Woge der Nervosität überschwemmte mich, während ich mit allen Sinnen die Szenerie in mich aufnahm – die gelbe Schüssel im Waschbecken, die gekachelte Arbeitsfläche, der Kessel, der Geruch nach verschüttetem Kaffeegranulat, zwei Büchereistühle an einem krummbeinigen Tisch. Auf dem Tisch Kaffeebecher, Teelöffel, ein grauer Schal und ein kleiner Stapel Bücher. Zwei Regenschirme standen in der Ecke, etwas abseits an einem Haken hing Abigails roter Regenmantel und auf dem Bord darunter lag ihr Rucksack. Meine Hände fuhren in all ihre Taschen, tasteten, wühlten – da waren Papiertaschentücher, Handschuhe, ein rotes, elastisches Haarband, eine Aufstecklampe fürs Fahrrad, eine noch verpackte Batterie. In den Innentaschen:

ein Handschuh, ein weiterer Handschuh. Ich schüttelte den Mantel. Nichts.

Ich holte tief Luft, und in dem Moment wurde die Stille im Raums von einem scharfen Klingelton zerrissen. Es war das Telefon draußen auf der Theke. Ich erstarrte, lief rasch zur Tür. Die Theke war nur ein paar Schritte entfernt. Es würde lediglich ein paar Sekunden brauchen, hinauszuschlüpfen, das Telefon auszustecken und zurückzukehren. Doch diese Sekunden hatte ich nicht. Stattdessen öffnete ich die Tür einen winzigen Spalt. Das Schrillen des Telefons hallte jetzt durch die gesamte Bibliothek. Die Leute drehten bereits die Köpfe. Und da war sie auch schon, mit raschem Schritt, ein professionelles Lächeln im Gesicht. Das Telefon schien jetzt förmlich zu kreischen. Was für eine Art Anruf würde es erforderlich machen, dass sie in diesen Raum kam? Der Bücherstapel auf dem Tisch – war er für eine Kollegin zurückgelegt, die sich jetzt danach erkundigte? Hier gab es keinerlei Versteck. Allerdings würde sie zunächst den Code eintippen müssen. Und es war eine schwere Tür. Ich konnte sie von innen zuhalten. Das würde sie verwirren. Sie würde es erneut versuchen und schließlich aufgeben, bis ihre Assistentin zurückkehrte. Abigail erreichte jetzt die Theke, doch plötzlich verstummte das Telefon, sein letztes halbes Klingeln hallte in den Räumen nach. Abigail hielt kurz inne. Dann machte sie auf dem Absatz kehrt und ging zurück zu ihrem Rollwagen.

Ich zog die Tür mit einem leisen Klick zu und nahm meine Suche mit neu erwachter Nervosität wieder auf. Jetzt war der Rucksack an der Reihe – seine oberste Tasche enthielt ein Taschenbuch, Kopfhörer, eine Einkaufsliste. Im Inneren lag ein zusammengefalteter gelber

Pullover. Ein weiteres Fach. Ich öffnete den Reißverschluss. Und hier, ganz für sich allein, halb in einer Falte verborgen, fand ich ihn: einen einzelnen Schlüssel mit einem runden, grün bemalten Anhänger. Ich umklammerte ihn kurz und ließ ihn in meine Tasche gleiten. In dem Moment dachte ich nicht darüber nach, was das bedeutete. Mein Kopf fühlte sich merkwürdig zusammengepresst an, wie in einem Flugzeug, wo alle Geräusche gedämpft sind und die Zeit stillzustehen scheint. Ich wusste, ich musste sofort raus hier, doch ein anderer Instinkt übernahm die Führung. Ich öffnete den Kühlschrank, entdeckte Milch, Joghurt und eine große, angebrochene Tafel Schokolade. Dunkle Schokolade. Ich brach mir eine großzügige Rippe davon ab, wickelte sie aus der Goldfolie und schob sie mir in den Mund.

Das schien einen Summton in meiner Nähe auszulösen. Ich wirbelte herum, bereit zu fliehen. Der Schal auf dem Tisch vibrierte, und dann entdeckte ich ein Handy, dessen Display blinkte. Ich stürzte mich darauf. ANRUF VON D. Ich drückte die Abweisen-Taste. Meine Nerven schrien mich an, sofort zu verschwinden, aber ich konnte nicht. Hier war ihr Telefon, in meiner Hand. Ich durfte es zwar nicht mitnehmen, konnte es aber auch nicht einfach dort lassen. Mir kam eine Idee. Ich zog mein eigenes Handy heraus, schaltete auf Videomodus und begann die Inhalte von Abigails Telefon abzufilmen – ihre »Favoriten«, ihre letzten Anrufe, ihren Kalender, ihre Erinnerungen und Fotos. Mein Herz pochte – und jetzt vibrierte das Handy erneut, als eine SMS von »D« eintraf. Ich machte weiter. Wie hoch war die Wahrscheinlichkeit, dass Abigail noch vor Ende ihre Rollwagenrunde hier hereinkam, weil sie ihr

Handy zusammen mit ihrem Schal auf dem Tisch hatte liegen lassen? Möglicherweise rief Sharp ja immer um diese Tageszeit an oder hinterließ eine Nachricht, besonders an Tagen, da sie Aufsicht hatte und sich nicht mit ihm treffen konnte. Vielleicht würde er es auch erneut über Festnetz probieren. Sie würde darauf warten und sich bei ihrer Aufgabe beeilen, um rasch wieder an die Theke zurückkehren zu können.

Unterdessen konnte ich ihr Herannahen fast schon spüren. Ich schoss zurück zur Tür und spähte hinaus. Der vordere Teil des Rollwagens war bereits am Ende von M-Z sichtbar. Er stand still, aber noch während ich hinsah, begann er sich zu bewegen. Rasch schloss ich die Tür. Wenn ich jetzt heraustrat, würde sie mich sehen. Nach kurzem Nachdenken öffnete ich erneut ihre Favoriten, fand ihre Nummer für die Bibliothek (hilfreich mit »Arbeit« gekennzeichnet), tippte sie in mein eigenes Handy und drückte »Anrufen«. Wieder war draußen das laute Schrillen zu hören. Ich wusste, diesmal würde sie voller Erwartung und viel schneller reagieren. Ich trat zurück, und die Lippen dicht am Mikro wartete ich, bis sie auf der anderen Seite der Tür abnahm.

»Hallo?«

»Hallo, ist da die Bibliothek?«

»Ja, hier ist die Bibliothek.«

»Äh, tut mir wirklich leid, dass ich Sie damit belästigen muss, aber können Sie *bitte* nachschauen, ob ich mein Jackett bei Ihnen vergessen habe. Es ist ein bräunliches Tweedjackett. Ich habe in der Nähe der Mikrofilmbildschirme gesessen. Gerade bin ich aus meinem Wagen gestiegen, da ist es mir aufgefallen.«

»Einen Augenblick, ich sehe nach.«

Ich legte ihr Handy zurück auf den Tisch, öffnete die Tür und spazierte hinaus, mit einer Hand das rote Haarband umklammernd, mit der anderen mein Handy. Ich sah Abigail aus dem Augenwinkel, die gerade zu meiner Linken wieder zwischen den Regalen auftauchte. Rasch schob ich mich durch die Drehtür, und gerade, als sie zu sprechen begann, presste ich das Telefon wieder ans Ohr.

»Hallo? Hallo? Ja, es ist da. Ich habe es.«

Sie klang so erfreut, mir helfen zu können, dass ich mich sofort aufs Neue in sie verliebte.

»Sie haben mir das Leben gerettet«, sagte ich. »Ich komme gleich bei Ihnen vorbei.«

»Kein Problem. Ich sitze hinter der Theke.«

Ich war schweißüberströmt. In meinem Mund klebte ein Nachgeschmack bitterer Schokolade. Ich wartete. Nach zehn oder fünfzehn Minuten bog Abigails Assistentin mit einer gestreiften Papiertüte um die Ecke. Ich wartete, bis sie im Gebäude verschwunden war, und verfolgte die Übergabe. Sie sprachen kurz miteinander, während sie Abigail die Tüte überreichte, die kurz darauf in dem Raum mit der Aufschrift »Privat« verschwand.

Jetzt betrat ich die Bibliothek und holte mir mein Jackett.

Und dann machte ich mich eilig aus dem Staub, quer über die Straße und den Hügel hinauf, mit schnellen Schritten, bis ich mein Apartment erreicht hatte. Ich wechselte meine Kleider und fuhr zur Raistrick Road. Dieser Zeitpunkt war ebenso gut wie jeder andere, da Abigail für den Rest des Tages mit Sicherheit in der Bibliothek arbeiten würde. Ich parkte meinen Wagen so nah beim Haus, wie ich es für vertretbar hielt, obwohl die Chancen eher gering waren, dass mich jemand zur Rede stellen würde. Hier gab es keine Nachbarschaftswache. Es war eine Hauptstraße, in erster Linie von Studenten bevölkert, die kamen und gingen und sich um ihre eigenen Angelegenheiten kümmerten. Mein Herz hämmerte vor Aufregung. Und während ich mich der Tür näherte, spürte ich wieder diese Angst. Vielleicht war sie die ganze Zeit da gewesen, und ich hatte sie in meinem Gefühl des Triumphs über die gelungene Flucht nur verdrängt. Doch jetzt war sie wieder da: die Angst davor, dass es nicht der richtige Schlüssel war; dass der Schlüssel zu diesem Haus niemals so tief in Abigails Rucksack versteckt gewesen wäre, sondern dass sie ihn in ihrem Geldbeutel aufbewahrte – wie ich mit eigenen Augen gesehen hatte, als sie ihrer Assistentin das Geld für das Sandwich gab. Mir war jetzt klar, ebenso wie es mir vorher schon klar gewesen war, dass dies nicht der richtige Schlüssel sein konnte. Trotzdem schob ich ihn ins Schloss, versuchte ihn zu drehen, hoffte auf ein Klicken und das Zurückgleiten des Riegels.

Ebenso gut hätte das Schloss in Stein gemeißelt sein können.

15

BEIM ERSTEN MORGENLICHT erwachte ich auf der Couch, in meiner Hand Abigails zusammengeknülltes, samtiges Haarband, in dessen Gewebe Strähnen ihres lockigen Haars verflochten waren. Ich trieb unruhig zwischen Wachen und Schlafen, Bilder von Abigail und Sharp tauchten wie in einem Fiebertraum auf und versanken wieder. Um neun Uhr zwang ich mich aufzustehen. Ich rasierte mich, duschte und rief Wendy an, um ihr mitzuteilen, dass ich tagsüber unterwegs sein würde.

Bloß um was zu tun? Es war sinnlos, Sharp zur Arbeit und zurück zu folgen. Am Ende würde ich wieder nur draußen vor dem Haus in der Raistrick Road hocken und innerlich brodeln vor Wut und Verlangen. Eine Weile lang saß ich zwischen meinen Archivschränken und Schubfächern. Ich hatte meine Akten und Landkarten sträflich vernachlässigt – eine Arbeit, die doch so wichtig für den reibungslosen Ablauf des Ganzen war und die mir immer viel Befriedigung verschafft hatte. Ich sortierte meine neuen Fotos und Notizen, lud die Dateien von meinem Handy herunter und druckte sie aus. Normalerweise scheue ich keine Mühen, um alles auf Papier zu haben, gebunden, mit Händen greifbar, leicht zugänglich und nach Kategorien geordnet. Aber heute fiel es mir schwer, mich zu konzentrieren. Mir war klar: Ich brauchte eine neue Strategie. Abigail musste von sich aus erkennen, was für eine Art von Mann sich den Weg in ihr Bett erschwindelt hatte. Sharp war kein Dozent in Cambridge, so viel stand fest. Das war schon mal ein Ausgangspunkt. Ich dachte an die Visitenkarte, die mir die Buchhändlerin bei Warninck's vorgelesen hatte, und nach kurzer Überlegung rief ich im Sekretariat des Fachbereichs der Universität an.

Die Frau dort hatte noch nie etwas von einem Dr Sharp gehört. »Lassen Sie mich in unseren Unterlagen nachsehen.« Ich hörte, wie sie im Hintergrund weitere Kollegen konsultierte, dann kam sie wieder ans Telefon. »Es gab hier mal jemanden namens Douglas Sharp, vor etwa zwei oder drei Jahren, aber er gehörte nicht zum Lehrpersonal, er war ein postgraduierter Student.« Sie hielt kurz inne, als würde sie noch etwas prüfen. »Möglicherweise hat er auch ein oder zwei Seminare geleitet.«

»Haben Sie vielleicht seine Nachsendeadresse?«

»Einen Moment.«

Wieder legte sie das Telefon beiseite, und nach einem kurzen Augenblick war dann ein Mann in der Leitung. »Wie ich höre, erkundigen Sie sich nach Douglas Sharp. Darf ich fragen, worum es geht?«

»Ja, natürlich. Hier ist sein Bruder. Ich versuche ihn zu finden. Leider gibt es einen schweren Krankheitsfall in der Familie, und ich muss ihn dringend erreichen.«

»Verstehe. Doch leider hat er die Universität vor einiger Zeit verlassen. Und ich habe nicht die geringste Ahnung, wo er sich jetzt aufhalten könnte.«

»Aber er hat bei Ihnen studiert?«

»Er war Doktorand. Wie, sagten Sie, war noch gleich Ihr Name?«

»Sharp.«

»Natürlich. Sie sind Brüder, klar.«

»Wir stehen uns nicht sehr nahe. Er legt wenig Wert auf den Kontakt mit der Familie. Nur jetzt ist unsere Mutter schwer krank. Sie haben erwähnt, dass er die Universität vor einiger Zeit verlassen hat?«

»Vielleicht sollte ich seinen ehemaligen Doktorvater bitten, Sie anzurufen.«

»Das ist nett. Wie ist sein Name?«

»*Ihr* Name. Greening. Frau Professor Greening.«

»Wie Sie sich vielleicht vorstellen können, ist es ziemlich dringend …«

»Natürlich.«

Ich gab dem Mann eine frei erfundene Nummer und legte auf. Irgendetwas war hier im Busch. Ich wartete eine Stunde, dann rief ich beim Pförtner an und bat ihn, mich zu Frau Professor Greenings Büro durchzustellen. »Wahrscheinlich hat sie versucht, mich zu erreichen«, erklärte ich ihm. »Mein Name ist Sharp.«

Man konnte hören, wie er kurz stutzte. »Douglas Sharp?«

»Hier ist sein Bruder.«

»Verstehe. Einen Moment, Sir.«

Ich hatte Glück. Sie steckte zwar über beide Ohren in Arbeit, machte aber gerade eine Pause. »Ich fürchte, ich kann Ihnen da nicht weiterhelfen. Ihr Bruder bewohnte Räumlichkeiten hier auf dem Campus, hat jedoch keine Nachsendeadresse hinterlassen. Natürlich habe ich Verständnis für Ihr Anliegen, aber wie Sie ja vielleicht wissen, hat er sich unter etwas besonderen Umständen hier verabschiedet – er ist sozusagen bei Nacht und Nebel verschwunden.«

»Er hat also seine Doktorarbeit nicht abgeschlossen?«

»Ich würde sagen nein. Wie Sie damals vielleicht den Zeitungsberichten entnommen haben, war das am Ende keine Option mehr. Und wir müssen hier natürlich auch auf unseren guten Ruf achten. Er hat der Universität eine Menge ungewollte Aufmerksamkeit durch die Medien beschert. Womit ich es nun wirklich bewenden lassen möchte.«

»Was ist denn geschehen?«

Sie zögerte kurz, dann seufzte sie. »Wenn Sie es nicht wissen, dann habe ich vermutlich ohnehin schon zu viel gesagt.«

»Der Pförtner schien sich an ihn zu erinnern.«

»Das ist gut vorstellbar.«

»Und wie lange ist das jetzt her – zwei Jahre?«

»Etwas über drei, mehr kann ich Ihnen wirklich nicht sagen. Trotzdem viel Erfolg bei Ihrer Suche.«

Ich wusste zwar noch nicht genau, auf was ich da gestoßen war, hatte aber eine Vorstellung, wo ich nachschauen musste, und eine halbe Minute später hatte ich mich in das Online-Archiv der *Cambridge News* eingeloggt. Eine Suche nach »Douglas + Sharp« erbrachte null Ergebnisse, doch nach fünf Minuten wurde mir dank der Erwähnung des Colleges ein wahrer Festschmaus serviert, auf den zu warten sich mehr als gelohnt hatte: »Prügelei bei College-Dinner wegen heißer Sex-Affäre zwischen Dozent und Studentin.«

Auch wenn die Überschrift für meinen Geschmack etwas reißerisch war, handelte es sich eindeutig um den gesuchten Artikel: In knappen Worten zusammengefasst war es die Geschichte eines wutentbrannten, muslimischen Vaters, der mit zwei ebenso zornigen Begleitern den weiten Weg von Glasgow gekommen und am späten Nachmittag vor dem College erschien war, um ein paar Takte mit dem Mann zu sprechen, der seine Tochter, eine Studienanfängerin, die unter der Obhut dieses englischen Erwachsenen in Vertrauensposition gestanden hatte, in ihrem ersten Semester in Cambridge geschwängert hatte. Es war nicht klar, ob der Übeltäter – der in dem Artikel namenlos blieb und als bloße akademische Hilfskraft heruntergespielt wurde – bereit gewesen war, sich seinen Anklägern zu stellen. Dem Artikel war lediglich zu entnehmen, dass es zwischen den drei Muslimen und dem Chefportier und seinem Gehilfen zu einem heftigen Streit kam, der schnell zu Handgreiflichkeiten führte, in die dann eine Reihe weiterer Vertreter des Lehrkörpers verwickelt wurden, die sich just zu dieser Stunde in vollem Ornat zum College-Dinner begaben. Ihr Eingreifen, das die Streithähne eigentlich hätte beschwichtigen sollen, machte die Sache nur noch schlimmer, weil der Verdacht aufkam, unter dem Lehrpersonal könne sich womöglich der Schänder und Ehrbeschmutzer selbst befinden, obwohl niemand genau sagen konnte, ob er zu dem Zeitpunkt überhaupt in der Stadt weilte. Fäuste flogen, Blut floss, ein Menschenauflauf bildete sich (einige Zeugen zückten rasch ihre Handys und fotografierten einen der Dozenten, der heftig auf seine weiße Hemdbrust blutete, offenbar weil man ihm die Nase gebrochen hatte), die Polizei wurde gerufen, Verhaftungen wurden vorgenommen und am Tatort wurde eine »Waffe mit langer, stehender Klinge« sichergestellt. Anklage wurde erhoben und dann, anscheinend auf Betreiben der Universität selbst, wieder eingestellt.

Diese Darstellung gewalttätiger Szenen wurde ergänzt durch pikante Details, die Kommilitoninnen der jungen Frau preisgegeben hatten; es war die Rede von mindestens zweimal täglich stattfindenden Liebestreffen zwischen dem »Mittdreißiger-Don-Juan« und der Achtzehnjährigen, die er in einer Buchhandlung bei einer Literaturlesung kennengelernt und verführt hatte. Dieser Mann, der einen Doktortitel in Englischer Literatur anstrebte, hatte die junge Frau, die aus religiösen Gründen Abstinenzlerin war, mit in eine Weinbar genommen. Einmal war das Paar auch auf dem Campusgelände in einem Ruderboot gesichtet worden.

Dem Artikel folgten Links zu diversen Kommentaren über die Gefährdungen, denen weibliche Studienanfängerinnen ausgesetzt waren; über das Versagen der Universität bei der Auswahl von Lehrpersonal, dem Zugang zu verführbaren, jungen Erwachsenen gewährt wurde (obwohl der Übeltäter die junge Frau gar nicht selbst unterrichtet hatte); sowie über die generelle Missachtung von aus ärmeren Schichten stammenden Studienanfängern durch die »ignoranten und undemokratischen Eliten«. Die letzte Erwähnung des Skandals fand sich in einem kurzen Artikel über die Entlassung des Übeltäters aus Universitätsdiensten, und zwar wegen eines zurückliegenden, aber die Gemüter immer noch beschäftigenden Falles »moralischer Verderbtheit«; außerdem war von der Universitätsleitung eine Fortsetzung von Sharps Doktorandenstudiums nicht weiter bewilligt worden. Vom Schicksal der entehrten jungen Frau war in dem Artikel nicht die Rede.

Wie war es wohl für sie ausgegangen? Hatten erboste Angehörige sie ermordet, weil sie den Namen der Familie beschmutzt hatte? Waren ihr Vater oder ihre Brüder immer noch auf der Jagd nach Sharp? Möglicherweise hätte ich ihnen einen kleinen Hinweis geben können, hätte ich ihre Namen gekannt. Aber vielleicht hatten sie die Sache ja auch längst ad acta gelegt. Unter Umständen studierte die junge Frau noch immer in Cambridge, der Fötus war lange abgetrieben, sie war zur Entschädigung in ein besseres College aufgerückt, mit einem Vollzeitstipendium ohne Auflagen, und büffelte nun, um eine Lebenserfahrung reicher, eifrig für ihren Abschluss und machte einfach weiter mit ihrem Leben.

So wie wir das letztendlich alle tun.

16

ICH HATTE EINIGE DINGE ZU ERLEDIGEN, die liegen geblieben waren: Müll zum Recycling-Container bringen, Hemden zur Wäscherei, einen Anzug zur Reinigung. Ich fuhr nach Fairley, einem stetig wachsenden Viertel am Stadtrand, wo ich manchmal meine Nachschlüssel anfertigen ließ. Dort gab es eine Siedlung mit erschwinglichem Wohneigentum, einen großen Supermarkt und eine Zeile kleiner Läden – Zeitschriften, Apotheke, Buchmacher, Tauchbedarf, Friseur und die Filiale einer Fast-Food-Kette. Ich entsorgte meinen Abfall, gab meine Wäsche ab und setzte mich dann für Kaffee, Orangensaft und Toast in den Supermarkt. Die Ereignisse des vergangenen Tages – der enorme Adrenalinschub und dann der enttäuschende Absturz – machten sich jetzt bemerkbar. Alles, was ich vorzuweisen hatte, war Abigails Haarband, ein Erinnerungsstück, das ich an meine Wange presste wie die Reliquie einer Heiligen.

Ich zog mein Handy heraus und ging das Video durch, das ich vom Inhalt ihres Telefons gemacht hatte. Das Licht war nicht besonders, trotzdem waren die meisten Namen in ihrem Telefonbuch entzifferbar. »D« stand natürlich für Douglas. Dann die Nummern von zu Hause – ihre Festnetznummer in der Raistrick Road – Mum, Anwalt, Arbeit. Weitere Londoner Nummern folgten, die meisten davon Frauen zugeordnet, höchstwahrscheinlich Freundinnen. Unter ihren Fotos fand sich eine Serie, die vermutlich bei einem Mädels-Ausgehabend entstanden war, dann zwei oder drei von einer älteren Frau – schätzungsweise ihre Mutter –, die einen alten rötlich-braunen Teddy im Arm hielt, und noch eines von dem Autor, den sie bei Warninck's so bewundert hatte. Außerdem gab es zwei Bilder von Sharp: Eines zeigte ihn vor einer Kreidetafel und das andere, das vermutlich in Abigails Haus aufgenommen worden war – und das in mir sofort den heftigen Wunsch weckte, ihn zu töten –, mit dem rotbraunen Teddy auf dem Schoß. Zu meinem großen Bedauern gab es keine Aufnahmen von Abigail selbst.

Ich ließ mir Zeit für ihren Kalender: Hier gab es eine Reihe von Eintragungen, die meisten davon mit »D« markiert, unter anderem eine am letzten Dienstag, wo sie mit Sharp im Wagen davongefahren war. Heute war Dienstag, allerdings war hier kein Eintrag vorgenommen worden. Doch im Ordner mit den Notizen wurde ich fündig: das heutige Datum mit dem Vermerk »D 2 Swans Ebb 1.30« – ganz eindeutig eine Abkürzung für das Two Swans in Ebbidge, ein strohgedeckter Pub fünf oder sechs Meilen außerhalb der Stadt. Ich war noch nie dort gewesen, aber natürlich hatte auch ich mitbekommen, dass das Lokal in der Sonntagszeitung drei Sterne erhalten hatte. Allerdings schien mir diese Verabredung deutlich aus dem Rahmen zu fallen. Dadurch gewann eine flüchtige, außereheliche Affäre plötzlich die Dimension einer echten Romanze. War Liebe der neue Preis für Sex? Wollte Abigail mehr als nur ein gelegentliches Stelldichein mit einem verheirateten Mann (wenn sie überhaupt wusste, dass er verheiratet war)? Und spielte Sharp notgedrungen mit, um sie bei Laune zu halten? In mir wuchs die Entrüstung angesichts seiner unbeholfenen Listen, mit denen er etwas zutiefst Verkommenem einen zärtlichen und reellen Anstrich geben wollte.

Die Versuchung, die beiden zusammen zu beobachten, war groß, doch war sie das Risiko wert? Ich hatte kürzlich sehr viel Zeit in der Bibliothek verbracht. Ein Fremder fällt auf der Straße nicht sonderlich auf, aber wie oft kann er an einem vorbeigehen, bevor man ihn wiedererkennt? Anonymität war meine Stärke. Hatte ich sie erst einmal aufgegeben, war sie nicht wiederherstellbar. Sharp hatte diesen abgelegenen Pub eigens gewählt, um nicht gesehen zu werden. Wenn Abigail mich dort wiedererkannte, und sei es nur als Bibliotheksbesucher aus der Stadt, würde ich ihr in Zukunft auch an anderen Orten auffallen. Außerdem musste ich damit rechnen, dass Sharp, wenn er plötzlich auf mich hingewiesen wurde, sich von unserem Disput im Common-Viertel an mein Gesicht erinnerte. Was würde er sich dann denken? Womöglich: Wer *ist* dieser Kerl? Etwa ein Privatdetektiv?

Und was gäbe es dort schon groß zu entdecken? Dass die beiden eine Leidenschaft für Seebarsch teilten?

Ich schob den Gedanken beiseite, beendete mein Frühstück und überlegte, ob ich ins Büro fahren sollte. Dort konnte ich etwas Arbeit erledigen und mich am Abend mit frischem Geist dem Sharp-Problem stellen. Vielleicht konnte ich seine Online-Zockerei genauer unter die Lupe nehmen; eventuell gab es auch handfestere Beweise –

irgendetwas, was ich in seiner Korrespondenz übersehen hatte und das den Skandal in Cambridge betraf. Wie heißt es doch so schön: Die Hoffnung stirbt zuletzt.

Katya hatte in der Firma die Stellung gehalten. Ihre Augen leuchteten auf, als sie mich hereinkommen sah.

»Aha«, sagte sie. »Die O'Deay's!«

»Abschluss?«

»Ich denke schon. Sie verlangen einen weiteren Viertel-Prozentpunkt, und wir fordern zehn weitere Objekte. Aber sie werden wohl einwilligen. In der Zwischenzeit gibt es auch noch neue Unterlagen über das Projekt, wenn Sie Zeit dafür haben.«

»Ich werde mich gleich dransetzen«, erklärte ich. »Sonst irgendwelche Neuigkeiten?«

»Ich habe mit Mr Cookson gesprochen, er schien ziemlich unwillig, als ich vorschlug, in ihrer Abwesenheit Käufer durchs Haus zu führen. Haben Sie nicht gesagt, er sei damit einverstanden?«

»Einverstanden? Möglicherweise habe ich gesagt, er sei davon angetan.«

»Angetan – was bringt das? Nach den ganzen monatelangen Bemühungen haben sie uns lediglich gestattet, ein Schild in ihrer Zufahrtsstraße aufzustellen.«

»Nun«, sagte ich. »Das ist doch schon mal ein Anfang.«

»Wie viele Anfänge gestehen wir ihnen noch zu?«

Ich zog mich ins hintere Büro zurück und vergrub mich in dem O'Deay's-Projekt. Wendy machte Tee und brachte mir die Post. Draußen kündigte sich ein strahlender Frühlingstag an. Natürlich war die Idee, zum Two Swans hinauszufahren, mehr als verrückt. Trotzdem hielt ich es gegen Mittag nicht länger aus.

»Ich bin kurz unterwegs«, erklärte ich Katya. »Ich dachte, ich werfe an diesem wunderschönen Tag mal einen Blick auf das O'Deay's-Baugelände. Um zu sehen, wie die Dinge laufen.«

Sie blickte überrascht auf, doch bevor sie etwas sagen konnte, war ich bereits verschwunden.

Zwanzig Minuten später bog ich auf den Parkplatz des Two Swans. Der Pub hatte gerade erst geöffnet, aber zwei der kleinen Tische draußen waren schon von einsamen Trinkern besetzt, die rauchten und ihre Zeitung lasen. Drinnen waren noch keine Gäste, nur das Personal, das Gläser polierte und die Tische in der Bar deckte. Ich ging durch bis ins Restaurant. Der Raum war beruhigend weitläufig, ein alter Saal mit flacher Decke und unverputzten Holzträgern, der in der Verlängerung hinaus auf eine Sonnenterrasse mit Blick auf den Fluss und Zugang zum Garten führte. Die Managerin begrüßte mich.

»Einen Tisch zum Mittagessen, Sir?«, fragte sie.

»Ich dachte daran«, sagte ich. »Aber etwas später – so gegen Viertel nach eins?«

»Lassen Sie mich nachsehen, was wir da noch haben.«

Ich folgte ihr zu einer Theke, wo sie die Mappe mit den Reservierungen aufschlug. Ich warf einen Blick auf die Liste. Kein Sharp, dafür ein Douglas. Tisch drei. Der letzte in der Reihe, neben der wir gerade standen.

»Haben Sie vielleicht noch einen Tisch in der Sonne?«

»Ich fürchte nein. Die sind immer gleich als Erste weg. Aber ich kann Sie ans Fenster setzen. Ein Tisch für zwei?«

»Nein, ich fürchte, nur für einen«, lächelte ich.

»Gut, geht in Ordnung, Mr. …?«

»Williams. Danke.«

Ich ging wieder hinaus zu meinem Wagen und rief Zoes Mobilnummer an.

»Hallo?«

»Zoe, ich bins.«

»Mr Heming, gibt es ein Problem?«

»Ganz im Gegenteil. Ich dachte, wenn Sie gerade nichts zu tun haben, könnten Sie vielleicht rauskommen und mich beim O'Deay's-Baugelände treffen. Mich interessiert, was Sie dazu sagen.«

»Äh, nein, hab ich nicht. Etwas zu tun, meine ich. Also, natürlich könnte ich kommen, aber mein Auto ist in der Inspektion und zur Reinigung.«

»Bitten Sie Wendy, Ihnen ein Taxi zu bestellen.«

Sie zögerte. »Und was ist mit Katya?«

»Machen Sie sich deswegen keine Sorgen. Ich möchte Sie gerne mit dieser Art von Projekten vertraut machen. Sie ein wenig befördern. Sie brauchen es Katya gegenüber nicht zu erwähnen.«

»Mich befördern?«, trällerte sie. »Ich bin mir nicht sicher, was das zu bedeuten hat.«

Als ich bei O'Deay's eintraf, wartete Zoe bereits mit ihrem eifrigen Lächeln auf mich. Wir blieben nicht lange auf der Baustelle. Wir überraschten den Verkaufsmanager, der sich mit seinen Vorgesetzten besprach und uns dann kurz über das Gelände führte. Das Musterhaus war noch nicht ganz fertig, doch wir bekamen eine Ahnung von der Idee und dem Konzept. Ich nickte und stellte Fragen, deren Antworten ich bereits kannte. Zoe folgte meinem Beispiel, blickte abwechselnd fasziniert oder enthusiastisch, sagte aber nicht viel. Im Grunde gab es auch nicht viel zu sagen. Ein oder zwei Mal ertappte ich sie dabei, wie sie mich neugierig von der Seite musterte. Natürlich hatte ich nur wenig Zeit alleine mit ihr verbracht, seit unser »romantisches Intermezzo« vor ein oder zwei Jahren ein schwieriges Ende gefunden hatte – von den gelegentlichen Fahrten zu einem Klienten einmal abgesehen. Vielleicht wirkte sie deshalb so aufgeregt, als ich ihr anschließend ein gemeinsames Mittagessen vorschlug. »Das wird ja immer vielversprechender«, sagte sie mit leiser Stimme.

»Eigentlich nicht«, erwiderte ich. »Nur ein Mittagessen. An diesem schönen Frühlingstag.«

In Anbetracht unserer Vorgeschichte war das Ganze vermutlich keine allzu gute Idee gewesen, dennoch verspürte ich das Bedürfnis, mich zu tarnen. Ein einsam speisender Mann zog in einem Restaurant womöglich umherschweifende Blicke auf sich. Ich weiß, mein Vorgehen war nicht sehr galant, aber effektiv. Hoffte ich zumindest.

Als wir auf dem Parkplatz vor dem Two Swans standen, bekam sie angesichts des strohgedeckten Dachs und der malerischen Umgebung ganz große Augen. »Meine Güte, ist das hübsch hier«, sagte sie. »Heute schlagen wir so richtig über die Stränge, was?«

»Für Hemings nur das Beste«, scherzte ich. Wir wussten beide, dass ein schnell hinabgeschlungenes Sandwich am Schreibtisch eher unserem üblichen Stil entsprach. Business Lunches, so hatte ich immer argumentiert, wären unproduktiv und nähmen zu viel kostbare Zeit in Anspruch.

»Heute ist doch nicht etwa Ihr Geburtstag, oder?«, fragte sie.

Ich lächelte. Im Büro hatte sie mich einmal nach meinem Geburtsdatum gefragt, woraufhin ich dezent das Thema gewechselt hatte. Und das mit durchaus fröhlicher

Miene, obwohl es eine ernste Prinzipienfrage für mich war. Doch dann war sie auf dieser »Merkwürdigkeit«, wie sie es nannte, herumgeritten, war immer wieder darauf zurückgekommen und hatte schließlich eine Art Dauerscherz daraus gemacht. Sie schien es zu genießen, mich Mr Heming zu nennen, als ob wir – angesichts unserer kurzen Episode der Vertraulichkeit – vor den anderen eine Art Scharade spielen würden. Im Allgemeinen störte mich das wenig. Ihre gelegentliche Verspieltheit war ein liebenswerter Zug, sie sorgte für einen gewissen Humor im Büro und bildete ein Gegengewicht zu Katya, die aus Litauen stammte und steifen Höflichkeitsformen nichts Amüsantes abgewinnen konnte. Die übrigen Angestellten hatten kein Problem damit: Josh war jung genug, um einfach das zu tun, was man ihm sagte, und Wendy alt genug, um sich an die Zeit zu erinnern, wo Chefs grundsätzlich mit Mister angeredet wurden.

Das Restaurant war jetzt gut gefüllt. Zoe ging auf die Toilette, während ich der Managerin erklärte, dass wir nun doch zu zweit waren.

»Kein Problem. Wir hatten ohnehin eine Absage. Also kann ich Sie doch auf die Sonnenterrasse setzen, sofern Sie das noch wünschen.«

Zoe kehrte zurück, und eine Kellnerin führte uns an unseren Tisch. Ich bestand darauf, dass Zoe mit Blick zum Fluss saß. »Wie aufmerksam von Ihnen, Mr Heming!«, sagte sie.

Die Kellnerin nahm unsere Getränkebestellung auf.

»Nur ein Tonic-Wasser für mich«, sagte ich. »Ich muss einen klaren Kopf behalten.«

»Oh«, bemerkte Zoe.

»Aber fühlen Sie sich ganz frei«, sagte ich.

»Soll ich das wirklich?«, zwinkerte sie. »Dann vielleicht einfach ein großes Glas Rioja.«

Sie lächelte wissend, als sei es meine heimliche Absicht, sie beschwipst zu machen, wobei natürlich so ziemlich das Gegenteil der Fall war. Ich hatte Zoe bei genügend Gelegenheiten beschwipst erlebt, um die Auswirkungen zu fürchten – in einem Augenblick war sie noch voller Gefühlsüberschwang, im nächsten schon tieftraurig am Boden zerstört, besonders wenn sie, wie hier zu Recht, einen Mangel an Enthusiasmus von meiner Seite wahrnahm.

»Wie siehst du mich?«, wollte sie bei einem unserer Candle-Light-Dinner in einem Lokal von mir wissen und blickte mich dabei mit großen, fragenden Augen an, das Kinn auf die Hände gestützt.

»So sehe ich dich!«, antwortete ich, indem ich die Augen weit öffnete.

Mehr als nur einmal hatte ein Ausgehabend mit Zoe in Tränen geendet. So taktvoll ich auch vorging, bereits die harmloseste Bemerkung konnte bei ihr die Schleusen öffnen.

Inzwischen füllten sich die Tische in der Umgebung. Zoe strich ihre Serviette auf dem Schoß glatt, warf das Haar zurück und seufzte zufrieden. »Von hier aus kann ich sogar die Schwäne beobachten«, sagte sie.

Natürlich fragte ich mich, ob sie nicht einen ganz falschen Eindruck bekam, doch für derlei Skrupel war es jetzt zu spät. Das Entscheidende war, dass sie zwischen mir und Tisch drei saß. Und wenn wir wie ein angeregt flirtendes Paar wirkten, dann umso besser. Also plauderten wir über Joshs Fortschritte bei der Webseite, bis die Drinks gebracht wurden und Zoe mit ihren Überlegungen zur Essensauswahl die Kellnerin über Gebühr an unserem Tisch festhielt. Ich hatte gleich das erste Gericht auf der Speisekarte gewählt und warf bereits nervöse Blicke zur Eingangstür. Zoe, die dieses Ereignis offenkundig in vollen Zügen zelebrieren wollte, ließ sich mehr Zeit und war immer noch am Abwägen, als plötzlich Sharp und Abigail am anderen Ende des Saals auftauchten. Ich geriet in helle Aufregung, während sie quer durch den Raum zu ihrem Tisch geführt wurden. Abigail war strahlend schön, wirkte allerdings ernst und zurückhaltend. Sharp rückte den Stuhl für sie zurecht, wobei er mit der Hand beinahe ihr Gesäß berührte. Mir wurde schlagartig übel.

»Also, was denken Sie, Mr Heming – Langusten oder lieber die Suppe?«

Die Buchstaben der Speisekarte tanzten vor meinen Augen. Ich kann nicht mehr sagen, was Zoe oder ich bestellten oder worüber wir redeten, bis das Essen eintraf; aber schließlich standen Brot und Oliven auf dem Tisch, gefolgt von irgendeiner Sorte Fisch. Wir aßen und plapperten über das O'Deay's-Projekt – darüber, was Zoe von den Preisen für die Bungalows hielt und wie man O'Deay's im Austausch für eine niedrigere Kommission noch weiter im Preis drücken konnte. Meine Augen zuckten zwischen Zoes Mund, der abwechselnd kaute und sprach, und Tisch drei hin und her, wo sie gerade mit den Vorspeisen und einer Karaffe Wein beschäftigt waren.

Ich wünschte, ich hätte es gewagt, einen Tisch in ihrer unmittelbaren Nähe zu verlangen. Ich spürte das verzweifelte Bedürfnis, die Atmosphäre und die Untertöne ihres Gemurmels in mich aufzunehmen. Je länger ich ihnen zusah, desto quälender wurde das Verlangen. Und nun beugte sich Sharp auch noch zu ihr hinüber. Ohne Zweifel, um ihr irgendeine ölige Zärtlichkeit zuzuflüstern. Sie lächelte mit gesenkten Lidern, als würde sie ihren Salat inspizieren.

Hinter ihnen grenzte ein Rankgitter den Empfangs- und Servicebereich ab. War es eventuell möglich, sich ein paar Minuten dort herumzutreiben, ohne vom Servicepersonal überrannt zu werden? Vielleicht würde sich später eine Gelegenheit dazu ergeben.

Wir aßen. Sie aßen. Und mir wurde klar, es war ein Fehler gewesen. Ich hätte nicht hierherkommen dürfen. Ich hatte das Gefühl, im angeregten Stimmengewirr des Lokals zu ertrinken.

Zoe, die bereits bei ihrem zweiten Glas Rioja war, musterte mich mit einer nichts Gutes verheißenden Zuneigung. »Erinnern Sie sich noch an das entzückende Bistro, in dem wir mal waren? Dieses kleine französische Lokal in Constable Country? Wie wir dann auf dem Nachhauseweg auf der Brücke angehalten und die am Ufer verankerten Vergnügungsdampfer betrachtetet haben, mit ihren auf dem Wasser glitzernden Laternen? Wie die Musik von unten heraufgeweht ist und der Geruch nach Barbecue?«

Ich lächelte und wusste nicht, was ich sagen sollte, obwohl ich mich noch lebhaft daran erinnerte, wie wir uns beide auf den Vordersitzen meines kleinen Wagens aneinandergeschmiegt hatten, Zoes Kopf auf meiner Schulter und der Geruch ihres Shampoos in meiner Nase. Ich wusste noch gut, wie ich das Fenster herunterlassen musste; wie romantisch sie diese Dampfer fand, mit ihren kleinen, roten Vorhängen, die so gemütlich von innen angeleuchtet wurden; und wie elegant Zoe dann zu ihrem Familienurlaub mit ihrer jüngeren Schwester in Norfolk Broads übergeleitet hatte, der Schwester, die jetzt verheiratet war und kürzlich ihren Eltern eine wunderbare Enkeltochter geschenkt hatte, ein unheimlich süßes und bezauberndes Kind. »Ich kann kaum glauben, dass ich plötzlich Tante bin«, hatte Zoe gelacht. »Ich bin in unserer Familie die alte Jungfer!«

»Gratuliere«, hatte ich geantwortet, ohne es wirklich so zu meinen.

Während Zoe nun in Erinnerungen schwelgte, musste ich an meine qualvolle Nachtwache in der Straße vor Abigails Haus denken, an *ihre* erleuchteten Vorhänge. In meinen Tagträumen hatte ich mir Zutritt zu dem Zimmer verschafft, das ich von der Straße aus sehen konnte, ihr roter Vorhang war das Einzige, was uns noch trennte, und meine Wange rieb sanft an dem seidigen Stoff, während ich lauschte und sie sich in ihrem weißen Federbett niederließ.

Zoe schwieg für einen Moment. Dann sagte sie: »Ich denke oft an diesen Abend zurück.«

Am anderen Ende des Lokals bot der unsägliche Sharp Abigail einen Löffel von irgendetwas Köstlichem zum Probieren an. Selbst aus der Entfernung war sein verlogener, alberner, pseudo-galanter Ausdruck zu erkennen – und sein verdächtig strahlendes Lächeln, als er Abigail noch mehr Wein eingoss, wobei er von Zeit zu Zeit ihre Hand berührte und ihr ins Gesicht starrte. Vielleicht gab es noch einen anderen Grund für ihr Treffen. Denn gelegentlich verschatteten Zweifel und Trauer Abigails Gesicht. Vielleicht trennten sich die beiden ja! Es war schwer zu erkennen, ob Sharp versuchte, sie zu trösten oder zu überzeugen. Vielleicht ein wenig von beidem.

»Zu wem *schauen* Sie denn die ganze Zeit?«, fragte Zoe plötzlich.

»Tut mir leid, ich war mit den Gedanken gerade woanders. Was haben Sie gesagt?«

Sie schüttelte den Kopf. »Nichts. Spielt keine Rolle. Warum sollte es auch? Ich muss kurz zur Toilette.«

War sie verärgert? Sie ließ ihre Serviette auf den Teller fallen und schlängelte sich zwischen den Tischen hindurch. Jetzt erst bemerkte ich, dass auch Abigail verschwunden war und Sharp allein am Tisch saß. Ich versuchte in seinem kantigen Gesicht zu lesen, das sich zu einem Ausdruck neutraler Wachsamkeit entspannt hatte; für den Augenblick war er von der Bühne abgetreten, doch bereit, beim nächsten Stichwort wieder an die Rampe zu stürmen. Er schaute sich im Lokal um. Ich hielt den Kopf gesenkt.

Zoe brauchte eine Ewigkeit. Die Kellnerin kam, trug das Geschirr ab und brachte die Dessert-Karte. Sollte ich schon bestellen? Vielleicht nur Kaffee.

Gerade als die Kellnerin mit meiner Bestellung abgezogen war, kehrte Zoe zurück, feucht um die Augen und ein wenig schniefend. Sie setzte sich nicht hin. »Ich fahre in die Stadt zurück. Tut mir leid und vielen Dank für das Mittagessen. Ich bin einfach nicht …«

»Aber was ist denn?« Ganz offenkundig hatte ich sie aufgebracht.

»Nichts. Ich fühle mich einfach nicht besonders. Und ich muss zurück ins Büro. Ich habe noch eine Menge Arbeit zu erledigen.«

»Kommt die Übelkeit vielleicht von dem Hirschfleisch oder ...?«

»Nein, mir gehts *gut*. Nur ...«

»Aber wie kommen Sie ...«

»Das spielt keine Rolle.« Sie wehrte meine besorgten Einwände ab und wandte sich in Richtung Hinterausgang und Parkplatz.

Jetzt bemerkte ich, dass auch Abigail und Sharp im Aufbruch begriffen waren, und versuchte die Aufmerksamkeit der Kellnerin auf mich zu lenken, die mich zwar zu bemerken schien, aber dennoch zweimal an mir vorbeilief. Es dauerte mehrere Minuten, bis ich den Kaffee abbestellt und die Rechnung erhalten hatte. Ich zahlte bar und eilte dann zum Ausgang. Dort wurde ich einen Augenblick von einem eintretenden Paar aufgehalten, und als ich schließlich auf dem Parkplatz stand, rauschte Zoe gerade in einem Taxi davon. Abigail und Sharp waren nirgendwo zu entdecken. Hastig startete ich meinen Wagen und bog auf die Hauptstraße ein. Sie konnten unmöglich weit gekommen sein, trotzdem war auf der fast leeren Straße keine Spur von ihnen zu sehen. Zoes Taxi fuhr an einer Tankstelle ab und ich raste eilig an ihr vorbei. Gerade als ich dachte, ich hätte die beiden endgültig verloren, kam ich aus einer Kurve und erblickte ein ganzes Stück vor mir Sharps Fahrzeug, das von einem größeren Trupp Radfahrer gebremst wurde. Vorsichtshalber hielt ich Abstand. Kurz darauf ergriff Sharp die Gelegenheit und überholte in einem waghalsigen Manöver, was mich erneut zurückfallen ließ. Er entfernte sich rasch, anstatt jedoch auf der Straße in Richtung Stadt zu bleiben, nahm er eine Abzweigung nach links. Als ich die Stelle erreichte, folgte ich ihm. Die schmale Straße schlängelte sich zwischen Buschreihen und Äckern dahin. Vielleicht kannte er eine Abkürzung. Ich trat aufs Gas, konnte sie aber auf der in vielen Kurven und Windungen talwärts verlaufenden Straße nirgends ausmachen. Sie schienen wie vom Erdboden verschluckt, erst als ich an einem kleinen Waldstück zu meiner Rechten vorbeirauschte, sah ich zwischen den Bäumen und Büschen etwas Weißes schimmern.

Ich verlangsamte das Tempo und parkte ein Stück die Straße hinunter auf einer geschotterten Ausweichstelle. Dann lief ich zurück. In das Wäldchen führte ein Forstweg, dessen Einfahrt durch herabhängende Äste und Unterholz fast verborgen war. Vermutlich wurde er – wenn auch selten – von Waldarbeitern genutzt. Ich kroch hinein, einigermaßen gut getarnt in meinem grün-braunen Tweedanzug. Der Weg führte nicht sehr weit, und bald hatte ich ihn durch ein Dickicht von Zweigen und Dornenbüschen, in deren dunkelgrünen Schatten ich mich duckte, aufgestöbert – den spiegelnden Chrom, die Kurven seiner Halogenlichter, aufgereiht wie Juwelen, die undurchdringlichen Rauchglasscheiben. Ich wagte nicht, mich noch weiter zu nähern. Ich wartete einfach ab und beobachtete den Wagen, bis er irgendwann fast unmerklich zu schwanken begann und ich es nicht mehr ertragen konnte.

17

ICH BIN CIRCA ZEHN JAHRE ALT. Mein Vater ist im Büro, daher kann es kein Wochenende sein. Vielleicht sind Schulferien. Direkt unter meinem Fenster steht Tante Lillian neben dem Austin und ruft Isobel zu, sie soll sich beeilen. Keine Ahnung, wohin sie fahren – es ist zu früh für den Tanzkurs, und die Klavierstunden sind immer nur samstags –, aber Tante Lillian hat gesagt, sie werden nicht lange weg sein. Sie hat mir erlaubt, alleine in den Park zu gehen. Es ist nicht weit bis dorthin, doch ich bin noch unentschlossen. Den unheimlichsten Teil des Wegs bilden die steinernen, von hohen Mauern umgebenen Treppen, die steil nach unten führen und an einer Stelle einen Knick machen. Man kann nie sehen, ob einem irgendwelche größeren Jungs oder bösartigen Hunde entgegenkommen oder unten auf einen lauern. Jenseits der Treppe befindet sich der große, lichte Platz des Bowling Greens. Dort ist man in Sicherheit, zumindest sonntags, wenn die alten Männer bowlen. Leider ist heute nicht Sonntag. Von der obersten Treppenstufe aus ist die Stille auf dem Platz zu hören, und ich beschließe wieder umzukehren.

Zu Hause blicke ich von meinem Fenster aus hinüber auf das Haus der Damatos. Mrs Damato ist im ersten

Stock beschäftigt. Wie üblich an sonnigen Tagen ist das Schlafzimmerfenster weit geöffnet und die Eingangstür darunter ebenfalls. Musik dringt herüber. Meine Tante hat mir erzählt, die Damatos seien Italiener. Im Vorgarten spielt der kleine Anthony. Ist da jemand bei ihm? Die Hecke verbirgt ihn, aber die beiden haben Spielzeug mit nach draußen genommen.

Als Tante Lillian in ihrer überzogen dramatischen Art sagte: »Du weißt genau, was du getan hast«, meinte sie damit wohl diesen Tag.

Ich schleiche mich in Mrs Damatos Küche. Heute stehen keine Kuchen zum Abkühlen da, doch sie bewahrt hier immer eine große Blechdose mit Keksen auf. Anthony bemerkt mein Kommen und Gehen. Von seinem Spiel abgelenkt, blickt er mit einem verwunderten Lächeln in seinem dunklen kleinen Gesicht zu mir auf. Seine Freundin hat weißblondes Haar, weiße Söckchen, neue weiße Ledersandalen. Ihr Name ist Angela. Sie hält ein kleines Plüschhäschen an die Brust gedrückt und blickt zu Anthony auf, so wie er zu mir aufblickt. Ich gebe den beiden je eines der köstlichen Kokosplätzchen. Die Straße ist verlassen und der sonnige Tag perfekt für ein Abenteuer. Ich sage ihnen, sie sollen mich bei Gehen an der Hand halten. Oben an der Steintreppe angekommen, rieche ich das Gras und höre das entfernte Brummen eines Rasenmähers. Wir umrunden das leere Bowling Green, einen von weißen Steinen umrandeten Platz – Betreten untersagt. Das Putting Green liegt verlassen da. Ebenso der Tennisplatz, an dessen verwitterten Asphalträndern Unkraut wuchert. Auf einem weit entfernten Platz jagen Jungs einem Fußball hinterher, ihre Schreie sind gerade noch zu hören. Und jenseits davon ragen in einer kleinen Senke die riesigen A-Formen der Schaukeln und der Rutsche empor, zu weit entfernt, um dort irgendwelche Aktivitäten ausmachen zu können.

Wir gehen nicht zu den Schaukeln. Ich habe ein kleines Häuschen, erkläre ich den beiden. Dort können wir spielen. Im Gehen schwatzen sie aufgeregt vor sich hin, lauter kleine Auskünfte über sich selbst.

»Ich habe ein kleines Häschen«, sagt Angela.

»Was gibts in deinem Häuschen zum Tee?«, fragt mich Anthony.

»Warts ab, du wirst schon sehen«, antworte ich.

In Wahrheit hatte meine Tante nur wenig Ahnung von dem, was ich getan hatte. Aber die bloße Vermutung reichte aus, um sie in Angst und Schrecken zu versetzen, ihre Fantasie zu beflügeln und ihre Panik vor dem zu schüren, wozu ich eines Tages noch imstande sein könnte.

18

DIE GESCHICHTE KAM INS ROLLEN. Als ich an einem Freitag nach einem Kundenbesuch in die Stadt zurückspazierte, sah ich Sharps Hund wieder. Ohne besonderen Grund hatte ich die Route durch die Boselle Avenue gewählt, und da war er – Barney, ein süßer Jack-Russell-Mischling wie aus dem Bilderbuch. Er starrte mich von einem verblichenen Zettel an, der an einen Laternenmast geheftet war. VERMISST, stand da. BELOHNUNG. Und darunter waren mit einem Filzstift der Name der Sharps und ihre Telefonnummer geschrieben. Ein Stück weiter entdeckte ich einen zweiten Zettel und dann einen dritten. Ihre Spur lenkte meinen Blick den Fußpfad entlang, der von der Boselle abzweigte und zu dem viktorianischen Friedhof mit den schmiedeeisernen Gittern und den schattigen Bäumen hinaufführte. Obwohl die Zettel in Plastikhüllen steckten, waren sie vom Wetter zerzaust und durchnässt. Sie mussten schon wochenlang dort hängen. Automatisch streckte ich meine Hand aus und zog einen davon aus der Hülle. Es war fast so etwas wie ein Akt der Routine, getrieben von der Sammelleidenschaft, die seit meiner Kindheit einen wesentlichen Teil meiner täglichen Beschäftigung und meines Vergnügens bildete. Dieser Zettel war ein Farbtupfer im eintönigen Schneegestöber von Sharps Leben. Wie leicht ließ ich mich doch immer wieder von diesem Kerl ablenken. Ich dachte an Abigail – an den Preis, den es vor allen anderen zu erringen galt. Und ich merkte, dass ich den Fokus zu verlieren drohte, dass meine Gefühle für sie allmählich von der banalen Existenz Sharps überdeckt wurden. Ein Bedürfnis nach Reinheit regte sich in mir, und der Gedanke an Abigail schärfte meine Sinne. Sie war wie ein Leuchtturm, der in heranrollenden Gewitterwolken blinkt, konstant und unermüdlich, doch immer gleich weit entfernt.

Im Büro arbeitete Zoe betont hingebungsvoll an ihrem Schreibtisch. Seit unserem gemeinsamen Mittagessen hatte sie kaum mehr ein Wort mit mir gesprochen. Und als ich sie vor zwei Tagen zufällig morgens am Eingang zum Common entdeckt hatte, keine zwanzig Schritte vor mir, hatten sich ihre Schritte beschleunigt, als hätte sie Augen im Hinterkopf. Während der Arbeit strahlte sie ihre übliche gute Laune aus, die sich wie eine Art weißes Rauschen im Büro breitmachte. Ihr Verhalten erinnerte mich an die Zeit unmittelbar nach unserer Trennung – wieder legte sie mit derselben grimmigen Entschlossenheit einen fröhlichen Ton und ein heiteres Verhalten an den Tag. Doch ich hatte ihr nichts von dem zu sagen, was sie gerne gehört hätte.

Wendy meldete sich auf der Sprechanlage und verkündete, dass sie einen neuen Mieter für das Damato-Apartment habe.

»Hoffen wir, dass er oder sie verlässlicher ist als der vorige«, sagte ich.

»Es ist ein Er«, erklärte Wendy. »Er heißt Mario oder so ähnlich. Irgendwas Ausländisches. Der Vertrag steckt in der Akte, er zahlt drei Monate im Voraus. Der Schlüssel liegt auf meinem Bord. Nur falls ich nicht da sein sollte, wenn er kommt. Ich mache jetzt erst mal Mittagspause.«

Ich wartete, bis sie verschwunden war. Dann zog ich den Schlüssel vom Haken – auf dessen Anhänger Marrineau stand – und machte mich auf den Weg zu den Riverside-Apartments. Ich ging nur selten dorthin. Diese Angelegenheit schien mir einer längst vergangenen Epoche anzugehören. Im Rahmen der damaligen Vertragsabschlüsse hatte ich ein Stockwerk des Neubaukomplexes gekauft – beziehungsweise Damato Associates hatten das getan. Und als die Immobiliengesellschaft zwei Jahre später in finanzielle Schieflage geriet, hatte ich das ganze Gebäude erworben. Das mittlere Stockwerk vermietete ich nach wie vor an berufstätige Singles oder Ehepaare. Es bestand im Wesentlichen aus einem großen, offenen Wohnbereich, von dem aus man auf die Rückseiten des Bowlingcenters und des Kinos sah. Es war frisch renoviert, wirkte unpersönlich und es roch nach Reinigungsmitteln. Die inzwischen entfernten Möbel hatten Abdrücke auf dem Teppichboden hinterlassen. Ich stellte mich ans Fenster. Ein weiterer schöner Tag. Gegenüber aßen Menschen an kleinen Bistrotischen, die das Personal des Bowlingcenters auf die Terrasse gerückt hatte. Es war ein hübsches Apartment.

Was hatte mich dazu gebracht, es unter diesem amüsanten Decknamen anzumieten? Ich hätte es ohne Probleme wieder vermieten können. Nun, vielleicht empfand ich eine gewisse Notwendigkeit, mich besser vor Zoes neugierigen Blicken zu schützen. Während ich so dastand, dachte ich an Marrineau und den Moment, als ich oben aus seinem Fenster gesehen hatte. Wo er jetzt wohl steckte? Und was mochte aus seiner legendären Fransen-Wildlederjacke geworden sein?

Möglicherweise denken Sie jetzt, die Vergangenheit sei eine Art quälende Heimsuchung für mich. Aber das Gegenteil ist der Fall, ich ziehe großen Nutzen aus ihrer Präsenz; aus all den Lektionen, die ich gelernt habe. Sie erinnern sich sicher, dass ich meine eigene Wohnung unter Mrs Luckhams Namen angemietet habe. Das ist nicht weiter bedeutsam, aber manchmal muss ich einfach an sie denken. Daran, wie wir unseren flüchtigen Abdruck im Leben von Bekannten und auch von Fremden hinterlassen. Ich bin schon aus Träumen erwacht, in denen Mr Stamp vergeblich nach seinem Gummiband-Ball suchte, oder in denen Mrs Wade an ihrem leicht verbeulten, aber ansonsten gut gepflegten kirschroten Wagen verdutzt einen neuen Außenspiegel bemerkte. Es geht mir nicht so sehr um meine eigenen Erinnerungen, sondern um die Frage, wie andere sich an mich erinnern, selbst wenn ich für sie nur eine Art Phantom war.

Mein Handy klingelte. Prompt fühlte ich mich ertappt, weil ich mich hier in diesem Apartment aufhielt, und zuckte zusammen. Doch es war nur Wendy, die wegen eines Gutachtens anrief.

»Warum rufen Sie da *mich* an? Ist Katya denn nicht im Büro?«

»Nein, heute ist ihr freier Nachmittag.«

»Zoe?«

»Sie hat gesagt, sie kümmert sich darum. Aber im Augenblick hat sie zu viel zu tun.«

»Ist es denn so dringend?«

»Es kam mir so vor. Die Dame will verkaufen. Sie ist jetzt bei der Arbeit. Ich hab ihr versichert, wir rufen sie zurück. Sie wollte wissen, ob jemand von uns heute Abend um sieben bei ihr vorbeischauen kann.«

Dann gab sie mir die Adresse. Für einen Augenblick war ich sprachlos. Es kam mir vor wie ein schlechter Scherz oder ein Trick – bis ich mich an den Prospekt erinnerte, den ich in ihren Briefkasten geworfen hatte.

»Und das ist wirklich die richtige Adresse?«

»Ja, natürlich. Hier steht es. Haus Nummer vier. Und der Name ist Mrs Sharp – S-H-A-R-P. Ich bin mir ganz sicher. Wir haben das Haus schon mal verkauft. Es ist in den Akten.«

»Gut. Prima. Ausgezeichnet. Sagen Sie ihr, ich komme.« Ich lächelte. Es war, als hätte sich plötzlich eine Schleuse geöffnet, als wären die Welt und ihre Möglichkeiten wieder in vollem Fluss. Im nächsten Moment schloss ich das Apartment hinter mir ab. Ich verspürte das Verlangen nach einem ausgiebigen Fußmarsch. Was zum Teufel war passiert?

Ich lief über eine Stunde am Fluss entlang bis zur Umgehungsstraße und dann wieder zurück in die Stadt. Abigails Rad lehnte vor der Bücherei in einem Fahrradständer, und im Vorbeigehen entdeckte ich sie mit einem offenen Buch auf dem Schoß inmitten einer Gruppe von Kindern. Es war wie ein Zeichen. Die Verhältnisse änderten sich, und bald würde ich ihr nahe sein. Wunschdenken, werden Sie jetzt vielleicht sagen. Aber wieso sollte es mir nicht gelingen, Wünsche in Erfüllung gehen zu lassen? Hatte ich das nicht schon mein ganzes Leben über getan?

Ich traf zehn Minuten vor dem Termin ein und parkte unter einer Kastanie ein Stück von ihrem Haus entfernt. Vor dem Eingang stand Mrs Sharps hellblauer Wagen und dahinter ein Firmenkombi von Worde & Hulme – einem unserer Konkurrenten. Ein Frühankömmling. Vielleicht waren noch weitere Firmen eingeschaltet worden, aber das bereitete mir keinerlei Kopfzerbrechen. Niemand sonst würde die Maklergebühr auf null Prozent herabsetzen oder das verdammte Haus sogar selbst kaufen, wie ich es in der Vergangenheit oft getan hatte, in Notfällen oder um unerwünschte Personen aus der Stadt fernzuhalten. Hemings wäre nicht das, was es heute ist, könnten wir nicht konkurrenzfähig auftreten.

Es war ein milder Freitagabend. Ich ließ das Fenster herunter. Fast unmittelbar darauf wurde die Stille der Straße von lauten Stimmen gestört – ein Mann rief etwas, und eine Frau protestierte laut. Ihre Worte blieben unverständlich, dann wurde die Haustür zugeschlagen, und der Makler tauchte mit einem Klemmbrett in der Hand auf, schneller als erwartet und sozusagen im Rückwärtsgang. Ich erkannte ihn, es war einer der leitenden Verkäufer von W & H. Unsere Wege hatten sich ein oder zwei Mal beim Verkauf von Industrieimmobilien gekreuzt. Er hustete, rückte seine Krawatte zurecht und blickte die Straße entlang, während er sich zu sammeln versuchte. Fast erwartete ich, dass die Nachbarn sich nach der Ursache des Lärms erkundigen würden, aber alles blieb ruhig bis auf das Gezwitscher der Vögel.

Der Makler stieg in seinen Wagen und fuhr los. Plötzlich bremste er noch einmal neben mir, beugte sich aus dem Fenster und grinste. »An Ihrer Stelle würde ich mir nicht die Mühe machen«, sagte er und deutete mit dem Daumen auf das Haus. »Kleinere häusliche Zwistigkeiten. Scheint so, als wollte die Lady das Haus ohne Zustimmung ihres Gatten verkaufen. Bloß dummerweise ist er unerwartet nach Hause gekommen. Und er wirkt nicht gerade glücklich mit ihrem Entschluss.« Der Makler blickte zurück auf das Haus. »Ich kann mir gut vorstellen, dass die beiden jetzt erst so richtig in Fahrt kommen, während wir hier miteinander sprechen.«

Ich zeigte ein leidgeprüftes Lächeln, das dem seinen entsprach. »Da mögen Sie recht haben.«

»Alles Gute«, sagte er.

Ich wartete, bis er davongefahren war. Dann stieg ich aus und näherte mich dem Haus, wobei ich mich fieberhaft fragte, ob ich in irgendeiner Weise von der Situation profitieren konnte. Aber schon an der Gartenpforte hörte ich sie drinnen streiten. Kurz erwog ich, zu läuten, doch vermutlich hätte ein weiterer Makler vor der Tür Sharps Laune nicht unbedingt verbessert.

Andererseits erwartete mich Mrs Sharp. Und ich wollte unbedingt am Ball bleiben. Also suchte ich in den Unterlagen nach ihrer Festnetznummer. Niemand nahm ab. Als sich der Anrufbeantworter einschaltete, hinterließ ich eine Nachricht für Mrs Sharp, ich wäre aufgehalten worden, könne allerdings am nächsten Morgen um zehn oder elf vorbeikommen, falls es ihr passte. Vermutlich würde es ihr nicht passen, doch ging ich davon aus, dass Mrs Sharp im Büro anrufen und einen neuen Termin vereinbaren würde.

Anschließend fuhr ich nach Hause. Nach etwa einer Stunde hörte ich den Anrufbeantworter im Büro ab. Niemand hatte eine Nachricht hinterlassen. Ich wartete bis

Mitternacht und versuchte es erneut. Nichts. Rückblickend, werden Sie jetzt sagen, wäre das wohl eine gute Gelegenheit gewesen, die Sharps einfach zu vergessen. Aber das konnte ich ebenso wenig, wie eine Bärenmutter ihr Junges im Stich lässt oder ein Zugvogel auf seine Reise über Länder und Ozeane verzichtet. Ich werde von der Natur getrieben und kann manchmal nur schwer zwischen meinen Wünschen und inneren Instinkten unterscheiden.

19

AM NÄCHSTEN MORGEN begab ich mich direkt ins Büro. Ich überlegte, ob ich mit Wendy über die Sharps sprechen sollte, entschied mich aber dagegen. Wendy fragte auch nicht weiter nach. Meine Gedanken kreisten um Mrs Sharp. Machte ich mir Sorgen um sie? Vielleicht ein wenig. Vor allem machte ich mir Sorgen über die Richtung, in die sich die Dinge entwickelten.

Ich schnappte mir meine Aktentasche und lief zur Boselle Avenue. Der hellblaue Wagen stand immer noch da, Sharps Geländewagen war verschwunden. Ich zögerte kurz, dann stieg ich die Stufen hinauf zur Eingangstür und klingelte. Ich wartete, versuchte es erneut. Das Haus war still. Ich kann mir nicht erklären, wieso sich der Hausschlüssel in meiner Tasche befand. Ich hatte gehofft, Mrs Sharp anzutreffen, vermutlich hatte ich aber gleichzeitig damit gerechnet, das Haus verlassen vorzufinden. Natürlich hatte ich keine Ahnung, wo die beiden gerade steckten. Vielleicht hatten sie sich wieder versöhnt und waren gemeinsam in den Supermarkt gefahren. Wo auch immer sie waren, angesichts von Mrs Sharps Entschlossenheit, das Haus zu verkaufen, und der Entschlossenheit ihres Mannes, sie daran zu hindern, musste ich mit der

Anwesenheit von mindestens einem der beiden rechnen. Aufgrund des hohen Risikos wäre es geradezu verrückt gewesen, das Haus zu betreten. Doch hier stand ich und hielt den Schlüssel in meiner Hand.

Ich schob ihn in das Yale-Schloss, drehte ihn halb herum und stieß vorsichtig die Tür auf. Ich trat ein, ließ zu, dass die Tür wieder hinter mir ins Schloss fiel, und schob den Riegel vor. Während ich mich leise voranbewegte, knirschte etwas unter meinen Sohlen. Und als sich meine Augen an das Dämmerlicht gewöhnt hatten, bemerkte ich, dass der Parkettboden des Flurs mit Scherben von Gläsern und Geschirr übersät war. Neben der Treppe lag der Griff einer Vase. Vorsichtig schlich ich in die Küche, wo ich durch die halb geöffnete Tür einen umgeworfenen Stuhl entdeckte. Die Rollläden waren heruntergelassen, und das Licht brannte. Auch hier waren überall Glasscherben verstreut. Der Boden war mit Blut verschmiert. Ich bückte mich und berührte es. Es war getrocknet. Auf der Arbeitsfläche fanden sich weitere Blutspuren, und eine Fährte blutiger Tropfen führte in den Hauswirtschaftsraum. Merkwürdigerweise befürchtete ich auch jetzt noch nichts Schlimmes. Ein klaffender Schnitt in der Hand vielleicht, von einem zerbrochenen Glas, mehr nicht. Die Tür war angelehnt. Ich stieß sie auf. Gleich neben der Tür stand ein Bügelbrett, von dem ein Wäschestapel heruntergekippt war. Eines der Handtücher war dunkel von Blut. Ein Wasserhahn tropfte in ein weißes, mit roten Spritzern übersätes Waschbecken. Jetzt erst bemerkte ich den kühlen Luftzug aus der Garage, deren Tür ebenfalls angelehnt war. Ich schob sie auf und knipste das Licht an.

Es klingt albern, ich weiß, aber alles in der Garage

schrie förmlich nach Mord. Die Zähne der herabhängenden Baumsäge, die Golfschläger, der Schimmer eines an die Wand gelehnten Spatens. Hatte hier beim letzten Mal überhaupt ein Spaten gestanden? Ich trat näher und beäugte die Erdklumpen, die daran klebten.

Wenn Sharp … *wenn* er tatsächlich …

Offensichtlich war diese Vermutung Wahnsinn, aber ebenso offensichtlich musste ich im Garten nachschauen. Wer hätte das nicht getan? Ich erinnerte mich, dass sich auf der anderen Seite der Garage eine große Metalltür befand, vermutlich war sie verschlossen. Einen leichteren Zugang zum Garten bildeten die großen französischen Fenster. Ich ging zurück in den Hausflur. Auf dem Tischchen dort neben dem Telefon lagen zwei Ringe – *ihre* Ringe: einer mit einem Diamanten, der andere ein goldener Ehering, beide blutverschmiert.

Ich gebe zu, inzwischen zitterte ich. Doch ich musste ruhig bleiben, mich konzentrieren. Das Haus war verlassen, die Haustür verriegelt. Das war die Gelegenheit. Ich huschte zu den französischen Fenstern im Wohnzimmer und suchte vergeblich nach einem Schlüssel. Ich spähte durch eine der Scheiben. Der Garten war verwildert wie eh und je. Eine Reihe von wuchernden Lupinen versperrte den Blick zum hinteren Teil, wo der Boden höher lag. Verdammt, ich musste den Garten inspizieren, durfte ihn jedoch auf keinen Fall durch die Seitenpforte betreten. Selbst wenn sie unverschlossen gewesen wäre, hätte man mich von der Straße aus entdecken können. Was auch immer vorgefallen sein mochte, hier nicht von Zeugen beobachtet zu werden hatte höchste Priorität. Ich brauchte also einen Aussichtspunkt. Ich schlich zurück in den Flur und die Stufen hinauf zum Treppenabsatz. Hier war Sharps Arbeitszimmer. Ich stellte sicher, dass niemand mich sehen konnte, dann blickte ich hinaus. War dort hinten etwas zu erkennen? Ich zog mein Opernglas heraus und richtete es auf den hinteren Teil des Gartens. Dort war eindeutig Erde umgegraben worden, auch wenn der Blick durch Äste und Blätter verschattet war. Natürlich hätte es auch das Ende eines Gemüsebeets sein können. Doch ganz offensichtlich hatten die Sharps keinerlei Interesse an Gartenbau. Außerdem wären sonst das umgebende Unkraut und Dornengestrüpp entfernt worden.

War es das, was ich vermutete? Konnte das wirklich sein?

Ich musste hier weg, doch zuvor wollte ich noch einen Blick ins Schlafzimmer der Sharps werfen. Die Tür stand weit offen. Die Vorhänge waren zugezogen, und auch hier brannte das Licht. Es warf einen sanften Schimmer auf die schneeweiße Daunendecke des Kingsize-Betts, das wie Ektoplasma in der Luft zu schweben schien. Die Schubladen waren aufgerissen und ihr Inhalt ausgeräumt. Ein leerer Kleiderschrank stand sperrangelweit offen. Mein erster Gedanke war, dass Sharp seine Koffer gepackt hatte und geflohen war. Aber wenn ich so darüber nachdachte … vielleicht hatte er auch die Kleider seiner Frau gepackt, um den Eindruck zu erwecken, sie sei verschwunden. Als hätte sie ihn nach dem Streit Hals über Kopf verlassen. Womöglich würde er einen heimlichen Liebhaber erfinden, einen Tycoon, den sie bei ihrem Job in der Stadt kennengelernt hatte und der sie in sein Liebesnest in einer ausländischen Stadt oder auf einer tropischen Insel entführt hatte.

Was sollte ich tun? Ich konnte – ich musste – der Polizei einen Hinweis geben. Anonym natürlich, von einem Münztelefon am Bahnhof aus. Sie würden mich für einen zufälligen Einbrecher aus den heruntergekommenen Vorstädten im Norden Londons halten, der über die blutigen Spuren eines Gewaltverbrechens gestolpert war. Die Polizei würde Judith Sharp in ihrem improvisierten Grab finden, ohne ihren Ehe- und Verlobungsring, und anschließend Sharp am Flughafen Heathrow oder an einem Fährhafen in Richtung Europa verhaften. Wenn ich nichts unternahm oder auch nur zögerte, gab ich Sharp damit die Gelegenheit, den Mord an seiner Frau immer besser zu vertuschen. Er würde ihren Wagen in einer abgelegenen Straße in einem Feuerball explodieren lassen oder ihn von einer hohen Klippe in Suffolk stürzen – und anschließend als legitimer Erbe ihr Haus übernehmen. Nun ja, sie hätten sich gestritten, würde er gegenüber der Polizei einräumen – denn das würde der von ihm hinausgeworfene Makler von Worde & Hulme zweifellos zu Protokoll geben. Er habe Judith verkündet, dass er die Scheidung wolle, woraufhin sie in die Nacht hinausgefahren und nicht zurückgekehrt sei. Ja, natürlich habe sie einen verwirrten Eindruck gemacht. Ob er sie eines Selbstmords für fähig halte? Ich malte mir aus, wie Sharp reuig den Kopf schüttelte – dabei der mitfühlenden jungen Polizistin tief in die Augen blickte, vielleicht auch routiniert die Kurven ihrer Beine musterte –, um dann beklommen zu bemerken, dass seine Frau seit einiger Zeit an Depressionen gelitten habe.

Und wie passte Abigail ins Bild? War das Ganze womöglich ein wiederkehrendes Muster in Sharps Leben? Nicht dass er seine Partnerinnen notwendigerweise immer tötete. Aber vielleicht benutzte er die Frauen – die finanziell unweigerlich besser gestellt waren als er – wie ein Trittbrett zu jeweils nächsten. Bloß dass es in diesem Fall gründlich in die Hose gegangen war.

Draußen waren Motorengeräusche zu hören. Ich schoss zum Fenster und zog den Vorhang gerade so weit beiseite, dass ich die Straße im Blick hatte. Niemand zu sehen. Leise verließ ich den Raum, ging die Treppe hinunter, schob den Riegel zurück und öffnete die Haustür. Die Luft war rein. Mit einem leisen Klicken fiel die Tür hinter mir ins Schloss. Ich war schon fast auf der Straße, als mir meine Aktentasche einfiel. Sie stand immer noch oben auf Sharps Schreibtisch. Doch selbst jetzt überfiel mich keine Panik. Ich zögerte nicht einmal. Augenblicklich machte ich auf dem Absatz kehrt und betrat wieder das Haus. Diesmal hielt ich mich nicht mit Vorsichtsmaßnahmen auf, sondern jagte geradewegs die Stufen hoch. Oben erstarrte ich. Direkt vor mir in Sharps Arbeitszimmer stand Sharp selbst, dem Fenster zugewandt. Er inspizierte den Inhalt meiner Aktentasche. Ich war wie gelähmt. Eigentlich hätte er sich beim lauten Geräusch meiner Schritte umdrehen müssen, doch er blieb einfach über meine Tasche gebeugt, und sein kastenförmiger Körper füllte den Raum aus. Er trug Trainingsklamotten und Laufschuhe, und im nächsten Moment bemerkte ich die dünnen, blechernen Klänge, die aus seiner Richtung kamen. Er trug weiße Ohrstöpsel.

Ich bin mir nicht sicher, was genau geschah. Vielleicht entdeckte er mein Spiegelbild im Fenster. Vielleicht endete die Musik genau in dem Moment, als die oberste Stufe unter meinem Gewicht knackte. Ich weiß nur, dass ich, als er herumwirbelte, bereits über ihm war. Ich stürzte mich mit meiner ganzen Kraft und Entschlossenheit auf ihn und durchbrach die Stille im Haus mit einem plötzlichen, vermutlich fast komischen Gebrüll. Mein Vorteil war schnell dahin. Er war größer und stärker als ich und hielt mich bald im Schwitzkasten. Doch mir gelang es, ihn nach hinten zu reißen, worauf durch unser Stoßen und Ziehen ein merkwürdiges Ballett entstand. Wir krachten gegen den Schreibtisch, Zeitungen, Bücher und Papier segelten durch die Luft. Ich schmeckte Blut, und wenn Platz genug gewesen wäre, hätte er mich sicher zu Boden geschleudert. So donnerte er nur meinen Hinterkopf gegen das Bücherregal. Mir flimmerte es vor den Augen und instinktiv versuchte ich ihn zurückzudrängen, doch er schleuderte mich erneut gegen den Schreibtisch. Plötzlich bemerkte ich aus den Augenwinkeln ein vertrautes Glitzern, erinnerte mich an das kühle Glas des grünen Briefbeschwerers, streckte die Hand danach aus. Doch kaum spürte ich sein Gewicht in meiner Faust, drehte mir Sharp das Handgelenk um. Im nächsten Moment hatte ich die Kugel wieder verloren, sie krachte laut auf den Laminatboden und rollte davon. Mir gelang nur ein schwächlicher Stoß mit dem Knie in seinen Unterleib, schon war er wieder über mir und boxte mir zweimal in den Magen. Alle Luft wich aus meinen Lungen. Dennoch umklammerte ich ihn mit beiden Armen, wie Boxer es tun, wenn sie müde werden, Zeit schinden wollen oder eine Niederlage befürchten. Verlor Sharp dadurch das Gleichgewicht? Jedenfalls stolperte er rückwärts, zerrte mich mit sich auf den Treppenabsatz hinaus und rutschte aus – seine Beine wurden plötzlich unter ihm weggerissen. Ich warf mich mit meinem gesamten Gewicht gegen ihn, woraufhin er nach hinten taumelte und sein Kopf mit einem wunderbaren Krachen gegen den Pfosten des Treppengeländers knallte. Sein Griff lockerte sich, und er stürzte die Stufen hinab.

Abgesehen von meinem keuchenden Atem herrschte plötzlich eine tiefe Stille im Haus. Doch dann waren sie wieder zu vernehmen, die elektronischen Mikrobeats aus Sharps herausgefallenen Ohrstöpseln. Das dünne Kabel hing quer über seiner Wange, dort unten am Fuß der Treppen, wo sein Körper bewegungslos liegen geblieben war. Ein Bein war merkwürdig unter ihm verdreht, der Kopf in einem unnatürlichen Winkel geneigt, und alles Leben schien aus ihm gewichen. Als ich allerdings die unteren Treppenstufen erreicht, begann er mit einem Mal zu zucken, seine Augen quollen entsetzlich aus ihren Höhlen und starrten an die Decke. Es war eine seltsame Auszeit. Schnaufend stand ich einfach da, sah zu, wie er zitterte und zuckte. Natürlich hätte ich immer noch den Notarzt verständigen können, doch ich hatte mich bereits anders entschieden.

Die Innenseite meiner Wange blutete, irgendwann musste ich mich selbst gebissen haben. Ich stolperte in die Küche und spritzte mir Wasser ins Gesicht. Nachdem ich einigermaßen die Fassung wiedergewonnen hatte, ging ich in die Garage – und kehrte mit einem Golfschläger zurück, der schwellenden Form des Kopfes nach zu urteilen ein Holz (Tante Lillian hatte mich mal in ein Sommer-Golf-Camp nach Schottland geschickt). Ich nahm gründlich Maß und gab Sharp mit einem einzigen festen Schwung gegen die Schläfe den Rest.

Ich schwöre, ich konnte das Gebimmel eines Eiswagens hören.

Du weißt, was du getan hast.

Oh mein Gott, wenn sie mich jetzt sehen könnte.

20

DIE HÜTTE IST EINER MEINER LIEBLINGSPLÄTZE, obwohl ich noch nie drinnen gewesen bin. Wenn die Erwachsenen einen allein auf dem Friedhof erwischen (die meisten benutzen ihn einfach nur als kürzesten Verbindungsweg zwischen Park und Bushaltestelle), dann werfen sie einem drohende Blicke zu, die klarstellen, dass sie einen beim verdächtigen Herumlungern zwischen den schwarzen Grabsteinen gesehen haben, von denen manche so alt sind wie die Stadt selbst.

Die Hütte befindet sich auf der dem Park gegenüberliegenden Seite des Friedhofs. Von der Hütte aus kann man das flache, weiß gebleichte Dach des Pavillons erkennen. Dieser ist innen immer dunkel, hat einen Holzboden, der widerhallt, wenn man darauf herumtrampelt, er riecht nach Pfeifentabak und ist die angestammte Domäne des geistig etwas trägen Parkwächters, der dort an Öffnungstagen die Tickets für das Übungsgrün oder die Bowlingplätze verkauft. Aber heute ist kein Öffnungstag. Und der Friedhof ist verlassen. All die liebenden Angehörigen der hier Begrabenen sind selbst schon tot. Sie sind auf dem modernen Friedhof auf der anderen Seite der Stadt beerdigt, oder ihre Asche ist über dem Wasser des Broads verstreut worden. Der Mann auf dem Rasentraktor, der den Friedhof beaufsichtigt, ist nirgends zu entdecken. Dies ist seine Hütte. Ich habe gesehen, wie er dort einen Wasserschlauch angeschlossen oder seinen Spaten herausgeholt hat, mit dem er die Ränder der Graspfade zwischen den Gräbern begradigt. Er ist freundlicher zu den Kindern als der Parkwächter oder die anderen Erwachsenen, und er trägt immer eine flache Kappe, die durch das Wetter und den Schmutz eine ledrige, dunkle Patina angenommen hat. Einige seiner Schneidezähne fehlen. Die Hütte steht direkt an der Friedhofsmauer. Sie ist notdürftig aus Holzresten zusammengezimmert und hat ein Dach aus Teerpappe. Die Fenster stammen aus Abbruchhäusern und wurden dilettantisch eingefügt. Umgebogene, verrostete Nägel halten sie an ihrem Platz. Wenn man hindurchspäht, kann man den Stuhl und den Tisch erkennen, an dem der Friedhofsaufseher mittags seine Sandwichs isst, seine Zeitung liest oder bei Regen eine Tasse Tee trinkt. Die Hütte ist perfekt. Ich lockere den Beschlag des Türriegels, und nach einem festen Ruck springt die Tür auf.

»Das ist mein Haus«, erkläre ich den Kindern (obwohl ich genau genommen nie ein Zuhause hatte und wohl auch nie haben werde).

Wir beginnen mit einer großen Überraschung. Ich ziehe eine Schachtel farbiger Streichhölzer hervor, die ich seit der Guy-Fawkes-Nacht aufbewahre, beuge mich herab und zünde eines davon an. Beim Anblick der roten Flamme werden Anthonys Augen ganz groß. Ich erkläre ihnen, dass es meine magischen Streichhölzer sind. Ich zünde ein weiteres an und halte es gekonnt, bis die Flamme kleiner wird und verlischt. Dann zünde ich noch eines an. Anschließend lege ich mich ein wenig auf die Bank, während die Kinder darunter spielen. Ich habe eine Abdeckplane wie einen Vorhang über die Bank gebreitet, ein paar alte Säcke zum Sitzen daruntergelegt und jedem einen Keks gegeben. Auf unserem sonnenerwärmten Platz stehen die Werkzeuge des Friedhofgärtner um uns herum: Gartengeräte, Blumenkübel, Zinkeimer, ein Sack mit Zement, einer mit Sand und einer mit Kies. Es gibt auch einen roten Kanister, der nach Petroleum riecht, und der angenehm dumpf gluckert, wenn man ihn anhebt. Ich lausche auf das zufriedene Gemurmel der beiden Kleinen. Angelas Plüschhase ist jetzt ihr Baby. Vielleicht füttern sie ihn mit Kekskrümeln. Ich will sie nicht stören, während sie sich um ihn kümmern und in diesem Spiel ihre selbst ausgedachten Rollen verkörpern. Fantasie ist etwas Schönes. Draußen höre ich zwischen den Brombeerblüten und dem Löwenzahn die Bienen summen und in der Ferne das Heulen des Rasenmähers. Mir ist völlig entgangen, wie er gestartet wurde. Für einen Augenblick schließe ich die Augen und lausche lediglich den Stimmen der Kinder. Dann verstummt das Geräusch des Rasenmähers. Ich richte mich abrupt auf und eile zum Fenster, das auf der Innenseite mit Spinnweben bedeckt ist. Ich müsste schon längst wieder zu Hause sein. Aber ich hoffe, ich komme noch rechtzeitig, um Mrs Damatos Entsetzen mitzuerleben und die vollen Auswirkungen meines Streichs auszukosten.

Der Mann ist noch ein ganzes Stück entfernt, aber ich kann das Auf und Ab seiner Kappe sehen, als er durch den Friedhof auf die Hütte zusteuert. Die Tür kratzt über den Boden, als ich sie aufschiebe und hindurchschlüpfe.

Mit gesenktem Kopf flitze ich den Pfad entlang zu den alten Grabsteinen und den Statuen. Der Geruch nach frisch gemähtem Gras steigt mir in die Nase. Ich haste von Grabstein zu Grabstein, um die Deckung auszunutzen, und fühle mich wie in einem Abenteuer. Nach ein oder zwei Minuten kann ich den Mann schon nicht mehr sehen. Vielleicht ist er wieder umgekehrt oder hat etwas in einem anderen Teil des Friedhofs zu erledigen. Am Eingang warte ich einen Moment hinter dem Pavillon, durchquere dann den Park im Schutz der Bowlinganlage und nehme eine der gekiesten Sackgassen in Richtung Hauptstraße. Von hier aus laufe ich den Hügel hinauf und biege rechts in unsere Straße. Ich habe Glück. Bei den Damatos ist alles noch friedlich, die Tür steht nach wie vor offen, nur spielen keine Kinder mehr im Garten. Mrs Damato ist weiterhin im ersten Stock. Ihre Nähmaschine surrt und klappert leise. Ich verstecke mich hinter einem Sessel im Flur, der dank Mrs Damatos unablässiger Putzaktionen blitzblank sauber ist.

Endlose Minuten vergehen, dann ruft sie endlich nach den Kindern. Sie ist jetzt draußen im Garten. Es folgen lauteres Rufen und ein Schrei. Die Stimme eines Nachbarn fällt mit in das Spektakel ein, dann die eines zweiten. Eine angenehme Aufregung erfüllt mich. Ich schließe fest die Augen. Jetzt kommt eine Frau in den Flur gestürzt und telefoniert. Noch mehr Rufe und Gebrüll. Ich mache mich ganz klein und lausche. Ich bleibe in meinem Versteck, solange ich es wage, dann schlüpfe ich durch die Hintertür hinaus. Ich laufe durch den abschüssigen Garten, an dessen Mauern Rosen wachsen, und den dunklen Kiesweg zwischen den großen Bäumen entlang. Nur einmal halte ich kurz inne und spähe zum Park hinüber. Dann renne ich los. Blind für alles um mich herum. Nichts kann mich jetzt bremsen, auf meiner Jagd über denselben Weg zurück zum Park, auf dem ich gekommen bin; erst als ich die Hauptstraße erreiche, werde ich langsamer. Irgendwo kann ich den Eiswagen hören. Ich blicke noch einmal in die Sackgasse zurück, doch ohne stehen zu bleiben, und bald bin ich zurück auf unserer Straße und in Sicherheit.

Gegenüber von unserem Haus steht ein Streifenwagen in Himmelblau und Weiß, und ich kann Mrs Damatos schrille Stimme hören. Sie steht mit dem Polizisten zusammen, eine Nachbarin an ihrer Seite. Die Gartenpforte ist offen. Sie wenden ihre Köpfe, als ich mich nähere. Sie fragen mich, ob ich die beiden Kinder gesehen habe, was ich verneine. Mrs Damato wird aufgefordert, ruhig zu bleiben. Dann werde ich weiter befragt. Wo ich gewesen bin? Ich war Süßigkeiten kaufen im Laden, erwidere ich. Niemand veranlasst mich, die Süßigkeiten vorzuzeigen oder gar meine Taschen umzudrehen, in denen sie einen von Mrs Damatos Keksen finden würden. Mrs Damato scheint nicht mal mehr zu wissen, wer ich bin.

Der Polizist fragt, ob sich Anthony schon jemals allein vom Haus entfernt hat.

»Niemals!«, heult Mrs Damato. Sie wirft die Arme in die Luft und stößt einen Schwall schrilles Kauderwelsch aus.

Eine weitere Nachbarin trifft ein und wird über die Ereignisse informiert. Da biegt plötzlich mit fröhlichem Geklingel der Eiswagen in unsere Straße ein, und der Polizist tritt ihm mit erhobener Hand entgegen.

Ich nutze die Gelegenheit, um in unser Haus zu flüchten. Dort gieße ich mir ein Glas Milch ein, schaue von meinem Fenster aus zu und verzehre den Beweis meiner Täterschaft. Ich warte. Kurze Zeit später ertönt unten ein Kreischen, Mrs Damato schießt die Straße hinunter und verschwindet aus meinem Blickfeld. Als sie wieder auftaucht, trägt sie Anthony auf dem Arm, hält ihn fest umklammert und streichelt sein Haar. Sein kleines Gesicht ist tränenüberströmt. Doch die Erleichterung auf den Gesichtern der anderen Erwachsenen hat sich bereits in Panik verwandelt, als ihnen auffällt, dass er allein ist. Anthony wird auf dem Gehweg abgesetzt und befragt. Wo ist das kleine Mädchen? Wo ist Angela? Wo steckt sie? Er bringt keinen Ton heraus. Plötzlich rennt eine Frau auf die Gruppe vor dem Haus der Damatos zu und alle wenden sich zu ihr um. Ist das Angelas Mutter? Ich befürchte es. Ganz sicher gibt es jetzt Vorwürfe und neuerliches Geschrei. Vielleicht hat sie bemerkt, dass Anthony Angelas weiße Sandalen trägt. Vielleicht will Mrs Damato von Anthony wissen, wo er seine blaue Strickjacke gelassen hat.

An dem Punkt fährt Tante Lillians Austin vor. Beim Anblick des Menschenauflaufs überquert sie die Straße. Gefolgt von Cousine Isobel, die jetzt einen kürzeren, exakten Topfschnitt hat. Der Polizist spricht mit Tante Lillian, worauf sie mit ernster Miene den Kopf schüttelt. Isobel hört mit verschränkten Armen zu. Und dann, als beschliche sie eine dunkle Ahnung, dreht sich Isobel um und blickt direkt zu mir hoch. Als wüsste sie, dass das Schlimmste erst noch kommt.

21

SONNENLICHT STRÖMTE DURCH DAS FENSTER im Arbeitszimmer, ließ den Briefbeschwerer auf der obersten Treppenstufe erstrahlen und warf einen grünen Schatten an die Wand. Draußen war das entfernte, wiederholte Piepen eines zurückstoßenden Müllautos zu hören. Eine Ewigkeit verging, ehe ich mich bewegte. Es kam mir so vor, als müsste ich erst einmal auftanken und als würde umso mehr Kraft in meinem Körper emporsteigen, je länger ich hier stand. Irgendwann schien mein Körper vor Energie förmlich explodieren zu wollen. Gleichzeitig hatte ich nicht den leisesten Schimmer, was ich jetzt tun sollte. Irgendwie musste ich Sharp hier herausschaffen. Es war nicht auszuschließen, dass ein Nachbar oder ein vorbeikommender Autofahrer meine Ankunft bemerkt oder mich auf dem Weg hierher beobachtet hatte. Dieses Haus war übersät mit meinen Fingerabdrücken, Fußspuren und allem anderen, was ich womöglich bei meinen letzten Besuchen hier zurückgelassen hatte. Es war schon schlimm genug, dass die Leiche der Frau draußen im Garten verscharrt war. Doch jetzt, bei zwei Leichen, würde selbst der dümmste Polizist nach einem dritten Mann suchen. Und Sharps Tod wie einen Unfall oder einen Selbstmord aussehen zu lassen, überstieg bei Weitem die Fähigkeiten eines Mannes, der Häuser kaufte und verkaufte, auch wenn er in Elektro- und Installationsarbeiten durchaus bewandert war.

Wie viel einfacher wäre es doch gewesen, hätten die beiden sich gegenseitig umgebracht.

Ich schaltete Sharps Musik mit der Fernbedienung am Kabel aus. Seine Augen waren weit aufgerissen, er war bleich wie Marmor, doch es war nirgendwo Blut zu entdecken – nur die große kahle Schwellung, wo der Golfschläger ihn getroffen hatte.

Ich trug den Schläger in die Küche, schrubbte und trocknete ihn ab, bevor ich ihn durch den Hauswirtschaftsraum zurück in die Garage trug. Hier stand Sharps großkotziger Geländewagen, duckte sich im aus der Küche einfallenden Licht. Auf diesem Weg hatte Sharp also das Haus betreten. Er war in die Garage gefahren und dann direkt durch die Küche hereingekommen. Hatte er vorgehabt, die Leiche seiner Frau doch noch fortzuschaffen? Denn warum sonst hätte er den Wagen hereinfahren und das Garagentor hinter sich schließen sollen? Ich öffnete die Heckklappe, und tatsächlich war die Rückbank umgeklappt worden, um den dafür notwendigen Platz zu schaffen.

Doch freundlicherweise hatte Sharp damit die idealen Voraussetzungen geschaffen, um seine eigene Leiche zu entsorgen. Der Schlüssel steckte im Zündschloss. Ich stöberte im Heck des Wagens und fand in einem Seitenfach eine Reisedecke und eine blaue Abdeckplane. Perfekt. Zurück im Hausflur, breitete ich die Plane auf dem Boden aus und wälzte Sharps Leiche darauf. Dann löste ich seinen MP3-Player, leerte seine Taschen – ein Geldbeutel, ein paar Münzen –, zog seinen Ehering ab und schnallte ihm die klobige Uhr vom Arm. Den Ring legte ich zu dem von Judith neben das Telefon. Es war nicht allzu schwer, die Plane mit Sharp darin durch den Flur und in die Küche zu schleifen. Etwas mühsamer war es, ihn an dem Bügelbrett im Hauswirtschaftsraum vorbeizumanövrieren. Als es vollbracht war, konnte ich seinen Körper von der Plane die Stufen hinunter auf den nackten Betonboden der Garage rollen. Wie zu erwarten, hatte die Plane Glassplitter und Geschirrteile aus Flur und Küche mitgeschleift. Diese verteilte ich weiträumig und schüttelte die Plane aus, um alle verbleibenden Splitter zu entfernen. Anschließend ging ich zum Wagen und breitete die Abdeckplane im Heck aus. Ich versuchte, Sharp aufzurichten. Doch das war absolut unmöglich. Also lehnte ich seine Beine gegen die Stoßstange, mobilisierte alle meine Kräfte, hob seinen Oberkörper an und wuchtete ihn leicht verdreht hinein. Für einen Augenblick stand ich keuchend da, die Hände auf den Knien, bevor ich seinen Körper so gut wie möglich bedeckte. Die Plane war nicht groß genug, aber die Reisedecke verhüllte alles oberhalb der Knie. Nachdem ich die Heckklappe geschlossen hatte, spähte ich durch die getönten Scheiben hinein. Es war nicht das Geringste zu sehen. Ich begab mich zur Vorderseite. Die Windschutzscheibe und die Seitenfenster waren weniger stark getönt, doch es würde ausreichen.

Im vorderen Teil des Wagens fand ich Sharps Handy und schaltete es aus. Danach marschierte ich wieder nach oben und brachte sein Arbeitszimmer in seinen ursprünglichen unaufgeräumten Zustand. Ich wischte die Türgriffe und Oberflächen mit meinem Taschentuch ab und platzierte den Briefbeschwerer wieder auf dem Schreibtisch. Dann sammelte ich meine eigenen verstreuten Papiere ein und schob sie zurück in meine Aktentasche. Nun blieb nur noch eine entscheidende Sache zu tun. Ich eilte wieder hinunter, hob das Telefon im Flur ab und suchte nach meiner Nachricht von gestern Abend. Ich lauschte und wartete darauf, sie löschen zu können.

Per Definition erfolgen plötzliche Bewegungen genau dann, wenn man sie am wenigsten erwartet. Doch nichts hat meinen Puls je schneller rasen lassen als der Schatten, der in diesem Augenblick vor der Eingangstür auftauchte, begleitet von einem Schlüsselklappern. Mir blieben genau zwei Sekunden, um etwas zu unternehmen. Ich kann mich weder daran erinnern, den Hörer zurückgelegt zu haben, noch mich überhaupt bewegt zu haben. Trotzdem war ich, als sich die Haustür öffnete, bereits im Hauswirtschaftsraum und zog die Küchentür hinter mir zu. Im letzten Augenblick erhaschte ich noch einen Blick auf die eintretende Gestalt, die in der Tür verharrte und zwei Einkaufstaschen absetzte. Ich war nahe genug dran, um sie seufzen zu hören. »Jetzt schau dir dieses verdammte Chaos an ...« Natürlich handelte es sich um niemand anderen als Judith Sharp.

Mein Herz pochte. Ich konnte nicht denken, ich verharrte einfach nur reglos.

Irgendwann hörte ich in der Küche Wasser in einen Kessel laufen. Rasch schlüpfte ich hinaus in die Garage und verschloss die Tür hinter mir. Allerdings stand ich nun im Dunkeln, und der Schalter war im Wirtschaftsraum. Voller Furcht, ich könnte irgendetwas umstoßen, tastete ich mich zur Seite des Wagens. Als ich den Türgriff fühlte, drückte ich ganz langsam auf den Knopf. Die Innenbeleuchtung ging an. Ich kletterte auf den Fahrersitz und schaltete das Standlicht ein, das nun das Garagentor beleuchtete. Jetzt brauchte ich es nur noch zu öffnen – und dann Vollgas zu geben. Wenn Judith den Wagen hörte, würde sie davon ausgehen, ihr Ehemann sei zurückgekehrt und gleich darauf wieder verschwunden, um eine Begegnung zu vermeiden (natürlich wäre das eine ganz andere Art von Ehemann als einer, der aufs europäische Festland floh, nachdem er ihre Leiche im Garten vergraben hatte; wieder einmal musste ich aufgrund eines Notfalls das Bild korrigieren).

Das Tor hatte Metallrollen, also war es vermutlich automatisch und leise. Daher auch Sharps unbemerkte Ankunft. Nach einigem Suchen entdeckte ich am Wagenschlüssel eine daumengroße Fernbedienung und testete sie mit einem Doppelklick. Das Tor machte einen kleinen lautlosen Ruck. Perfekt. Ich rüstete mich für den Aufbruch. Dann, gerade als ich den Schlüssel umdrehen wollte, überfiel mich blitzartig Panik. Zum zweiten Mal hatte ich meine Aktentasche oben vergessen.

Ich verfluchte meine Dummheit. Wieder konnte ich, jetzt aus noch gewichtigeren Gründen, nicht einfach verschwinden. Ich stieg aus dem Wagen und lauschte an der Tür zum Hauswirtschaftsraum. Nichts. Wo war sie? Möglicherweise hatte sie sich ans Aufräumen gemacht – vielleicht befand sie sich im Flur. Aber ich konnte nicht einfach ins Haus spazieren, während sie da war. Oder doch? Je mehr ich darüber nachdachte, desto plausibler erschien es mir. Zunächst musste ich sie allerdings ablenken. Ich dachte an meinen Trick mit dem Anruf in der Bücherei.

In meinem Handy fand ich vom Abend zuvor die Festnetznummer gespeichert und drückte auf »Anrufen«. Ich wartete einen Augenblick, dann hörte ich das Besetztzeichen. Das war mindestens ebenso gut. Ich schoss zurück zum Wagen, zog die Schlüssel aus der Zündung, verschloss die Tür und drückte dann die Fernbedienung des Garagentors. Sonnenlicht strömte herein, als es sich geräuschlos zu heben begann. Als die Unterkante etwa Schulterhöhe erreicht hatte, duckte ich mich darunter durch und drückte auf »Schließen«. Niemand war zu sehen. Ich ging ums Haus herum und klingelte. Gerade hatte ich mein professionelles Lächeln aufgesetzt, da öffnete sich die Tür und Judith Sharp blickte mich an, das Telefon in ihrer bandagierten Hand.

»Sind Sie Mr Heming?«

»Genau der bin ich.«

»Er ist gerade eingetroffen«, sagte sie ins Telefon. »Vielen Dank.« Sie ließ das Telefon sinken. »Ich habe soeben Ihre Nachricht abgehört und Ihr Büro angerufen. Ich hatte gehofft, Sie noch zu erwischen, bevor Sie sich auf den Weg machen. Am besten, Sie kommen einfach rein.«

Ich folgte ihr nach drinnen.

»Wie Sie sehen, herrscht hier etwas …« Sie winkte mit der Hand in die Runde. »Aber wir haben es eilig.«

»Natürlich«, sagte ich. »Gab es einen Unfall?«

»Unfall?« Sie schien verwirrt.

»Ihre Hand?«

»Oh.« Mrs Sharp fuhr sich mit der unverletzten Hand durch das völlig zerzauste rote Haar. Sie sah wirklich furchtbar aus. Ich fragte mich, ob sie unter Tabletteneinfluss stand.

Sie zog ein Päckchen Zigaretten heraus und zündete sich eine an. »Ich musste bei meiner Schwester übernachten«, sagte sie und inhalierte. »Sie hat mich vom Bahnhof abgeholt, aber heute Morgen hab ich mir ein Taxi gerufen. Wollen Sie einen Kaffee? Ich mach mir gerade einen.«

»Danke, sehr gerne. Und dürfte ich vielleicht kurz Ihr Badezimmer benutzen?«

Ich wartete die Antwort erst gar nicht ab, sondern schoss die Treppe hinauf. Die Aktentasche stand, wo ich sie gelassen hatte, und sie hinter meinem Rücken verbergend schlich ich mich wieder nach unten. Sie war immer noch in der Küche beschäftigt. »Ich muss nur noch mal kurz raus zu meinem Wagen«, rief ich ihr zu. Dann trat ich für eine Minute vor die Tür, bevor ich mit der Aktentasche unter dem Arm wieder ins Haus schlenderte. Sie saß am Küchentisch, umgeben von Chaos, eine Hand an der Stirn.

»Bitte«, sagte sie.

Ich lächelte. Bevor ich mich zu ihr setzte, warf ich einen raschen Seitenblick auf die Tür zum Hauswirtschaftsraum, die immer noch geschlossen war. Aus meiner Aktentasche zog ich meinen Bewertungsbogen und einen Stift. Sie antwortete abwesend, während wir die Formalitäten durchgingen … drei Schlafzimmer und ein Arbeitszimmer, die Nasszelle, die erst kürzlich erneuerten Dachrinnen, der Wartungsvertrag für den Boiler. »Ich habe das Haus über Ihre Firma gekauft. Ich weiß nicht, ob Sie sich noch daran erinnern.«

»Vage, ganz vage«, hörte ich mich selbst sagen, während ich einen Schluck Kaffee nahm und an die nur wenige

Schritte entfernte Leiche ihres Ehemanns dachte. »Wir haben einige Häuser hier in der Gegend verkauft. Es ist eine sehr schöne Immobilie. Ich werde ein paar Messungen vornehmen müssen.«

Sie drückte ihre Zigarette aus. »Ich führe Sie herum.«

Überraschend schnell sprang sie auf und stieß die Tür zum Hauswirtschaftsraum auf. Mit der Verwüstung konfrontiert, zögerte sie und runzelte die Stirn, als erinnerte sie sich erst jetzt an die Ereignisse von vergangener Nacht. »Das ist unser Waschraum«, sagte sie und umrundete das Bügelbrett. »Und die Garage ist …«

Mein Magen revoltierte, und ich fühlte Schweiß an meinem Haaransatz ausbrechen. Ich betete zu Gott, dass ich sie nicht auch würde umbringen müssen.

»Oh«, sagte sie. »Er muss die Schlüssel mitgenommen haben. Wir müssen durch das vordere Tor rein.«

»Bitte machen Sie sich keine Mühe, Mrs Sharp, schließlich ist eine Garage doch nur eine Garage, nicht wahr?« Ich deutete mit meinem Lasermessgerät in die entgegengesetzte Richtung. »Vielleicht fangen wir mit den anderen Räumen an?«

Wir begannen unseren Rundgang im ersten Stock. Mrs Sharp, die Gesichtszüge vor Entschlossenheit wie gemeißelt, riss die Vorhänge im ehelichen Schlafzimmer auf und drückte die Schubladen zu, wobei sie leise vor sich hin murmelte. Anschließend begaben wir uns ins Arbeitszimmer.

»Werden Sie die Bücherregale hierlassen?«, fragte ich.

Sie starrte aus dem Fenster und zwinkerte eine Träne weg.

»Mrs Sharp?«

Da begann sie hemmungslos zu schluchzen. Sie ließ sich auf Sharps Drehstuhl fallen, den Kopf in den Händen vergraben, und weinte. Ich reichte ihr das Taschentuch, mit dem ich die Fingerabdrücke vom Briefbeschwerer gewischt hatte: jenem Briefbeschwerer, der mit dafür gesorgt hatte, dass ihr Ehemann kopfüber die Treppe hinuntergestürzt war. Ich machte tröstende Geräusche, wie man es von einem Mann in so einer Situation erwartet.

»Es tut mir leid«, schniefte sie. Sie betupfte ihre Augen und schnäuzte sich in mein Taschentuch. Dann saß sie eine Weile lang einfach nur da, die Lippen aufeinandergepresst, und schüttelte den Kopf. Ich konnte förmlich spüren, wie mir die Zeit davonlief.

»Hatte das Ganze etwas mit Mr Sharp zu tun?«, fragte ich sanft.

Sie schwieg.

»Um ehrlich zu sein, ich habe gestern Abend den Makler von Worde & Hulme gesehen, wie er Ihr Haus verließ. Er wirkte etwas mitgenommen. Dem entnehme ich, dass etwas Unangenehmes vorgefallen sein muss.«

Ihre Lippen blieben verschlossen. Schließlich sagte sie: »Ich bin froh, wenn ich ihn nie wiedersehen muss. Jetzt ist er ohnehin verschwunden, und ich hoffe, er bleibt, wo der Pfeffer wächst.«

»Der Makler von Wor…?«

»Mein Ehemann.« Sie hob die verbundene Hand, wie um sie mir zu zeigen. Der Verband löste sich bereits.

»Moment«, sagte ich. »Lassen Sie mich das in Ordnung bringen.«

Ich zog mein Skalpell heraus und schnitt den ausfransenden Mull neu zu, bevor ich ihn sorgfältig neu feststeckte.

»Danke. Das ist sehr nett.«

»Ist es eine schlimme Verletzung?«, fragte ich mit meiner freundlichsten Stimme.

»Nur ein Schnitt. Und es war meine Schuld. Was aber nicht heißen soll, dass er kein aufbrausendes Temperament hat. Das hat er nämlich.«

»Sind Sie sicher, dass Sie das Ganze nicht auf einen späteren Zeitpunkt verschieben wollen, Mrs Sharp?«

Sie wirkte alarmiert. »Nein, nein.« Sie seufzte und blickte zu mir auf. »Es ist nur so, dass ich ihm nicht gesagt hatte, dass ich den Wert des Hauses schätzen lasse. Und er ist mitten reingeplatzt. Es gab Streit. Deswegen das ganze Chaos hier. Es flogen Tassen, Gläser, Teller … Sogar mein Ehering.«

»Aber das Haus gehört Ihnen?«

»Natürlich. Ich habe es gekauft, bevor ich Mr Sharp begegnet bin. Ihre Firma hat den Kauf abgewickelt.«

»Richtig. Nun, solche Dinge passieren. Wenn auch üblicherweise nach einer Diskussion.«

»Er hat keine Diskussion verdient«, schnappte sie. »Er hat mir erklärt, er müsste lange arbeiten. Ich wusste, was los war.« Sie schniefte laut. »Ich weiß, Sie wollen das alles gar nicht hören.«

»Sie haben mein vollstes Mitgefühl. Ich habe selbst einige Erfahrung in diesen Dingen.«

»Sind Sie verheiratet?«

»Meine Ex-Frau ist jetzt mit meinem Bruder verheiratet.«

Sie hörte auf zu schniefen. »Das ist übel.«

»Aber das Leben geht weiter«, lächelte ich. »Das kann ich Ihnen versichern.«

»Da werden Sie verstehen, warum ich so handeln musste. Als er nach Hause kam, hatte ich seine Koffer bereits gepackt. Er hat mich ins Krankenhaus gefahren, doch ich hab mich geweigert, mit ihm zu reden. Ich hab ihm nur gesagt, dass er ausziehen soll. Bis zum Morgen.« Sie blickte mich besorgt an. »Ich werde bei meiner Schwester wohnen. Glauben Sie, Sie können das Haus schnell verkaufen?«

»Wenn Sie sicher sind, dass Sie es wirklich wollen.«

»Er hat meine Ringe neben die Haustür gelegt. Und seinen eigenen Ring hat er auch dort liegen lassen.« Sie zögerte kurz, dann nickte sie. »Tun Sie's. Verkaufen Sie das Haus.«

Mrs Sharp hatte sich jetzt wieder beruhigt, machte aber keine Anstalten, sich aus dem Stuhl zu erheben.

»Sehen Sie die frisch umgegrabene Stelle im oberen Teil des Gartens hinter den Bäumen?«

Ich zog mein Opernglas hervor und richtete es erneut auf den Flecken kahler Erde. »Ah ja. Und das ist …«

»Diese Frau war der Tropfen, der das Fass zum Überlaufen brachte.«

Verstehen Sie, ich musste so handeln, wie ich handelte.

Ich erstarrte. Abigail?

»Sie ist nicht die Erste. Vermutlich hat er sie in seiner verdammten Lesegruppe aufgegabelt. Sicher eine jüngere Frau, leicht zu beeindrucken.« Sie biss sich auf die Unterlippe, starrte immer noch hinaus in den Garten. Ich konnte kaum mehr zuhören, doch sie plapperte weiter drauflos. »Vor einigen Wochen komme ich von der Arbeit nach Hause. Barney ist verschwunden, sagt er mir. Das ist mein

Hund. Angeblich weggerannt, als er ihm den Rücken zugekehrt hat. Was Blödsinn ist. Barney wäre niemals weggerannt. Aber er bestand darauf. Er hat sogar ein paar Zettel in der Gegend aufgehängt mit Barneys Bild darauf. Als ich eine Woche später im Garten war, hab ich ihn gefunden. Unter einem Haufen von Abfall und Steinen hinter der Garage. Er war nicht mal gut versteckt.«

Natürlich … der Hund.

»Er hat behauptet, es wäre ein Unfall gewesen. *Ein Unfall?* Eins seiner Augen hat gefehlt! Ich hab ihn so heftig angeschrien, dass ihm auf die Schnelle keine Lüge mehr einfiel. Und da hat er es zugegeben. Barney hatte sein Geschäft auf dem Teppich erledigt, und da hat er mit seinem Stiefel nach ihm getreten.«

»Und daran ist er gestorben?«

»Der Hund bekam einen seiner Anfälle. Und da hat er ihn in seiner Panik mit einem Golfschläger niedergestreckt.«

Wieder schwieg sie. Hundelos. Gattenlos.

»Das ist also Barney da draußen im Garten.«

Sie lächelte bitter. »Ich hab ihn gezwungen, einen Spaten zu kaufen. Er hat sich geweigert, irgendetwas Schönes an der Stelle zu pflanzen. Da wächst Gras drüber, hat er gesagt. Dass jemand so gefühllos sein kann. Ich bin wirklich froh, dass ich ihn los bin.«

Es klingelte laut und lange an der Tür. Mein Herz machte einen Satz, aber Mrs Sharp verzog keine Miene. »Ich weiß, wer das ist«, sagte sie.

»Wirklich?«

Sie erhob sich aus dem Bürostuhl, ging zu einem der vorderen Fenster, um hinauszuspähen, und kam dann wieder zurück. »Vor zwei Monaten habe ich aufgehört, die Raten für seinen Wagen zu bezahlen. Ja, ich habe aufgehört, seine sämtlichen Rechnungen zu bezahlen. Allein diese Woche sind sie dreimal hier gewesen, um seinen Wagen abzuholen. Eine großer gelber Abschleppwagen, der durch die Gegend schleicht. Deshalb hat er seinen Wagen in letzter Zeit immer in der Garage eingeschlossen.« Sie stieß ein Lachen aus. »Geschieht ihm recht.«

»Und diese andere Frau ...«, sagte ich.

»Man wird es leid, sich blind zu stellen«, sagte sie. »Wenn die anderen auch schon alle davon wissen ... Irgendwann hab ich davon erfahren. Ich hab einen Hinweis bekommen. Anonym natürlich. Und ein Foto.«

Ich ließ einen Augenblick verstreichen. »Wissen Sie, wer die Frau ist?«

»Es spielt keine Rolle, wer sie ist. Jetzt nicht mehr. Ich will nur raus aus diesem Leben und diesem Haus und einen Neuanfang machen.«

Natürlich wollte ich ebenfalls nichts wie raus aus diesem Haus. Ich musste sie nur lange genug hier oben festhalten, damit ich den Wagen aus der Garage schaffen konnte.

»Nun«, sagte ich, »wenn wir von der Wertfestsetzung zum Verkauf übergehen wollen, benötigen wir noch ein paar Details. Selbstverständlich können wir einen neuen Termin vereinbaren, um Fotos von Haus und Grundstück zu machen. Aber zunächst muss ich die Vertragsunterlagen aus dem Büro holen. Was denken Sie, kann ich wohl heute im Lauf des Tages noch einmal vorbeikommen? Dann haben Sie vorher noch etwas Zeit für sich.«

»Ich werde versuchen, in der Zwischenzeit das Haus aufzuräumen«, sagte sie.

Doch sie rührte sich nicht, zündete sich stattdessen eine weitere Zigarette an und starrte hinaus auf Barneys Grab. Eine bessere Chance würde ich kaum bekommen. So schnell ich es für vertretbar hielt, rannte ich die Treppe hinunter. Das Inkassounternehmen hatte im Briefkasten eine Karte hinterlassen. Ich nahm sie an mich und verließ das Haus. Ich brauchte nur ein paar Sekunden. Nachdem ich das Garagentor geöffnet hatte, schlüpfte ich hinein und kletterte in den Wagen. Jetzt galt es nur noch, so rasch wie möglich zu verschwinden. Ich startete den Motor, ließ den Wagen langsam in die Einfahrt rollen und schloss das Tor wieder hinter mir. Ich fuhr hinaus auf die Straße und schlug das Lenkrad nach rechts ein. Da entdeckte ich einen gelben Abschleppwagen, der sich aus Richtung der Hauptstraße näherte. Instinktiv riss ich das Lenkrad herum und bog nach links. Der Fahrer musste mich gesehen haben, machte aber keine Anstalten, mir zu folgen. Ich gab Gas, nahm eine Abzweigung nach rechts und dann eine weitere.

Und was jetzt? Mein Plan – und ich fürchte, ich hatte nur den einen – bestand darin, Sharp auf dem momentan verlassenen Besitz der Cooksons zu entsorgen. Vielleicht konnte ich es sogar wie einen Unfall aussehen lassen. Die Cooksons hatte ich mir ausgesucht, weil ich den Schlüssel zu ihrem Haus in meiner Tasche hatte. Und zwar nicht *ihren* Schlüssel (dessen Aushändigung sie stur verweigert hatten), sondern *meinen.* Dieser hing an meiner Wand, seit ich vor sechzehn Jahren das Haus an den Vorbesitzer verkauft hatte. Ursprünglich hatte ich vorgehabt, irgendwann im Lauf dieser Woche dort vorbeizuschauen, einfach nur aus Trotz, weil sie uns mit allen Mitteln von dort fernhalten wollten. Doch nun bot sich mir eine Gelegenheit, die von unserem himmlischen Schöpfer kaum besser hätte eingefädelt werden können.

22

DAS HAUS DER COOKSONS war buchstäblich das letzte der Stadt. Es stand auf einem Grundstück am äußersten Ende einer malerischen, von Brombeerhecken, Wäldern und Feldern flankierten Zufahrtsstraße. Hier gab es keinerlei Durchgangsverkehr. Die beiden anderen Häuser an diesem Sträßchen lagen zurückgesetzt und waren ebenfalls hinter dichten Nadelbäumen verborgen. Ich erinnerte mich an Katyas Vorhaben, an der Einfahrt der Straße ein Zu-Verkaufen-Schild aufzustellen, daher näherte ich mich vorsichtig. Doch das Schild befand sich bereits an Ort und Stelle. Es war mit einem Sperrholzpfeil versehen, ganz als wollte es mir den Weg weisen. Obwohl Samstag war, war keine Menschenseele zu sehen. Beim Cricketclub nahm ich die Abzweigung den Hügel hinab durch die schmale, von Baumschatten gemusterte Straße. Es war ein wunderschöner Tag, der allein durch mein schändliches Vorhaben befleckt wurde.

Die Villa erhob sich hell und verlassen. Vor der Einfahrt standen zwei Mülltonnen auf Rollen, bereit für die Leerung am Mittwoch. Das geübte Auge nimmt bei einem verlassenen Gebäude eine Stille – ja eine jungfräuliche Unschuld – wahr, ähnlich wie ein hungriger Fuchs bei einem fröhlich daherwatschelnden Entlein. Trotzdem hielt ich mich ein oder zwei Minuten zurück und spähte reglos durch die schlanken Stämme der Silbertannen und Kiefern an der Grundstücksgrenze. Als ich schließlich die geschwungene Auffahrt hinaufrollte, knirschte der Schotter leise unter den Reifen. Am Ende der Auffahrt kamen ein etwas feiner gekiester Wendekreis und eine Doppelgarage mit roten Toren in Sicht. Ich hatte bereits beschlossen, das Haus selbst nicht zu betreten. Doch an seiner Seite befand sich eine Gartenpforte, die sich mit dem kleinen Eisenschlüssel an meinem Bund öffnen ließ. Ich fuhr rückwärts an die Pforte, wartete einen Augenblick und stieg dann aus. Der Schlüssel drehte sich geschmeidig in dem gut geölten Schloss. Hinter der Pforte führte ein mit bunten Steinen ausgelegter Weg zu der vertrauten, mit Kalkstein gepflasterten und von rohen Schiefermonolithen umstandenen Terrasse der Cooksons. Jenseits davon lag der abgedeckte Swimmingpool, dahinter erstreckte sich eine Rasenfläche, unterteilt von sich im Wind bewegenden Büschen und Obstbäumen. Das ganze Areal war umgeben von einer getrimmten Schwarzdornhecke, so hoch wie zwei ausgewachsene Männer.

Sharps Leiche war während der Fahrt verrutscht, aber sein Gesicht war immer noch zugedeckt. Einen schaurigen Moment lang dachte ich, er könne vielleicht noch am Leben sein – und urplötzlich herausspringen und mir an die Gurgel gehen. Ich hob die Decke an einer Ecke an. Dort, wo seine Wange auflag, war irgendeine Flüssigkeit aus seinem Mund auf die faserige graue Innenverkleidung des Heckraums getropft.

Ich packte zwei Ecken der blauen Plane, schätzte sein

Gewicht ab und zog. Der Körper plumpste schwer auf den Kies. Ich wollte keine Schleifspur auf dem Kiesweg hinterlassen, daher packte ich ihn unter den Achseln und schleppte ihn bis zur Terrasse, wo ich ihn auf den Rücken legte, den Kopf in Richtung Pool. So als wäre er rückwärts gelaufen, über einen der dekorativen Monolithen gestolpert und hätte sich den Kopf an den Pflastersteinen aufgeschlagen. Noch immer war kein Blut zu sehen. Es hätte durchaus ein Unfall sein können. Sharp war unrasiert; er trug einen Trainingsanzug. Er hätte sich hier als Dieb versuchen können. Oder auch nicht. Ich hätte ihn mit einem Montiereisen ausstatten können – mit irgendeinem Einbruchswerkzeug –, aber ich entschied mich dagegen. Er konnte irgendjemand sein, mit rätselhaften Absichten, der nichts bei sich trug als die Schlüssel zum Haus. Selbst wenn die Polizei ihn identifizierte, würde es ein Mysterium bleiben. Konfusion, so hatte ich beschlossen – oder vielmehr erkannt –, war die beste Strategie. Ich wischte den Schlüssel zur Gartenpforte an meinem Hemd ab (Mrs Sharp hatte immer noch mein Taschentuch, wie ich mich erinnerte), presste ihn dann gegen Sharps Finger und schob ihn in seine Tasche. Der perfekte Anfang für ein Dutzend Detektivgeschichten. Aber wohin würden sie führen? Zu viele Spuren zu haben war ebenso ungünstig, wie keine Spuren zu haben. Die Polizei würde einzelne Punkte miteinander in Verbindung bringen können, doch sie würden kein schlüssiges Gesamtbild ergeben.

Ich faltete die Plane und die Decke zusammen und warf sie in eine der rollbaren Mülltonnen auf der Straße. Und nun wohin mit dem Wagen, werden Sie jetzt sicher fragen.

Sollte ich ihn stehen lassen und riskieren, dass die forensischen Experten im Heck mikroskopische Spuren von Sharp fanden? Natürlich nicht. Zunächst fuhr ich den Wagen zurück auf die Straße und glättete die Reifenspuren im Schotter. Anschließend stieg ich wieder ein, um ihn etwas weiter unten zu parken, in der Nähe des Cricketclubs, wo die Straße breiter wurde. Jetzt rief ich das Inkassounternehmen an, gab mich als Sharp aus und teilte ihnen mit, wo sie den Wagen finden würden. Ich legte ihre Karte auf den Sitz. Ich kannte mich ein wenig aus mit der Ausdauer und den Tricks solcher Unternehmen. Sie überwachten einen den ganzen Tag, lauerten in angrenzenden Straßen, warteten auf den richtigen Moment, um zuzuschlagen. Sie würden ohne Zweifel anrücken und ihre Beute in Besitz nehmen. Es war nicht unwahrscheinlich, dass der gelbe Abschleppwagen immer noch in der Nähe der Boselle herumgondelte und in zehn Minuten hier auftauchte. Und wenn die Cooksons aus dem Urlaub zurückkehrten, wäre der Wagen längst penibel gereinigt, bei einer Auktion versteigert worden und Hunderte von Meilen entfernt auf den Straßen unterwegs.

Ich war gerade losgefahren, da musste ich schon wieder abbremsen. Vor mir stand ein Wagen quer auf der Straße, direkt hinter der Kurve, an ihrer engsten Stelle. Der Wagen war rot und hatte ein rechteckiges Schild auf dem Dach – ein Fahrschüler, der hier ein Wendemanöver übte. Ich blieb in einiger Entfernung stehen. Der Fahrer, durch meine Gegenwart eingeschüchtert, würgte den Motor ab. Nun beruhigte ihn der Fahrlehrer vermutlich und forderte ihn auf, sich Zeit zu lassen. Sicherlich redete er ihm gut zu, denn schließlich fingen wir ja alle mal an, außerdem nahmen die übrigen Verkehrsteilnehmer üblicherweise auf Neulinge Rücksicht. Also kein Grund zur Eile. Ich rollte ein Stück weiter. Der Fahrschüler ließ den Wagen wieder an. Das Heck des Wagens hob sich ein wenig, als er die Handbremse löste. Ich konnte seine Nervosität bis hierher spüren. Mit Sicherheit schätzte er die leichte Steigung der Straße falsch ein. Tatsächlich würgte er den Motor erneut ab, und der Wagen rollte rückwärts, bis panisch die Bremslichter aufleuchteten. Jetzt riet ihm der Fahrlehrer zweifellos, etwas mehr Gas zu geben. Der Fahrer startete wieder, ließ den Motor aufheulen und unternahm einen weiteren Versuch. In seiner wachsenden Anspannung vergaß er prompt, die Handbremse zu lösen, woraufhin der Motor sich wie ein angeketteter Hund vergeblich ins Zeug warf.

Eine Minute war vergangen. Vielleicht auch zwei. Von seinem mir zugewandten Seitenfenster aus bedankte sich der Fahrlehrer an diesem sonnigen Samstag mit erhobener Hand für meine Geduld. Ich senkte den Kopf. Der Fahrer wendete mit ruckartigen Anläufen, ohne dass sich die Möglichkeit ergab, Sharps großen Wagen daran vorbeizumanövrieren. Der Fahrer würgte den Wagen ein weiteres Mal ab, startete wieder und setzte sich dann endlich auf der Straße in Bewegung. Sie schien sich endlos vor uns zu erstrecken, als ich ihnen mit einigem Abstand folgte. Ich musste den Wagen zumindest in Sichtweite des Cricketclubs bringen.

Schließlich erreichten wir das Ende der Zufahrtsstraße. Der Fahrschüler blinkte rechts und würgte den Wagen an der Kreuzung erneut ab, bevor er den Hügel hinaufzuckelte. Ich parkte an einer Stelle direkt vor der Kreuzung, ließ die Schlüssel stecken und sprang hinaus. Ich begann bereits den Hügel hinabzulaufen, da fiel mir Sharps Handy ein. Es lag in dem Fach zwischen den Sitzen. Ich eilte zurück, steckte es ein und schlug die Tür wieder zu. Genau in dem Augenblick sah ich den gelben Abschleppwagen den Hügel hinaufkriechen. Die Bäume hier boten kein ausreichendes Versteck. Weiter hinten in der Zufahrtsstraße gab es eine Natursteinmauer, ein verriegeltes Gatter und dahinter offenes Land. Ich kletterte über das Gatter und machte mich bereit davonzurennen. Doch von dem Abschleppwagen war nichts mehr zu hören. Ich riskierte einen Blick. Sie waren vor der Kreuzung stehen geblieben. Offenkundig waren sie vorsichtig. Ein magerer Mann in einem Overall und mit einer tief in die Stirn gezogenen Baseballkappe stieg aus. Er entdeckte den Wagen und machte seinem unsichtbaren Kompagnon ein Zeichen. Dann kam er langsam näher, spähte durch die getönten Scheiben und versuchte es an der Tür, bevor er sich hineinbeugte und die Schlüssel an sich nahm. Der Mann mit der Baseballkappe hielt die Wagenschlüssel hoch und signalisierte seinem Kollegen, er solle wenden. Ich ging davon aus, dass er dem Fahrer einfach in Sharps Wagen folgen würde. Doch stattdessen brachten sie zunächst umständlich den Abschleppwagen in Position und dann den Geländewagen. Dabei warfen sie die ganze Zeit Blicke in Richtung Haus. Vielleicht erwarteten sie, dass der Besitzer irgendwo aus dem Nichts auftauchte, womöglich mit einer Schrotflinte oder wütend geballten Fäusten. Ohne Zweifel hatten sie das Recht auf ihrer Seite und die Papiere waren alle in Ordnung, doch hier waren sie allein in einer stillen Straße mit ihren schlanken Bäumen, deren Blätter sich im

Wind bewegten. Der Mann mit der Baseballkappe schob sich unter den Wagen, und innerhalb weniger Minuten hatten sie mithilfe einer Winde den gigantischen, weiß schimmernden Wagen auf die Ladefläche gehievt und rumpelten in einer hinter ihnen aufsteigenden Staubwolke davon.

Ich wandte mich in Richtung Stadt, wobei ich dem Fußweg durch die Felder folgte, auf denen frisches Grün leuchtete. Ich marschierte schnell, in einer Tasche Sharps Handy, in der anderen seine Brieftasche. Seine Hausschlüssel befanden sich immer noch am Schlüsselbund. Nach einer halben Meile zog ich das Handy heraus. Er hatte zwei Sprachnachrichten. Die erste war von Mrs Sharp, die ihn am vergangenen Abend mit kaum unterdrückter Erregung aufgefordert hatte, bis zu ihrer Rückkehr aus dem Haus zu verschwinden. Die zweite stammte von Abigail. Sie war heute um kurz nach eins hinterlassen worden, also vor fünfzehn Minuten: »Hi, ich bins. Ich bin hier, aber wo bist du? Ha, du hast das zweite Plunderstückchen gegessen! Das war mir klar. Beeil dich. Alles Liebe.«

Ihre Stimme versetzte mir einen schmerzhaften Stich durchs Herz.

Er hatte die Nacht mit ihr verbracht. Bei ihr waren jetzt auch seine Taschen. Vermutlich immer noch unausgepackt. Die beiden waren in der Früh zusammen joggen. Dann war sie in die Bücherei gefahren, während er die Zeitung las und darauf wartete, dass seine Frau das Haus verließ. Er hatte die Rücksitze umgeklappt und war zurück zur Boselle Avenue gefahren, um den Rest seiner Habseligkeiten abzuholen – seine Bücher und Papiere, seinen Computer, seine Golfschläger.

Doch jetzt beherrschte *sie* mein Bewusstsein, verdrängte ihn. Ich befühlte seine Brieftasche, die schwer in meiner Tasche hing und mir im Gehen gegen die Brust klopfte. Auf dem abschüssigen Weg an St. Theobald vorbei beschleunigte ich meine Schritte. Matsch klebte an meinen Schuhen – ohne Zweifel von jener verräterischen Sorte, die einen Detective eine Verbindung zu den Spuren besonders robuster englischer Halbschuhe auf diesem Feldweg herstellen ließe. Meine Anzughose war schlammig und außerdem leicht am Knie zerrissen, wie ich bemerkte. Das waren Details, denen ich mich in Ruhe widmen musste. Doch im Augenblick wollte ich nur so schnell wie möglich nach Hause. Ich vermied die Stadtmitte, benutzte die Gasse hinter Warnincks Buchladen, vorbei an der Bäckerei Tiepolo. Ich schlenderte an der Bücherei vorbei, ohne einen Blick zu riskieren, dann wieder den Hügel hinauf, am Common vorbei zu der kleinen Hofanlage, in der mein Wagen stand. Endlich schloss ich die Tür zu meinem Apartment auf. Fast war ich ein wenig geblendet von dem durch die Stores strömenden Sonnenlicht. Es war ein vertrauter, beruhigender Raum, und meine Schlüssel, die wie eine Karte der Stadt an der Wand arrangiert waren, schimmerten freundlich.

Ich holte seine Brieftasche hervor, teures Kalbsleder, ohne Zweifel ein Geschenk seiner bemitleidenswerten Frau. Sie enthielt Banknoten, Rechnungen, Kreditkarten, seinen College-Ausweis, ein paar Münzen im Reißverschlussfach. Langsam tastete ich das Fach mit Daumen und Zeigefinger ab. Ich wusste, er musste sich dort befinden. Ich will nicht behaupten, dass ich dafür getötet hätte – allerdings hatte ich es getan, und jetzt war er mein. Andächtig hielt ich ihn hoch: ihren Schlüssel, ein fast gewichtsloses goldenes Etwas mit einem glänzenden, roten, herzförmigen Glücksbringer daran.

Sie gehörte mir.

23

NATÜRLICH WAREN DIE AUFFALLENDEN bunten Streichhölzer, die man in der Hütte des Friedhofsgärtners fand, kein hinreichender Beweis. Sie hätten jedem gehören können. Doch ohne Zweifel war die Polizei froh, in dem Friedhofsgärtner einen dringend Tatverdächtigen gefunden zu haben. Schließlich hatten der Constable und die anderen ihn auf dem Friedhofsgelände mit der blauen Strickjacke des Jungen erwischt, als sie angerückt waren, um den Park zu durchkämmen. Dabei war es der Friedhofsgärtner selbst, der die Polizei auf die Streichhölzer hingewiesen hatte – er hatte sie auf dem Boden seiner Hütte zwischen Anthonys Schuhen und einem von Angelas Socken entdeckt –, als Beweis für die Anwesenheit einer dritten Person. Was für eine Verwendung hätte er denn für diese Streichhölzer haben sollen, protestierte er. Er war Pfeifenraucher und benutzte seit seinem Dienst bei der Navy stets ein versilbertes Feuerzeug. Da konnte man jeden fragen! Doch sogar für mich klang das wie eine fadenscheinige Verteidigung, wenn man in Betracht zog, dass er auf dem Friedhof mit der Strickjacke eines entführten Kleinkinds angetroffen worden war und sich ein Paar Schuhe in seiner Hütte fand, für dessen Anwesenheit er keine Erklärung hatte. Er war ein alleinstehender Mann ohne Frau oder Familie. Darüber hinaus brauchte man sich bloß seine Zähne anzusehen.

Diese Details sickerten in den folgenden Wochen durch. Ich weiß nicht einmal mit Bestimmtheit, ob die Angelegenheit überhaupt vor Gericht verhandelt wurde. Angesichts der erdrückenden Indizienbeweise ging man bei dem Verdächtigen wohl von einer psychischen Störung aus. Außerdem wollte man einem Vorschulkind vermutlich die Tortur einer polizeilichen Gegenüberstellung ersparen. Wie dem auch sei, der Friedhofsgärtner wurde nie wieder gesehen. Das mochte ungerecht sein, aber was, wenn er tatsächlich etwas Schlimmes getan hatte? Schließlich hatte man uns alle vor merkwürdigen Männern im Park gewarnt.

Allerdings war es höchst bedauerlich, dass die Damatos wegziehen mussten. Sie waren sehr aufgebracht über die Unterstellung, ihr Anthony wäre der wahre Besitzer der Streichhölzer gewesen und hätte sich mit dem kleinen Mädchen im Schlepptau aus seinem Laufställchen entfernt. Würde je wieder jemand aus der Nachbarschaft seine Kinder einem Italiener anvertrauen? So redeten die Leute. Dabei weiß doch jeder, die snobistischen und ignoranten Menschen in Norfolk einmal ausgenommen, wie hingebungsvoll die Italiener ihre Kinder lieben. Ich jedenfalls hatte Mrs Damato geliebt.

In meinem eigenen häuslichen Zirkel blieb ich der Tatverdächtige. Tante Lillian verlangte mit aschfahlem Gesicht von mir zu wissen, was ich an diesem Nachmittag im Süßwarengeschäft gekauft hatte. Sie drehte meine Taschen um und fand Kekskrümel. Ich bestritt, im Park gewesen zu sein. Und ich zuckte lediglich mit den Achseln, als circa eine Woche später das Thema der Streichhölzer aufs Tapet kam. Was wiederum meinen Vater mit wütendem Gesicht dazu veranlasste, auf der Suche nach *unseren* farbigen Streichhölzern die Kommode im Hauswirtschaftsraum auseinanderzunehmen. Denn Tante Lillian konnte sich mit Bestimmtheit daran erinnern, diese dort gesehen zu haben, neben einer Schachtel normaler Streichhölzer, Taschenlampen, Batterien, einer Laterne und anderem Krimskrams, der dort als Vorsichtsmaßnahme für mögliche kleinere Notfälle gebunkert wurde.

Es muss gesagt werden, dass mein Vater und Tante Lillian sich ständig wegen mir in den Haaren lagen. Wie ärgerlich musste es für sie sein, so einen kleinen Verrückten wie mich in ihrer Mitte zu haben, der ihre Liebe, ihr Glück und ihre Zukunft so massiv untergrub.

Dennoch muss meine Tante das Gefühl gehabt haben, dass sich die Dinge am Ende gar nicht so schlecht entwickelt hatten. Als ich sie vor ihrem Tod das letzte Mal besuchte, war sie offensichtlich recht zufrieden mit meinen Fortschritten. Sie wusste, dass Mr Mower mich mochte und mir vertraute. Daher konnte es kaum in ihrem Interesse sein, meine aufblühende Karriere in Mowers Firma (die sich in beruhigender Entfernung von Norfolk befand) zu untergraben, indem sie Zweifel über meinen Charakter streute. Egal, was auch immer sie in ihrem Innersten über mich denken mochte.

Isobel allerdings … Ich erinnerte mich, dass ich sie bei Tante Lillians Beerdigung mit Mr Mower hatte tuscheln sehen. Wenn sie danach in Kontakt geblieben waren – und ich hatte hinreichenden Grund zu dieser Annahme –, dann hatte Isobel sicher auch von Guy erfahren – insbesondere da seine Beerdigung so dicht auf die Tante Lillians folgte. (Ich bitte um Entschuldigung, dass ich diesen Vorfall nicht bereits erwähnt habe; vielleicht habe ich darauf gewartet, dass er zu einer bloßen Fußnote wurde.) Hatte Isobel vielleicht Mr Mower gegenüber Besorgnis geäußert?

Leider habe ich an diese Ereignisse keine präzisen Erinnerungen mehr. Ich entsinne mich jedoch, dass mich Mr Mower – und zwar genau *am Tag* von Guys Beerdigung – bat, etwas aus seinem Haus zu holen. Er erwartete einen wichtigen Klienten, und wegen der ganzen Aufregung um die Beerdigung hatte er an diesem Morgen eine dringend benötigte Akte vergessen. Sie liege oben auf einem Lampentischchen im Flur, sagte er. Seine Frau war nicht zu Hause. Ich war misstrauisch. Die Akte hatte ich rasch gefunden. Und ich hatte nicht vor, in seinem Haus herumzustöbern – außerdem wartete Mr Mower natürlich im Büro auf die wichtige Akte –, doch die halb geöffnete Schlafzimmertür zog mich unwiderstehlich an. Ich schob sie auf. Es war nur ein kleiner Raum, mit nichts darin als einem kleinen Bett und einer Kommode. Auf der Kommode standen ein gerahmtes Schwarz-Weiß-Foto und ein Kerzenständer, an dessen Tropfenfänger gehärtetes Wachs klebte. Das Foto zeigte einen Jungen, vermutlich im späten Teenageralter, obwohl es schwer war, das genau zu bestimmen. Er lächelte. Nur an seinen Augen, diesem leicht schiefen Blick, konnte man erkennen, dass seine Wahrnehmung der Welt verdreht war. Er erinnerte mich an die Gesichter in dem Bus, der in meiner Schulzeit die geistig behinderten Kinder zum Unterricht gebracht hatte.

Ich wusste wenig über Mr Mower, außer dass es eine Mrs Mower gab und eine verheiratete Tochter, die in Spanien lebte.

Als ich Mr Mower schließlich die Akte überreichte, berührte er mich an der Schulter. Er war ohne Zweifel emotional aufgewühlt wegen Guys überraschendem Tod (mir ging es zugegebenermaßen nicht anders) und hatte offenbar ein schlechtes Gewissen, weil er Guy mit einer Abfindung gekündigt hatte. Oder dachte er vielleicht auch an seinen eigenen Sohn?

Stella wusste nichts über den Jungen. Aber Rita, die schon seit Ewigkeiten in der Firma arbeitete, sagte, sein Name sei Malcolm gewesen, und er sei mit Mitte zwanzig gestorben. »Behindert«, sagte sie. »Er ist an einer Lungenentzündung gestorben. Mr Mower hielt große Stücke auf ihn und ließ ihn manchmal mit seiner Mutter ins Büro kommen.« Rita zog eine unserer Visitenkarten heraus. »Mower & Mower? Das war Malcolm. Er war der andere Mower. Nicht viele wissen das.«

Mir kam der Gedanke, dass möglicherweise auch Tante Lillian zu denen gehörte, die über Malcolm Bescheid gewusst hatten. Vielleicht hatte sie von Anfang an darauf spekuliert, dass Mr Mower sich meiner annehmen würde, als sie mich in den Sommerferien hierher geschickt hatte. Womöglich hatte sie Mr Mower gegenüber einfließen lassen, dass ich zu Hause Schwierigkeiten hatte und er ihr damit einen großen Gefallen täte. Und gab es nach dem Tod seines Sohnes einen besseren Weg, wieder ein bisschen Sinn in sein Leben zu bringen, als einem anderen Jungen zu helfen? Am Ende hatte sich die Lösung für alle als äußerst zufriedenstellend erwiesen. Wie erfreut waren beide gewesen, als ich beschloss, zu bleiben, das Geschäft zu erlernen und mich in dieser Stadt niederzulassen. Und jetzt, wo Guy aus dem Feld geräumt war, was konnte da noch schiefgehen?

Mr Mower sprach nie offen über seine Absichten für mich, selbst in dieser Zeit des frischen Winds nach den beiden Beerdigungen. Trotzdem nahm ich eine Veränderung wahr; eine gewisse Verheißung schien in der Luft zu liegen. Ein Jahr verging und dann ein weiteres. Stella machte ihren Frieden damit, dass ich zum leitenden Verkäufer aufstieg und Mr Mower mir Projekte von einer Größenordnung übertrug, die er normalerweise nur selbst übernahm. Mittlerweile hatte ich auch meine eigenen geheimen Pläne ausgearbeitet, die sich mit der Finanzierung meiner Geschäfte im Riverside-Bauvorhaben befassten.

Als mich Mr Mower dann eines Morgens in sein Büro rief, um mir seinen Rückzug aus dem Geschäftsleben zu verkünden – zusammen mit dem Angebot, dass ich die Firma gegen eine kleine Summe unter seinem Namen weiterführen konnte –, war er überrascht, als ich ihm erklärte, ich müsse zuerst darüber nachdenken. Er war sogar noch verdutzter, als er ein paar Tage später herausfand, dass ich über ausreichend Geld verfügte, um ihm das Gegenangebot zu machen, für eine großzügige Summe die Firma zu erwerben. Kurz zog ein Schatten über sein Gesicht – so als hätte ich ihm seine Idee geklaut und ganz unhöflich meine Zukunft selbst in die Hände genommen, noch bevor er sie mir gnädig überreichen konnte. Doch dann lächelte er. Zwar erbat er sich seinerseits eine Bedenkzeit, doch ich wusste, er würde mein Angebot nicht ablehnen. Am Ende bestand er auf einer kleineren Kaufsumme; dafür bat er sich aus, bei der Abwicklung der Geschäftsübergabe präsent sein zu dürfen. Und als dann nach einem Jahr die Mowers ihr Haus verkauften und nach Spanien übersiedelten, um näher bei ihrer Tochter und ihrem Enkelkind zu sein, wurde Hemings aus der Taufe gehoben, und alles war aufs Beste geregelt.

24

GLEICH AM ERSTEN MORGEN nach den Ereignissen mit Mr und Mrs Sharp verschaffte ich mir einen ungesetzlichen Zutritt zu Abigails Leben. Ich beobachtete, wie sie ihr Haus verließ, um zur Arbeit zu gehen, die Haare noch feucht vom Duschen. Es überraschte mich, dass sie wie üblich joggen gewesen war. Allerdings wirkte sie müde, als sie ihr Fahrrad die Vordertreppe ihres Hauses hinunterholpern ließ. Ohne Zweifel sorgte sie sich um ihren heißgeliebten Douglas. Ihre letzte SMS an ihn hatte sie kurz nach Mitternacht abgeschickt. Vielleicht fürchtete sie eine Versöhnung mit seiner Frau in letzter Minute. Ich sah sie davonfahren, die Straße hinunter, bis sie durch die Maueröffnung verschwand, die zum Weg am Flussufer führte.

Ohne Zweifel würde der Schlüssel diesmal passen. Trotzdem genoss ich den Moment der Stille, bevor ich ihn umdrehte. Dann ließ ich die Tür hinter mir zufallen, schloss die Augen und atmete tief ein, um mir diesen ersten Vorgeschmack einzuprägen. Klar, das Ganze ist nichts weiter als ein molekularer Vorgang. Aber er besitzt zugleich etwas Magisches, besonders um diese Tageszeit, wenn die Raumluft noch geladen ist mit dem Duft eines Menschen. Dieser geht weit über die dampfenden Aromen des Morgens hinaus – diese Mischung aus Kaffee, Shampoo und Croissants. In den Räumen schwebte die Essenz von Abigail. Sie entwickelte sich aus der Reibung ihrer Kleider auf ihrer Haut, aus der Wärme ihres Betts, aus ihrem frischen Pfefferminzatem, dem kurzen Ausbruch menschlichen Schweißes beim Schuhebinden. So hinterlassen wir, ohne es zu beabsichtigen, Spuren von uns. Und sie besitzen eine narkotische Verführungskraft. Sie lösen ein träumerisches Hochgefühl aus, den Nervenkitzel des Neuen. Wie eine unbekannte Droge, die einfach ausprobiert werden *muss*.

Als ich die Augen wieder öffnete, fiel mein Blick als Erstes auf zwei zueinander passende Reisetaschen in dem unbenutzten Speisezimmer. Ich vermutete, dass sie Sharp gehörten. Da ich mir den Tag nicht verderben wollte, ging ich daran vorbei, wobei ich jede sich neu entfaltende Szenerie mit meinem kleinen Camcorder festhielt. Das Wohnzimmer stand voller schwerer Möbel: ein barocker Kaffeetisch, Vasen, ein wilder Mix von Mustern. Im ersten Stock befanden sich das große Zimmer von Abigails Mutter, in dem tote Gerüche hingen, ein geräumiges Gästezimmer, ein Abstellraum mit einem klappbaren Stahlrohrbett und dann … Abigails Raum mit seinen hellen Holzmöbeln, dem mädchenhaften Nippes, einer Lampe und einem Zebramusterteppich aus den 60er-Jahren, einem Schreibtisch, einem Laptop, den roten Vorhängen, die ich am Abend von der Straße aus hatte schimmern sehen, dem fuchsroten Teddybären ihrer Mutter. Hier waren ihre Musik-Docking-Station, ihr Fernseher, DVDs und Bücherregale voller Romane und Gedichtbände, populärer Psychologie, philosophischer Handbücher und Reiseführer. Das hier war ihr persönlicher Bereich, der Rückzugsort eines Teenagers, an den sie als Erwachsene zurückgekehrt war. Noch nicht ausgepackte Umzugskisten standen herum. Weitere Bücher, Gedichte, Bücher vom Studium. Es war, als hätte sie es sich nach dem Tod ihrer Mutter noch nicht gestattet, das Haus ganz in Besitz zu nehmen. Für den Augenblick berührte ich nichts, öffnete keine der Schubladen, suchte nicht nach Tagebüchern, Fotos oder Briefen. Dies war kein Tag der Gier, sondern der Dankbarkeit. Manchmal ist man einfach zufrieden mit dem, was man hat. Obwohl hier fantastische Schätze schlummern mussten, war es vorerst ausreichend, in der Weichheit und den erdigen Gerüchen ihres Betts zu baden, im Duft der mit Herbstblättern gemusterten, nachlässig beiseitegeworfenen Decke, der zerdrückten und nach dem nächtlichen Schlaf noch nicht frisch aufgeschüttelten Kissen.

Oh süßer duftumwehter Schlummer!

Als Abigail nach Hause zurückkehrte, hatte ich mich bereits in die Sicherheit ihres senffarben gestrichenen Dachbodens verkrochen. Hier lagerten wertlose, aber geliebte Erinnerungsstücke: Brettspiele, altes Spielzeug, ein Puppenhaus, eine Musiktruhe aus Walnussholz, Kartons, auf denen vor langer Zeit der Inhalt vermerkt worden war. Der vorläufige Aufbewahrungsort einer Familie, die auf eine Person geschrumpft war.

Ich hatte meine Habseligkeiten ausgepackt, meine Matratze in der Geborgenheit aufgetürmter Möbel ausgerollt und hatte die Dachfensterjalousie geöffnet, um in den nächtlichen Sternenhimmel blicken zu können. Ich hielt den Schlüssel meiner Geldkassette in die Kamera und kratzte dann mein Zeichen tief in den Holzboden. Sie aß unten in der hallenden Küche (zu meiner Freude war auch noch das zarteste Klimpern von Messer und Gabel im ganzen Haus zu hören) und kam dann nach oben. Mein Gott. Ich lag still in der von schwachem Sternenlicht erhellten Dunkelheit, während sie sich unter mir bewegte. Ich hörte, wie sie mit jemandem telefonierte (mit wem?). Sie lauschte einer Radio-Talkshow. Vielleicht las sie ein Buch oder schickte eine weitere besorgte SMS oder Sprachnachricht auf Sharps Handy. Irgendwann begab sie sich ins Bad, wo sie eine elektrische Zahnbürste benutzte. Sie hustete leicht. Ihr Bettrahmen knackte, als sie sich herumrollte, um das Licht zu löschen oder den Wecker zu stellen. Vielleicht weinte sie auch ein bisschen. Wer hätte in diesem Moment glücklicher sein können als ich?

Mein Leben hatte seine aufregenden und spannenden Aspekte. Einmal habe ich mich selbst auf dem staubigen Zwischenraum unter einem Bett gefilmt, während im selben Raum ein Mann, der eilig zum Zug musste, sein Hemd bügelte. Ein andermal wurde ich nach Einbruch der Dunkelheit ohne Vorwarnung im Garten einer jungen Frau angestrahlt (ich kann Ihnen an dieser Stelle verraten, dass es sich um Zoe handelte). Meine besten Momente trugen Züge eines komischen Heroismus. Stellen Sie sich mich zum Beispiel im Haus der Houths in der Anders Close vor – ihr Flug aus Florida sollte um 6.00 eintreffen, das Taxi für die Heimfahrt war für 7.15 bestellt, um sie hier gegen 8.15 oder 8.30 abzusetzen. Ich stand in aller Herrgottsfrühe auf, duschte, staubsaugte, packte meine Reisetasche, genoss ein entspanntes Frühstück. Ich wusch und trocknete mein Glas ab (ich hatte meinen eigenen Saft mitgebracht), leerte meine Abfälle in eine Tüte, wischte die Kuchenkrümel auf (eine gute Scheibe von einem saftigen schottischen Dundee-Cake aus der Speisekammer), kühlte den Wasserkessel ab, schrubbte den Kaffeebereiter und stellte ihn zurück an seinen Ort. Auf die Minute pünktlich bremste das Taxi am Straßenrand. Die Kinder forderten lärmend, ins Haus gelassen zu werden. Als die Eingangstür aufgeschlossen wurde, verließ ich das Haus geräuschlos durch den Wintergarten auf der Rückseite. Ich schlüpfte in die Büsche und durch einen engen, aber häufig benutzten Spalt in der Hecke, der auf das Gelände des Krankenhauses führte (in dem Mrs Houth als Verwaltungsfachkraft arbeitete). Normalerweise achte ich sorgfältig darauf, nicht die geringsten Spuren zu hinterlassen. Doch bei dieser Gelegenheit gefiel mir die Vorstellung, wie Mrs Houth stutzte, während ihr Ehemann noch mit den Koffern kämpfte. »Das ist merkwürdig«, würde sie vielleicht sagen. »Riechst du auch Kaffee?« Ein kleines aromatisches Mysterium, das mit jedem weiteren Schnuppern verblasste.

Tollkühnheit, Gefahr, Triumph – all das kann die Sinne aufs Äußerste schärfen. Ich aß, trank, träumte und atmete sie. Abigail war die neuste Droge, die höchste Hürde, der seltenste Schmetterling, alles in einem. Es war das totale Eintauchen aus meinen kühnsten Fantasien. Es dauerte fünf Tage – mehr durfte ich vor der Entdeckung von Sharps Leiche nicht riskieren. Aber was für Tage waren das! Tagsüber besuchte ich sie in der Bücherei. Ich liebte es, wie sie sich anmutig durch die Gänge bewegte oder mit flinken Händen an der Theke arbeitete. Wenn es die Umstände zuließen, näherte ich mich unauffällig und erhaschte einen Hauch ihres Dufts. Sie blickte mich kein einziges Mal an. Es war perfekt.

Wie üblich erschien ich zur Arbeit im Büro. Allerdings mögen sich Zoe oder Wendy später daran erinnert haben (sofern sie dazu befragt wurden), was für eine ungewohnte Vitalität ich in diesen Tagen und Wochen ausstrahlte. Zoe und ich fuhren erneut hinaus zu den Senioren-Bungalows, diesmal zu einer Vertragsunterzeichnung. Und Katya verkaufte am selben Tag zwei Objekte. (Angesichts dieser Abschlüsse wurde natürlich eine Flasche Sekt geköpft. Wobei Zoe – die nach unserem Missverständnis erstmals wieder lebhafter und fröhlicher wirkte – Josh demonstrierte, wie man den Korken entfernte, ohne zu einem »vorzeitigen Erguss« zu kommen, wie sie es nannte. Woraufhin Josh grinste und rot wurde.) Übrigens war es auch Katya, die – nichts ahnend von der Meinungsverschiedenheit der Sharps am vergangenen Freitag – Mrs Sharp erneut aufsuchte, den Wert des Hauses taxierte, die Dokumente vorbereitete und anschließend Josh hinschickte, um Fotos zu machen.

Fünf Tage lang dachte ich kaum an Sharp, der auf der Terrasse der Cooksons blind zu Sonne und Mond hochstarrte. Sein Schicksal schien mir die naheliegende Folge größerer Notwendigkeiten zu sein. Wenn ich überhaupt an ihn dachte, dann nur weil ich ihn dafür hasste, mich in sein Ableben verstrickt zu haben. In anderen Momenten war mir völlig klar, dass sein Charakter ihn ins Verderben getrieben hatte; dass er eine Grenze überschritten hatte, die er niemals hätte überschreiten dürfen. Außerdem dachte ich an sein Auftreten bei unserer ersten Begegnung. Vielleicht hatte er damals bereits mit seiner Frau über den Hund gestritten oder mit Abigail über seine Frau. Vielleicht war er mit dem Hund zu Abigails Haus unterwegs gewesen, und sie hatte ihm den Zutritt verwehrt. Man stelle sich seinen Zorn vor, als er bei der Rückkehr Barneys Kothaufen auf dem Teppich entdeckte! Bei einem solchen Zusammentreffen von Ereignissen war Barneys Tod einfach unvermeidlich gewesen – selbst wenn man meine Rolle und meine Rache für Sharps unmögliches Betragen miteinbezieht. Im Grunde war es ein Wunder, dass die arme Kreatur überhaupt so lange überlebt hatte. Bedauerlich war nur, dass Abigail niemals erfahren würde, wovor ich sie bewahrt hatte. Ich jedenfalls dachte vor allem *daran*, wenn ich an Sharp dachte.

Manchmal kommt es mir heute so vor, als wären diese fünf Tage wie im Flug vergangen. Dann wieder erschienen sie mir wie die endlosen Sommerferien meiner Kindheit oder die unschuldigen Sommer vor Ausbruch eines Krieges. Meine Sinne waren allein auf Abigail ausgerichtet, mein Seelenleben stieg und fiel wie die Gezeiten unter dem Einfluss der großen magnetischen Mondgöttin. Und in der benommenen, atmenden Dunkelheit stolperte ich in meiner Erinnerung zurück in das Bett meiner Mutter. Es roch nach ihren Badezusätzen, aber auch etwas säuerlich, als sie meinen Kopf an ihren Bauch zog. Kannst du es hören? Ein Bruder oder eine Schwester wuchs in ihr heran, dort, wo ich auch einmal gewesen war. In dem weichen Nest zwischen dem weiten Nachthemd und der nackten Haut meiner Mutter nahm ich wahr, wie nahe dieses Leben war. Und ich wünschte mir, ihm noch näher zu sein. Was nicht ging, denn hier war eine Grenze, und ich drückte das Ohr an die langsam pumpende Wärme. Ja, eine Grenze, aber auch Liebe, ewig und rein. Ich brauchte nur zu lauschen, und sie war da.

Und dann stehe ich hinter den Vorhängen oder hinter dem Korbstuhl im Wintergarten und höre ihre Stimmen. Manchmal dringlich oder schrill. Ich nehme die Worte meiner Mutter wie Schätze in mich auf. In meinem Schlaf vergrößere ich sie ins Gigantische, so wie diese monumentalen, schwarzen und üppig verzierten Buchstaben in meinen Gedichtbüchern. Ich schlängele mich um die Buchstaben – krieche unter dem spitzen Dach eines As oder an den Wänden eines Hs herum. Auf die Art ist sie mir in meinen Träumen ganz nahe.

Was wurde wohl aus dem Baby, nachdem meine Mutter von uns gegangen war? Das war eines der Geheimnisse, gehütet von Tante Lillian und meinem Vater, der vor sich hin starrte und schwieg.

Aber jetzt war die Liebe wieder da, in Form einer delikaten Balance. Die unantastbare Abigail war rein wie ein Gedanke, den ich bewahrte und niemals gehen ließ. Ihre Reinheit bestand nicht in einer Umarmung, einem Blick oder zärtlichen Worten, sondern schlicht in ihrer Nähe. Es war etwas Echtes und Dauerhaftes, auch wenn es nur fünf Tage währen sollte. Mir war klar: Mehr zu erwarten, also den Schatz berühren und selbst von ihr berührt werden zu wollen, um sich mit Haut und Haaren hinzugeben – das war ein süßes, schleichendes Gift.

Irgendwann tauchte ich in ihre privaten Dinge ein: in ihr Marokkoleder-Notizbuch – sie schrieb Gedichte mit lila Tinte – und, als eines Morgens ihr Laptop geöffnet dastand, in ihre Social-Media-Geheimnisse. Hier entdeckte ich einige der Fotos, die ich bereits kannte. Ihr Mädels-Ausgehabend, so bemerkte ich jetzt mit einem leichten

Stich der Eifersucht, war in Wahrheit ihr Lesezirkel. Ein Treffen von Gleichgesinnten um einen Tisch mit Weinflaschen. Eine der Frauen spähte in koketter Pose und mit flirtendem Blick über den Rand eines Taschenbuchs. Sharp war nicht im Bild, aber präsent. Seine eleganten Finger ruhten auf dem Stiel eines Weinglases, seine klobige Armbanduhr glitzerte. In ihr Marokkoleder-Notizbuch hatte Abigail geschrieben:

Biest
Ungesehen (so glaubt er) unter der bemalten
Decke
des Himmelsdunkels,
blinzelt er Gott seine Teilnahmslosigkeit zu,
in einem Code,
den nur Er entziffern kann (das ist der Witz),
und träumt vom Salzgeschmack alltäglicher
Begierden.

Biest II
War es mein rauer Charme, der dein Auge
auf mich lenkte in jener Nacht,
oder war es mein Wissen um Metrum, Takt
und Rhythmus,
das deinem Ohr schmeichelte, dich aus der
Reserve lockte,
dich meinen Duft atmen, meinen Arm
berühren
und meine Wangen kosten ließ, als es fast
Zeit zum Gehen war?

Gedichte sind für mich zugegebenermaßen ein verschlossener Raum, zu dem mein Verstand nur höchst unzuverlässig den Schlüssel findet. Trotzdem las ich ihre Texte wieder und immer wieder. Voller Bewunderung sprach ich die Worte nach, als könnten mein bloßer Wille und meine Hingabe ihren verborgenen Sinn enträtseln.

Einmal folgte ich ihr in der Mittagspause zu dem kleinen Supermarkt auf der Hauptstraße. In der Bibliothek hielt sie den äußeren Schein aufrecht, doch hier entpuppte sie sich als tief verletzt, traurig und wunderschön. Sie kaufte einen Becher mit Meeresfrüchten, dazu Nudeln, Obst und Milch. Am Abend stieg der Duft der Speisen wie von einem festlichen Ritual zu mir auf, vermischt mit Klängen orientalischer Musik. Am Morgen aß ich Trauben und Erdbeeren aus ihrem Kühlschrank. Wie ich sie liebte.

25

WIE SCHON ERWÄHNT, war es Zoe, die uns – mit allen Anzeichen eines Schocks – die Nachricht überbrachte. Sie hatte die Augen weit aufgerissen in der Absicht, uns ebenfalls zu schockieren. Die Details waren vage. Sie basierten auf dem Tratsch, den eine von Zoes Freundinnen, die in einem Anwaltsbüro in Sloughgate arbeitete, weitergetratscht hatte. Die einzige Tatsache in all dem Klatsch bestand darin, dass die noch nicht identifizierte Leiche eines Mannes von einem frisch aus dem Urlaub zurückgekehrten Paar entdeckt worden war. »Und Sie werden niemals raten, von wem«, sagte sie und wandte sich mit schon fast unschicklicher Erregtheit an Katya.

Katya starrte sie einen Augenblick an. »Oh mein Gott, die Cooksons …«

Zoe biss sich mit ungläubigem Blick auf die Lippen.

Katya wandte sich zu mir. »Sollen wir sie anrufen?«

»Ich denke nicht. Obwohl dieser Vorfall vielleicht die Verkaufsverhandlungen wieder in die Gänge bringt.«

Die Mittagsnachrichten auf Two Counties meldeten nichts Neues. Einmal abgesehen von einem Bericht über den aufgelösten Zustand von Mrs Cookson, die sechsundvierzigjährige Apothekerin, welche die verwesende Leiche auf der Terrasse ihrer Luxusvilla entdeckt hatte, als das Paar von ihrem zehntägigen Urlaub auf den Seychellen zurückgekehrt war. Die Polizei ließ nichts darüber verlauten, ob ihnen die Umstände des Todesfalls verdächtig erschienen oder wie der Mann gestorben sein könnte.

»Das war ganz sicher ein Einbrecher«, sagte Wendy. »Was sonst hätte ein Fremder in ihrem Garten zu suchen gehabt?«

»Ich kann nicht einfach so rumsitzen«, erklärte Katya, erhob sich und blickte mit verschränkten Armen auf die Straße hinaus. »Wissen Sie, was nämlich geschehen wird? Die Cooksons werden *uns* beschuldigen, dass wir unser Schild aufgestellt haben, als Einladung für Einbrecher, während sie im Urlaub waren. Dabei war es ganz bestimmt jemand, der auf anderen Wegen von ihrer Abwesenheit erfahren hat.«

Die regionalen Vorabendnachrichten hatten einen Reporter vor Ort, oder besser gesagt dort, wo die Polizei die Zufahrtsstraße abgesperrt hatte. Sie hatten herausgefunden, dass das Haus zum Verkauf stand, und unser Hemings-Schild gut ins Bild gerückt. Weiter hinten in der Straßenbiegung sah man Streifenwagen mit unnötigerweise flackernden Blinklichtern. Irgendwann tauchte ein Polizeibeamter auf, wiederholte die bekannten Fakten und bat alle, die etwas Ungewöhnliches beobachtet hatten, sich zu melden.

Am nächsten Morgen suchten sie dann offenbar nach dem Fahrer eines weißen Geländewagens, der letzte Woche beim Verlassen der Straße gesichtet worden war. Josh kam ins Büro gestürzt, um zu verkünden, dass es sein Fahrlehrer war, der die Polizei über den weißen Wagen informiert hatte. Und jetzt wurde der Mann vom Fernsehen interviewt und zeigte ihnen die genaue Stelle.

»Wer ist der mysteriöse Eindringling?«, fragte der *Sentinel*, als das Blatt am Donnerstag endlich auch auf dem allgemeinen Stand war. Die Schlüssel wurden mit keinem Wort erwähnt, obwohl sich der Reporter detailliert über das Gesicht des Toten ausließ, das zur Hälfte von Füchsen und Krähen aufgefressen worden war. Was wiederum zu der Spekulation führte, dass der Mann mangels weiterer Informationen – bisher hatten weder besorgte Freunde noch Verwandte eine Vermisstenanzeige aufgegeben – vermutlich nur auf der Basis zahnärztlicher Unterlagen zu identifizieren sein würde. Mit der nächsten Ausgabe des *Sentinel* eine Woche später hatte sich die Geschichte bereits weiterentwickelt. »Mysteriöser Eindringling war Patient des Hausbesitzers«, schrie die Schlagzeile. Dank einer Wendung der Ereignisse, mit der ich eigentlich hätte rechnen können (denn wie viele kosmetische Zahnärzte gab es in einer kleinen Stadt?), hatte Mr Cookson selbst Sharps Zähne identifizieren können. Erst vor wenigen Monaten hatte er sie mithilfe modernster Lasertechnik gebleicht und dafür, laut Schätzungen der Zeitung, mindestens 800 bis 1200 Pfund verlangt. »Langsam kommt Licht ins Dunkel«, hieß es in einer kleineren Überschrift über einem grellfarbigen Bild von Sharp, das bei einer der Lesungen bei Warninck's aufgenommen worden war. Die Bildunterschrift beschrieb ihn als hiesigen verheirateten Mann und Teilzeitprofessor in Cambridge.

Und damit änderte sich natürlich alles.

26

MITTLERWEILE STAND UNSER ZU-VERKAUFEN-SCHILD sowohl vor dem Haus der Sharps wie auch vor dem der Cooksons. Daher war es wenig überraschend, als zwei Polizeibeamte in Zivil im Büro auftauchten, um ihre Routinefragen zu stellen. Ich konnte bestätigen, dass ich der Inhaber der Firma war, dass ich in der Tat kürzlich die Sharps aufgesucht (Wendy hatte es im Terminkalender vermerkt) und mit Mrs Sharp persönlich gesprochen hatte. Mr Sharp war dabei nicht zugegen.

»Welchen Eindruck hat Mrs Sharp auf Sie gemacht, Sir?«

»Sie wirkte nervös«, sagte ich. »Sie hatte eine Verletzung an der Hand.«

»Hat sie etwas darüber gesagt, woher die Verletzung stammte?«

»Von einem Streit mit ihrem Ehemann, hat sie gesagt. Am Abend zuvor. So weit ich mich erinnere, erzählte sie, dass sie eine Tasse nach ihm geworfen hatte. Oder vielleicht mehr als eine. Sie war deswegen im Krankenhaus.«

Was ich ihnen über Mrs Sharps Äußerungen erzählte, schienen sie nützlich zu finden. Vermutlich war es genau das, was sie hören wollten. Wendy brachte Kaffee, warf einen beunruhigten Blick auf die beiden Männer in identischen Anzügen, der eine mit einer Tätowierung auf der Hand, und schloss sacht die Tür hinter sich. Der jüngere der beiden Beamten machte sich Notizen und beobachtete mich, während ich antwortete. Gelegentlich stellte er auch eine eigene Frage. Ob ich Mr Sharp zuvor schon einmal begegnet war?

»Nicht dass ich wüsste.«

»Kennen Sie einen gewissen Mr Graham Buxton?«

»Ich glaube nicht. Tritt er im Fernsehen auf?«

Der Polizist schien meinen Gesichtsausdruck auf Anzeichen von Respektlosigkeit zu überprüfen. »Nein, er arbeitet für einen Ihrer Konkurrenten – Worde & Hulme. Er hat die Sharps an besagtem Freitagabend aufgesucht. Seinen Angaben zufolge haben Sie draußen vor dem Haus gewartet, und er hat mit Ihnen gesprochen.«

»Ah, das stimmt natürlich. Ich kannte seinen Namen nicht. Klar, er war derjenige, der mir von der Meinungsverschiedenheit der Sharps erzählt hat.«

»Sie meinen einen Streit?«

»Eine Auseinandersetzung, ja. Also habe ich beschlossen anzurufen, um den Termin auf den nächsten Morgen zu verschieben. Ich habe eine Nachricht auf ihrem Anrufbeantworter hinterlassen. Vielleicht ist sie sogar noch drauf, Sie könnten Mrs Sharp danach fragen.«

Die beiden Männer blickten einander an, als sei die Angelegenheit damit für sie abgeschlossen. Doch dann hatte der Ältere noch eine weitere Frage. »Wie ich gehört habe, kümmern Sie sich auch um den Verkauf von Nummer eins in der Eastfield Lane – das Haus der Cooksons?«

»Das ist richtig. Sind Sie interessiert, Inspector?«

Er lächelte schmallippig. »Ich bin Sergeant, Sir. Detective Sergeant. Und ich befürchte, diese Immobilie befindet sich nicht ganz in meiner Liga. Haben Sie die Schlüssel dazu?«

Ich rief Wendy an. »Könnten Sie bitte Katya hereinschicken?«

Katya erschien.

»Katya, haben wir die Schlüssel zum Haus der Cooksons?«

Sie blickte unsicher zu den beiden Männern und dann zu mir. »Ich fürchte nicht, Mr Heming.«

»Und können Sie bitte den beiden Herren erklären, warum das so ist?«

»Weil die Cooksons es vorgezogen haben, sie uns nicht auszuhändigen. Manche Klienten haben damit kein Problem, andere stört es. Die Cooksons haben sich bisher stets geweigert.«

Die beiden Männer schwiegen einen Augenblick, als müssten sie aufgrund von Katyas Akzent erst über ihre Glaubwürdigkeit befinden. »Glauben Sie, die Besitzer fürchten, ihre Schlüssel könnten in die falschen Hände geraten?«, fragte der junge Beamte schließlich.

Katya runzelte die Stirn. »Ich hoffe nicht. Aber da müssen Sie die Cooksons fragen.«

Die Polizisten brachen auf, und ich begleitete sie hinaus auf die Straße. »Ist das jetzt eine Ermittlung in einem Mordfall?«, fragte ich. »Die Zeitungen scheinen sich da nicht einig zu sein.«

»Man kann sich nicht immer auf die Zeitungen verlassen«, beschied mich der Ältere knapp und dankte mir für meine Hilfe. Der Jüngere, der es offenbar weniger eilig hatte, reckte den Hals, um die staubigen Fenster unserer unbenutzten Räume im ersten Stock zu inspizieren. Wohl nicht so sehr in der Hoffnung, dort eine Antwort zu finden, sondern vielmehr um den Eindruck von Gründlichkeit, ja sogar von Allwissenheit zu erwecken. Wie auch immer, es gefiel mir nicht. Ich leistete ihm beim Blick nach oben Gesellschaft und verbarg meine Nervosität hinter einem Lächeln.

Es war nicht besonders schwer, mit der Entwicklung der polizeilichen Nachforschungen Schritt zu halten. Die Geschichte hatte es inzwischen bis in die nationalen Boulevardzeitungen geschafft. Diese hatten ein wenig herumgeschnüffelt und bald herausgefunden, dass Sharp durchaus kein Professor in Cambridge und acht Jahre jünger als seine Frau gewesen war.

Inzwischen widmete sich Katya wieder ernsthaft dem Verkauf der Cookson-Villa. Was bedeutete, dass sie Mrs Cookson bereits dreimal aufgesucht hatte. Diese hatte den Rat sämtlicher Beteiligten angenommen und bisher nicht mit den Reportern gesprochen. Stattdessen hatte sie in Katya eine sehr einfühlsame Zuhörerin gefunden (was eine Überraschung für all diejenigen unter uns war, die bisher ihre Fähigkeit zu persönlicher Anteilnahme auf einem weit abgeschlagenen Rang drei hinter ihrer Effektivität und ihrer Skepsis gegenüber jeglicher Gefühlsduselei gesehen hatten). Mrs Cookson verriet Katya, dass man ihr nach dem Fund der Leiche ein Beruhigungsmittel hatte verabreichen müssen. Der größte Schock sei jedoch gewesen (und das war für Katya eine absolute Neuigkeit), dass der Eindringling den Schlüssel zu ihrem Haus hatte.

Die Polizei hatte Mrs Cookson sehr intensiv vernommen – sie hatten ihr sogar unterstellt, sie hätte den Eindringling *gekannt*, womöglich sogar eine intime Beziehung zu ihm gepflegt. Währenddessen machte der *Sentinel* Andeutungen, dieser Sharp sei nicht nur ein Frauenheld, sondern vor allem auch auf das Geld der Frauen aus gewesen. Dort stand außerdem zu lesen, dass der bereits in früheren Artikeln erwähnte weiße Geländewagen Sharps eigenes Gefährt gewesen war, das inzwischen aber von einem Inkassounternehmen aufgesammelt und abgeschleppt worden war.

»Die Cooksons lassen sich scheiden«, sagte Katya.

»Vermutlich das Beste für sie«, sagte ich. »Vielleicht hat Mr Sharp ihnen ja sogar einen Gefallen getan.«

Katya setzte ihre skeptische litauische Miene auf und bemerkte, es sei Mrs Cooksons größte Angst, das Haus könne sich nach dem öffentlich breitgetretenen Leichenfund als unverkäuflich erweisen. Mrs Cookson war offenbar der Meinung, der Mann sei gestürzt und durch einen unglücklichen Zufall zu Tode gekommen. Außerdem ging sie von einer Verwicklung ihres Gatten in den Fall aus.

»Denn wie soll der Mann sonst an den Schlüssel gekommen sein?«, fragte Katya. »Und vergessen Sie nicht, dass Ihr Mr Sharp einer von Mr Cooksons Patienten war. Er steckte in Geldnöten. Vielleicht konnte er seine Zahnarztrechnung nicht bezahlen. Womöglich hat Mr Cookson einen Plan ausgeheckt, seine eigene Frau auszurauben. Sie besitzt viele Wertsachen – Gold und Schmuck. Mrs Cookson hat gesagt, nur der Unfall hat verhindert, dass der Mann ins Haus eindringen konnte.«

»Das scheint mir doch ein bisschen weit hergeholt«, widersprach ich. »Schließlich ist es ja nicht so, dass es

Mr Cookson an Geld mangeln würde. Und davon abgesehen, woher wollen Sie wissen, ob Mrs Cookson nicht tatsächlich eine Affäre mit diesem Mann hatte? Vielleicht hat sie ihn geschickt, um Mr Cookson *seiner* Wertsachen zu berauben. Und wenn Sie gestatten, er ist nicht *mein* Mr Sharp. Ich bin diesem Mann niemals persönlich begegnet.«

Zoe, die Klatsch und Tratsch über alles liebte und verlässlich jedes Ereignis in unserer an Neuigkeiten armen Stadt zu einem Riesendrama aufblies, bat perverserweise um einen vierzehntägigen Urlaub. Um ihre Wohnung zu renovieren, wie Wendy mir bei meinem Eintreffen im Büro am Montag erklärte.

»Warum ausgerechnet jetzt?«, fragte ich.

»Irgendwann muss sie ja ihren Urlaub nehmen, Mr Heming. Und im Moment sind wir personalmäßig gut besetzt.«

Ich selbst suchte ab und an Mrs Sharp auf, die jedes Mal denselben verstörten Eindruck machte wie bei unserer ersten Begegnung. In der Zwischenzeit hatte sich Katya um die Angelegenheit gekümmert. Doch Mrs Sharp – die erstaunlicherweise nicht zu erschüttert war, um sich mit einem Hausverkauf zu beschäftigen – hatte ausdrücklich nach mir verlangt. Sie hielt mich auf Trab mit kleinen Anfragen wegen Elektro- und Wasserleitungen, Wärmedämmungen und diversen finanziellen Angelegenheiten. Und im Grunde war es keine schlechte Idee, das Haus erneut aufzusuchen. Dadurch erhielt ich Gelegenheit, gemeinsam mit Mrs Sharp eine langsame Tour durchs Haus zu unternehmen und dabei großzügig meine Fingerabdrücke auf allem zu verteilen, was ich bei meinen früheren, ungeladenen Besuchen berührt haben mochte. Außerdem arrangierte ich Termine mit Kaufinteressenten, die herumgeführt werden mussten, um die Spuren noch gründlicher zu verwischen.

Meine erste geschockte Beileidsbekundung hatte Mrs Sharp mit einem langen stillen Blick aus dem Fenster erwidert. Irgendwann wurde sie gesprächiger, obwohl ihre Äußerungen nach wie vor tränenreich, ziemlich vage und von wütenden Ausbrüchen begleitet waren.

»Ich habe keinen Schimmer, auf was er dort aus war, trotzdem kann ich ihm nicht verzeihen. Noch nicht. Und jetzt denkt die Polizei auch noch, *ich* hätte was mit dieser Geschichte zu tun!«

Ich setzte eine teilnahmsvolle Miene auf. Ganz offensichtlich hatte sie großen Redebedarf. Vermutlich fühlte sie sich mit der Angelegenheit allein gelassen und brauchte einen Ansprechpartner. Wir saßen Knie an Knie in der Küche und tranken Kaffee, während sie rauchte, ihrer Empörung über die feindseligen Fragen der Detectives freien Lauf ließ und mich bat, sie Judith zu nennen.

»Warum hätte ich ihn als vermisst melden sollen? Ich bin davon ausgegangen, er hätte sich zu seiner neuen Freundin verkrümelt. Ich war bei meiner Schwester. Woher zum Teufel hätte ich wissen sollen, dass er tot in irgendeinem Garten am anderen Ende der Stadt lag?«

»Haben Sie den Beamten von dieser Frau erzählt?«

»Ich hab ihnen ein Foto von den beiden zusammen gezeigt. Woraufhin sie lediglich erwidert haben, bei allem gebotenen Respekt, der Täter könne jeder gewesen sein. Immerhin haben sie das Foto mitgenommen. Nach dieser Frau sollte die Polizei suchen.«

Ich hoffte inständig, sie würden es nicht tun.

Als ich zurück ins Büro kam, waren die beiden Polizeibeamten wieder da. Sie unterhielten sich mit Katya und Wendy. »Sie kommen gerade recht, Mr Heming«, sagte der Ältere.

Wir zogen uns in das hintere Büro zurück. Sie befragten mich zu dem Tag, an dem ich Mrs Sharp nach ihrer Rückkehr aus dem Krankenhaus angetroffen hatte. Ich hob hervor, dass ich natürlich nicht mit Bestimmtheit sagen konnte, dass Mrs Sharp an diesem Morgen tatsächlich vom Krankenhaus zurückgekehrt war. Schließlich war sie bereits da gewesen, als ich eintraf. Der ältere Polizist nickte müde und erkundigte sich dann nach dem Zustand des Hauses. Ich berichtete ihm von dem blutverschmierten Boden und davon, dass überall Scherben und Geschirrteile herumgelegen hatten.

Die beiden blickten einander an.

»Und Sie haben es nicht für nötig gehalten, das bereits früher zu erwähnen?«

»Ich bin davon ausgegangen, Sie wüssten das längst. Hat Mrs Sharp es denn nicht erwähnt?«

Der jüngere Beamte, der am Fensterbrett gelehnt hatte, klappte sein Notizbuch zu, was ich merkwürdig fand. »Gibt es sonst noch etwas, das Sie uns mitteilen möchten, von dem Sie bisher angenommen haben, wir wüssten es längst, Sir?«

»Ich denke nicht. Das mit dem Hund hat Ihnen Mrs Sharp ja bestimmt erzählt.«

Am Tag danach tauchten zwei uniformierte Polizisten auf und baten Katya und mich um unsere Fingerabdrücke zu Ausschlusszwecken, wobei sie einen portablen Scanner zum Einsatz brachten. »Bedeutet das jetzt, dass es sich um eine Ermittlung in einem Mordfall handelt?«, fragte ich.

Ich bemerkte, dass meine Hände zitterten.

»Sie wirken nervös, Sir«, sagte der Polizist, während er meine Finger spreizte.

»Das Ganze jagt mir einen kalten Schauer den Rücken runter«, sagte Katya. Sie hatte Zoe während einer Weihnachtsfeier einmal erzählt, dass ihr Großvater, ein katholischer Bischof, von der Geheimpolizei verhaftet und gefoltert worden war. »Was glaubt man denn jetzt, wie der Mann in der Boselle Avenue gestorben ist?«

»Es ist einfach Teil der Untersuchungen, Madam.«

Wo auch immer ich an diesem Tag hinging, ich fühlte mich von den Beamten beobachtet. Mehrfach spähte ich den Hügel hinauf und hinunter, bevor ich zu meinem Apartment eilte.

Aber auch Mrs Sharp, die ich am nächsten Tag aufsuchte, litt offenkundig unter ihrer Aufdringlichkeit. Der lange Arm des Gesetzes, wie sie es nannte, hatte sich durch ihr Haus getastet – mit einem Hausdurchsuchungsbefehl, der jedoch ihrem Eindruck zufolge nichts zutage gefördert hatte. »Ehrlich«, sagte sie, »in so einem Fall hätte ich doch den Küchenboden geschrubbt und das Chaos beseitigt nach unserem Streit. Und dann meine verbundene Hand!«

»Sie haben völlig recht, Mrs Sharp.«

»Bitte nennen Sie mich Judith.« Sie schenkte sich Kaffee nach. »Ich hab der Polizei ausführlich geschildert, dass das Blut von mir stammte. Und falls sie noch anderes Blut finden sollten, dann höchstens von dem armen Barney. Woraufhin sie darauf bestanden, ihn auszugraben. Einfach um meine Aussage zu überprüfen.« Sie zündete sich eine weitere Zigarette an. Was sie jedoch weit mehr aufgeregt hatte, waren die Fragen, ob das mit Barney sie wütend gemacht habe. »Natürlich war ich wütend, habe ich ihnen erklärt. Wer wäre das nicht gewesen? Ehrlich gesagt, ich hätte ihn am liebsten umgebracht. Douglas meine ich, nicht den Hund.« Sie schüttelte den Kopf. »Natürlich wollte ich das nicht wirklich.«

Mein Kopf schmerzte bei dem angestrengten Versuch, alles zu speichern, was Mrs Sharp wusste oder zu wissen glaubte – oder der Polizei erzählt hatte –, um es dann mit den mir bekannten Fakten in Übereinstimmung zu bringen, sowie mit allem, was ich der Polizei bereits erzählt hatte. Es schien mir fast unvermeidlich, dass ich irgendwann über ein verräterisches Detail stolpern und genau in den Armen dieser erbarmungslosen Verbrechensbekämpfer landen würde.

Aber sorgte die Polizei nicht selbst für Konfusion? Warum zum Beispiel waren sie so besessen von Blut, wo Sharp doch gar kein Blut verloren hatte?

Nur eine Neuigkeit beruhigte mich ein wenig. Tagelang hatte mich der Gedanke an den Golfschläger verfolgt, der das Leben des Hundes wie auch das seines Herrn beendet hatte. Doch wie sich jetzt herausstellte, hatte Mrs Sharp die Golfschläger zusammen mit anderen verbliebenen Habseligkeiten ihres Mannes entweder in den Müll geworfen oder einer der vielen Wohlfahrtseinrichtungen der Stadt geschenkt.

»Warum auch nicht?«, weinte sie. »Und ich habe das der Polizei auch ganz offen erzählt. Ich habe nichts zu verbergen. Er war ein Mann, der mich abserviert und betrogen hat, der weiß Gott wie viel Geld für seine lasergebleichten

Zähne verschleudert hat, bloß um andere Frauen anstrahlen zu können. Und, nicht zu vergessen, er hat meinen Hund erschlagen! Natürlich schmeiße ich da seine Sachen raus. Ich hasse ihn!«

Ich durfte den Mut nicht sinken lassen. Außer Mrs Sharp gab es noch genug andere Spuren, um die Polizei zu beschäftigen. Laut *Sentinel* (mittlerweile schien das Interesse der überregionalen Presse abgeflaut) hatten sie noch keine endgültige Entscheidung getroffen, ob hier von einem verdächtigen Todesfall oder einem Mord auszugehen war. Wobei im letzteren Fall natürlich erheblich mehr Mittel für Spurentechniker und weitere Detectives fließen würden. Das deutete darauf hin, dass keine wirklich schlüssigen Beweise existierten. Weiterhin legte es nahe, dass sie sich nicht sicher waren, ob Sharps Kopfverletzung nicht von einer der handbehauenen Steine am Rand der hübschen Terrasse der Cooksons herrührte. Das wilde Schneegestöber verwirrender Indizienbeweise würde sie hoffentlich blenden für das Wer, Wo, Was und Warum dieses absurden Falls.

Es schien mir also immer noch vorstellbar, dass sie woanders suchen würden. Obwohl ich nicht genau wusste, worauf genau ich da hoffte. Zudem überraschte es mich, dass nirgendwo die Erstsemesterstudentin erwähnt worden war, die Sharp geschwängert hatte. Wenn irgendjemand einen Groll gegen Sharp hegte, dann doch diese Familie bewaffneter Muslime aus Glasgow, die bereits in Cambridge nach ihm gesucht hatten. Vielleicht hielt die Polizei diese Information geheim – aber wenn ja, was hieß das für mich? Es war nicht auszuschließen, dass sie inzwischen bereits eine Beschreibung des Mannes hatten, der vor ein paar Wochen Warnincks Buchhandlung aufgesucht hatte, nur um sich dort nach dem charmanten Dr Sharp zu erkundigen und anschließend seiner Spur nach Cambridge zu folgen.

Würde die Buchhändlerin sich an mich erinnern – die vielbeschäftigte Inhaberin eines gut besuchten Ladens, die ohnehin den ganzen Tag über Fragen beantwortete? Im umgekehrten Fall hätte ich wohl größere Schwierigkeiten, ihr Äußeres auch nur mit annähernder Genauigkeit zu beschreiben.

Die Polizei konzentrierte sich weiter auf Mrs Sharp, was mich unvermeidlich in den Strudel mit hineinzog. Erneut tauchten die beiden Detectives im Büro auf. Zoe war wieder zurück, die Batterien neu aufgeladen, und ihre Augen funkelten besonders fröhlich. »Darf ich den Herren einen Tee oder einen Kaffee bringen?«, fragte sie und verbreitete eine flimmernde Aura von Neugier. Da sie die Tür angelehnt ließ, während sie in unserer kleinen Küche herumwuselte, musste ich vorsichtig sein mit meiner Wortwahl. Die Beamten befragten mich erneut zu den Ereignissen, verlangten diesmal aber eine genauere Schilderung als zuvor. Nochmals spulte ich die Geschichte ab: Ich war am Abend zuvor dort gewesen, hatte eine Nachricht auf Anrufbeantworter hinterlassen, kam dann am nächsten Morgen wieder, um über den Verkauf des Hauses zu sprechen. »Wenn ich es recht bedenke«, sagte ich, »dann hat Mrs Sharp gerade mit meiner Sekretärin telefoniert, als ich an die Tür klopfte. Oder besser gesagt – im Interesse der Genauigkeit –, als ich an der Tür klingelte.«

»Haben Sie bei Ihrer Ankunft Mr Sharps Wagen gesehen?«

Ich verschränkte die Arme, um das Zittern meiner Hände zu verbergen. »Das kann ich Ihnen beim besten Willen nicht sagen. Wie ich vielleicht schon erwähnt habe, bin ich Mr Sharp nie persönlich begegnet. Daher kenne ich auch seinen Wagen nicht.«

»Und Mrs Sharp?«

»Sie meinen ihren Wagen?«

»Sind Sie Mrs Sharp zuvor schon einmal begegnet?«

»Nicht dass ich wüsste. Obwohl das hier eine kleine Stadt ist. Ich kann nicht dafür garantieren, dass ich ihr nicht schon mal im Supermarkt über den Weg gelaufen bin.«

Der jüngere Mann blickte in sein Notizbuch. »Ein weißer Audi-Geländewagen, zweifelsfrei als Mr Sharps Eigentum identifiziert, wurde von zwei Angestellten einer Inkassofirma am Samstag dem Vierten morgens beim Verlassen der Boselle Avenue beobachtet. Später haben die beiden Angestellten den Wagen ganz in der Nähe des Fundorts von Mr Sharps Leiche entdeckt. Jemand, der sich als Mr Sharp ausgab, hatte das Inkassounternehmen verständigt und ihnen den Standort des Wagens mitgeteilt. Aber warum sollte Mr Sharp den ganzen Weg zum Haus der Cooksons fahren und von dort das Inkassounternehmen zum Abholen seines Wagens auffordern, nur um später tot aufgefunden zu werden?«

»Das klingt wie ein Fall für die Polizei«, sagte ich mit einem steifen Grinsen. »Aber ich habe darüber nachgedacht. Stellen Sie sich Folgendes vor. Was, wenn die Inkassoleute Mr Sharp einfach zu den Cooksons *gefolgt* sind, dort gewartet haben, bis er ausgestiegen ist, und sich dann den Wagen zu schnappen versuchten? Prompt stürmt ein wütender Mr Sharp heraus, und es kommt zu

Handgreiflichkeiten, an deren Ende der bedauernswerte Mr Sharp tot am Boden liegt. Was sollen die Männer jetzt tun? Sie kriegen Panik. Da niemand zu sehen ist, tragen sie Mr Sharps Leiche in den Garten der Cooksons. Sie rufen ihr *eigenes* Büro an, geben sich als Mr Sharp aus, und das Büro ruft zurück und teilt *ihnen* den Standort des Wagens mit. Die beiden Männer leeren Mr Sharps Taschen, um es wie einen Raub aussehen zu lassen – oder weil sie den Verlockungen von Bargeld nicht wiederstehen können –, und verschwinden mit dem Wagen. Job erledigt!«

Die beiden Beamten hörten geduldig zu (vielleicht hatten sie diese Möglichkeit schon erwogen und verworfen, obwohl sie mindestens so plausibel erschien wie die Hypothese von Mrs Sharp als Mörderin). Dann fragte mich der ältere Beamte leise: »Wieso gehen Sie davon aus, dass Mr Sharps Brieftasche fehlte?«

Die Haare in meinem Nacken sträubten sich. »Womöglich habe ich es in der Zeitung gelesen?«

Keiner der beiden verzog eine Miene.

Ich suchte verzweifelt nach einer Antwort. »Nein, natürlich«, sagte ich schließlich. »Es war Mrs Sharp, die mir erzählt hat, dass seine Brieftasche fehlte. Ebenso wie andere seiner Habseligkeiten. Ich denke, sie hat außerdem erwähnt, dass seine Taschen weg waren. Und sein Handy?«

»Mrs Sharp.«

»Ja, ich verkaufe ihr Haus.«

Der ältere Mann blickte müde drein. »Was Sie nicht sagen.«

Der Jüngere fragte jetzt in leicht sarkastischem Tonfall, ob es noch etwas anderes von dem fraglichen Tag gab, an das ich mich erinnerte.

Erneut überlegte ich. »Ich glaube nicht«, sagte ich. »Wir haben wohl so ziemlich alles abgedeckt.«

Als ich sie endlich in ihrem Wagen davonfahren sah, atmete ich tief aus.

In dieser Nacht konnte ich kaum schlafen. Ich schloss meine Augen und sah die versteinerten Gesichter der beiden Detectives vor mir. Mein Magen schnürte sich zusammen. Alles entglitt mir – die Stadt, mein Geschäft, Abigail. Ich erwachte schweißgebadet.

Es war natürlich verrückt, trotzdem marschierte ich am nächsten Morgen auf direktem Weg zu Warninck's. Und da war sie, die Frau, mit der ich vor ein paar Wochen gesprochen hatte. Sie bediente an der Theke. Ich erkannte sie sofort wieder. Allerdings bezweifelte ich erneut, dass ich sie wiedererkannt hätte, wenn sie in mein Büro spaziert oder ich ihr in einer Bar begegnet wäre. Und es war völlig ausgeschlossen, dass ich sie hätte detailliert beschreiben können. Aber funktioniert unser Erinnerungsvermögen nicht prinzipiell so? Hängt nicht alles vom Zusammenhang ab? Darauf baute ich. Ein- oder zweimal lief ich an der Theke vorbei, bevor ich mich direkt in ihr Blickfeld zu den »Diese Woche neu«- Titeln, den »Empfehlungen unserer Mitarbeiter« und den Bestsellern stellte. Vielleicht war es riskant, mit ihr zu sprechen, doch meine Intuition sagte mir das Gegenteil. Zunächst einmal – was war die Alternative? In ständiger Furcht vor Entdeckung durch die Stadt zu schleichen? Und zum zweiten – gab es einen bessern Weg, einen möglichen Verdacht ihrerseits zu zerstreuen, als ihr offen entgegenzutreten? Ihr direkt in die Augen zu blicken, wie Mr Mower es mir immer geraten hatte, ja, sie geradezu herauszufordern, mich zu mustern? Was, dieser sympathische, wenn auch nicht sonderlich einprägsame Mann in dem typischen Tweedanzug eines Geschäftsmanns in einem Landstädtchen sollte den aufgeweckten, cleveren Dr Sharp mit einem Golfschläger zu Tode geprügelt haben?

Ich runzelte die Stirn und seufzte, während ich ein Buch nach dem anderen betrachtete. Schließlich kam sie herüber und fragte, ob sie mir helfen könne.

»Ich brauche ein wenig Urlaubslektüre, fürchte ich. Haben Sie irgendwelche Ideen für einen langen Flug?«

»Oh, jede Menge. Wohin geht es denn?«

»Auf die Seychellen. Zum Tauchen.«

»Wie schön«, sagte sie freundlich, aber mit einem leicht distanzierten, geschäftsmäßigen Unterton. Ich hatte nicht den Eindruck, dass sie etwas von meiner wahren Einstellung zu Wassersport oder Fernreisen (oder gar Mord) ahnte. Vielmehr schlug sie mir einfach eine Reihe von Strandthrillern vor. Wir gingen zurück zur Kasse, wo sie meine Einkäufe in einer umweltfreundlichen Tragetasche verstaute und mir einen schönen Tag wünschte.

Es war davon auszugehen, dass Sharps Tod im Buchladen für einige Aufregung gesorgt hatte. Es wurde wohl manche Augenbraue nach oben gezogen, als die Polizei dort auftauchte, um Informationen einzuholen. Heute jedoch hatte diese Frau auch nicht mit einem Blinzeln verraten, dass sie mit irgendetwas anderem als dem Austausch von Waren gegen Geld beschäftigt war. Wenn man sie genötigt hätte, vielleicht hätte sie sich dann vage erinnert, mich schon einmal gesehen zu haben. Aber das galt sicher für einen Großteil ihrer Kunden – von denen die meisten vermutlich Sharps Veranstaltungen besucht und anschließend ausführlich mit ihr darüber gesprochen hatten. Und wenn man es genau bedachte, hatte sich unsere Unterhaltung an jenem Tag hauptsächlich um die Suche nach einem Buch gedreht, ebenso wie die heute. Sie hatte angeboten, es für mich zu bestellen, und mich anschließend an die Bücherei verwiesen, die es möglicherweise in ihren Regalen hatte. Das tat sie höchstwahrscheinlich täglich für irgendjemanden, ohne sich deswegen notwendigerweise an dessen Augenfarbe oder Frisur zu erinnern oder gar detaillierte Angaben für ein polizeiliches Phantombild machen zu können. Klar, ich hatte schmeichelhafte Bemerkungen über ihre literarischen Abende fallen lassen, jedoch nur so im Vorübergehen. Sie war es, die Dr Sharps Namen aufgebracht hatte. Sie hatte bereitwillig seine Karte hervorgekramt – und sich mit der Verbindung von Warninck's zu einem Cambridge-Professor gebrüstet. Und sie hatte seine Visitenkarte in einer Armeslänge Entfernung gehalten, hatte seinen Namen und seinen Beruf vorgelesen, als hieße sie den Botschafter der Vereinigten Staaten anlässlich des Galaempfangs der British Independent Bookstore Federation im London Ritz willkommen.

Diese Gedanken verschafften mir ein wenig Erleichterung. Doch es ist wohl unnötig zu sagen, dass diese nicht lange währte.

27

IN DER ZWISCHENZEIT verzehrte sich mein Herz nach Abigail. In der Bücherei ließ sie sich nicht mehr blicken. Ich stellte mir vor, dass sie sich in ihrem Schock zu Hause verkrochen hatte, unfähig oder unwillig, sich der Polizei mitzuteilen. Zweimal fuhr ich nach Einbruch der Dunkelheit an ihrem Haus vorbei und sah Licht im oberen Fenster. Ich wagte nicht anzuhalten. Von Angst gepeinigt stellte ich mir vor, wie der jüngere, misstrauische Detective mir heimlich in einem unauffälligen Wagen folgte oder jeden meiner Schritte in der Stadt observierte.

Ich sehnte mich zurück nach meinem harten Lager auf dem Dachboden, verborgen zwischen den alten Möbeln ihrer Mutter; Abigail unten im Haus, und ihre Wärme und ihr Gemurmel stiegen zu mir herauf. In meinen Träumen kehrte ich dorthin zurück, presste wieder mein Ohr auf den Holzboden, strich mit den Fingern über die parallelen Vertiefungen, die ich dort eingeritzt hatte. Irgendwann verschwammen in diesem Traum die Konturen, mein Geist verschmolz mit ihrem, während sie ihren täglichen Verrichtungen nachging – den gelben Linoleumboden in der Küche wischte, einen Sender im leise dudelnden Radio einstellte, die milchweißen Seiten ihres Notizbuchs mit lila Adjektiven übersäte, von Handtüchern umhüllt und mit rosiger Haut aus dem dampfenden Bad trat. Bald darauf saß sie auf ihrem Bett, lackierte sich ihre perfekten Zehennägel, eine Träne auf jeder Wange. Alles, was ich je gewollt hatte, war dort. Es war der Gipfel meiner Wünsche, all das, wofür ich je gekämpft hatte. Der Schlüssel zu ihrem Haus brannte in meiner Hand. Schon oft in meinem Leben hatte ich mich in Geduld üben müssen, hatte gelernt, mich mit der Vorfreude auf die Belohnung zufriedenzugeben. Doch diesen äußerst seltenen Moment tatsächlich *gekostet* zu haben – dieses narkotische Destillat allen Verlangens –, um ihn mir nun von grausamen Umständen wieder entreißen zu lassen? Fünf Tage waren mir gegönnt gewesen, und jetzt das! Jede Faser meines Körpers rebellierte gegen die Vorsicht, rannte an gegen die Vernunft. Diese Stunden der Finsternis wurden nur erträglich durch die Überzeugung, dass irgendwann wieder ein Morgen anbrechen und ein heller Tag folgen würde. Ich erging mich in Fantasien endloser Tage mit Abigail, unsere Seelen vereint, sie ahnungslos ihren Beschäftigungen hingegeben, ich ungesehen und ohne zu sehen. In meinen Träumen war es ein pulsierendes Leben, verschmolzen mit der Architektur des Hauses ihrer Mutter in der Raistrick Road, ein Leben, das hinter den Wänden atmete, unter den Dachrinnen, unter den Holzdielen. Mein Körper war fast taub vor Verlangen und blind gegenüber der Gefahr. Alles konnte in einem einzigen Augenblick enden, konnte ins Rutschen kommen, sich verschieben, einstürzen, die flammende Hölle darunter offenbaren – ich würde sehenden Auges auf den klaffenden Abgrund zumarschieren.

Einen Monat nach der Identifikation von Sharps Leiche

ging ich ans Telefon und hörte die Stimme einer jungen Frau. Wir hatten eine unserer Broschüren in ihren Briefkasten geworfen, erklärte sie. Und sie hatte ein Haus, das sie verkaufen wollte. Es war Abigail.

Für einen Augenblick war ich völlig verwirrt – beim Klang ihrer Stimme überflutete mich eine Woge der Panik. Und dann eine weitere bei dem Gedanken, sie könne tatsächlich verkaufen und wegziehen. Gleichzeitig regte sich aber auch Hoffnung in mir. Einfach ihre Stimme zu hören schien blitzartig wieder Glanz in mein Leben zu bringen und neue Möglichkeiten zu eröffnen. Wie hätte es auch anders sein sollen?

Mit knapper Not brachte ich es fertig, einen Termin mit ihr zu vereinbaren. Und bereits eine Stunde später saßen wir uns in den wild gemusterten Lehnsesseln ihrer Mutter gegenüber. Während sie mich von Raum zu Raum führte (obwohl ich natürlich längst jeden Quadratzentimeter des Hauses kannte), wirkte sie mitgenommen – ihre Augen waren dunkel umrandet vor Sorge, beim Gehen hielt sie die Arme verschränkt und ihre dünne grüne Strickjacke eng um sich geschlungen. Sharps zueinander passende Reisetaschen waren verschwunden. Vielleicht waren sie auf dem städtischen Wertstoffhof gelandet. Ich stellte mir eine nervöse, in Tränen aufgelöste Abigail vor, die zwischen den hoch aufragenden Containern umherirrte, möglicherweise sogar zufällig neben Mrs Sharp die metallenen Stufen emporstieg, um sich der irdischen Spuren des ermordeten Mannes zu entledigen, unwissentlich zwei Schwestern im Unglück.

»Und haben Sie vor, wieder etwas hier in der Gegend zu kaufen?«, hörte ich mich fragen.

»Nein«, erwiderte sie. »Meine Mutter ist letztes Jahr gestorben. Das war ihr Haus. Ich werde wegziehen.«

Mein Herz stockte. Der Grund für ihren Wegzug war natürlich Sharp – der Verlust, aber möglicherweise auch die Angst, in polizeiliche Nachforschungen verwickelt zu werden. Ich fragte mich, ob sich ihre Sicht auf ihn wohl geändert hatte infolge der vielen Geschichten, die über ihn kursierten – die Art, wie er zügellos das Geld seiner Frau hinausgeworfen hatte, seine mutmaßliche Affäre mit Mrs Cookson, über die wegen eines Techtelmechtels mit einem Arzt, der neben einer ihrer Apotheken praktizierte, schon wieder neuer Klatsch und Tratsch in Umlauf war.

Ich folgte Abigail hinaus in den bescheidenen Garten hinter dem Haus. »Er ist nichts Besonderes«, sagte sie, »aber auf der anderen Seite der Straße gibt es noch eine Garage.« Sie entriegelte die Gartenpforte, und wir traten auf eine schlammige Sackgasse, die gegenüber von altmodischen, nummerierten Garagen mit bunt bemalten Toren gesäumt war. »Die grüne ist unsere. Oder vielmehr meine.« Sie schloss das Tor auf und trat einen Schritt zurück. Im Inneren war es dunkel. »Man würde erwarten, dass sie feucht ist. Ist sie aber nicht«, erklärte sie, ging nun hinein und fuhr mit der Hand über die dort gestapelten Möbel und die nicht mehr benötigten Haushaltsgegenstände. »Um ehrlich zu sein, ich würde gerne schnell verkaufen.«

Ich hätte die Hand ausstrecken und ihr Haar berühren können.

»Keine Sorge«, erklärte ich. »Wir werden die Sache rasch ins Rollen bringen.«

Sie lächelte und blickte mich zum ersten Mal an. Nach

allem, was passiert war, empfand ich es als zutiefst verwirrend, so mit ihr zu sprechen. Und ihr so nahe zu sein.

Auch in dieser Nacht konnte ich nicht schlafen, doch nun war es wieder Abigail, die meine Träume beherrschte und all die schlechten Gedanken verdrängte. Am nächsten Morgen suchte ich sie in der Bibliothek auf. Sie arrangierte gerade eine Auslage in der Kinderecke neu. »Oh, hallo«, sagte ich mit überraschter Stimme.

»So trifft man sich wieder«, sagte sie und richtete sich auf, ein Bilderbuch vor der Brust.

»Erstaunlich«, strahlte ich. »Also … Sie arbeiten hier? Natürlich, was rede ich da?« Ich lachte und entschuldigte mich dafür, ihre Zeit zu vergeuden. »Ich schaue nur kurz wegen unserer Zeitungsanzeigen vorbei – um sicherzugehen, dass sie nicht auf dem Kopf stehen!«

Ihre Augen wurden schmal. »Kommt das öfter vor?«

»Sie wären überrascht.« Ich verharrte noch einen Moment länger und genoss ihren Anblick. Sie hatte Sommersprossen auf dem Nasenrücken. »Wie auch immer, jedenfalls hat es mich gefreut, Sie zu sehen.«

»Natürlich«, lächelte sie. »Mich auch.«

Später wartete ich im Park auf sie, unter den Bäumen, ein ganzes Stück entfernt vom Weg. Sie rollte auf eine der Bänke zu, stieg vom Rad und legte es sorgfältig ins Gras. Dann durchsuchte sie ihren Rucksack, setzte sich auf die Bank und begann, in ein Notizbuch zu schreiben. Ich konnte kaum zusehen.

Am darauffolgenden Nachmittag kehrte ich zu ihrem Haus zurück, um Fotos zu machen. Wir tranken Kaffee und gingen den Papierkram durch. Sie hatte vor, in ihr altes Apartment nach London zurückzukehren, wie sie mir erzählte. Ursprünglich hatte sie mit dem Gedanken gespielt, sich hier in der Stadt niederzulassen, aber die Dinge hatten sich einfach nicht so entwickelt wie erwartet. »Die ganze Sache passt irgendwie nicht zu mir«, sagte sie.

»Das ist schade«, sagte ich. »Doch vermutlich ist London weit aufregender.«

»Da kann ich nicht mitreden«, erwiderte sie.

Sie roch himmlisch.

Ich fragte sie nach Einbauten und der Ablösesumme. Sie fragte, ob ich jemanden mit einem Lieferwagen kenne, den man stundenweise anheuern konnte. »Ich habe ein ganzes Haus voller Kram, den ich loswerden muss – das meiste von meiner Mutter. Auf dem Weg nach Wodestringham gibt es offenbar ein großes Lager der Wohlfahrt, das Dinge recycelt und nach Afrika schickt. Allerdings habe ich kein Auto. Ich kann nicht mal fahren.«

»Warum lassen Sie mich nicht helfen? Ich habe einen Lieferwagen. Und ich habe gerade etwas Zeit.«

Schon während ich sprach, spürte ich, wie mein Herz einen Schlag aussetzte. Das war verrückt.

»Gehört das zu Ihrem Service?«

»Nur für Autolose.«

Sie lachte. »Ich schätze, Sonntag kommt nicht infrage, oder?«

»Welcher Tag eignet sich besser für eine gute Tat? Ist zehn Uhr zu früh?«

»Abgemacht«, sagte sie.

Ich trug für diese Gelegenheit mein Oxfam-Jackett und alte Freizeithosen. Zoe hatte Dienst im Büro, daher wappnete ich mich innerlich für ihren unvermeidlichen Kommentar, bevor ich eintrat, um die Schlüssel für den Lieferwagen zu holen. »Oh Mr Heming«, rief sie. »Haben Sie sich verkleidet?«

»Ich helfe nur einem Nachbarn aus«, erwiderte ich.

»Handelt es sich zufällig um einen weiblichen Nachbarn?«

»Es ist eine ältere Nachbarin.«

Am Ende waren es drei ganze Fuhren. Abigail wirkte schon wieder etwas heiterer. Sie trug Gartenhandschuhe und erklärte, ihre Nägel würden immer so leicht abbrechen. »Meine auch«, sagte ich. Sie war eindeutig froh über ein wenig muntere Gesellschaft. Sie erzählte mir von ihrem alten Job in einer der Londoner Universitätsbibliotheken und von ihrem Leben dort. Es hatte einen Freund gegeben, der jedoch abgesprungen war (wie sie es ausdrückte), als sie nach Hause zurückgekehrt war, um ihre Mutter zu pflegen. »Vermutlich war das auch gar nicht dumm. Ich hatte ohnehin nicht viel Zeit für andere Leute. Erst nach dem Tod meiner Mutter habe ich wieder Kontakt zu ein paar alten Freunden hier in der Stadt aufgenommen. Außerdem hab ich angefangen, Teilzeit in der Bibliothek zu arbeiten. Und so haben sich die Dinge hier ein bisschen entwickelt.«

Über mich sprachen wir nur wenig. Aber stellen Sie sich ihre Überraschung vor, als sie herausfand, dass eines meiner Lieblingsbücher der letzten Zeit *Eine Handvoll Münzen* von Barrington Gates war. »Ich liebe dieses Buch!«, rief sie. »Ich habe ein handsigniertes Exemplar!«

»Das Buch sagt sehr viel über Einsamkeit«, bemerkte ich.

»Sie haben ja *so* recht. Und auch über das innere Exil.«

»Meine Worte!«

Auf dem Rückweg bestand sie darauf, mich zum Mittagessen in den Tearoom eines Gartencenters einzuladen. Ein Schatten legte sich über ihre Miene, als ich mein Mitgefühl für den schmerzlichen Verlust zum Ausdruck brachte (ich meinte natürlich ihre Mutter, wobei sie selbst vermutlich an Sharp dachte), aber sie hellte sich rasch wieder auf, als sie von meiner Jugend als Waisenkind erfuhr, den Misshandlungen durch eine grausame Tante. Außerdem steuerte ich eine Geschichte von einer Beziehung mit einer jungen Frau bei, die in einer großen Enttäuschung und tiefem Schmerz geendet hatte, nachdem sie eines Tages einfach wortlos verschwunden war. »Auch wenn es schon ein paar Jahre zurückliegt, bin ich immer noch nicht ganz darüber hinweg«, sagte ich, während ich in meiner Erinnerung nach Details meiner unglücklichen Liaison mit Zoe fischte. »Erst nachträglich kam mir der Gedanke, dass sie möglicherweise emotionale Probleme hatte«, hörte ich mich selbst sagen. Wobei ich an die Antidepressiva dachte, die ich im frühen Stadium unserer »Romanze« in ihren Badezimmerschränkchen entdeckt hatte. (Was mich eigentlich nicht weiter hätte erstaunen sollen angesichts von Zoes lebhafter, manchmal regelrecht aufgekratzter Persönlichkeit.) »Einmal hab ich sie sogar dabei ertappt, wie sie spät in der Nacht durch meinen Garten geschlichen ist. Als ich zufällig die Vorhänge geöffnet habe, hat sie bei mir hereingestarrt.«

»Oh mein Gott. Was hat sie gesagt?«

»Sie hat gesagt, sie würde mich vermissen. Aber sie hätte mich nicht aufwecken wollen. Können Sie sich das vorstellen?«

Anschließend schlenderten wir die Reihen mit Pflanzen entlang. Unsere Hände waren sich verführerisch nahe, jedoch ohne sich zu berühren. Sie setzte sich auf eine rustikale Holzbank und bedeutete mir, neben ihr Platz zu nehmen. Ich bemerkte, dass einer ihrer Fingernägel gebrochen war. Sie erzählte mir einen Witz über das Schlittenfahren, den ich nicht verstand. Trotzdem lachte ich – vielleicht einen Augenblick zu spät, denn sie lachte noch lauter, vermutlich weil sie mein Unbehagen spürte. Was passierte hier? Ein Schweigen machte sich breit, das uns beiden erlaubte, dieser Frage nachzuhängen. Vielleicht dachte sie auch einfach nur an ihre eigene Geschichte – über die sie schweigen musste. Ich kam zum Schluss, dass ich sie ohnehin gar nicht hören wollte. Oder vielmehr, dass ich mir wünschte, ich wäre nicht der Einzige, der davon wusste.

Als ich sie bei ihrem Haus absetzte, dankte sie mir erneut. »Ich schulde Ihnen was«, rief sie mir von der obersten Treppenstufe hinterher.

Ich winkte ihr zu. Selbst heute noch denke ich, dass zumindest das der Wahrheit entspricht.

28

UND DANN WAR DA NOCH ZOE.

»Wie wärs, wenn Sie *mir* mal einen Gefallen tun, Mr Heming?«, fragte sie und brachte mir einen Kaffee in mein Büro, bevor ich mich auch nur mit der Post niedergelassen hatte. Dieses *mir* bezog sich offenkundig auf die scherzhaften Anspielungen vom Tag zuvor, als sie sich über meinen lässigen Aufzug lustig gemacht hatte.

»Einen Gefallen? Woran denken Sie?«

»Nun.« Sie schloss die Tür und ließ sich auf dem Stuhl mir gegenüber nieder. »Um gleich mit der Tür ins Haus zu fallen, ich habe da eine vertrocknete Forsythie. Also, so gut wie vertrocknet. Und die muss abtransportiert werden.«

Sie blickte mich an. Und ich blickte sie an. Redete sie in irgendeiner Art von Code?

»Die Wahrheit ist, sie muss auch noch ausgegraben werden, und zwar mitsamt den Wurzeln. Das ist eine ziemliche Plackerei. Außerdem muss man sie abtransportieren – zum Wertstoffhof. Zum Kompost.«

»Ist das ein Baum?«

»Sie würden es vermutlich als Baum bezeichnen, Mr Heming. Für mich ist es eher ein Busch. Aber worauf ich hinauswill: Es ist definitiv Männerarbeit.«

»Leider bin ich im Augenblick ziemlich beschäftigt. Allerdings gehe ich davon aus, dass es noch andere Männer in Ihrem Leben gibt.«

»Das war jetzt ziemlich gemein, Mr Heming.« Sie schwieg einen Augenblick. »Ich habe natürlich einen Cousin namens Tom in Northumberland. Tja, vielleicht kommt er ja eben mal rasch die vierhundert Meilen von da oben angefahren, um mir zu helfen.«

»Ich hab nicht gesagt, dass ich es nicht tue, Zoe. Vielleicht irgendwann abends?«

»Ich hab Mittwochnachmittag frei. Wie wärs damit?«

Sie schenkte mir ihr strahlendes Lächeln und trollte sich.

Es war schon eine Weile her, seit ich Zoes Apartment das letzte Mal betreten hatte. Es war eine hübsche kleine Erdgeschosswohnung mit Terrasse, weniger als zehn Minuten von der Hauptstraße entfernt. Soweit ich mich erinnerte, teilten sich zwei Osteopathen im Stockwerk darüber eine Praxis, wohnten jedoch woanders. Ihr schmaler, sorgfältig gepflegter Garten wurde an der Rückseite von einer kleinen Autowerkstatt und seitlich von einem hohen Zaun flankiert, hinter dem in einer Gasse ihr Auto parkte.

Wenn es etwas Merkwürdiges über Zoe zu berichten gab, dann war das vermutlich diese eine Nacht, in der sie mich in ihrem Garten erwischt hatte. Keine Ahnung, warum sie genau in jenem Augenblick die Vorhänge aufriss (und sich als kreuzförmiger Schatten gegen das Terrassenfenster abhob). Doch seltsamerweise wirkte sie nur milde überrascht über meine Anwesenheit, angestrahlt von den Scheinwerfern zweier Bewegungsmelder, die sie offenbar selbst aktiviert hatte. Sie beeilte sich, die Tür zu öffnen. »Mr Heming, was in aller Welt …« Und anstatt die ganze Nachbarschaft herbeizuschreien und die Polizei zu verständigen, schob sie mich, nur mit einem Morgenmantel bekleidet, in ihr Apartment. Es ist also wohl davon auszugehen, dass sie von meiner Anwesenheit dort draußen wusste – dass sie mich schon einige Zeit zuvor bemerkt hatte. Vielleicht hatte sie mich auch schon in den beiden Nächten zuvor erspäht, in denen ich es nicht gewagt hatte, den Garten zu betreten, und mich stattdessen von den gelben Straßenlaternen beleuchtet draußen auf der Gasse herumgetrieben hatte.

Das alles geschah nicht aus heiterem Himmel. Schon zuvor hatte es im Büro diesen einen Moment gegeben: Wir hatten gemeinsam bis spät in die Nacht gearbeitet, unsere Körper hatten sich versehentlich gestreift, ein bedeutsamer Blick, ein kaum merkliches Anhalten des Atems, eine leichte Erhöhung der Körpertemperatur. Es hätte bereits damals an Ort und Stelle passieren können, hätte ich mich nicht rechtzeitig zurückgezogen. Doch nun war ich hier in ihrem Garten. Ich murmelte irgendetwas: Ich sei zufällig vorbeigekommen und hätte mich daran erinnert, wie sie Himmel und Erde in Bewegung gesetzt hatte, um dieses Apartment kaufen zu können (kein persönliches Drama Zoes blieb der Bürogemeinschaft verborgen), das Gartentor habe offen gestanden …

»Das Gartentor stand *nicht* offen. Sind Sie etwa über den Zaun geklettert? Sie sind ja verrückt. Sie hätten sich leicht den Hals brechen können.«

Der Duft ihres Parfüms hing in der Luft. Ihre Füße waren nackt.

Sie beugte sich dicht an mir vorbei, um das Licht zu löschen. Dann gingen wir direkt in ihr Schlafzimmer, ohne ein weiteres Wort zu wechseln. Was soll ich sagen? Ich bin auch nur ein Mensch. Es war so etwas wie Leidenschaft, zumindest eine Zeit lang. Doch wie schon gesagt: Je höher die Flamme des Verlangens in Zoe loderte, desto mehr fiel sie in mir zusammen.

All das lag lange zurück. Trotzdem glaubte ich keinen Augenblick, dass es sich beim Ausgraben von Zoes Strauch um reine Gartenarbeit drehte. Dafür hatten zu viel Unernst und Frivolität in ihrer Stimme gelegen. Tatsächlich hatte sich in den letzten Wochen wieder die alte Leichtigkeit zwischen uns eingestellt. Gemeinsam hatten wir mit meinem kleinen Auto ein oder zwei Immobilienprojekte besucht. Sie flirtete so unbeholfen wie eh und je und war im Grunde auch gar nicht unattraktiv. Doch selbst wenn die Ablenkungen durch den Fall Sharp nicht gewesen wären – von Abigail ganz zu schweigen –, mein Interesse an Zoe war endgültig erloschen. Hatte irgendetwas an meinem Verhalten etwas anderes suggeriert?

»Ich denke, zunächst müssen Sie dieses Jackett loswerden«, sagte sie, und bereits zum zweiten Mal in dieser Woche malte sich dieses nachsichtige Lächeln über meine legere Kleidung in ihr Gesicht. Dann nahm sie meinen Arm und führte mich hinaus zu einer Forsythie von den Ausmaßen eines kleinen Baums. Den gelben Blüten und grün sprießenden Blättern nach zu urteilen, war sie kein bisschen vertrocknet, obwohl ich natürlich alles andere als ein Experte bin. Zoe reichte mir einen Spaten. »Vermutlich gehen die Wurzeln sehr tief. Aber ich bin mir sicher, Sie kriegen sie raus«, sagte sie. »Ich lasse Sie jetzt in Ruhe werkeln. Ich fahr nur rasch rüber in den Laden, um kalte Getränke für uns zu holen. Bin gleich zurück.«

Kurz darauf hörte ich, wie in der Gasse ihr Wagen startete und davonfuhr. Im Grunde durfte ich nicht hier sein, und ich wünschte, ich wäre es nicht gewesen. Warum hatte sie mich hier alleine zurückgelassen? Ob sie wohl sehr überrascht wäre, wenn sie zurückkäme und mich beim Herumschnüffeln in ihren Privaträumen ertappen würde? Vielleicht war es ja genau das, was sie wollte. Doch ich verspürte keinen allzu großen Drang dazu. Bei Zoe war der Reiz des Neuartigen durch die Jahre der Vertrautheit längst verblasst. Andererseits war das Risiko gering. Das Apartment war winzig. Und für den Fall, dass sie vorzeitig zurückkehren sollte, konnte ich sie mit der Ausrede abspeisen, ich hätte das Badezimmer gesucht.

Ich stach den Spaten in den Boden, ging zurück in die Wohnung, schlüpfte aus meinen Schuhen und betrat ihr Zimmer. In Anbetracht des bisher Berichteten werden Sie mir wohl meine Unbescheidenheit verzeihen, denn tatsächlich erwartete ich nichts weniger als einen kleinen, meiner Person gewidmeten Schrein – ein paar Fotografien umgeben von Kerzen, vielleicht ein geöffnetes Tagebuch, in dem sie auf jeder Seite ihre Liebe erklärte. Aber Fehlanzeige. In dem Raum stand nur das Bett – wunderschön dekoriert mit einer hübsch bestickten Tagesdecke und einem Arrangement von cremefarbenen Kissen – und sollte ganz offenkundig als Lockmittel dienen. Der Vorhang war geschlossen und tauchte den Raum in ein gedämpftes, gelbliches Licht. In einem Regal fanden sich einige zeitgenössische Romane, Ratgeber für den erfolgreichen Immobilienverkäufer und Lehrwerke über elementare Managementtechniken. Unter anderem besaß sie auch den Roman von Gates und weitere populäre Titel. Ich war nicht direkt enttäuscht, aber doch ein wenig erstaunt.

Zurück im Garten, machte ich mich wieder an die Arbeit. Die zunächst lockere Erde wurde jetzt immer härter, und der Verlauf der Wurzeln war schwer zu orten. Als Zoe fünfzehn oder zwanzig Minuten später zurückkehrte, hatte ich kaum Fortschritte gemacht. »Kommen Sie und holen Sie sich ein Glas!«, rief sie und lief auf Zehenspitzen über die Terrasse, in den Händen ein Tablett mit einem Krug und eisgefüllten Gläsern. »Selbst gemachte Limonade. Na ja, selbst gemacht vom Feinkosthändler.«

Ich stürzte ein Glas Limonade hinunter, bevor ich mich wieder an meine aussichtslose Mission machte. Währenddessen saß sie auf einem Terrassenstuhl und plapperte munter drauflos.

»Ist es nicht wunderbar, dass Katya und Evan sich endlich verlobt haben?«

»Evan«, schnaufte ich. »Ich glaube, ich kenne keinen Evan.«

Sie lachte. »Evan. Katyas Mr Jones. Sie sind einfach entsetzlich.«

»Bin ich das?«

»Was haben Ihnen diese Polizisten für Fragen gestellt?«

»Was denken Sie? Haben die nicht auch mit Ihnen gesprochen?«

»Sie haben mit uns allen gesprochen. Sogar mit Wendy.«

»Nun, dann wissen Sie ja Bescheid.«

Ihre Fröhlichkeit verebbte ein wenig. »Sie wollten alles Mögliche über den Verkauf des Sharp-Hauses wissen. Und ob ich an dem betreffenden Freitag im Büro war. Außerdem haben sie mich gefragt, wieso ich nicht selbst losgefahren bin und mit den Verkäufern gesprochen habe, nachdem Wendy den Anruf entgegengenommen hatte.«

»Und was haben Sie geantwortet?«

»Ich habe ihnen erklärt, ich sei sehr beschäftigt gewesen. Und die Sache habe dringend geklungen, deshalb habe Wendy Sie vermutlich persönlich verständigt. Alles klar bei Ihnen? Langsam mache ich mir etwas Sorgen ...«

»Bei mir?« Wütend fuhr ich mit meiner Arbeit fort und riss heftig am faserigen Stamm der Pflanze. Die Sonne, dem Sommer weit voraus, brannte sengend herab. Schweiß strömte mir aus allen Poren.

»Sie steigern sich ja in eine richtige Arbeitswut hinein, Mr Heming«, sagte sie.

»Ich glaube, ich kriege das Ding nicht in einem Stück heraus. Wir brauchen eine Säge. Und anschließend werden Sie die Wurzeln mit Gift abtöten müssen. Ist das nicht ohnehin der übliche Weg?«

In ihrem Schuppen fand sie eine Säge, und nach weiteren schweißtreibenden Manövern, nach mühsamem Zerren und Ziehen kriegte ich das Ding endlich raus.

»Hurra!«, schrie Zoe. Sie umarmte mich und schien mich überhaupt nicht mehr loslassen zu wollen – in ihren Augen glomm ein rasches Verlangen auf, das mich schmerzvoll berührte. »Gut gemacht«, rief sie.

Sie half mir, die Pflanze in den Van zu schleifen, dann fuhren wir zur Kompostieranlage am Rand der Stadt. Natürlich hätte ich darauf hinweisen können, dass sie dazu auch alleine imstande gewesen wäre, mit ihrem eigenen Auto, und am besten in ein paar Wochen, wenn die Blätter verwelkt und abgefallen waren. Doch ich verkniff mir die

Bemerkung. Stattdessen lauschte ich einfach ihrem Geplapper über diesen oder jenen gemeinsam verbrachten Tag, während wir uns durch den zäh fließenden nachmittäglichen Schulverkehr fädelten, über dem die gedämpften Stimmen der Kinder summten. Sie hatte dieses nachmittägliche Arbeits- und Freizeitprogramm offenkundig von langer Hand geplant und arrangiert – ein Projekt, das uns wieder zusammenbringen sollte. Als wir irgendwann wieder vor ihrem Haus standen, küsste sie mich auf die Wange und umklammerte meinen Arm. Vielleicht wartete sie darauf, dass ich den Motor ausschaltete.

»Kommen Sie noch mal mit rein?«

»Ich glaube nicht. Ich brauche eine Dusche. Am besten fahre ich nach Hause.«

»Sie können doch hier duschen. Und wir können noch ein wenig auf der Terrasse plaudern. Die Limonade ist immer noch kalt. Oder vielleicht möchten Sie etwas Alkoholisches?«

»Vermutlich sollte ich besser nicht.«

Ihre Zähne strahlten weiß, ihre Haut war weich, ihr Atem duftete frisch und minzig. Alles nur für mich.

»Oh, ich denke, Sie *sollten*«, gurrte sie und fixierte mich, als wollte sie mich hypnotisieren.

»Vielleicht das nächste Mal!«, sagte ich strahlend.

29

ZOE HÄTTE MIR ALS ABSCHRECKUNG dienen müssen. Doch stattdessen weckte sie in mir den Appetit auf die süßen Reize Abigails.

Ich hatte nie an eine sexuelle Beziehung mit Abigail gedacht, noch hatte ich dieses Ziel je aktiv verfolgt oder gar davon geträumt. Und doch bot sich mir schon bald die Gelegenheit. Plötzlich stand sie in meinem Büro, mit einer Liste von Hausrat, für den sie eine Ablöse wollte, die sie mir wesentlich bequemer per E-Mail hätte schicken können. »Hauptsächlich sind es die Teppiche und Vorhänge«, erklärte sie. »Außerdem möchte ich gerne den Herd und den Geschirrspüler dalassen, die beide noch recht neu sind, sowie zwei oder drei andere Dinge. Im Schuppen stehen ein paar Gartengeräte. Ich habe Preisvorschläge beigefügt.« Sie schien außer Atem, als wäre sie hergerannt und als blieben ihr nur wenige Sekunden, bevor sie wieder losmusste.

»Großartig«, sagte ich. »Wir werden uns unverzüglich darum kümmern. Und wie geht es Ihnen sonst? Das Haus muss Ihnen jetzt sehr leer erscheinen …«

»Ich möchte Sie gerne zum Dinner einladen«, unterbrach sie mich.

Ich öffnete den Mund. »Das wäre …«, begann ich.

»Heute Abend«, fuhr sie fort.

»… wunderbar.«

Wir gingen an diesem Abend miteinander aus und am Wochenende erneut. Ebenso wie an den darauffolgenden Tagen. Und es kam, wie es kommen musste. Vielleicht finden es einige unter Ihnen immer noch schwer, meinen recht unkonventionellen Lebensstil mit meinem Erfolg bei Frauen unter einen Hut zu bringen. Aber dieser Erfolg ist möglicherweise einfach durch die Abwesenheit allzu eindeutiger Absichten zu erklären. Man kann mich wohl kaum als klassischen Schürzenjäger beschreiben. Abigail trieb wohl einfach die Sehnsucht nach menschlicher Wärme in der Folge von Sharps Tod; und wer weiß, vielleicht hätte sie sich mir nach etwas einfühlsamem Zureden irgendwann sogar über Sharp anvertraut? Von meiner Seite aus war es nicht zuletzt das Bedürfnis, einen abschließenden Schauder des Triumphs über Sharp zu genießen – als hätte ich Sharp nicht wirklich geschlagen ohne diesen phallischen Todesstoß. Womöglich war es das, was mich daran am meisten erregte.

Doch die Affäre musste enden. Denn trotz Abigails natürlicher Schönheit, der wunderbaren Klarheit ihres Verstandes und ihrer Redeweise begann sich nach dem aufwühlenden Moment unseres ersten Kusses die Intensität dieser anderen *echten* Erfahrung von Intimität zu verflüchtigen – die atemberaubende Präsenz und Nähe, die ich als hingebungsvoller Beobachter und heimlicher Speicherbewohner erfahren hatte. Ich will nicht sagen, dass ich den Akt einfach mechanisch vollführte. Wie bereits erwähnt – auch ich bin nur ein Mensch aus Fleisch und Blut. Aber ich bekenne freimütig (und ohne Sie jetzt mit allzu viel Details belasten zu wollen): Mein körperliches Verlangen wurde mindestens ebenso sehr durch die Erinnerungen an den Aufenthalt als heimlicher Lauscher in der gedämpften senfgelben Stille unter dem Dachfenster befeuert wie auch von unseren sanften Paarungsgeräuschen und von Abigails tatsächlicher nackter Anwesenheit unter mir. Außerdem möchte ich Sie einladen, sich den Moment vorzustellen (und dies ist das letzte ausschweifende Detail, versprochen), als ich mich auf dem Höhepunkt der Leidenschaft fast brutal zurückzog – nicht bei der ersten oder zweiten, sondern bei der dritten Gelegenheit, als das Muster bereits absehbar war. Abigail hatte in diesem Moment wohl das Gefühl, wir wären vertraut genug miteinander, um mich im sanften Licht des Raums flüsternd darauf hinzuweisen – genau wie Zoe es vor ihr mehr als einmal getan hatte: »Du musst das nicht tun.« Worauf ich ihr dieselbe erschöpfte Antwort gab wie Zoe: »Doch, das muss ich.«

Machen Sie sich selbst einen Reim darauf, wenn Sie wollen. Wie gesagt, Zoe war das abschreckende Beispiel; die drastische Veranschaulichung der Wahrheit – oder zumindest einer für mich gültigen Wahrheit: dass nämlich mit Beginn einer jeden neuen aufregenden, körperlichen Beziehung zugleich ihr grinsender Tod geboren wird. Das Ende begann sich bereits abzuzeichnen. Und damit ein nagendes Gefühl von Sinnlosigkeit. Fraglos würde mir erneut das zustoßen, wovor ich mich mit allen Mitteln hatte schützen wollen: der Verlust von Liebe.

30

WAR ES UM DIESE ZEIT, als meine Cousine Isobel unerwartet auftauchte? Jedenfalls war es definitiv zwischen zwei Besuchen der Polizei. Und noch bevor die Beamten mich baten, sie aufs Revier zu begleiten. Ich erinnere mich, wie ich ins Büro kam und Zoe angeregt mit Isobel plauderte. Zuerst erkannte ich sie nicht wieder, da ich sie seit Tante Lillians Beerdigung nicht mehr gesehen hatte. Dann nahm ich sie und ihre Tochter Elizabeth mit in ein Café. Trotz meiner trüben Stimmung gab ich mich höflich. Soweit ich mich erinnere, war unsere Unterhaltung freundlich, fast schon harmlos. Die alte Feindschaft hatte sich im Lauf der Zeit aufgelöst. Nichts ließ mehr darauf schließen, wie sehr sie mich einmal gehasst hatte. Das Ganze glich einem Freundschaftsbesuch, als wären die beiden zufällig in der Nähe gewesen und hätten sich spontan entschlossen, kurz bei mir vorbeizuschauen. In Wahrheit waren sie natürlich eigens aus dem weit entfernten Norfolk angereist (Elizabeth, die einen rosafarbenen Milchshake durch einen Strohhalm sog, verkündete, sie seien mit zwei verschiedenen Zügen gefahren, außerdem steuerte sie die Namen ihrer Grundschule und ihrer Lehrer bei). Isobel hatte in den Fernsehnachrichten das Heming-Firmenschild gesehen und war entsetzt über den mysteriösen Leichenfund im Garten irgendwelcher Leute, doch sie vertiefte das Thema nicht weiter. Sie schien überrascht, dass der alte Mr Mower sich aus dem Geschäft zurückgezogen hatte (obwohl er inzwischen sicher über siebzig war). Gleichzeitig fand sie es erfreulich, dass ich immer noch hier lebte und meine Geschäfte sich so gut entwickelt hatten. Wenn ich sprach, musterte sie mich aufmerksam und nickte häufig, während ich von unserer Stadt erzählte. Natürlich war ich geübt in Small Talk und darin, Außenstehenden unsere kleine, behagliche, gutbürgerliche Idylle anzupreisen. Isobel selbst war es in letzter Zeit weniger gut ergangen. Ihr Ehemann hatte sie verlassen – er hatte sich ohne viel Federlesens in den Fernen Osten abgesetzt –, und sie hatte das Haus ihrer Mutter verkaufen müssen. Dieses Geld war inzwischen aufgebraucht. An dieser Stelle entstand eine Pause im Gespräch, ich bot ihr Geld für die Überbrückungszeit an und hob gleich im Anschluss fünfhundert Pfund von der Bank ab.

Ein oder zwei Tage später schickte sie mir einen Brief, in dem sie davon schwärmte, wie schön unser Wiedersehen gewesen sei, und in dem sie mir für das Geld dankte. Unglücklicherweise hatten sich die Dinge weiter zum Nachteil entwickelt. Ihr geliebter alter Wagen hatte offenbar seinen Geist aufgegeben. Was zahlreiche logistische Probleme mit sich brachte (die sie alle detailliert auflistete); außerdem bedurfte das Dach ihres Cottages dringend einer gründlichen Renovierung. Und das ausgerechnet jetzt, wo doch so wichtige Entscheidungen über Elizabeths Zukunft anstanden. Natürlich war die Dorfschule für den Moment ganz in Ordnung, aber konnte das Mädchen in dieser verschlafenen Anstalt, in der sich mehrere Klassenstufen einen

Raum teilten, wirklich sein ganzes Potenzial entfalten? In nicht allzu weiter Entfernung gab es ein renommiertes Mädchen-Internat mit nicht allzu hohen monatlichen Gebühren. Vielleicht konnte ich aushelfen? Sie war so frei, ihre Kontoverbindung anzugeben, und versprach, sich in ein paar Tagen telefonisch zu melden.

Ihr plötzliches Eindringen in mein Leben ermüdete mich, und ich war ratlos, wie ich reagieren sollte. Ich ertappte mich bei dem Gedanken, ob Isobel die Stadt tatsächlich verlassen hatte oder ob sie immer noch irgendwo lauerte und mir nachschnüffelte. Natürlich war es albern, trotzdem blickte ich mich jetzt häufiger misstrauisch um, wenn ich auf dem Weg zu Klienten oder zu Mrs Sharp war – deren Hausverkauf wegen der polizeilichen Ermittlungen auf Eis gelegt war, die aber trotzdem stets irgendwelche dringenden Gründe für meine Anwesenheit fand.

Sie war noch immer von ihrer Arbeit beurlaubt. »Kann ich Sie vielleicht zu einem Gläschen verführen, Mr Heming?«, fragte sie mich und schenkte sich ungeachtet des noch jungen Tages einen Weißwein ein. Eigentlich sollte sie das ja besser lassen, fügte sie hinzu, bei den ganzen Medikamenten. Zudem rauchte sie fast ohne Unterbrechung. Persönlich störte mich das weniger (mit Tabakdunst getränkte Vorhänge erinnern mich immer an meine Mutter), doch was den Verkauf des Hauses anging, war es möglicherweise nicht gerade von Vorteil.

Sie hatte noch immer die Polizei auf dem Hals, erklärte sie, was mich zusätzlich in Anspannung versetzte. Sie hatte ihnen eine plausible Erklärung geliefert, warum ihr Ehemann – der allen Berichten zufolge knapp bei Kasse gewesen war – seinen wertvollen Ehering zurückgelassen hatte (ein überraschend gefühlsduseliges Verhalten für einen Mann, der mit nichts als dem Bargeld in seiner Tasche aus dem Haus geworfen worden war). Außerdem hatte sie zugegeben, dass sie an dem Morgen, als der Abschleppdienst angerufen hatte, im Haus gewesen war. Allerdings war sie außerstande zu erklären, wie die Karte, welche die Abschleppleute in den Briefkasten geworfen hatten (und auf die Datum und Uhrzeit gekritzelt waren) keine zwei Stunden später auf dem Vordersitz des Wagens ihres Ehegatten wieder auftauchen konnte. Und zwar genau zu dem Zeitpunkt, als dieselben Abschleppleute den Wagen in einer Seitenstraße sicherstellten, die just zu dem Haus führte, wo ihr Ehemann am folgenden Wochenende tot aufgefunden wurde. Mrs Sharp war außer sich darüber, dass die Polizei inzwischen sogar ihre wiederholten Versicherungen anzweifelte, ihr Ehemann habe beim Verlassen des Hauses – sie konnte nicht genau sagen, ob am Freitagabend nach ihrem Streit oder am darauffolgenden Morgen – ein passendes Paar Reisetaschen mit Kleidern und anderen Habseligkeiten mit sich genommen.

Und als wäre das alles nicht schon genug, hatte Mrs Sharp auch noch einen sehr unangenehmen Besuch von Mr Sharps Bruder Ian über sich ergehen lassen müssen. »Ich bin ihm noch nie zuvor begegnet«, sagte sie. »Er kam einfach reingeplatzt und hat verkündet, die Polizei würde ihn wegen irgendwelcher Anrufe belästigen, die er angeblich gemacht hat. Dann hat *er* von mir die Aushändigung von Douglas' Eigentum verlangt. Ich habe ihm klargemacht, dass nichts mehr da ist. Davon mal abgesehen würde Douglas' Eigentum – sofern kein anderslautendes Testament vorhanden ist – ohnehin an mich als Ehefrau fallen. Nicht dass Douglas überhaupt irgendwas besessen hat, für das nicht ich bezahlt habe.« Sie schnäuzte sich die Nase und sagte, der Mann sei schließlich wieder abgezogen, habe die Tür hinter sich zugeschlagen und sei auf einem Motorrad davongedonnert. »Er hat gesagt, dass er auf einer der Ölplattformen in Schottland arbeitet. Dort hat man ihn aufgespürt und zu einer Befragung einbestellt. Dabei hat er Douglas wohl seit Jahren nicht mehr gesehen. Warum hätte er ihn also ausgerechnet jetzt sehen wollen? Genau dessen beschuldigt ihn nämlich die Polizei – er soll sich an Douglas' altem College in Cambridge nach seinem Bruder erkundigt und dabei vorgegeben haben, seine Mutter sei schwer krank.«

»Und war sie krank?«

»Natürlich nicht – sie ist schon vor Jahren gestorben! Warum also sollte er Douglas finden wollen? Aber ehrlich gesagt, ich traue dem Kerl einen Mord durchaus zu. Mir kam er ziemlich brutal und unbeherrscht vor. Er war früher bei der Armee. Hatte ziemlich raue Manieren. Und der Umstand, dass sein Bruder tot ist, schien ihn kaum zu berühren. Kein Wunder also, dass ihn die Polizei verdächtigt hat. Dummerweise war er zum Zeitpunkt der Tat Hunderte von Meilen entfernt in der Nordsee. Womit die Sache vom Tisch war.«

Sie verließ den Raum und kam mit dem Taschentuch zurück, dass ich ihr an jenem Samstag geliehen hatte. Es war frisch gewaschen und gebügelt. »Ich vergesse ständig irgendwelche Sachen«, sagte sie und sah zu, wie ich es in die Tasche steckte.

»Wann haben Sie mir das noch mal geliehen?«, fragte sie.

Ich blickte sie an. Die Frage klang wie eine Falle. Musste ich lügen? Ich wusste es nicht. In Kriminalfällen gibt es immer einen Wendepunkt. Etwas Entscheidendes, das man übersehen hat. Irgendetwas, an das sich irgendjemand irgendwo irgendwann erinnert und das dafür sorgt, dass sich die Henkersschlinge um den eigenen Hals legt. Unter einem Vorwand verabschiedete ich mich und ging zu Fuß zurück zum Büro. Erneut fühlte ich mich erschöpft. Ich konnte kaum klar denken. An einer Ecke blieb ich stehen und sagte ihren Namen. »Abigail …«

Einst hatte das ausgereicht, um einen erwartungsvollen Schauder durch jede Faser meines Körpers zu jagen. Jetzt verpufften die Worte in der Luft und ließen mich zurück in die Dunkelheit stürzen. Auf der anderen Seite des Platzes schwang das grün-weiße Schild mit meinem Namen – zwei stilisierte Grashügel untermalten das H – im kalten Wind. Noch nie zuvor hatte ich die Last eines Fehlers als so drückend empfunden. Nagende Reue höhlte mich aus. Die Hoffnung hatte mich verlassen und mit ihr der Mut. Eine Träne bildete sich in meinem Auge. Ich trauerte. Nicht um etwas, das ich ohnehin nicht mehr wollte, sondern um das Gefühl, mit dem es mich einst erfüllt und das sich jetzt verflüchtigt hatte.

31

WAS DANACH FOLGTE, war einer der gefahrvollsten Tage meines Lebens.

Wie vielleicht schon erwähnt, fällt es mir relativ leicht, mir den Schlüssel zum Haus eines Klienten zu verschaffen. Manche von den Klienten sind am liebsten abwesend, wenn sich potenzielle Käufer bei ihnen umschauen. Sie händigen mir ihre Schlüssel aus und überlassen mir diese Aufgabe. Eine geradezu perfekte Situation. Wenn ich mit dem Rundgang fertig bin, kopiere ich einfach die Schlüssel und gebe anschließend die Originale zurück. Auf die Art schöpfen weder die aktuellen noch die zukünftigen Besitzer irgendeinen Verdacht, und ich habe ein neues Haus für meine Sammlung. Leider bestehen jedoch die meisten Klienten darauf, die Käufer selbst herumzuführen. Sie bilden sich viel auf ihr natürliches Verkaufstalent ein, auf ihre Vertrautheit mit dem Haus und dessen Besonderheiten (»Ah, Sie bewundern das Kranzgesims – es ist original gregorianisch«), ihre überlegene Ortskenntnis, ihren souveränen Umgang mit Menschen (»Möchten Sie einen Kaffee? Die Zitronenschnitten meiner Frau sind legendär«) sowie auf ihre einmaligen, emotionalen Verkaufsargumente. So glauben sie zum Beispiel, sie könnten einen Käufer einwickeln mit Erzählungen über ihre ausnehmend gut geratenen Kinder, die hier aufwuchsen, bevor sie zur Universität oder auf die Theaterakademie gingen (wobei die unbenutzte Gartenschaukel ein sinnfälliges Erinnerungsstück an wundervolle Zeiten liefert). Ein Vorgehen, das ich nicht sonderlich schätze. In solchen Fällen arrangiere ich zumeist einen Besichtigungstermin, der den Klienten ausgesprochen ungelegen kommt – etwa wenn ich weiß, dass sie bei der Arbeit oder übers Wochenende verreist sind. »Ja, das *ist* ein Problem«, höre ich mich selbst sagen. »Aber warum lassen Sie mich nicht das Haus vorführen? Nein, das ist überhaupt kein Problem. Es ist mir ein Vergnügen.« Und wenn ein Mangel an interessierten Käufern besteht? Nun, was hält mich davon ab, einfach welche zu erfinden? Es gibt keine bessere Gelegenheit, einem erfundenen Käufer ein Haus zu zeigen, als in Abwesenheit des Klienten.

Es gibt noch ein weiteres mögliches Szenario, nämlich dass der Klient tatsächlich nicht anwesend sein kann, wenn der Käufer – etwa ein vielbeschäftigter Mensch aus einer anderen Stadt mit dickem Bankkonto und wenig Zeit für die Immobiliensuche – sich zu einem spontanen Blitzbesuch in der Gegend entschließt. Das war bei den aktuellen Interessenten an Abigails Haus der Fall. Das Objekt war im *Sentinel* annonciert gewesen, in der Woche unseres ausgefallenen Dinners, und es hatte eine kleinere Flut von Nachfragen gegeben. Zwei davon führten zu Besichtigungen am Sonntag, an dem Abigail selbst zu Hause war. Ich war bei keinem der beiden Termine anwesend. Doch diese letzte Nachfrage erforderte es, dass ich den Schlüssel in der Bücherei bei Abigail abholte. Das war nicht meine Idee gewesen. Zoe hatte es in meiner Abwesenheit so arrangiert. Als sie meinen Namen auf der entsprechenden Akte entdeckt hatte, hatte sie mich gefragt, ob ich den Besichtigungstermin übernehmen wolle. Es wäre der perfekte Moment gewesen, um mich vollständig aus dieser Angelegenheit zurückzuziehen. Doch ich holte tief Luft und sprang kopfüber hinein. Vielleicht bildete ich mir ein, doch noch irgendetwas retten – auf irgendeine Art meinen kapitalen Denkfehler wiedergutmachen und an den Punkt zurückkehren – zu können, an dem wir begonnen hatten. Möglicherweise konnte ich sogar den Zeitpunkt hinauszögern, an dem sie unvermeidlich die Stadt und mein Leben verlassen würde.

Abigail legte ein geschäftsmäßiges Verhalten an den Tag. Sie hatte ein Stück braune Kordel an den Schlüssel geknotet mit einem Papierschildchen, auf dem mein Vorname stand. Ihre Kolleginnen schwirrten um ihren Schreibtisch herum, weswegen wir nur ein schmales Lächeln austauschten.

»Ich bringe ihn gleich anschließend zurück«, sagte ich.

»Nicht nötig. Wirf ihn einfach durch den Briefschlitz, wenn du fertig bist.«

Ich spazierte über den Common und dann am Fluss entlang. Der Käufer – Mr Peretti, Ende vierzig, Stirnglatze, untersetzt und braun gebrannt – wartete bereits. Er war in Gesellschaft eines jüngeren Mannes, der ebenfalls braun gebrannt, wenn auch deutlich schlanker war, und einer winzigen älteren Dame mit auffälliger Perücke und einem kleinen Hund auf ihren Armen. Ich führte sie ins Haus. Sie plapperten in einem fort und wirkten ziemlich begeistert. Der jüngere Mann warf einen raschen Blick in jedes Zimmer und nickte. Dann verschränkte er die Arme, wobei er einen kleinen tätowierten Anker zur Schau stellte.

»Jason ist unser kreatives Genie«, sagte Mr Peretti.

»Das glaube ich gern.«

»Oh, sieh mal, Paul«, rief die Frau, die offenkundig Mr Perettis Mutter war. »Hier gibt es einen Wintergarten, wie bei Maria und Tom!« Sie war erstaunlich flink unterwegs. Und sie hatte denselben Akzent wie Mrs Damato.

»Dieser hier hat sogar gemauerte Wände«, sagte ich.

Ich wies sie auf den günstigen Schnitt der Räume hin. Das Haus war an sich recht behaglich, konnte aber womöglich von einer Modernisierung durchaus profitieren. »Was im Preis bereits mit einkalkuliert ist«, hob ich hervor.

Die beiden Männer redeten leise miteinander. Dabei zog Jason mit zusammengelegtem Daumen und Zeigefinger eine horizontale Linie in der Luft, als wollte er im Vorstellungsvermögen seines Partners das dämmrige Erdgeschoss in ein helles offenes Wohnzimmer verwandeln, mit der Option auf ein zusätzliches kleines Lese- oder Nähzimmer. Ich fragte mich, wer von den dreien das Kochen übernehmen würde. Und trotz meiner düsteren Stimmung entstand vor meinen Augen das Bild einer Küchenzeile aus gebürstetem Stahl und einer begehbaren Speisekammer mit herabhängenden, aromatisch riechenden Würsten und Regalen mit importiertem Dosenfisch, Pasta, Käse und farbigen Likören.

Wir gingen nach oben, um die großen, nach vorne und hinten blickenden Schlafzimmer zu besichtigen, das Gästezimmer und das mögliche (notwendige) zweite Badezimmer. »Und dann gibt es da oben natürlich noch einen staubigen Speicher. Leider sind die Stufen momentan mit Kartons zugestellt.«

»Dann werden wir sie eben freiräumen«, rief Jason. Und schon hatte er die Tür aufgerissen und polterte nach oben wie ein Kind. Ich folgte ihm gemeinsam mit Mr Peretti. Der Großteil der Möbel stand noch hier, während das Spielzeug, die Brettspiele und die Radiokommode bereits vor ein paar Tagen von einem Sammler herausgepickt und abgeholt worden waren.

»Mein Atelier?«, fragte Jason mit gehobener Augenbraue.

Irgendwie gefielen mir die drei. War das nicht genau die Art ungewöhnlicher Hausgemeinschaft, deren neues Zuhause ich gerne inspiziert hätte?

Ich führte sie hinaus in das hübsche hintere Gärtchen, mit der Steinterrasse, jeder Menge Topfpflanzen und Rankgitter. »Der Garten ist natürlich nicht gerade riesig«, bemerkte ich.

»Perfekt«, sagte Mr Peretti. »Wir hassen das Gärtnern, sitzen aber gerne draußen. Meine Mutter kann das Gießen übernehmen, während wir gemütlich unser Bier trinken.«

»Oh mein Sohn, immer diese Witzchen«, quietschte sie und hielt dabei ihre Perücke fest, an der ein Windstoß zerrte. Sie setzte den Hund ab, damit er zwischen den Steinen und Blättern herumschnüffeln konnte.

»Die Besitzerin zieht zurück nach London«, erklärte ich. »Daher wird sie höchstwahrscheinlich die Pflanzen hierlassen.« Hatte Abigail sie überhaupt auf ihre Liste gesetzt?

Ich lud Mr Peretti ein, die Garage zu besichtigen, doch sie war abgeschlossen.

»Kein Problem«, sagte er. »Eine Garage ist eine Garage, richtig?«

Von der Vordertreppe aus wies ich sie auf die Baumreihe hin, wo der Fußweg hinab zum Fluss, zum Common und von dort in die Stadt führte. »Eine praktische Abkürzung. Und wenn man mal den Hund ausführen will …«

»Er heißt übrigens Pippo«, sagte Mrs Peretti.

Als der Hund seinen Namen hörte, blickte er erst zu ihr auf und dann zu mir.

»Schön, deine Bekanntschaft zu machen, Pippo.«

Die drei stiegen in einen sportlichen grünen Wagen, und Mr Peretti kutschierte sie davon. Sie wollten sich noch weitere Objekte ansehen. Ich würde ihn heute Nachmittag oder morgen anrufen, wenn er sich nicht vorher selbst meldete. Ich sah ihnen nach, bis sie verschwunden waren, dann schloss ich ab, warf den Schlüssel in den Briefschlitz und überquerte die Straße.

Auf der anderen Straßenseite blieb ich stehen und starrte erneut in die Richtung, in der sie verschwunden waren. Irgendetwas war geschehen. Es fühlte sich merkwürdig an. Nach wie vor nagte Trübsal an mir, und doch hatten es diese unbekannten Menschen – diese seltsame *ménage à trois*, die ganz sicher etwas Passenderes finden würde, vielleicht ein Haus mit weniger Stufen für Mrs Peretti oder mit mehr natürlichem Licht für den kreativen Jason – vermocht, Abigail aus meinen Gedanken über dieses Haus zu verdrängen. In meinem Kopf hatte ich es neu erbaut, ohne Platz für Abigail oder ihre Mutter oder Sharp.

Das war eine Wandlung, die mir wohlbekannt war. Menschen kamen und gingen. Ich war die Konstante. Ich war das bleibende Element bei den unzähligen Häusern, die ich meiner Sammlung einverleibt, in denen ich meinen Kopf gebettet und die ich geliebt hatte. Jenseits des wundervollen Gerumpels der eintreffenden und wieder abfahrenden Umzugslaster war da immer ich, hinter den Wänden, unter dem Dach, leise und lauschend, mein Zeichen hinterlassend.

Ich marschierte los. Die Sonne brach durch die Wolken, schärfte die Schatten der Bäume auf dem Fußweg und ließ das Wasser hell glitzern, dort wo Enten rund um das Schilf ihre Köpfe eintunkten und ihre Federn ausschüttelten. Dann verschwand die Sonne ebenso plötzlich wieder, als wollte es jeden Moment zu regnen anfangen. Ich war jetzt fest entschlossen, nie wieder ein Wort mit Abigail zu wechseln. Sie würde selbst ihre Schlüsse daraus ziehen. Vielleicht würde sie das ethische Dilemma eines Mannes in meiner Position sehen, der sich auf eine Affäre mit einer Klientin eingelassen hat, bei der es sich zu allem Überfluss um eine verletzliche junge Frau handelte, die immer noch den Tod eines Elternteils betrauerte.

Sie war ein Irrtum derselben Kategorie wie Zoe – und im Grunde wie Marrineau: Es war der Makel aller Beziehungen von Angesicht zu Angesicht, die das heilige Mysterium entzauberten und die Schönheit als billigen Trug entlarvten. Es ist wie bei einem Gemälde. Man geht so lange darauf zu, bis man nur noch Farbkleckse sieht. Und wenn man wieder zurücktritt, ist das ursprüngliche Erlebnis für immer zunichte. Nichts ist mehr wie zuvor. Man weiß zu viel. Und jetzt wusste ich zu viel über Abigail. Der Verlust schmerzte, aber was würde geschehen, wenn der Schmerz nachließ? Würde diese Erfahrung irgendetwas Grundsätzliches ändern? Oder würde ich das bittere

Erlebnis irgendwann vergessen, meine Schutzmechanismen vernachlässigen und denselben Fehler wieder und wieder begehen?

Anhaltende Liebe war nicht nur an einem einzigen Ort zu finden, sondern überall. Die Intimität serieller Liebe – *das* war die Lösung, und nicht diese schale Simulation, dieser krampfhaft erzeugte Avatar von einem Gefühl. Sieh dich nur um, dachte ich und ließ ein Panorama der Stadt vor meinem inneren Auge entstehen, jedes Haus ist eine Schatztruhe. Diese Stadt war eine einzige, große, liebende Familie. Sich auf eine Person zu fokussieren, wie ich es bei Abigail getan hatte, bedeutete, den Fokus zu *verlieren*. Man musste immer weitergehen. Den steinigen Pfad hinauf, um die Kurve und dann an einem neuen, fesselnden Abgrund entlang.

Von diesen Gedanken angetrieben, beschleunigten sich meine Schritte. Ich musste an die Finches denken, den ersten Haushalt, dem ich vor vielen Jahren einen Besuch mit meinem Notizbuch und meiner Kamera abgestattet hatte. Ich fragte mich, wie es ihnen wohl ging. Sie waren von der Holland Road nach The Maples gezogen. Vielleicht sollte ich gelegentlich mal bei ihnen vorbeischauen. Ihr Sohn hatte damals die Grundschule besucht und war inzwischen erwachsen. Vielleicht hatte er seine eigene junge Familie gegründet. Wo er wohl jetzt lebte? Ich konnte es herausfinden. Ich konnte es sogar auf der Stelle herausfinden, wenn ich wollte. Ich konnte alles über jeden herausfinden, egal, ob es ein alter oder neuer Klient war.

Mit raschen Schritten überquerte ich die kleine Brücke. Auf dem Common wurde ein Jahrmarkt aufgebaut. Die Luft war geschwängert von Dieselabgasen und dem Summen von Generatoren. Die Tennisplätze, die zwischen den Bäumen und Büschen hindurchschimmerten, waren verlassen. Ein Mann saß mit übereinandergeschlagenen Beinen auf einer Bank nahe dem Grabmal und verspeiste ein Sandwich. Eine Möwe – vermutlich auf irgendeinem Vogelzug vom Kurs abgekommen – beobachtete den Mann von einem Zaunpfosten aus und faltete und entfaltete dabei ihre Flügel, als wäre sie unsicher, ob sie wieder abfliegen solle. Bleib, dachte ich, es wird dir gefallen. Wenn Möwen denken könnten, hätte ich ihr gesagt, was ich am liebsten jedes Mal sagen möchte, wenn ich ein Haus verkaufe: Sie sind hier am richtigen Ort. Davon war ich immer noch fest überzeugt.

Ich erreichte den Rand des Common und stieg den Hügel hinauf zu meinem Apartment. Mein Wagen stand im Hof. Während ich mich der Eingangstür näherte, schob ich eine Hand in die Tasche und zog einen Schlüssel heraus. Doch der Schlüssel in meiner Hand, mit seiner braunen Kordel und dem verknitterten Zettel daran, gehörte Abigail. Hatte ich tatsächlich – in Gedanken versunken – meinen eigenen Schlüssel in ihren Briefkasten geworfen? Nein, Unsinn … ich hatte ihre Tür ja vorhin *abgeschlossen.* Rasch durchwühlte ich meine Taschen, und da war er – mein eigener Hausschlüssel. Ich erstarrte. Ich hatte ihre Tür mit dem Schlüssel abgeschlossen, den sie Sharp gegeben hatte. Es war *sein* Schlüssel – der, den ich in seiner Brieftasche gefunden hatte. Der Schlüssel, den ich mittlerweile häufig benutzt hatte – und der jetzt innen auf ihrem Fußabstreifer lag. Der Schlüssel mit dem roten herzförmigen Anhänger, den Abigail ihrem toten Liebhaber überlassen hatte.

Mein Blut rauschte plötzlich so laut und mein Kopf dröhnte so von wirren Gedanken, dass ich nicht hörte, wie der Wagen in den Hof bog. Ich stand immer noch ratlos vor der Tür, in jeder Hand einen Schlüssel, und suchte nach einer Lösung. Erst allmählich wurde mir klar, dass es kein Problem gab. Ich hatte ja immer noch ihren Schlüssel. Zwar machte die Bücherei heute früher zu, trotzdem würde Abigail nicht vor 17.10 Uhr nach Hause kommen. Und jetzt war es … Ich warf einen Blick auf meine Uhr: 13.28 Uhr. Ich musste lediglich zu ihrem Haus zurücklaufen, die Tür aufschließen und den einen Schlüssel gegen den anderen austauschen. Ich war ein Idiot, aber alles war in Ordnung. Die Hitze und das Chaos meiner Gedanken ließen nach. Ich atmete tief aus.

»Mr Heming?«

Ich fuhr herum. Da standen die beiden inzwischen wohlvertrauten Polizeibeamten mit ihren teilnahmslosen Gesichtern, der jüngere blinzelte ein wenig gegen das Sonnenlicht. Die Eingangstür lag jetzt in meinem Rücken. Doch während die beiden mit unentzifferbaren Mienen warteten, konnte ich nur an eines denken: dass sie direkt durch mich hindurchstarrten, durch die Tür und durch die Wände, dorthin, wo meine Schlüssel – meine Hunderte von Schlüsseln – hingen wie die Glieder eines Kettenpanzers und den Raum mit ihrem sanften goldenen Schimmer erfüllten.

»Haben Sie was dagegen, wenn wir eintreten?«

32

»EINTRETEN?«, antwortete ich, während ich mich auf die beiden zubewegte, weg von meinem Apartment. »Wohin eintreten?« Mein Herz hämmerte.

»Ist das nicht Ihre Wohnung?«

»Natürlich nicht. Es ist eines der Objekte, das wir betreuen.«

»Aber Sie wollten gerade hinein?«

»Nein, Inspector. Ich komme gerade heraus. Der Mieter ist verreist. Ich muss für ihn einen Klempner organisieren. Ich habe mir gerade den Spülkasten der Toilette angesehen.«

»Ein größeres Problem?«, fragte der jüngere Mann.

»Ich habe den Schwimmerhahn mit einem Stück Faden befestigt«, sagte ich. »Das tuts für den Augenblick.«

»Sie sind auch noch Handwerker?«

»Vielleicht möchten Sie kurz reingehen und nachschauen«, sagte ich und hielt ihm Abigails Schlüssel an der Kordel hin, sodass das Etikett mit meinem Namen darauf zu sehen war. Er machte keine Anstalten, danach zu greifen.

Der ältere Beamte wirkte ungeduldig. »Ich glaube nicht, dass das nötig ist. Außerdem bekleide ich den Rang eines

Sergeants, Sir. Sergeant Monks. Und das hier ist Constable Roberts.«

»Natürlich. Verzeihen Sie bitte.«

»Merkwürdigerweise scheint keiner Ihrer Angestellten zu wissen, wo Sie wohnen, Mr Heming«, sagte er. »Haben Sie keine Personalunterlagen?«

»Natürlich haben wir das. Vermutlich wurden sie verlegt.«

»Und wie ist das mit dem Wählerverzeichnis?«, schaltete sich Roberts ein. »Sie sind ein geheimnisvoller Mann, Mr Heming.«

»Ganz und gar nicht. Vielleicht ist mein Name im Verzeichnis mit zwei M geschrieben. Oder vielleicht haben Sie ihn so eingegeben und er war dort richtig vermerkt. Das passiert öfters. Trotz der ganzen Firmenschilder, die überall in der Stadt für jeden gut sichtbar aufgestellt sind.«

Monks blickte kurz zu Roberts, der auf sein Notizbuch starrte und die Lippen spitzte.

»Aber wenn dem so ist«, sagte ich, »was hat Sie dann hierher geführt? Intuition?«

»Offenkundig hat man uns falsch informiert.«

»Also, wie kann ich Ihnen helfen?«

»Nur ein paar Fragen. Würden Sie uns dazu bitte aufs Revier begleiten?«

»Jetzt?«

»Wenn Sie so freundlich sind, Sir«, sagte Monks.

Ich blickte auf die Uhr. »Nun, im Augenblick bin ich sehr beschäftigt.«

»Wenn Sie so freundlich sind, Sir. Immerhin *ist* dies eine Ermittlung in einem Mordfall.«

»Tatsächlich? Soll ich Ihnen in meinem Wagen folgen?«

»Vermutlich ist es das Beste, Sie begleiten uns in unserem Wagen, Sir.«

Ich war vorher noch nie auf dem Polizeirevier gewesen, wusste aber, wo es sich befand. Es war in einem flachen, verrußten, roten Ziegelbau hinter der Ladenzeile untergebracht. Ein paar Stufen führten hinauf zu kleinen, massiven Türen, und hinter dem schmalen Eingangsbereich folgten weitere Büroräume. In dem Gebäude herrschte eine drückende, stickige Kelleratmosphäre. Der Beamte hinter dem Empfangstresen notierte mein Eintreffen ohne großes Interesse und drückte dann einen Knopf, der den Zugang zu den hinteren Räumen öffnete. Der ältere Detective hielt mir die Tür auf, während der jüngere dicht hinter mir folgte (Glaubten sie ernsthaft, ich würde einen Fluchtversuch unternehmen?); dann marschierten wir einen Korridor hinunter, von dem rechts und links nummerierte Zimmer mit dicken in die Türen eingelassenen Glasscheiben abführten.

»Wird es lange dauern?«, fragte ich.

»Ich glaube nicht, Sir«, sagte Monks.

Er stieß die Tür zu einem leeren Raum auf und wies mir einen Platz an einem Tisch zu. Er setzte sich und fragte nach meinem Namen, meinem Alter und meinem Beruf. Ich gab das leere Designerapartment am Fluss als meine Adresse an. Dann rief er einen uniformierten Beamten herein, der sich hinter mich stellte und schwieg. Monks selbst verließ den Raum. Die Minuten vergingen. Ganz offenkundig versuchte man mich weichzukochen. Leider minderte das Wissen darum den beabsichtigten Effekt keineswegs. Ein Teil von mir fürchtete, dass sie schon bald die Tür des Apartments am Fluss aufbrechen würden, in der Hoffnung, dort Fasern von Tweedgewebe zu finden, die zu denen unter den Fingernägeln des Opfers passten (natürlich war die fragliche Tweedjacke längst entsorgt); oder um meine Zahnbürste nach DNA-Spuren zu untersuchen, die mit Schweißtröpfchen oder getrocknetem Speichel auf seiner Kleidung übereinstimmte. Nur würden sie dort nicht ein einziges Möbelstück vorfinden und sich wundern, warum das so war.

Es vergingen fünfundzwanzig Minuten, ehe Monks zurückkehrte, mit Roberts im Schlepptau und ohne sich für die Verzögerung zu entschuldigen. Er schaltete den Kassettenrekorder ein und sagte, wer er war, wer ich war, nannte Roberts' Namen und den des anderen Beamten sowie Datum und Uhrzeit.

»Das spart uns Zeit, Sir«, sagte er. Vor ihm auf dem Tisch lag eine Akte.

»Bin ich ein Tatverdächtiger? Oder so was in der Art?«

»Ziehen Sie es vor, wenn ein Anwalt zugegen ist?«

»Nein, natürlich nicht. Warum sollte ich?«

»Ja, warum sollten Sie, Sir.«

Er versicherte mir, dass ich nicht unter Arrest stand und gehen konnte, wann immer es mir beliebte. Allerdings konnte ich mir gut vorstellen, dass sich das schlagartig ändern würde, wenn ich es tatsächlich versuchte. Ich schlug die Beine übereinander und bemühte mich, entspannt zu wirken. Im Augenblick war meine größte Sorge, dass sich die Befragung durch die Polizei möglicherweise über Stunden hinzog. Was immer sich hier auf dem Revier ereignete, war nichts im Vergleich zu dem, was passierte, wenn Abigail nach Hause kam und Sharps Kopie ihres Schlüssels fand, den ich dort hinterlassen hatte.

Aus nachvollziehbaren Gründen hatte Abigail bisher Stillschweigen über ihre Beziehung zu Sharp bewahrt. Es waren dieselben Gründe, aus denen sie die Stadt verlassen wollte – sie wollte den ganzen Horror hinter sich lassen und zu ihrem unkomplizierten Leben in London mit einem Netzwerk aus Freunden und Kollegen zurückkehren. Außerdem hatte sie möglicherweise das Gefühl, dass ihre Affäre mit mir ein Fehler und nur aus einem vorübergehenden Bedürfnis nach Trost erwachsen war. Doch wenn sie den Schlüssel entdeckte, würde sich das alles schlagartig ändern. Dann lag der Horror direkt auf ihrem Fußabstreifer. Und dann würde sie mit der Sprache herausrücken und das Richtige tun (das, wozu sie sich als an Lyrik und Radfahren interessierte junge Frau mit Prinzipien möglicherweise längst verpflichtet gefühlt hatte). Sie würde sich als seine Geliebte zu erkennen geben, Sharps fehlendes Gepäck zum Vorschein bringen, die absurde Theorie seiner Affäre mit Mrs Cookson vom Tisch fegen und einen anklagenden Finger auf mich richten, vielleicht begleitet von einem unbeherrschten angstvollen Aufschrei.

»In Ihren eigenen Worten bitte …«, sagte Monks und versicherte mir erneut, dies sei nur eine einfache Zeugenaussage. Wir müssten die ganze Geschichte noch einmal durchgehen – der Moment, als ich an jenem Tag bei den Sharps eingetroffen war, der Zustand des Hauses, was Mrs Sharp genau gesagt hatte, was zwischen uns vorgefallen war und so weiter.

»Zwischen uns?«

»Gehen Sie bitte möglichst ins Detail. Sie war ziemlich aufgelöst. Haben Sie versucht, sie zu trösten?«

»Nun ja, natürlich, bis zu einem gewissen Grad.«

»Details«, erinnerte er mich.

Und so erzählte ich die Geschichte erneut – das Durcheinander im Haus, Mrs Sharps verbundene Hand, Sharps angebliche Untreue, die Geschichte mit dem Hund, den Sharp angeblich getötet hatte. Sollte ich das Taschentuch erwähnen, dass ich ihr geliehen hatte, als sie weinte?

»Ach ja, der Hund …«

Immer wieder unterbrach er mich, hakte nach oder forderte mich auf, einen Sachverhalt klarer oder noch präziser auszuführen. Constable Roberts hatte sein Notizbuch aufgeschlagen und beobachtete mich schweigend. Was war sein Problem? Ich hielt es für unwahrscheinlich, dass sie handfeste Beweise für meine Verstrickung in den Fall hatten. Alles, was sie mit Bestimmtheit wussten, war, dass ich an jenem Tag irgendwie in der Nähe gewesen war, in Gesellschaft von Mrs Sharp. Möglicherweise gingen sie davon aus, dass Mrs Sharp und ich unter einer Decke steckten. Was auch die Frage erklärte, ob ich sie getröstet hätte. Ganz offensichtlich stocherten sie einfach im Nebel herum.

Inzwischen hatten sich durch Presseberichte weitere Details des Falls in der Stadt herumgesprochen. Sharps Leiche war eine Woche lang im Freien der warmen Witterung ausgesetzt gewesen. Ratten, Katzen und Krähen hatten daran herumgenagt und -gepickt; Füchse hatten ganze Stücke des Ärmsten weggeschleppt. (Laut *Sentinel* war es erst vor Kurzem zu einer Auseinandersetzung zwischen den Cooksons und einem Nachbarn gekommen, der Hühner hielt, weil Mrs Cookson den Füchsen jeden Abend Fressen hinstellte.) Sharps Überreste waren stark verwest. Daher konnte die Polizei nicht ihre Lieblingstheorie beweisen, dass man den Toten transportiert hatte – was natürlich unumgänglich war, falls Sharp zum Beispiel bei einer Auseinandersetzung mit seiner Frau zu Hause gestorben war. Vielleicht verfolgten die Beamten noch immer den Ansatz, dass Mrs Sharp allein gehandelt hatte – dass sie ihrem Mann zum Haus der Cooksons nachgefahren war und ihn dann mit einem harten Gegenstand niedergeschlagen hatte. Fest stand jedenfalls, dass die Leiche zwei unterschiedliche Verletzungen aufwies: eine vom Zusammenprall mit einem unbekannten stumpfen Gegenstand, vielleicht mit den Terrassensteinen, vielleicht auch nicht, die andere von einem Schlag auf den Kopf, der einen deutlichen Abdruck hinterlassen hatte. Auf die genaue Todesursache wollte sich niemand festlegen, allerdings ging man inzwischen eindeutig von Mord aus. Vielleicht war Sharp ausgerutscht und hatte sich beim Fallen den Kopf an der Terrasse angeschlagen, ehe ihm Mrs Sharp oder ein unbekannter Dritter den Rest gab. Um diese Spekulationen kreisten die Gedanken der Polizei und der Stadtbewohner, wenngleich keines der Szenarien wirklich schlüssig war. Wie man die Teile auch zusammensetzte, es blieben immer ein oder zwei übrig, die zu einem anderen Puzzle zu gehören schienen.

Ich schloss meine Aussage ab, und wir näherten uns offenbar dem Ende der Vernehmung. Über zwei Stunden waren vergangen, seit sie mich abgeholt hatten. Unglaublich! Der Ältere der beiden hatte die Hände flach auf der Akte liegen, als wollte er sie aufschlagen. »Wir lassen nur noch mal das Band durchlaufen, um zu prüfen, ob alles in Ordnung ist, Mr Heming. Die Technik, Sie wissen schon.«

»Natürlich.«

Constable Roberts verließ das Zimmer. Inzwischen erkundigte sich Monks nach dem Geschäft: ob ich der einzige Eigentümer war, wie viele Mitarbeiter ich hatte und so weiter. Was war das jetzt? Small Talk? Oder ging das Verhör doch weiter?

»Ein, zwei andere Punkte würde ich gern noch ansprechen. Als Sie an besagtem Tag das Haus der Sharps verlassen und Mrs Sharp versprochen haben, später mit den Verkaufsunterlagen wiederzukommen, was ist da passiert?«

»Was meinen Sie mit ›passiert‹?«

»Wohin sind Sie gefahren?«

»Wahrscheinlich direkt ins Büro. Das war ein Samstag. Ziemlich viel los, könnte ich mir vorstellen. Vermutlich hatte ich alle Hände voll zu tun.«

»Aha, und deswegen sind Sie nicht mehr aufgetaucht. Nicht am Samstag, nicht am Sonntag, nicht am Montag. Auch nicht am Dienstag und Mittwoch. Mrs Sharp sagte, dass sie am Donnerstag in Ihrem Büro anrufen musste. Das stimmt mit dem Terminkalender in Ihrem Büro überein – Mrs Pegg hat den Anruf eingetragen.«

»Ja, Wendy ist sehr tüchtig.«

»Aber selbst da musste Sie jemand vertreten, wie Mrs Pegg notiert hat. Miss Katya Stan-ka…«

»Stankaviciene, ja. In Kürze Jones«, fügte ich mit einem Lächeln hinzu.

Er schaute mich wortlos an.

»Sie ist mit einem Waliser verlobt.«

»Und warum die Verzögerung?«

»Bei Katya?«

»Bei Mrs Sharp. Sind Sie auf das Geschäft nicht angewiesen?«

»Offen gestanden habe ich mich gefragt, ob sich die Sache angesichts der Schwierigkeiten durch den Ehemann überhaupt lohnt. Immerhin wurde der Mitarbeiter von Worde & Hulme von Mr Sharp praktisch hinausgeworfen.«

»Sicher, obwohl Mr Sharp zu diesem Zeitpunkt – am Donnerstag danach, fast eine Woche später – natürlich bereits tot im Garten Ihrer anderen Klienten Mr und Mrs Cookson lag.«

»Tragischerweise, ja. Das konnte ich allerdings nicht wissen.«

Bestimmt über eine halbe Minute lang musterte mich Monks nachdenklich. Roberts, der inzwischen wieder zurück war, schloss sein Notizbuch und wartete. Dann fragte Monks: »Sagt Ihnen der Name Damato etwas?«

Mir blieb fast die Luft weg. Bis ich begriff, dass er von dem Unternehmen sprach, das ich zur Verwaltung meines Grundbesitzes und meiner Finanzen gegründet hatte. Zwar hatte ich das nicht an die große Glocke gehängt, doch für einen kompetenten Ermittler war es nicht unmöglich, eine Verbindung von mir und meiner Maklerfirma zu William R. Heming herzustellen, dem einzigen Direktor von Damato Associates, zu deren Besitz die Riverside-Apartments und andere Objekte in der ganzen Stadt gehörten. Das war keine Katastrophe. Wenn man weiter nachforschte – beispielsweise beim Finanzamt –, konnte man herausfinden, dass dieser William R. Heming seine Schulden pünktlich und widerspruchslos über eine Londoner Treuhandgesellschaft bezahlte, die in seinem

Namen auch finanzielle Transaktionen und Geschäfte abwickelte. Nichts davon war illegal, wenngleich mir bewusst war, dass Menschen, die in solchen Dingen auf Vertraulichkeit Wert legten – Zoe hätte vielleicht von Verschwiegenheit gesprochen –, mit Misstrauen betrachtet wurden. Und für jemanden, der nicht bemerkt werden möchte, ist Misstrauen natürlich Gift.

»Mr Heming?«

»Das kann ich nicht abstreiten.«

»Sicher handelt es sich nur um Klatsch«, fuhr er fort. »Jemand, der in der Vergangenheit herumwühlt.« Aus seiner Mappe zog er die Fotokopie eines Zeitungsausschnitts und schob sie mir zu. »Ein alter Bericht über die Untersuchung zu einem Todesfall.«

Als mein Blick darauf fiel, verdoppelte mein Herz seine Schlagfrequenz.

Es ging um den Tod des siebenundvierzigjährigen, ledigen Gemeindeangestellten Harold Buckshaw. Es gab kein Bild. Die Schlagzeile über der einspaltigen Meldung lautete: »Tragödie um früheren Friedhofsaufseher.«

»Das ist siebenundzwanzig Jahre her«, brachte ich heraus.

An einem frühen Wintermorgen hatte jemand, der seinen Hund ausführte, im seichten Wasser den leblosen Mr Buckshaw entdeckt. Die Obduktion ergab, dass er große Mengen Alkohol im Blut hatte. Im August zuvor war Mr Buckshaw vom Vorwurf der Entführung zweier Kinder freigesprochen worden. Nach Aussagen von Zeugen war Mr Buckshaw nach dem Verlust seiner Stelle als Friedhofsaufseher sehr deprimiert und wurde in der Gegend häufig betrunken angetroffen. Ein Polizeibeamter gab an, dass Mr Buckshaw zwei Überfälle auf sich und die mutwillige Beschädigung eines Fensters seiner Gemeindewohnung in Lower Eastley angezeigt hatte. Am Abend vor der Entdeckung des Toten beobachteten zwei junge Frauen beim Verlassen der Gaststätte Wherry, wie Buckshaw von zwei Jugendlichen angegriffen wurde. Die Todesursache war Ertrinken, und der Untersuchungsrichter kam zu dem Ergebnis, dass es sich um einen Unglücksfall handelte.

Jemand hatte den Verweis auf die Entführung rot umkringelt und dazugeschrieben: »HEMING hatte damit zu tun! Fragen Sie ihn nach den DAMATOS!«

»Also, was ist mit den Damatos?«

»Keine Ahnung«, antwortete ich. »Sie waren unsere Nachbarn von gegenüber.«

Monks kratzte sich an der Nase. »Aus den Unterlagen zu dem Fall wissen wir, dass die örtliche Polizei mit Ihrem Vater gesprochen hat. Zu weiteren Schritten kam es nicht.«

»Warum auch? Ich hatte nichts damit zu tun. Und ich war kaum älter als die Kinder.«

»Sie waren zehn. Die anderen drei.«

Ich zuckte mit den Achseln. »Was soll ich sagen?«

»Ja, ja, die guten alten Zeiten.« Wieder öffnete Monks die Mappe. »Da würde mich auch interessieren, was Sie zu diesem Brief sagen. Anscheinend vom Rektor Ihrer früheren Schule an Ihre Mutter.«

Auch das war eine Fotokopie.

Sehr geehrte Mrs Heming,

vielen Dank für Ihr Begleitschreiben vom 12. Juli und die freundliche Spende. Ich weiß Ihre Offenheit und Hilfe in dieser Angelegenheit sehr zu schätzen. Ein wahres Füllhorn. Allerdings, so hoffe ich, keine Büchse der Pandora. Wie Sie sich sicher vorstellen können, bin ich genauso schockiert wie Sie darüber, dass William so wenig Achtung vor der Privatsphäre und dem Eigentum anderer Jungen bewiesen hat. Besonders beunruhigend finde ich, dass es offenbar schon länger so gegangen ist. Hätten Sie ihn nicht wegen dieser anderen Angelegenheit von der Schule genommen, hätte er sehr wahrscheinlich mit seiner Relegierung rechnen müssen, denn rein juristisch betrachtet handelt es sich um Diebstahl. Dabei ist mir natürlich bewusst, dass die entwendeten Gegenstände – Postkarten, Briefe, ein Gummiband-Ball, verschiedene Kleinigkeiten, wie sie von Jungen gesammelt werden – von geringem Wert sind. Aus diesem Grund halte ich es auch für das Beste, diese Gegenstände nicht den rechtmäßigen Besitzern zurückzugeben. So weit es die Schule betrifft, sind wir bereit, diese Episode hinter uns zu lassen und nach vorne zu schauen. Die Truhe schicke ich Ihnen natürlich zu.

Ich schließe mich gern Ihrer Auffassung an, dass der Tod seines Vaters im letzten Jahr William wohl stark mitgenommen hat. Dennoch ist sein Verhalten besorgniserregend. Vor allem betrifft dies seine Notizbücher mit Informationen und diffamierenden Äußerungen über andere Jungen.

Sie schreiben, dass er beschlossen hat, seine Schulausbildung nicht fortzusetzen, und stattdessen eine Stelle bei einem respektablen Familienunternehmen angetreten hat. Dafür wünsche ich ihm viel Glück und hoffe, dass er aus diesen Erfahrungen die notwendigen Lehren für die Zukunft gezogen hat.

Mit freundlichen Grüßen

E. H. Akers
Rektor

Erneut prangte am unteren Rand eine Kritzelei in grellem Rot: »Fragen Sie ihn nach dem PSYCHIATRISCHEN GUTACHTEN.«

»Was ist mit diesem psychiatrischen Gutachten?«, fragte Monks.

»Eigentlich hat das nicht meine Mutter, sondern meine Tante …«

»Können wir bitte beim Thema bleiben.«

»Ich weiß wirklich nicht, wovon hier die Rede sein soll. Anscheinend will mir jemand Scherereien machen. Das sind doch alles Verleumdungen.«

»Wer sollte Ihnen Scherereien machen wollen, Mr Heming?«

»Meine Cousine, könnte ich mir vorstellen. Sie ist leider ein wenig gestört. Und neidisch auf meinen Erfolg. Und ganz ehrlich, das liegt doch alles schon ewig zurück. Ich kann mich kaum noch an den Menschen erinnern, der ich damals war – und jetzt soll ich für ihn geradestehen? Wer könnte das? Außerdem waren das ganz kleine Vergehen. In Schülerzimmern sind Fußballprospekte und

Süßigkeiten weggekommen? Na schön, ich bekenne mich schuldig.«

»Alte Gewohnheiten lassen sich schwer überwinden, heißt es.«

»Und manchmal schlafen sie einfach ein. Haben Sie keine Jugendsünden im Keller versteckt, Sergeant Monks? Wir sollten nach vorne schauen, wie Mr Akers sehr richtig bemerkt.«

»Wie ist Ihr Vater gestorben, Mr Heming?«

»*Was?* Er starb bei einem Bootsunfall. In Norfolk.«

»Und Sie waren …«

»In der Schule, in Yorkshire. Ich war traumatisiert. Deswegen brauchte ich Beratung. Vermutlich ist es das, worauf meine Cousine in ihrem Wahn hinauswill.«

Monks grübelte nach oder tat zumindest so, dann warf er Roberts einen Blick zu, und dieser verließ den Raum. Ich schielte nach der Zeit und hatte zugleich Angst, dass mich Monks umso länger festhalten würde, je öfter ich auf die Uhr sah. Anscheinend wollte er mich mürbe machen und dann bei einer Lüge ertappen. Ich spürte, dass da was im Busch war. Sie waren noch nicht fertig mit mir. Und dabei würde in einer halben Stunde Abigail nach Hause kommen.

Wieder verstrichen zehn Minuten.

Nicht einmal mein Auto hatte ich hier.

Monks saß einfach stumm da und wartete.

Wenn sie in das Apartment am Fluss eindrangen (Waren sie dazu überhaupt berechtigt, solange sie mich nicht aus einem triftigen Grund verhaftet hatten?) und es leer vorfanden, würden sie bestimmt zu der anderen Wohnung zurückkehren, in der naheliegenden Annahme, dass sie doch meine war. Und dann …

Die Tür öffnete sich und Roberts kam zurück. Er hatte etwas in einer Plastiktüte dabei. Monks öffnete sie und legte ihren Inhalt mit übertriebener Sorgfalt vor mir auf den Tisch.

»Kommt Ihnen das bekannt vor?«

Meine Kehle war plötzlich wie zugeschnürt. Beide Männer musterten mich, als meine Hand zur Innentasche fuhr.

»Ein Opernglas«, brachte ich schließlich hervor.

»Gehört es Ihnen?« Monks faltete die Hände vor dem Gesicht und blickte mich mit hochgezogenen Augenbrauen an.

»Wie kommen Sie darauf?«

»Es wurde in Douglas Sharps ehemaligem Wagen gefunden. Der neue Besitzer hat es entdeckt, als er versuchte, das Werkzeugfach im Kofferraum zu öffnen. Stellen Sie sich vor, es hatte sich in einer Ecke verhakt.«

Roberts, die Arme verschränkt, erlaubte sich ein leises Lächeln. »Mrs Sharp hat uns erzählt, dass Sie in ihrem Haus ein kleines Opernglas benutzt haben.«

»Möglich. Ich verwende es zum Inspizieren von Dächern, Regenrinnen und Ähnlichem. Ich nehme an, Sie haben es auf Fingerabdrücke überprüft.«

Er schaute mich an.

»Und meine nicht gefunden«, setzte ich hinzu.

Beide schwiegen.

»Sonst würden Sie mir jetzt doch sicher Handschellen anlegen.«

»Ist das Ihr Fernglas, Mr Heming?«

»Könnte ich vielleicht ein Glas Wasser haben?«

»Bitte beantworten Sie die Frage, Mr Heming. Ist das Ihr Fernglas?«

»Nein«, entgegnete ich. »Meins ist hier.« Ich zog es aus der Innentasche und legte es neben das Beweisstück. »Ziemlich ähnlich, könnte man sagen, aber nicht gleich. Meins leistet mir schon seit Jahren gute Dienste.«

Monks betrachtete es kritisch und reichte es an Roberts weiter, der es hin und her drehte, als wäre er auf der Suche nach einer sinnvollen nächsten Äußerung.

Ich sah auf die Uhr. »Wenn Sie keine Fragen mehr haben, würde ich jetzt gerne gehen. Ich habe einen dringenden Termin.«

Ich rannte. Ich rannte wie noch nie zuvor in meinem Leben. Gediegene englische Herrenhalbschuhe mit Ledersohle sind keine Laufschuhe. Sie hämmerten auf den Gehsteig vor mir wie getrennte Wesen, die der Rest von mir verfolgte. Verdutzte Fußgänger wichen mir aus. Ich floh aus der Stadtmitte in eine Nebenstraße, vorbei an der Rückseite der Häuser. Bestimmt sperrte Abigail jetzt gerade ihr Fahrrad auf, um ihre Fahrt durch den Park und über den Uferweg zu beginnen. Von meinem Standort aus, so überschlug ich schnell, war es das Beste, auf der Hauptstraße zu bleiben und der Route zu folgen, die Abigail immer bei der Rückkehr vom Joggen nahm und die an der Kreuzung mit der Bäckerei und dem Zeitschriftenladen endete. Schon jetzt war ich außer Atem. Verzweifelt hoffte ich darauf, dass sie aufgehalten wurde – von einer Kollegin oder einer Reifenpanne. Aus der Ferne hörte ich die Jahrmarktsmusik im Park. Sicher war der Park voller Kinder. Das würde sie behindern. Noch immer rannte ich. Mindestens noch eine Meile, vielleicht zwei. Ich lief weiter, obwohl es hoffnungslos war. Mit zusammengebissenen Zähnen, vorbei an der Tankstelle, vorbei an den vertrauten Straßen und Häusern, die auf das Waldstück vor dem Fluss und dem Park hinabblickten. Keuchend zählte ich die Straßen, bis ich nicht mehr weiterkonnte. Ich musste stehen bleiben. Als ich nach hinten blickte, bemerkte ich einen Bus, der um die Ecke bog. Mit letzter Kraft setzte ich mich wieder in Bewegung und steuerte auf die hundert Meter entfernte Haltestelle zu. Ich spürte, dass der Bus rasch aufholte, und ich winkte. Polternd fuhr er vorbei – dann das kurze Aufblitzen des Blinkers, und er schob sich in die Bucht.

Schnaufend stieg ich ein.

»Schöner Tag, um sich ein bisschen zu bewegen«, krähte der Fahrer.

Ich konnte kaum sprechen. »Fount … Hill.« Keuchend reichte ich ihm ein paar Münzen. »Danke. Sie retten mir das Leben.«

Aber hatte er mich wirklich gerettet? Es war zwanzig nach. Ich blickte nach vorn und beobachtete, wie der Bus die Straße fraß, machte mich bereit zum Abspringen. Zischend öffnete sich die Tür. Jetzt hetzte ich vorbei am Zeitschriftenladen und über die dicht befahrene Straße. Ich hielt Ausschau nach ihrem an den Zaun geketteten Fahrrad. Es stand nicht an seinem Platz. Beim Haus angelangt, jagte ich die Stufen zur blauen Tür hinauf und fummelte nach dem Schlüssel. Genau in diesem Moment tauchte unten an der Straße ihre rote Gestalt auf. Sie wartete mit dem Fahrrad und beobachtete die Autos zu ihrer Linken, den Fuß auf dem Pedal. Sie hätte nur aufblicken müssen, um mich zu entdecken. Hastig sperrte ich auf und drückte die Tür hinter mir zu. Auf der Matte lag

Sharps Schlüssel. Ich hob ihn auf und ließ stattdessen ihren fallen.

Mir blieb noch Zeit. Wenn ich wollte, konnte ich einfach die Tür öffnen und ein überraschtes Lächeln aufsetzen – mit der Erklärung, dass die Interessenten später als vereinbart gekommen und gerade erst gegangen waren. Ich überlegte, die Nerven bis zum Zerreißen angespannt. Noch vor zwei, drei Wochen wäre ich die zwei Treppen zum Speicher hinaufgehuscht und hätte mich dort oben in meiner Höhle verschanzt, um mit genießerisch geschlossenen Augen und offenen Ohren auf ihre Ankunft zu warten, auf das Klimpern des Schlüssels, auf ihre ersten Bewegungen und Geräusche. Doch damit war es vorbei. Heute war ich gerade noch einmal davongekommen, und alles schien möglich – nur das nicht.

Ich hasste sie dafür. Ich hasste sie, weil sie mich in diesen Treibsand hineingelockt hatte, weg von meinem Platz und meiner Aufgabe im Leben, weil sie mir etwas Kostbares geschenkt und es mir durch ihre allzu große Nähe wieder entrissen hatte.

Aber natürlich war das nicht das Ende. Ich atmete noch. Und es gab die Perettis dieser Welt, um mein Herz wieder zum Schlagen zu bringen. Ich musste an das merkwürdige Dreiergespann denken, während die Zeit verrann und mit dem Scharren und Klappern des Fahrrads am Zaun und Abigails leisem Schritt auf den Stufen die Gefahr des Entdecktwerdens in greifbare Nähe rückte. Schon in wenigen Sekunden würde sich der Schlüssel drehen …

Und dann floh ich – nachdem ich bis zum Schluss gewartet hatte, um wie schon so oft bei anderen Gelegenheiten und in anderen Häusern die schmerzliche Wonne des Augenblicks auszukosten und ihn zur Erinnerung an diesen aufregenden Tag in mir zu verwahren – durch die Hintertür und den Garten atemlos hinaus ins Freie.

33

DIE MASKE IST ENTSCHEIDEND. Ich kaufte sie bei einem großen Online-Baumarkt, der sie mir am nächsten Tag im Büro zustellen ließ. Zoe quittierte den Empfang. Besonders attraktiv ist das Ding nicht. Würden Sie gerade die Augen aufschlagen, wenn ich mich mit dieser Maske über Sie beugte, bekämen Sie einen Schlaganfall. In der Anleitung steht, dass ich damit fünfzehn Minuten Zeit habe, und das sollte reichen. Wie versprochen ließ sie sich »schnell und leicht aufsetzen«. Sie war von einem hellen Orange und erforderte tatsächlich weder eine Nasenklammer noch ein Mundstück. Auch mein Gehörsinn ist nicht beeinträchtigt, selbst wenn es um diese Zeit ohnehin nicht viel zu hören gibt. Mit scharf gespitzten Ohren würde ich vielleicht das Miauen einer Katze im Garten wahrnehmen. Bei jedem anderen Geräusch müsste ich mir Sorgen machen.

Es tut mir leid, dass es so gekommen ist. Doch jetzt ist es unvermeidlich. Das nächste Opfer hat immer die Aufgabe, die Spuren zum letzten zu verwischen. Ich hoffe, dass ich damit einen Schlussstrich ziehen kann, der mir wieder Ruhe und ein Ende aller Qualen beschert.

34

WENN ISOBEL GEDACHT HATTE, dass ich mir nicht die Mühe machen würde, herauszufinden, wo sie wohnte, und hundert Meilen weit zu fahren, um mir einen persönlichen Eindruck zu verschaffen, dann kannte sie mich schlecht. Verständlicherweise wurde sie kalkweiß im Gesicht, als sie mir die Tür öffnete.

»Was willst du?« Sie trat zurück.

»Was *ich* will? Hast du mir nicht von deinen finanziellen Nöten geschrieben? Also, hier bin ich.«

»Elizabeth kommt bald von der Schule nach Hause.«

»Ausgezeichnet. Wie geht es ihr?«

Ihr Blick zuckte zu jemandem oder etwas hinter mir. Eine neugierige Nachbarin vielleicht. Ich lächelte und sie ließ mich schließlich rein. In dem Häuschen roch es feucht. Das Mobiliar – ein Sofa, ein Klavier, eine lange Anrichte mit Barschrank und eine hässliche blaue Steingutvase, die alle noch von Tante Lillian stammten – wirkte zu wuchtig für den lichtarmen Raum mit der niedrigen, durchhängenden Decke und den kargen Bleiglasfenstern. Selbst an diesem schönen Frühlingstag fühlte es sich kalt an.

»Im Winter ist es eisig«, sagte sie. Anscheinend hatte sie meine Gedanken gelesen.

»Das ist der Wind aus der sibirischen Steppe. Er fegt ungehindert über das Flachland hinweg.«

»Das weiß ich«, fauchte sie.

Sie bot mir weder Tee noch Kekse an. Ich setzte mich, während sie mit verschränkten Armen stehen blieb. Irgendwie fand ich die Wiederaufnahme der Feindseligkeiten beruhigend. Das machte es mir leichter. Ab und zu spähte sie durchs Fenster, als wäre die Nachbarin noch in Sichtweite.

Ich begann mit der Frage, was sie zu erreichen hoffte, wenn sie Mordermittler über Einzelheiten meiner Jugendsünden informierte. »Um Himmels willen, ich war damals zehn. Ich hatte Probleme.«

»Du warst siebzehn, als du von der Schule geflogen bist. Du hast einen Mitschüler angegriffen. Er hat ein Auge verloren. Stell dir vor, die Polizei würde *davon* erfahren.«

»Das stimmt nicht. Ich hab ihn nicht am Auge getroffen.«

Kopfschüttelnd starrte sie hinaus und zeigte mir Tante Lillians Profil mit den missbilligend nach unten gezogenen Mundwinkeln. »Jedenfalls hat der Psychiater von einer Störung gesprochen, nicht bloß von Problemen.«

»Welcher Psychiater?«

»Der, zu dem dich meine Mutter nach deinem Rauswurf aus der Schule geschickt hat. Ich weiß davon.«

»Das ist alles lange her. Inzwischen bin ich ein geachteter Immobilienmakler. Wenn du Klatsch über mich verbreitest, könnte das meinem Ruf schaden. Glaubst du etwa, bloß weil mein Schild vor einem Haus hing, wo ein Toter gefunden wurde, habe ich was damit zu tun? Das ist Irrsinn. Irgendwann hängt mein Name an jeder Straße in der Stadt. Ich merke schon, deine Mutter hat dich angesteckt mit ihren giftigen Gedanken gegen mich.«

»Ich weiß, was ich weiß«, entgegnete sie. »Nur du weißt anscheinend nicht, wie sehr dich meine Mutter damals geschützt hat, und nicht nur einmal. Die Gemeinde hätte dich in ein Heim gesperrt, und dein Vater hätte es zugelassen.«

»Deine Mutter hat ihrer Schwester den Mann gestohlen. Ihrer todkranken Schwester. Ihrer todkranken, schwangeren Schwester.«

Isobel schnaubte verächtlich. »Und was hast du getan?« Sie wandte sich wieder dem Fenster zu.

In mir brandete Zorn auf. Ich hatte gute Lust, ihr mit dieser hässlichen blauen Steingutvase den Schädel einzuschlagen.

Doch dann öffnete sich die Haustür und fiel wieder ins Schloss. Eine Stimme rief: »Hi, ich bins.«

Ich verließ Cousine Isobel nicht unbedingt zufrieden, aber wir hatten einiges geklärt oder zumindest eine Art Waffenstillstand vereinbart. Die Eiterbeule war angestochen worden, und es bestand Hoffnung auf dauerhafte Heilung. Als ich aufbrach, war es noch immer hell. Weit und breit war kein Verkehr auf der Straße, die mich von dem Weiler mit den verwahrlosten Häusern, der ärmlichen Dorfschule und dem verlassenen Pub zur A11 brachte. Ich war noch immer wütend. Während Elizabeth in ihrem Zimmer mit einem Glas Milch und einem Keks an ihren Hausaufgaben saß, hatte Isobel mir schier unglaubliche Dinge an den Kopf geworfen. Und wenn ich ungeduldig Beweise forderte, war sie mit aufreizend überzeugenden Argumenten zur Hand. Zuletzt hatte sie noch den großen Marrineau heraufbeschworen.

»Er hat uns besucht, weißt du.«

»Besucht? Hier?«

»Bei meiner Mutter. Ich war dabei, als er kam. Es war an einem Sonntag. Er hatte sein Studium in Cambridge abgeschlossen. Um ehrlich zu sein, er war ziemlich seltsam. Wollte verzeihen, aber auch, dass ihm verziehen wird. Irgend so ein Unsinn jedenfalls. Auch nach deiner Adresse fragte er, aber meine Mutter hat sie ihm nicht gegeben. Er sagte, dass er das versteht und respektiert. Er fand es falsch, dass seine Eltern dich von der Schule haben werfen lassen.«

»Das hat er gesagt?«

»Er hat alles Mögliche erzählt. Dass er früher Sportler werden wollte, aber jetzt seine wahre Berufung gefunden habe, nämlich Gott! Er hatte vor, Priester oder Vikar zu werden.«

Ich wusste nicht, was ich darauf erwidern sollte.

»Ein oder zwei Jahre später hat er meiner Mutter eine Postkarte geschickt, um ihr mitzuteilen, wo er war. Die Karte ist dann bei mir gelandet.«

»Hast du mit ihm geredet? Über die Ereignisse von damals?«

»Wie kommst du darauf?«

»Ich weiß nicht. Vielleicht glaubst du nicht an Vergebung.«

Vielleicht glaubte sie doch daran. Immerhin hatte sie die Polizei nicht mit der Geschichte über Marrineau aufgeschreckt.

Stumm wie ein in die Enge getriebenes Tier beobachtete sie mich. Dann durchbrach sie jäh ihr Schweigen.

»Was erwartest du denn? Du hast mit deiner verdammten Firma Erfolg und schwimmst in Geld, und wir haben nichts. Dabei haben wir dich bei uns aufgenommen. Dein Vater war völlig fertig. Und du hast uns so viel Kraft und Zeit gekostet. Meine Mutter hat ihren Kopf für dich hingehalten. Und das Baby …« Sie stockte. »Ich habe auch gelitten, verstehst du. Ich habe *meinen* Vater nie gesehen. Ich weiß nicht einmal, ob er noch lebt. Und das ist jetzt aus mir geworden!«

»Hat sich mein Vater umgebracht?«

»Ehrlich, ich habe keine Ahnung. Jedenfalls hast du ihm genug Grund dafür geboten.«

Als ich in die Tasche griff, zuckte sie zusammen. Ihre Augen leuchteten trotzig.

Ich musste lächeln über ihren Versuch, mich zu provozieren. Ich versicherte ihr, dass sie das Geld haben konnte – dass ich es ihr so oder so gegeben hätte. Ich faltete den Scheck auseinander und reichte ihn ihr mit der Erklärung, dass sie ab jetzt jeden Monat einen bekommen würde. Plötzlich brach sie in Tränen aus. Sie wollte mich nicht ansehen. Wandte mir einfach den Rücken zu und weinte. Wir sagten kein Wort mehr. Vielleicht werden wir nie wieder miteinander sprechen.

Von einem Rasthof in der Nähe der Stadt rief ich im Büro an. Wendy berichtete, dass niemand angerufen oder eine Nachricht hinterlassen hatte. Ich holte mir ein Sandwich und Kaffee und fuhr weiter. Kurz nach sechs traf ich vor meiner Wohnung ein. Auf dem Jahrmarkt blitzten die Lichter, und Musik dröhnte herüber. Ich stellte das Auto ab. Gruppen von Schulkindern mit Zuckerwatte pilgerten den Hügel hinauf. Auf der Stufe vor meinem Apartment zögerte ich. Nennen Sie es sechsten Sinn – oder einfach mühsam erarbeitete Intuition –, aber noch bevor ich die Tür geöffnet hatte und eingetreten war, wusste ich, dass mich jemand erwartete.

35

»ÜBERRASCHUNG!« Zoe saß im kurzen Rock und mit übergeschlagenen Beinen auf der Couchlehne. Ihre Augen leuchteten. Sie lächelte. War sie betrunken? Ein einziger Blick zeigte mir, dass sie sich bereits auf alarmierende Weise bei mir eingerichtet hatte.

»Meine Güte, Zoe, was treiben Sie denn hier?«

»Ich *liebe* Ihre Schlüsselsammlung«, antwortete sie. »Ich *liebe* sie. Hoffentlich benutzen Sie sie nicht mehr alle. Ich weiß genau, wie Sie es machen. Hab mit eigenen Augen beobachtet, wie Sie sie anfertigen lassen. Was glauben Sie wohl, wie *ich* hier reingekommen bin? Ich habe ewig gebraucht, um einen Weg zu finden, aber ich hatte ja einen Meister als Vorbild.« Sie strahlte mich an. »Sie sind ganz schön frech. Frech und diebisch. Ich habe meinen edelsteinbesetzten Spiegel aus Thailand entdeckt. Wie kommt der hierher? Aus meiner Wohnung natürlich. Und jetzt bin ich hier, um mich zu revanchieren. Das ist nur fair.«

Hinter ihr waren die Schubladen mit meiner Sammlung sicher verschlossen. Doch einige Mappen lagen herum, dazu verstreute Fotos und Notizen, die ich noch nicht ausgearbeitet hatte. In meinen Eingeweiden rumorte es.

»Hören Sie, Zoe …«

»Nein-nein-nein-nein-nein-nein-nein, schon gut«, sagte sie.

Erst jetzt bemerkte ich, dass sie Sharps Uhr übergestreift hatte.

»Ja – und die Uhr von Douglas haben Sie auch.« Sie seufzte. »Der Ärmste. Aber haben Sie den Polizisten nicht erzählt, dass Sie ihn nicht kannten?«

»Douglas?«

Sie bedachte mich mit einem wissenden Blick. »Ha … Mr Sharp natürlich. Keine Sorge. Ich werde ihnen nichts verraten. Das bleibt unser Geheimnis.«

»Was? Wie kommen Sie darauf, dass das Mr Sharps Uhr ist?«

»Weil ich sie ihm geschenkt habe! Albern von mir, ich weiß. Er hat mich ausgenutzt, aber über Tote darf man ja nicht schlecht reden.« In jähem Staunen schaute sie sich um. »Merkwürdig. Wieso haben Sie denn kein Bett?«

»Sie haben sie ihm geschenkt? Sie kannten ihn also?«

»Ah, jetzt verstehe ich. Sie sind einfach, wie sagt man … furchtbar ritterlich. Aber, Mr Heming, Sie waren doch dabei, als wir damals ins Büro gekommen sind. Er hat mich vor dem Fenster geküsst. Sie haben uns beobachtet.«

»Wen? Wann?«

»Schon ewig her. Letztes Jahr. Und dann sind Sie uns zur Bowlingbahn gefolgt. Glauben Sie, das hätte ich nicht bemerkt? Sie sind wirklich süß. Aber Sie stecken in großen Schwierigkeiten. Was ist denn passiert, Mr Heming? Nein, sagen Sie nichts.«

Offenkundig faselte sie. Bloß … bloß, dass es stimmte. Ich war ihr tatsächlich einmal gefolgt. Vielleicht sogar zweimal, als sie mit einem Mann zusammen war. Sicher nicht öfter als dreimal. Zu ihrer Wohnung. Letztes Jahr oder vorletztes. Und das war Sharp gewesen? Konnte das sein?

»Moment.« Zoe drehte meinen Laptop zu mir. »Sie können es abstreiten, aber sehen Sie selbst – es ist auf Ihrem USB-Stick gespeichert. Sie haben es an dem Literaturabend bei Warninck's gefilmt. Da ist Douglas, da bin ich. Und einige Leute aus unserem Lesezirkel. Und da ist seine Frau – leider hatte er vergessen zu erwähnen, dass er sie doch nicht verlassen hat. Und ein bisschen später kommt eine andere, auf die er sich sofort gestürzt hat, nachdem ich mit ihm Schluss gemacht hatte. Die Ärmste. Bestimmt haben sie es schon bald darauf in seinem Riesenwagen miteinander getrieben, irgendwo im Wald. Das hat er geliebt. Im Auto. Und später waren die zwei zusammen in diesem Restaurant. Dachten Sie wirklich, dass mir was an ihm liegt? Mussten wir uns deshalb gegenüber von dem Tisch hinsetzen, an dem er und dieses arme Mäuschen aus der Bibliothek miteinander geturtelt haben wie Teenager? Wollten Sie mich mit der Nase darauf stoßen, was er für ein Mistkerl ist? Ich verzeihe Ihnen natürlich. Vielleicht dachten Sie, ich liebe ihn. Oder so was in der Richtung. Ernsthaft, wenn Sie eifersüchtig auf ihn waren, dann ohne Grund. Er hat mich hintergangen, er war widerlich. Aber ich habe ihn nie geliebt. Für mich gab es immer nur Sie. Immer nur dich.« Sie schien sich an ihren eigenen Worten zu berauschen.

Ich war völlig benommen und kam mir vor wie in einem Traum. Mir fiel ein, dass Mrs Sharp etwas von einem anonymen Brief erzählt hatte. »Haben Sie seiner Frau das

Foto geschickt, das zeigt, wie Sharp diese andere Frau umarmt …«

»Umarmt!« Sie lachte. »Sehr witzig. Trotzdem, das bereue ich wirklich. Denn das war ja der Auslöser für alles. Deswegen ging sie auf ihn los. Als ich davon gehört habe, war ich krank vor Schuldgefühlen. Und ich konnte mit niemandem darüber reden. Erinnerst du dich? Ich musste Urlaub nehmen und mir vom Arzt was zur Beruhigung verschreiben lassen.« Plötzlich wechselte sie den Tonfall. »Weißt du, was dein Problem ist?«

Meine Gedanken überschlugen sich, ich suchte fieberhaft nach einem Ausweg. Ich weigerte mich, so gesehen zu werden. Ich wollte, dass sie aufhörte zu reden, und ich hatte Angst davor, was passieren würde, wenn sie endlich schwieg.

»Du bist einfach zu gut«, fuhr sie fort. »Möchtest allen helfen. Ich seh es förmlich vor mir, wie du mitten in den Streit der Sharps hineinplatzt, oder kurz darauf, nachdem sie ihn schon niedergeschlagen hatte. Mit einem Baseballschläger vielleicht. Oder nein, warte … das war ja schon am nächsten Tag. Jedenfalls muss die Sache wieder aufgeflammt sein, Mrs Sharp war völlig aufgelöst, und du hast sofort erkannt, dass es ein Unfall war oder dass sie gar nicht so fest zuschlagen wollte. Du siehst ja *immer* nur das Beste in den Menschen! Und dann fiel dir das Haus der Cooksons ein. Schließlich konnte sie ihn nicht allein wegschaffen. Aber warum hast du nicht an die möglichen Folgen gedacht?« Sie schüttelte den Kopf. »Und danach hättest du sie wirklich nicht so oft besuchen dürfen. Kein Wunder, dass die Polizei jetzt alle fünf Minuten mit dir reden will.«

Sie unterbrach sich und nippte an einem Glas, das wie aus dem Nichts in ihrer Hand aufgetaucht war. Erst jetzt bemerkte ich die zu drei Vierteln leere Flasche am Boden.

»Und was machen wir nun, Zoe? Wie geht es weiter?«

Zur Antwort stand sie auf und kam auf mich zu. Sie hatte Parfüm aufgetragen. Sie schaute mir in die Augen und küsste mich auf den Mund.

»Ganz einfach«, sagte sie. »Wir renken das wieder ein.«

Wir gingen ins Two Swans, wo wir nach dem Essen Sekt tranken – ganz und gar nicht meine Vorstellung eines entspannten Abends. Wie üblich bestritt Zoe die Unterhaltung und den Alkoholkonsum fast im Alleingang. Dabei verlor sie kein Wort über das, was sie in meiner Wohnung gesehen hatte. Das fand ich zermürbend. Ich erinnere mich, dass sie vorschlug, mich im Büro mehr zu unterstützen. Mir einen Teil meiner Arbeit abzunehmen. Ich sei einfach zu nett zu meinen Angestellten; sicher gebe es Möglichkeiten, um Kosten zu sparen und den Gewinn zu steigern.

»Dennoch«, bemerkte ich an einer Stelle, »sind wir die erfolgreichste Maklerfirma im Bezirk. Irgendwas machen wir anscheinend richtig.«

Genau, erwiderte sie. Und wenn wir alle Kräfte bündeln würden, dann winke uns ein noch viel größerer Erfolg!

Trotz allem berührte mich ihr Eifer. Die Wahrheit war einfach – und das konnte ich ihr schlecht auf die Nase binden –, dass ich bereits mehr Geld hatte als nötig und dass ich das Geschäft auf diese freundliche, unaufdringliche

Weise betrieb, um zu bekommen, was ich für Geld nicht kriegen konnte.

Jedenfalls wollte sie mich in jeder nur erdenklichen Weise »unterstützen«.

»Wir verschenken einfach zu viel«, sagte sie im Taxi zu ihrer Wohnung.

»Natürlich, du hast recht. Ich muss mir das alles durch den Kopf gehen lassen.«

»Du bist zu nett.«

»Stimmt.«

»Ach, William …«

Ab da nahmen die Dinge unaufhaltsam ihren Lauf.

Zusammen würden wir ein hervorragendes Gespann bilden, behauptete sie, als wir uns nach einem krampfhaft dynamischen Liebesakt unter ihre Bettdecke schmiegten. Und wenn mich die Polizei weiter mit Fragen behelligte, wo ich mich am fraglichen Vormittag aufgehalten hatte, sollte ich eben meine geheime Beziehung zu ihr gestehen. Zoe würde mir ein Alibi verschaffen, da sie an diesem Vormittag ohnehin nicht im Büro gewesen war. Im Grunde war es ganz einfach: Ich war zu ihr gefahren. Wir hatten miteinander geschlafen. Ja, ich würde bekennen, dass ich meine Arbeit vernachlässigt hatte, weil ich die Finger nicht von Zoe lassen konnte. So verrückt waren wir nacheinander. Das mussten wir natürlich vor den anderen Mitarbeitern verheimlichen, bis wir es sozusagen offiziell machten.

»Offiziell?«

Sie kuschelte sich an mich. »Nur ein Witz.«

Von wegen.

Im Büro streifte sie mit ihren Fingern über meine, sobald sich unsere Wege kreuzten, wie sie es schon während unserer früheren, unbedachten Affäre getan hatte. Einmal brachte sie aus einem exklusiven Geschenkartikelladen ein Schokoladenherz mit und legte es mir neben den Kaffee auf den Schreibtisch.

Ich konnte mich nur aufs Wesentliche konzentrieren. Die nächsten zwei Nächte verbrachte ich mit Zoe. Für das Wochenende entschuldigte ich mich damit, dass ich nach Norfolk fahren müsse, um mit meiner Cousine eine finanzielle Familienangelegenheit zu besprechen. Zoe machte ein trauriges Gesicht.

»Ich bin ja bald wieder da«, sagte ich.

Sie tröstete sich damit, dass sie mir übers Haar streichelte und ausführliche, forschende Fragen nach meiner Familie stellte. Ich antwortete mit nicht weniger ausführlichen Lügen. Allerdings hatte ich auch eine Frage an sie.

»Zoe, kann ich mir morgen vielleicht dein Opernglas ausleihen? Irgendwie hab ich meins anscheinend verlegt.«

»Jetzt wo du es erwähnst – ich glaube, ich auch.« Sie überlegte kurz. »Ja, ich hab es schon seit Ewigkeiten nicht mehr gesehen.«

Während sie am Freitag im Büro saß und fröhlich Pläne schmiedete, die sich um die Erhöhung unserer Provisionen und die Streichung von Vergünstigungen für Erstkunden drehten, fuhr ich zu ihrer Wohnung. Ich benutzte ihren Laptop und dachte über die winzigen Abmessungen ihrer zwei Zimmer nach. Ich öffnete und schloss Türen. Meine Werkzeugtasche und eine Tüte Staubtücher hatte ich dabei. Ohne das schwache Geschlecht mit einer allzu generalisierenden Bemerkung beleidigen zu wollen, muss ich doch feststellen, dass alleinstehende Frauen oft den Ball aus den Augen verlieren, wenn es um die technischen Aspekte der Haushaltsführung geht. Zoes Abstellkammer beispielsweise wies einen ausgesprochen betagten, am Boden montierten Dreadnought-Boiler auf. Nach seiner Schmutzpatina zu urteilen, lag die letzte Überprüfung viele Jahre zurück, falls überhaupt je eine stattgefunden hatte. Vor allem die zweite Baureihe dieser Geräte hatte im Lauf der Jahre immer wieder zuverlässig für einen Erstickungstod vor dem Fernseher gesorgt. Ich wickelte mein Werkzeug aus und machte mich daran, den Brennerdruck einzustellen. Wenn sich die Flamme gelb färbte, wurde der Wärmetauscher blockiert und zuletzt genug Kohlenmonoxid freigesetzt, um einen Elefanten umzuhauen. Vor allem fehlte dem Apparat eine externe Luftansaugung, was bedeutete, dass er auf die Sauerstoffzufuhr aus dem Zimmer angewiesen war. Was wiederum bedeutete, dass ich alle Abzugsrohre aufschrauben und mit einem neuen Staublappen abdichten musste. Zuletzt fegte ich verstreute Schrauben und sonstige Überbleibsel in einen Müllbeutel und packte mein Werkzeug zusammen. Ohne pervers klingen zu wollen, empfand ich dabei nur die Genugtuung über eine gut ausgeführte Arbeit.

Am Abend ließen wir uns indisches Essen kommen und machten es uns bei einem Martial-Arts-Film gemütlich. Wir tranken Wein, bis ich mich damit entschuldigte, dass ich am nächsten Morgen frühzeitig aufbrechen musste. Was nicht einmal eine Lüge war.

»Fahr vorsichtig.« Sie gähnte bereits.

Ich rechnete fest damit, dass sie bis Montag tot sein würde.

36

VERMUTLICH SPIELT ES KAUM EINE ROLLE, dass ich Zoe angelogen hatte. Ich nahm den Zug nach London und stieg dann in King's Cross um nach Norden. In Leeds mietete ich ein Auto und setzte die Fahrt in westlicher Richtung durch frühere Textilindustrieorte und halb ländliche Gemeinden am Rand der Yorkshire Dales fort. In einer Teestube mit einem herrlichen Ausblick auf die Aire schlug ich eine Stunde tot, ehe ich schließlich kurz nach Mittag in den Pfarrbezirk Wollesworth rollte.

Ich warf mein Gepäck im nächsten Bed & Breakfast – einem Dorfpub – ab und brach zu einem Erkundungsgang auf. Ein Sträßchen, das auf einer Seite von einer Wohnsiedlung und auf der anderen von einer Wiese mit trägen Kühen gesäumt wurde, führte nach etwa einer Meile zu einem größeren Platz und einem geschäftigen Markt, dessen überwiegend weibliche Besucher – oft mit Buggy oder in Begleitung von ein oder zwei Kindern – von Stand zu Stand pilgerten und mit gerecktem Hals nach günstigen Angeboten Ausschau hielten. Das Rathaus auf einer Seite des Platzes wurde noch für irgendwelche offiziellen Zwecke genutzt, doch die Getreidebörse war längst in ein Einkaufszentrum mit 70er-Jahre-Beschriftung umgewandelt worden, während in den angrenzenden Gebäuden – sicherlich einst der ganze Stolz tüchtiger Händler und Kaufleute – Discountläden, Wettbüros und billige Cafés untergebracht waren. Eine Gruppe Halbwüchsiger in Sportkleidung saß zigarettenrauchend unter einem alten Steinkreuz und ließ zwei große, braune Flaschen kreisen. Ab und zu spuckte einer von ihnen auf das abgetretene graue Pflaster. Ihre Konversation, die aus einer Entfernung von zwanzig Metern gut zu verstehen war, eignete sich nicht unbedingt für einen öffentlichen Platz an einem Samstagnachmittag. Vor einem Fast-Food-Lokal stand ein einsamer Straßenmusiker – ein dürrer Kerl mit gelben Augen, und schütterem, angegrautem Haar, wahrscheinlich nicht älter als dreißig –, der sang und auf einer Gitarre mit zwei fehlenden Saiten spielte. Ich warf ihm eine Pfundmünze in seine Tupperware-Dose und wurde mit einem verzweifelten Grinsen belohnt.

Konnte das wirklich der Ort sein?

Ich hörte Glocken, die die Stunde schlugen, und folgte ihrem Klang. Nachdem ich den Platz hinter mir gelassen hatte, gelangte ich nach ungefähr einer Minute an eine Biegung und sah ein Stück weiter vorn, etwas zurückgesetzt von der Straße und umgeben von einer Mauer und Zäunen, eine massive mittelalterliche Kirche. Durch ein schwarzes Eisentor trat ich ein und folgte drei Ziegelstufen in den Friedhof. Grasgeruch stieg mir in die Nase. Anscheinend war frisch gemäht worden zwischen den ungleichen Grabsteinen, von denen einige wie zusammengesunkene Stümpfe wirkten, während die meisten anderen mit bunten Blumen in Töpfen geschmückt waren. Vor dem blassen Himmel ragte ein Turm auf, der von einem riesigen rot-weißen Barometer verunziert wurde, das anzeigte, wie die Sammlung für die Restaurierung des Kirchturms vorankam. Nicht besonders gut anscheinend.

Ich schlug einen Bogen um die Kirche, vorbei an einem Gebäude auf einem eigenen Grundstück – das von einem hässlichen Schild als Gemeindesaal von St. Alban in the Dale ausgewiesen wurde und vermutlich das ursprüngliche Pfarrhaus war –, bis ich auf der anderen Seite in einer Gasse landete. Dort stand ein unscheinbares Backsteinhaus aus den Siebzigern. An einem großen, zum Teil von einer nicht allzu hohen, ungepflegten Ligusterhecke verdeckten Garten führte ein staubiger Pfad entlang. Als ich mich näherte, hörte ich ein Hämmern und das Bellen eines Hundes. Der Hund blieb unsichtbar, doch plötzlich erhob sich ein Mann und stand mir am Tor gegenüber. Sein strohgelbes Haar war so struppig wie seine Hecke, und er trug ein ausgebeultes Sweatshirt und Jeans. Er schielte mich seltsam an, auf seinem Kinn leuchtete ein Ölfleck. Er hatte eine Dose in der Hand, und jetzt bemerkte ich den Rahmen eines alten Motorrads, dessen Chromteile auf Zeitungspapier ausgebreitet waren. Dort hatte er offenbar gekauert, als ich mich näherte.

»Hallo«, sagte er.

Ich setzte ein Lächeln auf. »Reparatur?«

»Mach sie nur ein bisschen sauber.«

Mit einem Nicken hastete ich weiter und fragte mich nervös, ob ich einen Fehler begangen hatte. Der Pfad wurde schmaler und wand sich zwischen Bäumen nach unten.

Hinter mir ertönte wieder seine Stimme. »Hallo, einen Moment!«

Ich wandte mich um. Er lief mir nach, ein stämmiger, leicht o-beiniger Mann, der sich mit verblüffender Geschmeidigkeit bewegte.

»Ich fürchte, da unten kommen Sie nicht über den Bach. In der Furt steht das Wasser einen halben Meter hoch.«

»Ach so. Vielleicht sollte ich besser …«

Er kniff die Augen zusammen. Sein Lächeln wurde breiter. »Ich glaube, wir kennen uns.«

»Ja, ich glaube auch.«

»Heming?«

»Reverend Marrineau, wie ich annehme.«

»Sieh an.« Er musterte mich mit seinem gesunden Auge, das andere starrte kalt wie Marmor an mir vorbei in die Büsche. Was wusste er?

Wir reichten uns die Hand und staunten über unsere Begegnung, als wir zurück zu seinem Gartentor schlenderten, hinter dem mit wedelndem Schwanz der Hund wartete.

»Das ist Toby«, sagte er.

»Bestimmt ein guter Wachhund, was?«

Marrineau gluckste. »Er bemüht sich zumindest.«

Wahrscheinlich hatte er erraten, dass ich nicht zufällig hier war, doch er fragte nur, ob ich von weit her kam, und verwies auf den Shepping-Jahrmarkt, der viele Besucher anlockte. Auch er wurde am Nachmittag dort erwartet, erklärte er, und als ich erwähnte, dass ich ganz in der Nähe wohnte, schlug er nach einem kurzen Blick auf die Uhr vor, dass wir doch zusammen hingehen könnten. »In fünf Minuten bin ich fertig«, versprach er.

Unter Tobys fragendem Blick wartete ich auf einer verwahrlosten Holzbank. Der Garten umschloss einen Abschnitt mit blanker Erde und einen erhöhten Absatz mit

Magerrasen, ungezähmten Brombeersträuchern und Efeuranken sowie einen Schuppen und eine verrostete Kinderschaukel. An einer Wäscheleine hing reglos eine Ansammlung von T-Shirts und Unterwäsche. Es wäre eine Arbeit von zwanzig Sekunden, die Bremsleitung seines Motorrads zu durchtrennen, sollte jemand ein Hühnchen mit Marrineau zu rupfen haben. Oder ein schwerer Kerzenständer an den Kopf. In diesem Ort gab es bestimmt viele gewalttätige Trinker ohne Geld, und ein Vikar war ein leichtes Opfer.

Dann tauchte er in einem ausgeleierten cremefarbenen Anzug mit Priesterkragen und dramatischer schwarzer Augenklappe auf. »Die Verkleidung ist nötig«, erklärte er.

In seinem alten Auto fuhren wir zum Jahrmarkt. Es war sein freier Tag, erzählte er, doch er hatte sich bereit erklärt, beim Rugbyspiel der Kinder den Schiedsrichter zu machen und später Preise für Chutneys, Würste und Pasteten zu vergeben. Als wir ankamen, wurde er nacheinander von mehreren Leuten begrüßt oder mit erwartungsvollem Blick zu einem kurzen Gespräch beiseitegenommen. Ich streifte inzwischen herum. Eine Blaskapelle spielte, Schäferhunde bestritten ein Hindernisrennen, ein Mann arbeitete an einer Drehbank aus Seilen und Ästen. Dann fand mein Auge ihn in der Menge, ein wenig korpulent, aber gelenkig wie eh und je zwischen den Jungen in seinem lächerlichen cremefarbenen Anzug und der Augenklappe. Plötzlich fiel mir ein, woran mich dieser Anblick erinnerte: Vor zwanzig Jahren, als ich ihn zum letzten Mal sah, war er auf genau die gleiche Weise mit einer geborgten Lehrerpfeife und einem Verband über dem halben Gesicht zwischen den Unterstufenschülern herumgeturnt.

Später hielt er bei den Konserven und Pasteten eine humorvolle Rede, und mein Herz schlug erneut für ihn, den Goldjungen, der mich mit seiner Gleichgültigkeit und Grausamkeit gekränkt hatte, diesen Mann Gottes, der wie damals von allen geliebt wurde – nur dass er diese Liebe jetzt auch erwiderte. Der Applaus für die beste Marmelade und das beste Chutney war durchsetzt mit der Bewunderung für ihn.

»Meine zwei Jungs sind normalerweise auch hier«, erzählte er auf der Rückfahrt. »Aber meine Schwester und ihr Mann haben sie für eine Woche nach Florida eingeladen. Da können Sarah und ich nicht mithalten.« Lachend setzte er mich vor meinem Quartier ab. »Ich muss noch ein paar Besuche machen. Komm doch heute zum Abendessen zu uns. Außer du hast was Besseres vor. Wir haben bestimmt viel zu besprechen. Sagen wir um acht?«

Bisher hatte er seine Frau nicht erwähnt, und ich hatte sie auch nicht gesehen. Beunruhigt fragte ich mich, ob das die Sarah von damals war. Das Geburtstagskind bei der Party. Wie sich herausstellte, war sie es nicht. Trotzdem war seine Frau nicht da. »Nein«, erklärte er, als er ein Gericht aus dem heißen Backrohr hievte, »nur Toby und ich sind noch hier. Sarah ist vor zwei Jahren gegangen. Nein, vor drei. Aber ich mache ihr keinen Vorwurf.« Lächelnd schnitt er in die dampfende Kruste einer preisgekrönten Pastete vom Nachmittag, die er mit Bratkartoffeln und Erbsen servierte. Er leckte den Finger ab. »Sie hat mich fünfzehn Jahre lang ertragen, dann hat sie die Flucht ergriffen. Trotzdem sehe ich sie immer noch fast täglich und auch die Kinder ganz oft. Sie wohnen nicht weit weg. Wir haben uns scheiden lassen, damit sie wieder heiraten konnte. Netter Bursche. Sie hat ihn bei einer Klausur kennengelernt, kaum zu glauben. Ein Mann, der ihr ein bisschen mehr Komfort bieten kann. Sie hat immer noch starke Schuldgefühle, das merke ich. Dabei ist das gar nicht nötig. Die Armut war unser Verderben, und so geht es wohl vielen im Pfarrdienst. Das sind eben die modernen Zeiten.«

Er hielt inne und schloss die Augen – plötzlich überwältigt, wie ich vermutete, von einem Moment des Bedauerns; doch nein, er nutzte die Stille nur, um ein Tischgebet zu sprechen. »Danke, lieber Gott, für diese köstliche Pastete und dafür, dass mein alter Freund William sie mit mir teilen kann.« Er blickte auf. »Greif zu.«

Es war merkwürdig, meinen Vornamen innerhalb weniger Tage so oft zu hören.

Als ich das Gespräch auf seinen lang zurückliegenden Besuch bei meiner Tante lenkte, tat er das Ganze als unwichtig ab. »Ich war damals wohl ein bisschen übereifrig.« Langsam lud er sich eine Gabel voll und schaufelte sie sich in den Mund. »Ich hatte das Gefühl, gerettet worden zu sein, und wollte meine neuen Fähigkeiten ausprobieren.«

»Gerettet wovor?«

»Vor mir natürlich. Und Sarah war die Frau, die mich gerettet hat. Wir waren zusammen in Cambridge. Sarah studierte Theologie. Ich habe mich in ihre Klugheit und ihr gutes Aussehen verliebt, und sie hat mich dazu gebracht, die Geografie aufzugeben. Der Rest ist Geschichte.« Lachend hob er das Messer, als würde er ein Kreuz gegen das Böse schwenken. »Ich war verloren, und sie hat mich gefunden – so heißt es doch in dem Lied. Bis dahin war ich blind, doch jetzt konnte ich sehen. Zumindest mit einem Auge. Das war natürlich das Problem. Mit meiner Sportkarriere war es vorbei. Nach außen ließ ich mir nichts anmerken, doch innerlich nagte die Verzweiflung an mir. Für mich gab es nichts Wichtigeres als Cricket. Ich konnte mir überhaupt nicht vorstellen, was völlig anderes zu machen.« Er aß, als hätte er den ganzen Tag noch nichts zu sich genommen. »Hoffentlich machst du dir keine Vorwürfe wegen dem Auge. Heute kann ich sagen, dass du mir einen Gefallen getan hast. Du hast mir eine Lektion erteilt. Mich ins Grübeln gebracht. Und schau mich an.« Erneut lachte er. »Du hast mich verändert. Ja, du.«

»Von dem Auge wusste ich gar nichts.«

Er winkte ab, als er mein vermeintliches Mitgefühl bemerkte. »Sicher. Es war ein schleichender Prozess, angefangen mit einer Nervenschädigung, einer Infektion, die nicht abklang und sich ausbreitete, dann Komplikationen. Durch eine Rugby-Verletzung wurde es dann noch schlimmer. Aber wie gesagt, jetzt bin ich hier.«

Ich nickte verbindlich. Marrineau hatte die Vergangenheit hinter sich gelassen und sich etwas aufgebaut. Er erwähnte die alte Schule – die keine zwanzig Meilen entfernt lag – und den alten Mr Stamp, der erst kürzlich gestorben war. Aber auf die Tätlichkeit, die zu meiner Relegierung geführt hatte, kamen wir nicht mehr zurück. Falls es einen Moment gegeben hatte, in dem ich Marrineau mit einem seiner zwei ungleichen Tischmesser hätte niederstechen wollen, so war er vergangen.

»Die Pastete ist wirklich ausgezeichnet«, sagte ich.

»Du hast dir den richtigen Tag ausgesucht. Gestern gab es Würstchen mit Currysoße. Und Joghurt als Nachspeise. Heute haben wir Apfelkuchen!«

Erfreut vernahm er, dass ich den Rauswurf von der Schule gut überstanden und mit meiner Firma Erfolg hatte.

»Wir sind beide Kleinstädter.« Sein graues Auge richtete sich auf mich. »Wir hüten beide unsere Gemeinde.«

Diese Äußerung traf mich so im Innersten, dass ich kaum noch schlucken konnte. Es war, als hätte er mich und meine Lebensaufgabe in einem einzigen Augenblick erkannt. Meine Liebe zu den Menschen. Mir schien es wie ein Gleichnis, als er mir später von einem Farmer aus seiner Gemeinde erzählte, den er bei seinen Besuchen in einer psychiatrischen Klinik regelmäßig traf. Der Mann hatte mit seiner Schrotflinte auf vier Menschen geschossen und dabei eine Frau getötet. »Er hielt sie für Einbrecher«, erzählte er, »die etwas gegen ihn und seine Frau im Schilde führten. Natürlich gab es dafür keine Beweise. Es waren harmlose Wanderer mit Rucksäcken und Stiefeln. Sie befanden sich nicht einmal auf seinem Land. Wer weiß, was er in ihnen gesehen hat. Er konnte es nicht erklären. Aber für ihn war es einfach die Wahrheit. Er spürte es in seinem tiefsten Inneren und nahm verzweifelt die Verfolgung auf, um aus beiden Läufen auf sie zu feuern. Vielleicht sogar zweimal. Ich kenne mich mit Schusswaffen nicht aus. Ein schreckliches Verbrechen, kein Zweifel, doch der Mann beharrt bis heute auf seiner Überzeugung. Er ist eben verrückt – offiziell fällt das in die Rubrik Schizophrenie. Er war vorher schon mehrmals eingewiesen worden. Trotzdem kann man darin auch ein extremes Beispiel für blinden Glauben sehen.«

»Ist das nicht dein tägliches Brot?«

»Wir haben das Evangelium«, antwortete er. »Das sind praktisch Zeugenaussagen. Aber letztlich sind wir entweder im Herzen zum Glauben gezwungen oder eben nicht. Deshalb ist es auch so schwer. Der einzige Unterschied zwischen verrückt und vernünftig liegt darin, wie viele Menschen einem zustimmen. Die Geschichte von Jesus und seinen Wundern, von der Offenbarung des Herrn – die Verbreitung des Evangeliums also – beschreibt den Übergang von einem Zustand zum anderen. Vor zweitausend Jahren wäre ich als Spinner im Gefängnis gelandet. Oder woanders.«

Inzwischen hatte Marrineau eine Flasche Napoleon-Brandy geöffnet, die er bei seiner eigenen Weihnachtstombola gewonnen hatte. »Ich fürchte, ich hatte nicht die Kraft, sie wieder zurückzustellen. Auch die Sünde kann sich lohnen. Deswegen ist sie ja so verlockend.«

Eigentlich mag ich keinen Alkohol, doch ich nahm einen Schluck, um den edlen Tropfen zu würdigen. Er trank ganz ungezwungen. Erfüllt von Freude. Er war nicht einsam, versicherte er mir, im Gegenteil, er hatte sich fürs Alleinsein entschieden. »Ob du's glaubst oder nicht, ich hatte eine ganze Reihe von Gelegenheiten, seit Sarah gegangen ist. Aber mein Leben ist jetzt konzentrierter. Meine Rahmenbedingungen haben sich geändert, damit ich Gott noch besser mit meinem irdischen Wirken dienen kann, so wie ich es ihm versprochen habe. Und es funktioniert. Niemand wird verletzt durch meine Nachlässigkeit – damit meine ich Sarah.«

Er hatte sich kein einziges Mal nach meinen religiösen Überzeugungen erkundigt (ich habe keine), forderte mich aber trotzdem auf, seinen Vormittagsgottesdienst um 10.30 Uhr zu besuchen. »Es gibt Taufen – setz dich also nicht zu weit nach vorn –, und dann kommt meine Predigt, die darfst du dir auf keinen Fall entgehen lassen. Diese Woche geht es um die Versuchung. Im Grunde ist es eine Brandrede gegen Kreditkarten, die für mich ein rotes Tuch sind. Schulden sind so zerstörerisch. Ich möchte nicht zu hart in meinem Urteil sein, aber ich teile die Meinung Jesu, dass man gegen die Geldwechsler auch mit Gewalt vorgehen sollte.« Er grinste mich an. »Ein Witz. Doch meine Predigt morgen meine ich ganz ernst.«

Er überredete mich zum Bleiben. »Das Gästezimmer steht immer bereit. Außerdem habe ich gehört, dass dein Bed & Breakfast ein Problem mit Wanzen hat. Oder waren es Nager? Entschuldige, das stimmt natürlich nicht. Ich darf nicht immer alles aussprechen, was mir in den Kopf schießt. Trotzdem, du kannst gern hier übernachten.«

Ich lag im Dunkeln und lauschte dem leisen Ticken der Uhr im Gang. Der Marrineau von damals hätte sich Auge um Auge revanchiert. Ich fragte mich, was sich gerade bei Zoe tat. Dann schlief ich ein, und das Schnarchen aus dem Nebenzimmer verwandelte sich im Traum – ich rollte in einem schweren Fahrzeug langsam rückwärts, ohne bremsen zu können – in einen Pressluftbohrer. Als ich aufwachte, war er fort. In der Küche hing ein Zettel: »Zwei Würstchen (ohne Curry) für dich im Kühlschrank. Mach dir ein Ei. Cornflakes in der Speisekammer – M.«

Ich stieg wieder hinauf. Marrineaus Schlafzimmer war unaufgeräumt. Und verstaubt. Neben dem Korb stapelte sich ein Haufen Wäsche. Die offen stehenden, durchwühlten Schubladen ließen auf eine hektische Suche nach einem obskuren Gegenstand klerikaler Tracht schließen – Kragenknöpfe vielleicht. Über seinem Bett prangte ein buntes

Gipskreuz, wie man es in italienischen Souvenirläden fand, und auf dem Nachttisch lag eine zerfledderte Taschenbuchbibel. Gegenüber dem Bett hing ein farbenfroher Wandteppich, der wohl von Marrineaus Verehrerinnen stammte und die schlichte Stickerei JESUS IST UNSER HERR trug.

Ich war enttäuscht über das Fehlen von Spuren des alten Marrineau. Im Kleiderschrank klapperten leere Bügel, als ich vergeblich nach seiner Wildlederjacke mit Fransen suchte. Auch die Sporttrophäen waren verschwunden. Im Bad entdeckte ich statt dem beneidenswerten Krokodillederetui mit seinem Rasierzeug einen elektrischen Apparat. In einem Becher stand eine einzelne Zahnbürste unter einem blinden Spiegel, vor dem Marrineau wohl jeden Morgen einen Kamm durch seinen dichten Haarschopf zog, die Augenklappe anlegte und sich über Gottes Gnade freute.

Der Hund erschien in der Tür und näherte sich, um sich tätscheln zu lassen. Nachdem er an meinem Bein geschnuppert hatte, kläffte er kurz und trollte sich wieder. Ich durchsuchte eine Ziehharmonikamappe mit alten Papieren, in der Hoffnung, auf einen Brief von meiner Tante oder Isobel oder eine Kopie des vernichtenden psychiatrischen Gutachtens aus meiner Kindheit zu stoßen. Unter einem weihnachtlichen Briefbeschwerer lag ein Stapel neuerer Korrespondenz – Dankesschreiben, eine Mitteilung von der Familie eines Verstorbenen, die Postkarte eines Paares auf Hochzeitsreise. Beim Durchblättern fand ich eine Fotografie, die ich schon einmal gesehen hatte, zusammen mit einem Brief. Oben stand St. Mary Hospice, Meldringham, das Datum lag einige Monate zurück, die Handschrift war zittrig.

Lieber Marrineau,

das wollte ich dir schicken. Vielleicht erinnerst du dich sogar noch an den Tag, an dem ich die Aufnahme gemacht habe. Möglicherweise hast du dich nach dem Grund gefragt. Aber du warst noch jung und nicht geneigt, deine Lehrer infrage zu stellen. Du bist mit deiner Sportklasse über den mittleren Platz gesaust. Ich rief dich zu mir und bat dich um ein Lächeln für die Kamera. Ich muss gestehen, dass ich das geplant hatte. Das war sehr töricht von mir.

Auch andere Jungen habe ich fotografiert, doch dieses ist das einzige Bild, das ich aufgehoben habe. Ich bin zutiefst beschämt, andererseits kann ich es nicht bedauern. Ich habe zur falschen Zeit gelebt – auch wenn dies nicht mehr lange gilt.

Damit endet meine Beichte auch schon. Ich habe nie einen Jungen angefasst. Mein einziger Fehler war, aus der Ferne zu lieben. Ich bin dankbar für deine Besuche und Gebete (die ich zweifellos brauchen werde, dort, wo ich hingehe), möchte dich jedoch bitten, nicht mehr zu kommen. Das wirst du sicher verstehen.

Ich entschuldige mich für den Schmerz, den dir mein Brief vielleicht bereitet.

Mit freundlichen Grüßen
Geoffrey Stamp

Ich brachte es weder übers Herz noch über den Magen, Marrineaus zwei letzte Würstchen zu essen. Stattdessen ging ich zurück zu meinem Quartier, um dort zu duschen und zu frühstücken. Dann fuhr ich mit dem Mietwagen zu St. Alban in the Dale und bekam gerade noch mit, wie die Menschen aus der Kirche strömten. Marrineau stand in seiner Robe und der Augenklappe an der Tür und schüttelte lachend Hände. Beglückt von ihrem exzentrischen, charismatischen Priester, standen die Damen der Gemeinde Schlange, um ihn mit Lob zu überhäufen. Manche nannten ihn Reverend, andere David. Während sich die Menge allmählich zerstreute, verharrte er zehn Minuten bei einem rotwangigen Herrn mit buschigen Koteletten, der nur ein Farmer sein konnte. Mit ihrem schallenden Gelächter wirkten sie wie ein Komikerduo. Nachdem der Mann in einem schlammverkrusteten Range Rover davongerumpelt war, trat ich auf Marrineau zu.

»Ich habe deine Predigt versäumt. Und jetzt muss ich mich leider verabschieden.«

»Schade. Kann ich dich nicht mit unserem Sonntagsessen für Obdachlose in Versuchung bringen? Kostenlos, wenn du beim Verteilen mitmachst.« Ohne auf meine Antwort zu warten, deutete er die Straße hinunter. »Den Mann mit den Koteletten habe ich gerade zu einer größeren Spende überredet.«

»Eine gute Nachricht für den Kirchturm.«

»Ha, ich muss dir ein kleines Geheimnis beichten. Ich erlaube mir, einen Teil des Geldes für meine Gruppen abzuzweigen: Unterstützung für Jugendliche, alleinerziehende Mütter, eine Anlaufstelle für die Ungewaschenen, die Unerwünschten, die Erwerbsunfähigen, die Einsamen, die Unzulänglichen, die Unattraktiven und die Bedürftigen. Die Menschen spenden eher für Bauwerke. Manchmal denke ich mir, scheiß auf den Turm. Bis er tatsächlich einstürzt, wahrscheinlich.«

Wie er es erhofft hatte, versprach ich ihm einen Scheck von meiner Bank.

Wir reichten uns die Hand, und ich fuhr los. Warum war ich überhaupt gekommen? Wichtig war auf jeden Fall, dass ich die Stadt verlassen hatte. Gab es ein besseres Alibi, falls ich eines brauchte, als das Wochenende in Gesellschaft eines Geistlichen in Yorkshire verbracht zu haben – mit einem alten Freund aus einer angesehenen Familie und Schule? Doch es hatte auch Neugier dahintergesteckt, dazu vielleicht das Gefühl, eine unerledigte Sache abschließen zu müssen. Wer wusste das schon? Er hatte es wohl auch so empfunden. Vielleicht war er gar nicht so enttäuscht darüber, dass ich keine »Rettung« benötigte, wie er es ausgedrückt hatte. Ich hatte mich nicht entschuldigt und auch nicht um Verzeihung gebeten. Wir waren uns auf unerwartete Weise begegnet, wenn auch nicht so freundschaftlich, wie wir uns beide dabei gegeben hatten. Nach meinem Eindruck drehte sich das Werk des Herrn für Marrineau nicht um das Schließen von Freundschaften, sondern um das Gewinnen von Spendern, Büchsenschwenkern, Freiwilligen, Jüngern, Zuhörern – eine Klientel der Gläubigen. Er hätte auch Häuser verkaufen können. Vielleicht hatten wir im anderen jeweils etwas von uns selbst wahrgenommen, genug jedenfalls, damit der Funke übersprang und einen Abend lang eine Flamme zwischen uns nährte.

Ich dachte an Isobel und ihre Tochter und war froh, ihr

geholfen zu haben. Vielleicht hatte sie sogar ihre Meinung über mich geändert. Entscheidend war, dass ich den Blick nach vorn richtete und, so Marrineaus Gott es wollte, mein eigenes gutes Werk fortsetzte. Und wenn das jetzt ein wenig selbstgefällig klingt, stellen Sie sich einfach vor, wie es ohne mich um unsere Stadt bestellt wäre.

37

ICH NAHM MIR DEN GANZEN MONTAG ZEIT, weil ich davon ausging, dass ich eine Weile brauchen würde, um Sharps Golfschläger oder vielmehr sein Schlägerset aufzuspüren. Aber wie es eben manchmal so geht, entdeckte ich sie gleich in dem ersten Gebrauchtwarenladen, den ich betrat. Sofort erkannte ich den ausladenden, grün gestreiften Kopf des Schlägers, der aus einer Tasche ragte. Ich hatte befürchtet – und hoffte jetzt –, dass sich das Muster auf der metallenen Schlagoberfläche (parallele Linien, die mich auf angenehme Weise an mein eigenes Zeichen erinnerten) mit dem Abdruck auf Sharps rechter Schläfe decken würde. Langsam machte ich eine Runde durch das Geschäft und nahm nicht mehr benötigte Puzzles, Nippes und abgelegte Kleider in Augenschein. Im Hinblick auf die zu erwartenden verstärkten Ermittlungsbemühungen war mir nicht wohl bei dem Gedanken, das ganze Schlägerset zu erwerben und dadurch unter Umständen einen bleibenden Eindruck bei der älteren Ladenbesitzerin zu hinterlassen. Mir schien es weit weniger riskant zu warten, bis sie im Hinterzimmer verschwand, um den Inhalt der Müllsäcke zu sortieren, die sich bei Läden dieser Art unvermeidlich übers Wochenende im Eingang ansammelten.

Als es so weit war, zog ich den Schläger behutsam aus der Tasche und schlenderte damit hinaus zu meinem Auto.

Im Büro war Wendy ganz außer sich, weil Zoe am Morgen nicht zu dem vereinbarten Treffen mit potenziellen Käufern im Haus der Curries erschienen war. Und Katya hatte ihren freien Tag. »Wir können doch nicht Josh allein hinschicken.«

»Keine Sorge. Ich übernehme das.«

»Ich habe bei ihr angerufen, aber sie geht nicht ran.«

»Ich probiere es später noch mal. Wahrscheinlich hat sie wieder mal eine schlechte Phase.«

»Eine schlechte Phase?«

»Ja. Da ist sie bestimmt nicht scharf darauf, wenn die Leute alle fünf Minuten anrufen.«

Später am Tag telefonierte ich mit Sergeant Monks.

»Mir ist da noch was eingefallen«, sagte ich. »Wahrscheinlich sowieso unwichtig. Jedenfalls habe ich ein bisschen herumgefragt, und es hat sich herausgestellt, dass eine meiner Mitarbeiterinnen tatsächlich ihr Fernglas verlegt hat. Das muss natürlich nichts bedeuten, aber …«

»Aber?«

»Nun, wie soll ich mich ausdrücken? Die Sache ist ein bisschen heikel.«

»Trotzdem habe ich das Gefühl, dass Sie mir davon erzählen möchten, Mr Heming.«

»Sicher alles ganz harmlos. Jedenfalls hat Zoe … sie ist übrigens eine hervorragende Mitarbeiterin, an deren Charakter ich nicht den geringsten Zweifel habe. Als ich ihr von dem Fernglas erzählte, das Sie gefunden haben …«

»Sie haben mit ihr darüber gesprochen?«

»Ja, und es hat bei ihr geklingelt, das war ihr anzumerken. Und tatsächlich, später in meinem Büro hat sie mir gestanden, dass sie mal eine kurze Beziehung mit Mr Sharp hatte – Douglas, wie sie ihn nannte. Deswegen wollte sie auch nichts mit dem Verkauf seines Hauses zu tun haben, als der Auftrag reinkam. Wenn das Fernglas aus dem Auto also wirklich ihres ist – und sie hält es durchaus für denkbar –, wäre das die Erklärung, wie es da hingekommen ist.«

»In den Kofferraum?«

»Stimmt, das habe ich sie auch gefragt.«

»Und was hat sie geantwortet?«

»Sie wurde böse und sagte: ›Benutzen Sie Ihre Fantasie, Mr Heming.‹«

»Ach.«

»Das Dumme ist, sie wird wohl von sich aus nicht mit Ihnen darüber reden, obwohl es meiner Meinung nach bloß darum geht, das Fernglas als verdächtigen Gegenstand auszuschließen. Verständlicherweise möchte sie nicht in die Sache hineingezogen …«

»Ist Zoe im Büro?«

»Nein, sie war heute noch nicht da. Vielleicht ist sie krank. Sie leidet manchmal unter depressiven Anwandlungen.«

»Ihre Adresse?«

»Ah, da muss ich mich noch mal bei Ihnen melden. Wendy ist schon nach Hause gegangen, und sie hat die Schlüssel zu allem. Wäre Ihnen gleich morgen früh recht?«

Monks zögerte, dann seufzte er. »Wenn Sie es einrichten könnten.«

Im Hinblick auf Sharps feine, zueinander passende Reisetaschen musste ich genau abwägen zwischen dem Vorteil, sie zu haben, und dem Risiko, dass Abigail vielleicht etwas unternehmen würde, wenn sie ihr Verschwinden bemerkte. Ich konnte mir gut vorstellen, wo sie sie hingeschafft hatte. Bei dem Rundgang mit den Perettis war mir aufgefallen, dass der Schlüssel zur Garage fehlte. Daher lag die Annahme nah, dass die Taschen dort gelandet waren. Sicher hatte Abigail die Taschen in die Garage gebracht, nachdem wir sie leer geräumt und den alten Krempel ihrer Mutter weggeschafft hatten. Allerdings hatte das Fehlen des Ersatzschlüssels für die Garage noch einen anderen Grund, wie ich jetzt begriff: Ich hatte ihn bereits. Es war der Schlüssel mit dem grünen Anhänger, den ich an dem aufregenden Tag in der Bibliothek aus ihrem Rucksack entwendet hatte.

Zuerst musste ich mich vergewissern, dass Abigail in der Bücherei war. Ich kannte ihre Arbeitszeiten, doch sie war nirgends zu sehen. Mehrere Minuten lang stand ich vergeblich draußen, um sie zu erspähen, dann fuhr ich zur Raistrick Road. Dort wählte ich ihre Festnetznummer. Keine Antwort. Ich klingelte an der Tür. Schließlich ging ich um die Terrasse nach hinten zur Garage. Das Grün des Anhängers stimmte exakt mit der Türfarbe überein, und der Schlüssel drehte sich tatsächlich im Schloss. Aber keine Spur von den Taschen. Bis auf ein paar Gartengeräte war die Garage leer.

Ich sperrte ab und blickte hinauf zu den Schlafzimmerfenstern. Irgendetwas stimmte nicht. Ich ging wieder nach vorn zur Haustür und trat ein. Der Hall meiner Schritte sagte alles. Ich probierte es im Vorraum, im Wohnzimmer, im Sonnenzimmer, in der Küche. Dann eilte ich die Treppe hinauf. Das Haus war fast völlig leer geräumt worden, mit großer Wahrscheinlichkeit von einer Umzugsfirma, die in der Zeitung warb. Außer den Vorhängen und Teppichen waren nur wenige Dinge zurückgeblieben – ein oder zwei Lampen, ein Korbstuhl, ein Läufer –, die sie offenbar noch abholen wollte. Auch die zwei Reisetaschen waren dabei.

Ich rief in der Bibliothek an und fragte nach Abigail.

»Tut mir leid, sie hat vor zwei Tagen gekündigt. Kann *ich* Ihnen vielleicht weiterhelfen?«

Dann versuchte ich es mit Abigails Handynummer, kam aber nicht durch.

Ich probierte es erneut, obwohl ich gar nicht wusste, was ich ihr sagen sollte. Vielleicht wollte ich einfach sicher sein, dass es vorbei war.

Schließlich ging ich durchs Haus nach hinten, wo der Schlüssel in der Tür steckte. Ich öffnete und trug die beiden Reisetaschen hinaus zu meinem Wagen, dann kehrte ich mit einem Montierhebel zurück. Nachdem ich von außen abgesperrt hatte, klemmte ich den Hebel in den Türspalt und lehnte mich mit dem ganzen Gewicht darauf. Knirschend splitterte das morsche Holz um das Schloss, und die Tür sprang auf. Schnell drehte ich den Schlüssel auf der Innenseite in die geschlossene Position und ließ die Tür angelehnt.

Als ich schon fast zu Hause war, klingelte das Telefon.

Sie war es. Bevor sie anfing, atmete sie erst einmal tief durch. »Hör zu, es tut mir leid. Ich wollte dich sowieso anrufen. Die Wahrheit ist … also, ich bin zurück nach London gezogen. Ich hatte einfach das Gefühl, das wächst mir alles über den Kopf. Entschuldige, dass ich einfach abgehauen bin. Das war aus einem Impuls heraus. Ehrlich gesagt, für eine Beziehung habe ich momentan keinen Nerv. Auch das mit dem Hausverkauf schaffe ich nicht. Ich weiß nicht … es ist mir einfach zu viel. Es tut mir leid. Vielleicht hätten wir zwei …«

»Nein, nein, schon gut«, unterbrach ich sie. »Kein Problem. Schlechter Zeitpunkt. Mach dir keine Gedanken. Ich nehm das Haus von unserer Liste. Du kannst dich natürlich jederzeit für einen anderen Makler entscheiden – und auch sonst.«

Ich bemühte mich, nicht zu fröhlich zu klingen, als wir uns kurz darauf verlegen voneinander verabschiedeten. So weit war es mit meiner grenzenlosen Hingabe für Abigail gekommen. Und dennoch: Wie hätte es anders enden sollen?

38

Ich fürchte, damit bin ich schon am Schluss der eigentlichen Geschichte angelangt: mitten in der Nacht, in einem kleinen, aber »herrlichen« Gartenapartment, einem schön sanierten viktorianischen Altbau mit Zugang zur Hauptstraße und allen üblichen Annehmlichkeiten. »Und mit zwei Osteopathen im Haus!«, wie Zoe gelacht hatte, nachdem sie überschäumend vor Freude von der Vertragsunterzeichnung beim Notar zurückgekehrt war. Obwohl das Objekt eigentlich weit jenseits ihrer Mittel lag, hatte sie es geschafft, den Besitzer zu einem unglaublichen Nachlass zu überreden.

»Vielleicht war ich ihm sympathisch«, sagte sie.

Ich möchte nicht behaupten, dass ihr Triumph nichts mit mir oder zumindest Damato Associates zu tun hatte, die Geld wie Heu haben – mehr als ein einzelner genügsamer Mensch je verbrauchen kann. Es war reine Herzensgüte, die mich zu dieser Geste bewog, lange vor der unklugen romantischen Tändelei mit Zoe, lange vor den geschilderten Ereignissen.

In meiner lächerlichen Maske stehe ich nun vor ihr. Ich hatte Angst, sie auf dem Sofa vor dem plärrenden Fernseher zu finden, oder, schlimmer noch, in einer makabren

Position – auf allen vieren wie eine Marktfrau oder Friseurin aus Pompeji – überwältigt von plötzlichem, schrecklichem Sauerstoffmangel. Doch hier liegt sie, eingeschlafen und nicht mehr aufgewacht, das Gesicht rosig strahlend im Licht des Radioweckers. Natürlich ist ihr Mörder immer noch hier und strömt weiterhin unsichtbar und unriechbar in die Poren des Zimmers, um es von Minute zu Minute mehr mit seiner verderbenbringenden Essenz zu tränken.

Ich entfalte meine Werkzeugtasche, stelle die Taschenlampe ein und mache mich daran, die Staubtücher zu entfernen, mit denen ich die Abzugsrohre verstopft habe. Im Wohnzimmer bedecken die erstarrten Überreste unseres indischen Essens vom Freitag den Couchtisch. Auch die zwei Kelche mit den dunkel eingetrockneten Weinresten tauchen im huschenden Lichtstrahl auf. Nach meinem Abschied hat sie noch eine zweite Flasche geöffnet und sie fast leer getrunken. Ich nehme das Glas und den Servierbehälter rechts vom Fernseher und schiebe alles tief in eine Tragetasche.

Es ist wie ein letztes Abendmahl. Der Segen des Alkohols. In der Küche hat sie noch Paracetamol genommen. Vielleicht ist sie mit Kopfschmerzen aufgewacht und dachte, sie hätte eine Grippe, ehe sie wieder ins Bett ging. Im Bad finde ich eine halb aufgebrauchte Blisterpackung Prozac auf dem weißen Waschbeckenrand, daneben ein fast volles Glas Wasser. Ich bringe es ins Schlafzimmer. Ich denke daran, wie sie die ganze Nacht und den ganzen Tag dort gelegen hat, wie hinter den Vorhängen das Licht gekommen und wieder gegangen, wie Verkehrslärm herangerauscht und wieder verebbt ist. Ihr Gesicht ist zum Fenster geneigt wie in einem letzten, tragischen Flehen. Als ich sie so sehe, streift mich der Gedanke, dass sie sich schon immer bestens für diese Rolle geeignet hat.

Wenn ich Marrineau wäre, würde ich für sie beten und sie einer höheren Macht überantworten. Aber ich bin stärker als Marrineau. Für mich gibt es keine höhere Macht. Jeder hat die Verantwortung für sein eigenes Leben zu tragen.

39

SIE ERINNERN SICH vielleicht noch an die kleine Gefälligkeit, die ich vor einiger Zeit der alten Mrs Wade erwiesen habe. Sie erfreut sich bester Gesundheit. Sie fährt immer noch in ihrem kleinen, kirschroten Auto zur Kirche, zum Donnerstagsmarkt und gelegentlich zu Krankenhausbesuchen. Inzwischen nimmt sie immer häufiger den Zug, wenn sie zu ihrer Tochter Rachel in Ely reist, dort übernachtet und am nächsten Tag heimkehrt. Dann springe ich gerne ein und hüte ihr Haus. So wie heute, und es ist eine wahre Erholung. Der Morgen mit seiner rosigen Verheißung von Schwierigkeiten dämmert noch nicht. Mit leicht gebeugten Knien liege ich auf Mrs Wades Polstersofa mit den polierten Holzlehnen und dem kunstvoll gesteppten Überwurf und schließe die Augen.

Stellen Sie es sich als Druckausgleich vor, als Rückkehr aus zermürbender Höhe oder Tiefe. Oder als sanfte, kraftspendende Verjüngung: ein überlegenes, außerirdisches Wesen, das am Ende eines schweren Tages in ein Bad nährender Chemikalien oder einen pulsierenden Kokon von Energiewellen eintaucht. Das bin ich.

Meine Gedanken kehren zurück zu Abigail, nicht voller Sehnsucht, sondern voll Bedauern. Ein Irrtum, genau wie bei Zoe, aber was habe ich daraus gelernt? Dass ich die Liebe und alle mich erfüllenden erhabenen Gefühle verloren habe, weil ich mich in etwas weniger Reales (oder Realeres, konventionell gesprochen) hineinziehen ließ. Marrineau hatte recht mit seiner Einschätzung, dass sich seine Rahmenbedingungen verändert haben mit der Entscheidung für das Alleinsein – für den Weg der Einsamkeit – als dem einzig möglichen Weg zu dienen. Auch ich finde alles, was ich mir wünsche, was ich zum Leben brauche, in von mir selbst gesetzten Grenzen – in meinem selbst gewählten Raum mit seiner Nachbarschaft, mit seinen strengen, klaren Regeln und seiner niedrigen, beengenden Decke. Inzwischen weiß ich, was funktioniert. Bleib dort, sage ich mir. Bleib einfach dort.

Ich muss immer lächeln über die Zeitungen – so berechenbar in ihrem Bemühen, das abweichende Verhalten jener zu erklären, die sich über gesellschaftliche Normen hinwegsetzen –, die von einem »Doppelleben« sprechen, das dieser oder jener hinterhältige Kriminelle angeblich führt. Das Gegenteil ist wahr. Es sind die normalen Menschen, die ein »Doppelleben« führen. Nach außen der Alltag mit Arbeit und Urlaub. Und daneben immer das Leben, das sie sich eigentlich wünschen, das Leben der Hoffnung, der Sehnsucht, der Pläne, der Enttäuschung, der Verstimmungen, des Neides und der Reue, die sie nachts wachhalten. Es ist ein brodelndes Leben des Begehrens, getragen von der Vorstellung dessen, was möglich ist. Das Leben, das sie nie haben werden. Ewig veränderlich, bleibt es ewig unerreichbar. Hätten sie gern mehr Geld? Hier, da haben sie es! Einen attraktiven Partner? Kein Problem. Höheren gesellschaftlichen Status? Mehr Intelligenz? Weißere Zähne? Sie sind besessen vom Unerreichbaren. Es ist ein Juckreiz, gegen den kein Kratzen hilft. Wer von dem Prinzip getrieben wird, dass er sich das am sehnlichsten erwünscht, was er nicht bekommen kann, wird nie glücklich sein.

Eine derartige Doppelung kenne ich nicht. Mein Leben ist aus einem Guss. Ich halte alle meine Wünsche zusammen und habe täglich die Mittel, sie mir zu erfüllen. Enttäuschung dulde ich nicht. (Was könnte ein besseres Sinnbild für Enttäuschung sein als eine verschlossene Tür?) Meine Grenzen mögen eng gesteckt sein, dafür unterliegt die Welt darin nur den Kräften der Fantasie. Ich bin genauso kompliziert und anfällig für Irrtümer wie alle Menschen, doch in den entscheidenden Punkten bin ich so glücklich und gleichgültig wie das Biest aus Abigails Gedicht unter seinem dunklen Himmel.

Mein reich von Energiewellen gesättigter Kokon setzt mit einem Mal die Spore einer fernen Erinnerung frei. Ich denke an meinen Vater, der bei einem Unfall gestorben ist – ertrunken wie der Mann vom Friedhof, nur in tieferem Wasser. Ist das ebenfalls etwas, wovor mich meine Tante beschützt hat? Jedenfalls fühlte ich damals nichts außer einer Erlösung von der Bürde seiner Enttäuschung. Vielleicht liebte er wie Mr Stamp aus der Distanz. Die Vorstellung, von meinem Vater oder meiner Tante geformt worden zu sein, lehne ich ab. Wer ich war und bin, ist allein mein Werk, die Folge der frühen Einsicht, dass ich mir eine Höhle in der für mich passenden Größe graben und darin bleiben musste. Das ist mir gelungen. Ich denke nur selten an meinen Vater. Meine Tante, die nie besonders glücklich mit ihm schien – sondern eher so, als hätte sie ihn nach dem Tod ihrer Schwester einfach geerbt –, bescheinigte ihm immer »schwache Nerven«. Schlaf jetzt, dränge ich, schlaf.

Im Traum spüre ich die harten Fingerknöchel meines Vaters zwischen den Schulterblättern. Er schubst mich und fordert mit bellender Stimme, dass ich seine Fragen beantworte. Doch meine Lippen sind versiegelt. Inzwischen ist es mehrere Tage her, seit ich mit aufgeregtem Tumult im Ohr aus Mrs Damatos Haus geflohen bin. Nun hat mein Vater zwischen den Wasserrohren in meinem Zimmer eine kleine, sehr weiße Socke entdeckt und kocht über vor Argwohn. Ein Souvenir, nichts weiter, wenngleich diese Erklärung kaum geeignet wäre, den tobenden Mann zu beruhigen. Meine Tante bugsiert ihn aus dem Zimmer, bevor ein wütender Hagel von Schlägen auf mich niederprasseln könnte. Aber jetzt packt sie mich selbst an den Schultern und zwingt mich, in ihre grimmigen Augen zu blicken. Ab heute weht hier ein anderer Wind, verkündet sie.

Unsere Straße hat sich in einen Ort traurig flüsternder Stimmen verwandelt.

Unter den sich auflösenden Schichten der Erinnerung erspähe ich wieder einen bangen Moment lang die kleine Angela, wie sie orientierungslos und weinerlich, schmutzig und barfuß aus dem Grün des eingezäunten Parks in den bedrohlichen Schatten der Sackgasse tritt. Mit verzweifelt verzerrtem Gesicht hält sie inne. Das Kopfsteinpflaster der schmalen Straße ist bemoost, an den Seiten stehen dunkle, überhängende Bäume wie böse Märchenriesen mit ausgestreckten Armen und dürren Fingern, und in den feuchten Ritzen wuchern Pilze. Jetzt bemerkt sie mich, als ich von der rußigen Gartenmauer der Damatos springe. Der freundliche ältere Junge, der ihr die farbigen Streichhölzer gezeigt hat. In ihren Augen blitzt Hoffnung auf. Doch ich werfe ihr nur einen kurzen Blick zu und haste weiter. Ihre Sorgen gehen mich nichts mehr an. Folgt sie mir mit langsamen Schritten? Vielleicht wird sie selbst verfolgt. Mit unsicherem, schuhlosem Gang wagt sie sich hinein in die beängstigende Gasse, läuft in Richtung des verschleierten Sonnenlichts, das endlos weit entfernt ist. Unzugänglich und unfreundlich kehren ihr die Reihenhäuser hinter den Bäumen die Rückseite zu, ohne ihrem Jammern Beachtung zu schenken.

Ein Eiswagen sendet sein vertrautes Geklingel aus und lockt sie weiter. Irgendjemand wird sie retten. Ist es das, was ihr durch den Kopf geht? Ich weiß nicht, wie sie die Welt sieht, ich weiß nicht, wie lang sie braucht, um das Ende der Bäume zu erreichen – nur dass die Gasse so jäh, wie sie begonnen hat, an einer Straße mit leichtem Verkehr endet, wo die kleine Angela von einem bergab rasenden Wagen in die Luft geschleudert und von einem bergauf fahrenden zweiten überrollt wird.

Ihr Plüschhase wird nie gefunden.

40

Ich habe keine Überraschungen mehr auf Lager. Es ist vorbei mit den plötzlichen Wendungen. Was jetzt noch folgt, ist eine Art Epilog, auch wenn es mir schwerfällt, bei dem Aufruhr um Zoe zu verweilen, die auf den Tag genau vor zwei Jahren starb (wie ihre Eltern diese Woche mit einer Anzeige im *Sentinel* bekannt gaben). Eine kleine Merkwürdigkeit dabei verdient auf jeden Fall, erwähnt zu werden. Um ein Haar hätte sie es nämlich geschafft, Constable Roberts mit in den Tod zu reißen. Er erschien als Erster bei ihr, ein Mann, der es heldenhaft auf sich nahm, in die Wohnung einer jungen Frau einzudringen, nachdem er an Tür und Fenster geklopft hatte, die laut den Nachbarn schon seit zwei, drei oder gar vier Tagen verhängt waren. Kaum hatte er das Apartment betreten, sackte er auch schon in die Knie, so wurde es zumindest berichtet. Wenn die uniformierte Beamtin, die ihn begleitete, als ehemalige Feuerwehrfrau die Gefahr nicht so geistesgegenwärtig erkannt und ihn sofort herausgezogen hätte, wäre es um ihn geschehen gewesen, wie die wenige Minuten später eintreffenden Sanitäter erzählten. In der für ihn typischen inkompetenten Manier übersah der *Sentinel* diesen Leckerbissen komplett und konzentrierte sich in seiner

Deutung der Ereignisse lieber auf reißerische Enthüllungen: Zoes »Einsamkeit«, ihre »Abhängigkeit« von Medikamenten und Alkohol, die Entdeckung ihrer toten Katze im Flur (ich schwöre, dass sie keine Katze hatte), deren Krallenspuren angeblich an der Innenseite der Wohnungstür gefunden wurden.

Am späteren Vormittag erschien Sergeant Monks (der inzwischen Inspector ist) im Büro, um die traurige Nachricht von Zoes Tod zu überbringen und in angemessen undramatischen Worten den Vorfall mit Roberts zu erwähnen, als gehörte eine Gasvergiftung zum Alltag eines Polizisten. Ansonsten zeigte er sich eher schweigsam. Ich bezweifle, dass ihn meine hilfreiche Spur von Zoe zu Sharp vollends überzeugt hatte. Vielleicht waren es seine Vorgesetzten, die sich später damit zufriedengaben und ihn anwiesen, die Sache zu beenden. Trotz aller Bedenken fanden sie Zoes Verstrickung in Sharps Tod wohl ausreichend, um die Suche nach weiteren Verdächtigen einzustellen. Erst die landesweit erscheinenden Zeitungen und vor allem die Sonntagspresse hoben Zoes Verbindung zu Sharp heraus (ohne ihr allerdings eine direkte Beteiligung an seinem Dahinscheiden zu unterstellen) und beschrieben sie abwechselnd als »verschmäht« und »eifersüchtig« oder »blind vor Liebe« und »tragisch«. Damit nahmen sie das rechtsmedizinische Untersuchungsergebnis vorweg, das offen ließ, ob Zoe sich aufgrund von Depressionen nach Sharps Tod das Leben genommen hatte (mit der ungewöhnlichen Methode der Erstickung durch einen defekten Boiler). Diese Theorie beruhte zum Teil auf dem Webseitenverlauf von Zoes Laptop, der Nachforschungen zu den Gefahren fehlerhafter Heizgeräte erkennen ließ.

War es nicht möglich, so die Frage ihres Vaters an Sergeant Monks (Zoes Vater war der geborene Inquisitor), ja sogar wahrscheinlich, dass sie sich Sorgen gemacht hatte, ob ihr Boiler defekt war, aber nicht weiter gekommen war als bis zur Suche nach Informationen über Symptome im Internet? Monks räumte ein, dass das durchaus möglich war. Eine Freundin aus Zoes Lesezirkel bestätigte eine leidenschaftliche Affäre zwischen Zoe und Sharp, die sie allerdings beendet hatte, als sie herausfand, dass er seine Frau im Gegensatz zu seinen Beteuerungen nicht verlassen hatte. War Zoe in jüngerer Zeit zu ihm zurückgekehrt? Das wusste sie nicht. Ich selbst konnte Zoes sprunghaftes, launisches Benehmen bezeugen, das auch zu dem Bericht eines Therapeuten passte, der Zoe schon seit einigen Jahren wegen leichter Depressionen behandelt hatte. Dennoch wollte sich die Untersuchungsrichterin, die ständig ihre Brille zurechtrückte, weder in die eine noch in die andere Richtung festlegen. Ohne besondere Rücksicht auf die Gefühle der Eltern der Verstorbenen sagte Mrs Sharp aus, dass Zoe lediglich der letzte einer ganzen Reihe von Seitensprüngen ihres Gatten war; wahrscheinlich war Zoe sogar auf dem Foto abgebildet, das sie der Polizei übergeben hatte, ohne dass diese *das Geringste* unternommen hätte. Allerdings musste Mrs Sharp auf Nachfragen einräumen, dass auf dem Bild nur ihr Mann klar zu erkennen war. Die Untersuchungsrichterin teilte Monks' begründete Zweifel, dass eine bevorstehende Polizeivernehmung zu dem in Sharps Auto entdeckten Fernglas ausgereicht haben solle, um sie in den Selbstmord zu treiben, zumal das Fernglas auch auf ganz harmlose Weise in den Kofferraum gelangt sein konnte. (Tatsächlich legte Constable Roberts eine alte Polizeiverwarnung gegen Sharp vor, der vor einigen Jahren beim »Liebesakt« in seinem Auto erwischt worden war.) Zu keiner Zeit zog die Untersuchung Furcht vor Strafverfolgung und schwere Schuldgefühle als mögliche Auslöser für Zoes Tod in Betracht, da ihr keine Verfehlung nachzuweisen war. Andererseits gaben die Zeitungen jenen Anhaltspunkten breiten Raum, die darauf deuteten, dass sie während oder kurz nach Sharps Tod anwesend war. Immerhin wurden seine Uhr und Brieftasche in Zoes Wäscheschublade entdeckt. Dagegen blieb sein Telefon merkwürdigerweise verschwunden, was natürlich schade war, denn wer konnte sagen, welche gelöschten Verzeichnisse und Anrufe die Computerexperten der Polizei vielleicht wiederhergestellt hätten. Unter ihrem Bett stieß man auf einen Golfschläger, den die Polizei allerdings nicht eindeutig als Tatwaffe identifizieren konnte. Und wer wollte einer alleinstehenden jungen Frau einen Vorwurf daraus machen, dass sie einen Golfschläger unter dem Bett hatte? Obendrein standen Sharps Lederreisetaschen ordentlich übereinander in der Abstellkammer, aber was ließ sich daraus schließen? Jedenfalls nichts Handfestes.

Die Untersuchungsrichterin hielt sich an die Fakten und überließ den Klatsch der Stadt. Und was wurde nicht alles geklatscht! War Sharp nach dem Rauswurf bei seiner Frau einfach zu Zoe zurückgekehrt und am nächsten Morgen aus irgendeinem dringenden Grund zum leeren Anwesen der Cooksons gefahren, wo ihn ein unbekannter Angreifer getötet hatte? Vielleicht hatte er Zoe erzählt, dass er joggen wollte – immerhin trug er einen Trainingsanzug –, und hatte dann den Wagen genommen! Hatte Zoe ein doppeltes Spiel vermutet? Hatte sie von seiner

Affäre mit Mrs Cookson gehört (die sich inzwischen in vielen Köpfen als Tatsache festgesetzt hatte), ihn verfolgt und den hinterhältigen Kerl dann auf der Terrasse der Cooksons mit einem Golfschläger attackiert? Oder vielleicht hatte sich Mrs Sharp an diesem Samstagvormittag weiter mit ihrem Mann gestritten und war ihm nachgefahren, um ihn dann, getrieben von einem bösen Verdacht gegen Mrs Cookson, zur Rede zu stellen, nur dass sie bei der Fortsetzung des Krachs diesmal vielleicht zu einer Gartenhacke oder einem ähnlichen Gerät griff (es war eher unwahrscheinlich, dass sie vor Ort einen Golfschläger gefunden hatte). Manche sahen in einer Alternative zu diesem Szenario lieber Zoe als die »verschmähte« und »eifersüchtige« Rivalin, die den Mann verfolgte, der sich weigerte, seine Frau zu verlassen. Die ihn dann in einem heftigen Wutausbruch erschlug, als er gerade seine Reisetaschen aus dem Auto lud, um sich im Haus seiner *neuen* Geliebten Mrs Cookson einzunisten. Und die ihm schließlich vielleicht einen Schlüssel zugesteckt hatte, ehe sie mit ihrem Gatten in Urlaub fuhr.

Und so weiter. Die Sache blieb ein undurchdringliches Rätsel. Aber der Schwerpunkt hatte sich verschoben. Nur noch diejenigen, die die Mordthese an sich infrage stellten, zweifelten daran, dass Sharp selbst zu den Cooksons gefahren und dort getötet worden war. Hatte nicht sogar die Polizei den Mann zunächst für einen Herumtreiber gehalten, der in betrunkenem Zustand über Terrassensteine gestolpert und tödlich gestürzt war?

Ich ging zu beiden Bestattungen (Warum mussten sie immer gleich im Zweierpack stattfinden?). Zu Zoe kam eine loyale Schar von Gästen, auch wenn Polizei, Untersuchungsgericht und Presse sich nach Kräften bemüht hatten, sie anzuschwärzen. Sharps Trauerfeier zog eine ungewöhnlich große Zahl junger Studentinnen an, die in den hinteren Reihen neben drei oder vier ungepflegten Erwachsenen mit ungeputzten Schuhen saßen – vermutlich Sharps Arbeitskollegen. Abigail war zum Glück nirgends zu sehen; Sharps Bruder auch nicht. Mrs Sharp und ihre Schwester waren wohl nur erschienen, um ihre Ungerührtheit unter Beweis zu stellen.

Mrs Sharp hatte mich gefragt, ob ich kommen würde, doch dann hatten wir uns wenig zu sagen. Vor allem überraschte mich (vielleicht zu Unrecht), dass meine Antipathie gegen Sharp genauso schnell verschwunden war wie meine »Liebe« zu Abigail. Es war wie das Erwachen aus einer beängstigenden Krankheit des Bewusstseins, aus einer Art Wahn. Es war nicht schwer, die gleiche Krankheit bei Zoe zu erkennen, deren Schwärmerei für mich so weit eskaliert war, dass sie eine entscheidende Grenze überschritten hatte. Welche Frau lockt einen Mann – unter dem Vorwand, eine Forsythie müsse ausgegraben werden – mit dem kalten Vorsatz zu sich nach Hause, ihm seinen Hausschlüssel zu stehlen? Angeblich wollte sie mich unterstützen. Aber was wäre wohl geschehen, wenn sie aus ihrem Wahn erwacht wäre?

Letzten Sonntag haben sich Zoes Eltern, Verwandten und Freunde aus Anlass ihres zweiten Todestags in der Kapelle St. Benedict's versammelt und Blumen niedergelegt. Ihre jüngere Schwester Emma sprach über das unvergängliche Band zu der Verstorbenen und die menschliche Fähigkeit zur Erneuerung. Sie ist Lehrerin, verheiratet mit Kind und völlig anders als Zoe. Ich fragte mich, ob sie in der Stadt wohnt, und wenn ja, in welcher Straße. Ich habe ihr versichert, dass Zoe uns allen schrecklich fehlt, woraufhin sie erzählte, dass Zoe mich oft erwähnt hat. Von der Firma waren alle da außer unsere Neue – wieder eine Osteuropäerin, deren Name aus etwas viel Längerem zu Tuni verkürzt wurde. Sie ist nett und unwiderstehlich, aber auch unglaublich ehrgeizig, was sich für Josh als großer Ansporn erwiesen hat. Die schlechte Nachricht ist, dass Katya schwanger ist und trotz der großzügigen Mutterschaftsregelungen unserer Firma vielleicht kündigen wird. Ihr Mann mag mich anscheinend nicht besonders. Schon häufiger habe ich festgestellt, dass gerade Männer in diesem Punkt manchmal wie Hunde sind. Ich habe eine Ausdünstung, die sie abschreckt, falls diese unappetitliche Metapher erlaubt ist.

Ich kann nicht behaupten, dass ich nicht hin und wieder mit Sorge an Isobel denke (weil wir gerade von Leuten reden, die mich nicht mögen). Ihr ist durchaus zuzutrauen, dass sie die Polizei damit behelligt, was es doch für ein seltsamer Zufall ist, dass zwei junge Immobilienmakler derselben Firma in ihren Wohnungen gestorben sind – wenn auch in einem Abstand von siebzehn Jahren. Doch bis jetzt bleibt sie auf Distanz. Auf meine letzten Erkundigungen nach ihrer Gesundheit und Elizabeths Entwicklung an der teuren neuen Schule antwortete sie mit einer kommentarlosen Postkarte vom Lake District. Recht viel herzlicher wird unser Verhältnis wohl nicht mehr werden.

Ich entschuldige mich, falls diese Zeilen allmählich klingen wie ein Familienrundbrief. Vielleicht möchte ich einfach dem Gefühl Ausdruck verleihen, das ich mit den meisten anderen Menschen teile, dass sich Fortschritt weniger um Veränderung dreht als vielmehr um einen erwünschten Ausgang. In diesem Zusammenhang sollte ich erwähnen, dass das Haus an der Raistrick Road inzwischen im Besitz von Damato Associates ist (die das Objekt ohne Preisverhandlungen von Worde & Hulme erworben haben) und wie die Nachbargebäude in Studentenwohnungen umgewandelt wurde. Katya konnte das Anwesen der Cooksons am Stadtrand mit einer Schnelligkeit losschlagen, die angesichts der Vorgeschichte verwundern musste. Und zu guter Letzt ist eine nette asiatische Familie in die 4 Boselle Avenue gezogen. Ich war noch nicht zu Besuch dort, freue mich aber schon darauf.

Nach der Gedenkfeier am Sonntag verbrachte ich zwei Stunden bei den Perettis. Sie haben sich für ein viktorianisches Haus entschieden, das Ähnlichkeit mit dem von Abigail hat, aber größer und sonniger ist und über einen modernen Anbau für Mrs P. verfügt, der von der anderen Seite des Flusses auf den Park hinabblickt. Von Jasons Dachatelier kann man mit einem guten Fernglas direkt in Abigails alten Speicher schauen, was mir jedoch, wie bereits erwähnt, kein großes Bedürfnis ist. Es ist eine ideale Situation für uns alle. Mrs P. hat von hinten Zugang zu den Wohnräumen im Erdgeschoss des Haupthauses, während die oberen Stockwerke den Jungs gehören. Heute waren die zwei zu einem Fußballspiel in London. Sie sind Dauerkarteninhaber und lassen sich kein Heimspiel entgehen. Mrs Peretti kochte unten das Abendessen. Ich mag es, wie sie mit sich selbst und dem Hund plappert. Es besteht keine Gefahr, dass sie heraufkommt, und Pippo, der aufgeregt in der Küche herumkläffte, ist zu klein für die

Stufen. Sicher reicht es nicht ganz an das Prickeln eines totalen Eintauchens heran (an dem ich mich seit Abigail nicht mehr versucht habe), aber gibt es eine angenehmere Art, einen ansonsten langweiligen Sonntagnachmittag zu verbringen? In Mr Perettis Schreibtisch fand ich eine Tüte Toffeebonbons und setzte mich mit einem Stapel unverständlicher Briefe von seinem Anwalt hin, ehe ich eine Reihe dramatischer Fotos von Jason durchblätterte, die seine Teilnahme an einer Art Kunst-Performance dokumentierten. Noch habe ich nicht ergründet, was Jason eigentlich macht (sein Atelier ist hauptsächlich zum Trainieren und Hinlegen eingerichtet). Aber ich habe Zeit. Es sind feine Menschen, deren Leben für mich genauso interessant ist wie für sie.

Danach ging ich auf einem Umweg durch die baumreichen Straßen im Norden zurück zu meinem Apartment am Fluss. (Widerstrebend habe ich mich daran gewöhnt, zwei Wohnungen zu haben, von denen diese hier über ein Bett und echte Möbel verfügt.) Noch immer war der Nachmittag angenehm warm. Der Frühsommer ist meine Lieblingszeit mit seinem Duft nach Holzschutzmittel und Rasenmäherbenzin, dem Geklopfe von Zimmerleuten, dem Geschepper von Baugerüsten und Containern. Diese Menschen sind der Motor der Stadt, der ihr Leben einhaucht. In farbverschmierten Klamotten gehen sie bei Heimwerkermärkten und Baugroßhandlungen aus und ein, um sich mit Hämmern und Bohrern zu bewaffnen. Hin und wieder sehe ich ein Gesicht, das ich kenne, ohne dass sein Besitzer, der den Blick konzentriert auf eine machbare Zukunft gerichtet hält, mich erkennt. Welche Hoffnungen, so frage ich mich, bewegen ihre Fantasie? Was erstreben sie? Wo werden sie sich fortpflanzen? Wo werden sie sterben?

In meinem Schlupfwinkel am Common, zwischen meinen Stapeln von Dokumenten, Bildern und Anmerkungen, habe ich eine atemberaubende Karte, die zeigt, wo alle waren, wo sie sich niedergelassen haben und wohin sie abgewandert sind. Jeder Umzug ist mit einem Buntstiftstrich von hier nach dort dargestellt, und zusammen ergeben sie ein Kreuz und Quer der Wünsche und Träume, einer über dem anderen, durch die Stadt, aus ihr heraus und wieder zurück (bei Neuankömmlingen und Abgängen zeigen kleine Pfeile die Reiserichtung an), hin und her, bis sie nicht mehr voneinander zu unterscheiden sind und sich zu einem einzigen großen Gewebe der Sehnsüchte verbinden. Manchmal sitze ich stundenlang davor und dokumentiere den Zusammenhang zwischen meinen Schlüsseln, Karten, Familienprofilen und Urlaubsfotos – ein Gott in seinem Element.

Und warum nicht? Schließlich bin ich der Hüter der Pläne, wenngleich ich für mich selbst keine Pläne habe. Ich bin glücklich über meine Rolle als Lauscher und Beobachter am Rand, der auf Ihren nächsten Schritt wartet. Ich bleibe unsichtbar und atme Ihre Luft. Ich komme in Frieden und bringe Liebe.

Danksagung

Ein großer Dank an Chris Riddell, Jon Linstead und Tim Adams, ohne die ich noch immer in der Planungsphase wäre; an Neil Smith und Jonathan Wilson für ihre unerschrockene Unterstützung; an alle im Fellow, in dessen Bezirk das Buch Fahrt aufgenommen hat. Höchste Anerkennung an Veronique Baxter und Susanna Wadeson für ihre Beratung und Vernunft. Und meine Liebe für meine Frau Sue aus den üblichen, zahllosen persönlichen Gründen.

Bei seinem doppeldeutigen Gerede über das Doppelleben bezieht sich William Heming zumindest auf das Vorwort von Adam Phillips' ausgezeichnetem Buch *Missing Out: In Praise of the Unlived Life.* Alle in diesem Zusammenhang auftretenden Fehler gehen also nicht auf mich zurück, sondern auf ihn oder sogar auf Adam Phillips.

»Ich konnte nicht aufhören zu lesen.
Das Buch ist eine Granate!«

Elke Heidenreich

Roman, gebunden, 432 Seiten
ISBN 978-3-0369-5714-2
auch als eBook erhältlich

Der Neurochirurg Etan Grien überfährt einen illegalen Einwanderer und begeht Fahrerflucht. Doch tags darauf steht die Frau des Opfers vor seiner Haustür und macht ihm einen Vorschlag, der sein geordnetes Leben komplett aus der Bahn wirft.

Löwen wecken ist ein brisanter Roman, der die Grenzen zwischen Liebe und Hass, Schuld und Vergebung, Gut und Böse meisterhaft auslotet.

www.keinundaber.ch